上

二狮 ◎ 著

CNS
PUBLISHING & MEDIA
中南出版传媒

湖南文艺出版社
HUNAN LITERATURE AND ART PUBLISHING HOUSE

博集天卷
CS-BOOKY

目录

CONTENTS

当年海上消失的少年，

终于披星戴月归来。

第一案

错置

一杯咖啡。
一场血案。

01

海上炸起一声巨响，闪电撕开墨色苍穹。顷刻间，怒海亮如白昼。邵麟的视线猛烈晃动，橙黄色的逃生艇载着十几名乘客在浪里起起伏伏。

又是一声惊响！那艘小艇倏地燃成一团火光，邵麟的瞳孔在强光下缩成针眼大小。爆炸声接二连三地响起，邵麟耳畔一片高频噪声，听觉短暂失灵。灼热的气体与海浪狠狠撞上船身，甲板被巨浪掀起，船体几乎与水面垂直。他猝不及防地一头撞上船舷，满鼻腔的铁锈味与腥咸。

冰冷的海水轰然撞击鼓膜，一切重归沉寂。

邵麟屏着气，在阴冷的海底努力打腿，手脚却好像被藤蔓紧紧缠住了似的，不得上浮。邵麟拼命挣扎着，肺部灼烧的窒息感越发强烈，胸口仿佛压着一吨石头，可他始终没有因氧气耗尽而昏迷过去。

突然，一切静止，一块冰冷的金属抵住他额头。

邵麟眼前什么都没有，但他知道，那是枪口。阴冷而光滑的触感沿着他的五官一路游走，最后落在他面颊上反复摩挲，动作是那么亲昵，就好像一双抚摸着失而复得的爱人的手。

"你过来，我就放走一组人质，"男人低沉的嗓音里带着一种被烟酒熏染的沙哑，慈爱而温柔，甚至带着一种蛊惑，"阿麟。"

难以自抑的战栗沿着脊椎一节一节往下走，而比战栗更令他绝望的，是他心底隐秘的、不愿承认的、从未证实的期待。

窒息感逐渐增强，邵麟像疯了一样地挣扎，试图挣脱那无形的镣铐，试图撕开眼前无边的黑暗，试图看到那把枪的主人。可空荡荡的世界里，回答他的只有一声清脆的"咔嗒"声响——子弹上膛。

"哗啦"一声，邵麟猛然将脑袋拔出水面，在盥洗室镜中对上了自己的异色双瞳——右眼深褐，左眼却呈浅琥珀色。湿漉漉的刘海紧贴额前，水滴滑过他棱角分明的轮廓，将一张苍白的脸划得四分五裂。男人纤长的五指几乎要抠进水池壁，手臂上血脉凸起，双肩随着激烈的呼吸不停起伏。

邵麟伸手在盥洗台上摸了三次，才按掉了手机上的计时器——屏幕上显示，他这次在水中屏息了1分15秒。

才1分15秒。

邵麟缓缓吐出一口气，长而不翘的睫毛打下一片阴影。他收起手机，擦干脸，换上一副深褐色的隐形眼镜，以遮住自己异色的瞳孔。上午8点整，邵麟又戴上了一副黑框平光镜，系好领口，带上公文包，像燕安市其他平平无奇的上班族一样，融入了川流不息的人群。

上午8点整的阳光落进窗户，照亮邵麟家整洁的卧室。空无一人的床头支着一张白色卡片，上面用行楷写着"早睡早起，好好工作"。

槐荫大道389号，悦安心理健康服务中心。

今天的前台格外热闹。

为了积极响应市里"加强精神卫生工作，提高全民心理健康"的号召，燕安大学心理系承包了市局公安人员与消防员的职业压力评估工作，意在发现心理疾病"高风险"人群，提前进行科学介入。而今天，正是燕安市公安局西区分局参与评估的日子。公安人员清一色的蓝衬衫，三三两两坐在一起，埋头填写心理评估测量表。

邵麟的目光掠过候诊室，最后定格在一个人身上。那个男人没穿警服，身材格外惹眼，寸头，宽肩，肌肉线条饱满，随便一坐，都挺拔得有棱有角。所有人都在填表，就他把笔搁在耳后，漫不经心地把评估测量表放在腿上，拿着手机，目不转睛地打游戏。

男人一边打，一边念念有词："啊，被偷袭了！这里怎么有个人啊？啊啊啊！我还没捡到武器！等等，对方好像是手枪。拿着手枪就敢打你大哥了吗？"

"来，小朋友，让你看看什么叫防弹体操。"只见他拇指一顿敏捷的操作，"打我，让你打，来，有本事你打死我啊！求你——打——死——我！"

他身边，一个年轻的女警抬头："组长，不要向对手提奇怪的要求。"

"这个要求很奇怪吗？你大哥是什么——"男人双手突然顿住，一声惨叫穿破候诊室上空，"什么？我死了?!"片刻沉默之后，"对不起，打扰了。下把一定行。"

"组长，"小姑娘整张脸都皱了起来，压低声音，"求您别下一把了！您看看这表，120道题呢！"

"你不会在认真答题吧？不会吧？"男人凑过脑袋，眉头一皱，"阎晶晶，用你的脚指头想想，填几张表，问几句话，就能让人看出心理问题的，是有多傻！你说那些心理学家，每天就办公室里坐着，让他们绣花我信，让他们评估我们跑外勤的？……哼，浪费时间。还不如再打一局。"

邵麟闻言，微微蹙眉，不满地看了那人一眼，转头走进办公室。白板上画着巨大的排班表，咨询师工位大多已经空了。

这是市局与燕安大学心理系第一次合作。按计划，来访者填完表后，会与咨询师进行短暂的聊天，要是没有发现危险信号，就各回各家。

作为项目的负责人之一，邵麟打开文档，提前写起了报告。

没过多久，只听急促的脚步声由远而近，办公室门被"嘭"地推开。一位年轻的女咨询师跑了进来，可怜巴巴地喊了一声："邵老师！"

邵麟抬起头。

"我这里有个同志，120道题全选了C。"她眉头紧锁，"这怎么算呀？"

邵麟淡淡开口："让他重写。"

"我说了。"小姑娘一咬下唇，委屈眨眼，"他就和我打太极，还说自己念大学的时候，全选C也毕业了呢。我说不过他！"

邵麟："……"

他一抬下巴，示意对方把档案搁自己桌上："放着我来收拾。"

"谢谢邵老师！"小姑娘顿时喜笑颜开。

邵麟瞥了一眼档案——巧了，这不就是刚才打游戏的傻大个儿吗？

燕安市公安局西区分局刑侦支队夏熠。邵麟纤长的食指滑过档案，指尖落在夏熠的警服证件照上，不缓不慢地敲了敲。这人五官端正，剑眉星目，不说貌比潘安，也是相貌堂堂。邵麟在心底冷笑道："可惜脑子不好使。"

邵麟还没走到候诊室，远远地就听见那大嗓门一口一个"姐姐""妹妹"，逗得前台两个小秘书咯咯直笑："夏警官，就算你这嘴抹了蜜，我们也不能放你走。求我俩没用！"

邵麟叩了叩门框喊道："夏熠。"

靠在前台上的男人扭过头，上下打量了一眼来人，懒洋洋地眯起眼，说："哟，我说你们这个单位，是不是招聘靠脸啊？一个个都仙人下凡似的好看。"

两个小姑娘又笑成一团。

邵麟眼皮都懒得抬一下："跟我来，302室。"

"哎哎哎——医生，等等我！商量一下呗！"

邵麟打断他的话："我不是医生。"

夏熠无所谓地摆了摆手："叫医生顺口嘛。话说，这个到底要弄多久啊？我本来以为填张表就能回去了，手上还有很多工作呢……"

"巧了，我也是。"邵麟推开咨询室的门，做了一个"请"的手势。

邵麟鼻梁极挺，眼窝略深，从侧面看，轮廓分明，恍若雕塑。就在邵麟侧过头的那一刹那，夏熠毫无来由地感到一丝熟稔。那种感觉更像第六感，但一时半会儿他又说不上来，到底在哪儿见过这个人。

邵麟与夏熠握了握手："随便坐。"

夏熠走到窗前，往外环视了一圈，才慢吞吞地坐了下来。

邵麟拿起笔，在板夹上翻了一页，摆出一个职业微笑，问道："最近感觉怎么样？胃口好吗？"

他的嗓音清冷，语调平缓温和，让人听着很舒服。

"好得很啊，就咱们局隔壁那家'狗蛋儿包子铺'，我一口气能吃十个鲜肉竹笋包！"夏熠直直地盯着邵麟笔下，心里那点小期待毫不遮掩地写在脸上，"医生啊，我真的超级健康，你直接让我通过吧！"

邵麟置若罔闻，继续问道："睡眠呢？晚上睡得好吗？"

"也好啊！每天上床倒头就睡，睡得像个死人，早上那都不叫起床，叫起尸。"

"做噩梦吗？"

"做！"一说起这个夏熠就委屈了，"我昨天晚上梦见自己买了一桶哈根达斯，但是被狗偷吃了！医生你还会解梦吗？这啥意思啊？"

邵麟面部肌肉僵了僵，但依然笑得毫无破绽："……我是指，工作相关的。"

如果是内勤也就算了，根据过往经验，出外勤的问题最严重。最开始，一个个都不肯承认，但很多时候，逃避回答才是真正的问题所在。

"工作？"夏熠眨巴眨巴眼睛，理直气壮，"我工作问心无愧，为什么会做噩梦？"

邵麟抬起眼，恰好对上对方坚毅的目光，心脏跳空了一拍，仿佛被针刺了一下。

是，你问心无愧。可是，问心无愧从不等于没有后悔，没有恐惧。问心无愧不等于你不会在午夜梦回时，再想起那些你无法解救的人、那些没有正解的答案、那些无法挽回的失误……

邵麟沉默片刻，才后知后觉地发现自己心中的那股情绪名为羡慕。他正要开口，就在这时，楼下传来一声女人的尖叫："抓贼啦！"随后"乒令乒冷"的撞击声接踵而至。

夏熠警觉地竖起耳朵，起身一步跨到窗前。

悦安的正门面向槐荫大道，这个窗口则面向一片老居民区，不远处还有座颇为热闹的菜市场。夏熠推开窗户一探头，只见巷子尽头，几个刚买完菜的大妈边喊边追，而在她们前面，一个身材矮小的男子一路狂奔，刚跳上一辆电瓶车。

"怎么直接抢人钱包啊！"

"抓人啊！"

"真不要脸！来人啊！"

邵麟隐约猜到了他想干什么，起身想拦："你别——"

但到底还是晚了一步。夏熠眼看着电瓶车往这个方向疾驰而来，单手撑住窗沿，一使劲翻了出去。

他们在三楼！

邵麟冲到窗前，只见夏熠双手扒着窗沿，脚尖垂直抵在墙面上，矫健地往右侧爬了过去。他大臂的肌肉微微隆起，全身都绷出了精妙的线条。夏熠扭头，看准位置，双手一松，轻巧地落在了二楼的空调室外机上，继而向下一跃，单手抓住二楼空调架底部，在空中晃了两下当缓冲，随后稳稳当当地落地。

电瓶车恰好开到他身边。

夏熠没有犹豫半秒，反身蹿了出去，敏捷得像一只跃起的猎豹。他一手抓住方向握把，一手从车头拧下钥匙，远远丢了出去。

电瓶车停了下来。

邵麟站在楼上沉默地看着。夏熠那一系列动作太过流畅，好像已经练过无数次，自然而然。

小偷还打算跑，但哪里是夏熠的对手，三两下就被制伏了，双手绞在背后，脸朝下趴着。

夏熠忍不住道："跑啊！还跑吗？上哪儿抢钱包不好，非要选在公安局对面！觉得自己艺高人胆大，膨胀了是吗？"

过了好一会儿，买菜的大妈们才气喘吁吁地跑了过来，把夏熠与小偷团团围住。

"我呸！叫你抢我东西！

"小伙子，多谢你啊，多亏你跑得快！

"我这刚取了两千块钱，给你两百吧……"

"不行不行，阿姨您自己收好！"

夏熠今天出门是要参加审查的，也没带手铐，就近向大妈讨了一根鞋带，把小偷捆了个结实。

他一边捆还一边教育："你看看你，有手有脚的，还这么年轻！做什么不好，做小偷！人家阿姨存这些钱容易吗？你就这么把人钱给抢了，多不合适啊！我看你干这活挺熟练啊，惯犯吧？还有，这车是你的吗？粉粉的小型号，怎么看都是女款，该不会也是你偷的吧？"

眼看着小夏警官连珠炮似的说一大堆都不喘气，完全没有停下来的趋势，小偷忍不住一声哀嚎："哥，您别吧吧了，咱爽快点成吗?!"

等夏熠把小偷收拾好了，大妈们还拉着他不让走。

"小伙子，怎么称呼啊？阿姨一定要谢谢你。"

"小伙子，留个联系方式吧——"

"别别别，我是警察，为人民服务应该的啊！"说着，夏熠扭过头，朝三楼挥了挥手，大声喊道，"医生，我先把这小子送局里，咱们以后再聊啊！"

邵麟静静垂眸。

阳光打在夏熠脸上，明晃晃地烫进邵麟的视网膜。夏熠的眼角弯得有些过分，眼里头还闪烁着些许成功逃避审查的小调皮。他就好像一支雨后新竹，在阳光下顶天立地，连那一肚子的坏心思，都坏得那般坦坦荡荡。

邵麟合上窗户，自嘲地笑了笑。

好一个问心无愧。

据说夏某人"我念书的时候全选 C 都毕业了，这次为什么不给我通过"的豪言壮语一时风靡全局，以至于一回去就被支队长骂了个狗血淋头。

这不，当天下午，人又乖乖地回来了。

邵麟刚推开候诊室大门，只见一名高大的警员"嗖"的一下从椅子上蹦起，闪电似的向他冲来："医生医生医生！"

邵麟下意识地往后退一步。

熟悉的吧吧声再次传来："我被我们老大批评教育了！上面说如果我不通过审查，就不让我摸枪，不让我出外勤。我为上午敷衍填表的行为道歉，但跳窗那绝对不是为了逃避审查，而是为形势所迫，助人为乐！错不在我，对吧？啊哈哈哈……"

邵麟勾起一抹标准的职业化微笑，比了一个"嘘"的手势。局里的筛查已经结束了，候诊室恢复了正常预约，这会儿大多数来访者都很安静。

可是，某话痨并没有消停，继续双手合十，对邵麟拜托道："在下爱国、敬业、诚信、友善，除了话有点多，没什么臭毛病。请组织再给我一次机会，这次我一定……"

他的嗓音极有穿透力，引得候诊室里不少人频频侧目，有的甚至皱起眉头。恰好前台秘书端来一盘刚切好的水果，邵麟手疾眼快，用牙签插了一颗草莓，递到那人面前。

夏熠滴溜溜的眼睛盯住草莓，探出脑袋"啊呜"一口。

瞬间，耳畔清净，世界和平。

邵麟眼角的笑意真了几分，勾勾手指："跟我来。"

对方叼着草莓，乖乖地跟在他后面。

依然是上午的咨询室，邵麟递来一份评估报告。

夏熠扫了一眼，看着"通过"边上的小钩，顿时大喜："这就行了？不用填表了？谢谢医生！"

"等等。"邵麟眉心微蹙，反手将报告拍在了桌面上，冷冷开口，"我给你签了通过，也不代表这审查是一项可以敷衍的工作。"

"咨询师平时都坐在办公室里，也不代表他们什么都看不出来。"邵麟顿了顿，"你不是刑警出身，而是武警转业，对吗？"

夏熠挑眉："哦？就因为我抓了个小偷？"

"不。"

邵麟不紧不慢地答道："早上握手时，你右手食指指腹、中指到小指的指根都有枪茧。现在城市里的警察很少有开枪的机会，你那把手枪多久没用了你自己知道。所以，当刑警之前，你不是服役于主战部队，就是任职武警。"

夏熠眼神微变，难得没说话。

"第一次进咨询室的来访者，大部分会看向沙盘，因为他们好奇这是什么。有些情绪无处发泄的来访者，随手就会捏起压力球玩。至于情绪比较低落、压抑的人，往往目光漫无目的，躲躲闪闪。而你的第一反应，是去看窗外。观察环境对你来说就是一种本能。

"另外，在你发现小偷之后，你能第一时间锁定小偷的逃跑路线，并且非常熟练——相比于部队，武警对城市环境更为敏感。武警特勤，对吗？"

"有两下子啊。"夏熠这会儿终于来了兴趣，双肘撑在腿上，身体微微前倾，"你还能看出什么？"

"27岁，单兵正值巅峰的年龄。为什么转业？原因无非有四。伤退、处分、精神承受不住，以及家庭。显然，你不属于前面三者，不然不会转来公安一线外勤。那么就是家庭了。父母——或者妻儿。"邵麟顿了顿，把"你一看就没有老婆"给咽了下去，"是因为父母。"

肯定句。

夏熠张大嘴，定格于一个 O 形，说不出话来。

邵麟总算出了心中一口恶气。

目的达成，他松手把报告递了过去："好了。你可以走了。"

谁知，夏熠这会儿倒不想走了。他一双眸子亮晶晶的，好像发现了新大陆："医生，你算得好准啊。你要不再给我看看呗，啥时候我才能有媳妇啊？今年赚钱吗？出外勤的时候消灾辟邪有没有什么说法啊？穿什么颜色的内裤比较幸运？要不要挂个吊坠什么的？"

邵麟："……"

他看向茶几边的压力球，非常想把它们塞进夏熠嘴里。

02

邵麟对写总结报告这种事儿没多少热情，好在工作效率高，踩着下班的点完成任务，顺手在外卖平台上点了晚餐与咖啡，回家时大约刚好能送到。

谁知道，人倒霉起来喝凉水都塞牙。晚饭都送来好久了，咖啡也不见影。邵麟一看手机，没有未接来电，但咖啡已在 20 分钟前"被签收"。他无奈地给骑手打了个电话，却被告知敲门没人应，咖啡直接放门口了。

邵麟挂了电话，推门一看，空空如也。恼火之余，他直接申请了退货退款。

没过几秒钟，骑手又来电话了："哥，我大概是放错地方了！别退，求您了哥，我这就去帮您把咖啡找回来。"

他连珠炮似的哀求："我都点签收了，您再退款说没收到，我被罚钱不说，这个月奖金也没了。哥，您就行个好，别退成吗？"

邵麟："……"

凭什么别人要为你的错误买单？

一句讥讽涌到唇边，却又被邵麟咽了下去。不过二十几块一杯的咖啡罢了，外卖小哥每天风里来雨里去的，每一分钱都赚得不容易。

所以，他终究还是答应了："行。"

很快，骑手又风风火火地赶了回来，找到咖啡后，把门拍得震天响。"帅哥对不起啊，我这忙了一天，实在是太困，明明是在西区，我给送东区去了。嘻，真的不好意思啊。"

邵麟盯着那个外卖纸袋，陷入沉默。

这家咖啡用的是那种彩色卡通纸袋，好看归好看，但没有封口，而且，咖啡也不比奶茶，只有一个塑料盖。邵麟一想到这杯咖啡不知道在哪儿放了 20 分钟，也不知道有什么人路过，就本能地警惕起来。哪怕理智上他明白，在一个相对安全的小区里，咖啡被人"加料"的可能性几乎不存在。

多疑的念头只需要点燃一丝火花，就会沿着脊椎噼里啪啦地蹿下去。

"对不起，我还是不想要了。"邵麟顿了顿，又补一句，"我不申请退款。"

"这这这……"骑手突然不好意思起来，结结巴巴哑了火，"哥，我……我也不是这个意思……"

"没事儿，"邵麟摇摇头，"能麻烦你帮我处理一下吗？"

骑手这那了半天，最后支支吾吾憋出一句："哥，您真不要啦？"

邵麟无奈地摇摇头。

小哥可怜巴巴的："那我能喝吗？喀，这么问也挺尴尬的。好好的一杯咖啡，丢掉觉得可惜。我晚上还要接单，其实挺困的。"

邵麟淡淡一笑："如果你不介意的话。"

"谢谢您了，您可真是个好人！"

邵麟当时怎么都没想到，就这么一杯咖啡，会把他送进局里。

3小时后，交通监控里，一位身穿外卖制服的小哥开着电瓶车，毫不犹豫地闯过红灯，冲进绿化带，连人带车翻进了燕安市第三人民公园的华容湖中。

一周后，邵麟刚要下班，却被一个电话"请"去了西区分局。不是约谈，而是一本正经地传唤。

工作人员的态度都挺友好，但邵麟在上交了随身物品之后，就被丢进讯问室里晾着了。

管你犯没犯事儿，先在饭点晾你一会儿，没有水，没有食物，没有时间概念，没有人说话。

无端的等待会让人焦虑，更会让人胡思乱想。

这套路邵麟可太熟悉了。

逼仄的空间里几乎什么都没有，就一套桌椅被孤零零地焊在地上。他环视一圈，目光从四周米白色的柔软质地的隔音墙，移动到右侧的镜子。邵麟知道，那不是一面镜子，而是一面单向可视的玻璃。最后，他的视线落在了天花板一角，那里装着一个摄像头，像一只阴鸷的眼球，正直勾勾地盯着他，红光一闪一闪。

邵麟知道有人在看他。

他的每一个小动作，无意或者有心，都会被人拿去显微镜下分析。这种"被观察"的感觉，让他本能地陷入了一些不太愉快的回忆。

头顶那盏冷光灯，实在亮得太刺眼了。

唯一值得庆幸的，大概就是警方没给他上那种限制行动的桌椅。邵麟抱起手肘，索性眼睛一合，靠在椅背上小憩。

也不知时间过去了多久，在讯问室的门被推开的瞬间，邵麟平静地睁开双眼。

外头传来夏熠爽朗的声音："好巧啊，邵先生，又见面了！"

只见他带着一位年轻女警大步走来，"哗啦"一声把手中文件摔在了桌上。他鹰隼似的目光落在邵麟脸上，冷笑："睡得好吗，邵先生？"

邵麟与他对视一眼，只觉得夏熠眉目英挺，眼神犀利，周身皆是不可忽视的压迫感，与之前没心没肺的大个子憨憨判若两人。

毫无来由地，邵麟想起自己无意间看过的小视频"哈士奇与边牧同台竞技"，眼底闪过一丝忍不住的笑。他笑起来时，眼睛弯得格外好看，就像有光落了进去，以至于小女警在心底冒出一个小问号——

虽说阎晶晶毕业才几个月，但在讯问室里什么样的人没见过？紧张的，焦虑的，暴躁的，生气的……这人怎么一见到夏警官就笑得这么开心？

"还行，"邵麟收起腿，坐端正了一些，"这儿挺安静的。"

夏熠大爷似的往椅背上一靠，拿食指敲了敲桌面："聊聊呗，你觉得自己为什么坐在这里？"

邵麟给了一个恰到好处的沉默，才淡淡开口："说实话，我也在思考这个问题。"

夏熠像狼似的眯起了眼睛："哦？"

他对阎晶晶一扬下巴，小姑娘连忙递过一份材料。照片里，是一位身穿外卖制服的小哥，皮肤黝黑，牙齿发黄，头顶一个亮橙色的骑手头盔，笑得阳光灿烂。

"这人瞅着眼熟吗，邵先生？"

邵麟看着照片里的男人，微微皱起眉头。

"要是记不起来的话，给你提个醒，上周五晚上，他是不是给你送过一杯咖啡？"

这事儿要说巧，还真是巧。

上周五晚上9点，夏熠踩着Disco（迪斯科）音乐的鼓点，正绕着华容湖激情夜跑。这湖一圈长2500米，两圈刚好5000米，是夏警官日常的运动量。

当时，他只听身后"哗啦"一声巨响，随后人群传来尖叫："救命啊！有人落水了！"

夏熠一把扯下耳机，连忙掉头，以最快的速度冲了过去："怎么了怎么了怎么了?!"

出事儿的地方是华容湖公园与公路交接的 T 字路口。明晃晃的路灯下，绿化隔离带上的白色栅栏被撞倒了，湿润的泥土上有一条新鲜的车轮压痕，一辆电瓶车笔直冲进湖里。可是，湖水在那一声巨响后就恢复了平静——没有人上来。

湖边围着三五个大妈，身穿同款广场舞服饰，一个个探着脖子往湖里看，吓傻了似的不知所措。有人呆滞地看了夏熠一眼，指向湖里："他……他自己……自己冲进去的。"

夏熠一把把手机塞进她的手里，低吼："愣着干什么?! 喊救护车啊！"

说着他从口袋里摸出一只迷你战术手电，脱下冲锋衣裤，在人群的第二轮惊呼声中，一头扎进初春夜晚冰冷的湖水。

人救上来的时候，就已经没了生命体征。夏熠也顾不上冷，疯狂给人做心肺复苏。他身边乌泱泱地围了一群人，七嘴八舌，有说这是淹死的，有说刹车失灵的，有说酒驾的，还有说自杀的……

可夏熠当时就觉得奇怪。

最起码有五个目击者，声称人是自己冲下去坠湖的。如果是酒驾吧，这得喝多少酒，怎么可能身上半点酒气都没有？更何况——夏熠瞥了一眼溺水者苍白的口鼻，没有任何泡沫，双手上也没有湖底的泥沙与水藻，代表这人下水后并没有挣扎。

他真是溺死的吗？

邵麟拿着照片，本能地发问："他出什么事儿了？"

"他怎么了先不说，把你知道的告诉我。"

邵麟也没掖着藏着，直接把当时咖啡送错门、他要求退款、小哥的请求等一系列事件悉数告知。夏熠一边听，一边核对外卖平台与手机通话的记录，邵麟说的倒是都对得上。

"小哥说他放错位置了？他把咖啡放去了哪里？"

"我住西区，他说他看错送去了东区。那应该就是东区 6 幢 1 单元 402。"

夏熠抬头对镜子方向比了个手势，意思是"你们去查"。

"人大老远的，特地把咖啡送回来，你为什么又不要了？"夏熠慢悠悠地问道，"请外卖小哥吃外卖，说实话，我都没见过这种操作。"

"因为我不知道这咖啡被放在了哪里。同样，我也不知道有谁经手过这杯咖啡。"邵麟平静地答道，"夏警官，我认为这是一个好习惯。"

夏熠皱眉："外卖有开过口的痕迹吗？"

"我无法辨认咖啡杯有没有封口。"

"邵麟，你这是开了天眼还是有被迫害妄想症啊？"夏熠抬高音量，"无法辨认你就觉得这杯咖啡有问题？你点外卖是随机的，配送小哥对单子的选择也是随机的，小哥送错地方，更是一起随机事件。你潜意识里就觉得，即便这样，在短短 20 分钟内，也可能有人想蹲点害你，是这样吗？"

邵麟刚想辩白，才发现这个问题本身就是一个陷阱。如果展开来讲，会无意识透露一些他并不想分享的信息。邵麟停顿片刻，冷静地回答："我不想要一杯送错地方且配送超时的咖啡。这是我作为消费者应有的权利，有问题吗，警官？"

"没有。"夏熠直接换了话题，"那再和我说说，当时骑手穿的什么衣服？说话什么态度？精神状态怎样？我想听细节，越多越好。"

邵麟思忖片刻，记忆里的画面一点点地被还原——

半开的大门，灰色的楼道，骑手小哥穿着一件明黄色的紧身夹克，同色调的头盔还没解开。他的头发有点油腻，风吹日晒的痕迹全然写在脸上。他似乎是一路跑过来的，有点喘，大约是跑热了，防风夹克的拉链开到了胸口……

"他说送错地方是因为忙了一整天，太困了，但他嗓门很大，语速较快，精神似乎还行。"邵麟尽可能具体地描述道，"他脸色偏黑黄，整个人很瘦，可能是工作的缘故，三餐不规律，或许消化不太好。"

阎晶晶在电脑上噼里啪啦地做笔录。

夏熠摸了摸下巴，眼底闪过一丝玩味："上周，六天之前，一个送外卖的陌生人，邵先生记这么清楚？"

邵麟苦笑，心说是我的失误。确实，在接受讯问的过程中，无论是支支吾吾给不出细节，还是对好几天前的细节倒背如流，都是很值得怀疑的事儿。

他别开目光，淡淡回道："碰巧记性好罢了。"

"兄弟，那你记性可不是一般好啊。"夏熠挑眉，"上周五咱俩也见过，我来填表，你还请我吃了颗草莓，记得吗？"

阎晶晶做笔录的手顿了顿，头顶一个晴空霹雳，心里嘀咕："吃草莓？我也去填表了，咋就没人请我吃草莓?!"

夏熠问："当时，我穿的什么鞋？"

邵麟再次闭眼，记忆里的画面就像照片般展开，每一丝细节都清晰得如同正在眼前。

"荧黄、蓝绿、黑、白四色的耐克。"他睁开眼，缓缓问道，"别人送的吧？"

小女警再次霹雳轰顶，什么，他竟然还记得?!

夏熠也愣住了，毕竟一周前穿了什么鞋，他自己都记不住："行啊，你又开天眼了？"

"那鞋看款式，价位能上四位数，是夏警官全身地摊货加起来的10倍。所以，合理推测，如果你不是跑鞋发烧友，这鞋就是家人朋友送的。然而若是前者，你不会穿着新鞋去泥潭里蹦跶，溅得泥块到处都是。"邵麟很快得出结论，"所以，是别人送的。"

夏熠非常无辜："才5000多的鞋，为什么不能去泥里蹦跶？那不是为了抓人嘛！要抓人的时候，老子穿着阿玛尼不照样往泥潭里冲?!"

阎晶晶一巴掌拍上自己的额头，不记了，这句话记不了。

邵麟目光呆滞地看了夏警官一眼，半晌憋出一句"抱歉"。

"行，算你记性好。"夏熠使劲挠了挠头，把眼前的一堆资料翻了又翻，也不知道在犹豫什么。

这回轮到邵麟开口了："我知道的都说了。难不成，那杯咖啡真有问题？"

然而，讯问室里从来轮不到桌子那边的人提问。夏熠头也不抬："有没有问题，你告诉我啊！"

邵麟眼底晦暗不明。

"这样吧，我换个提问方式。"夏熠像是终于做了某个决定，"我们假设，假设啊，如果你要在这杯咖啡里投毒的话，你会选择用什么样的毒物？"

他犀利的目光一直停留在邵麟身上，观察着他的反应。

但邵麟毫无反应，他似乎真的思考了起来。

"如果我要投毒……这取决于我有哪些获得毒物的途径，以及我投毒的目的。但更重要的是，"邵麟嘴角勾起一抹戏谑的笑容，眼底毫无温度，"怎么样才能让警察不怀疑我。"

他的嗓音依然很好听，仿佛不是在讲述什么令人毛骨悚然的杀人计划，而像是午夜诗朗读的电台主持人。

"既然对方是一个外卖骑手，那我想，我会使用代谢周期短、能麻痹运动中枢神经，以及随处都可以买到的感冒药。只要剂量足够大，他大概率会发生车祸，哪怕事后被发现药驾，如果是常见的感冒药，怎么也不会怀疑到我的头上。"

夏熠哼了一声："话里话外不就是想说，如果你真想干坏事儿，警方也对你束手无策吗？"

"夏警官，你想多了。"令人如沐春风的笑容再次回到了邵麟脸上，"我只是回答你的问题罢了。"

"还挺不巧的，骑手没发生车祸。"夏熠又递过去一份材料。

那是一张三个月前的药店记录。

"再回答我几个问题吧，邵先生。"夏熠的眼神已经彻底冷了，"这两盒刷你医保卡购买的处方药盐酸氟西汀，被你拿去做什么了？这种药一般需要长期服用，为何你只购买了一次？还有，你工作单位楼下就能配的药，为什么要开车绕半个燕安城，去这么一家名不见经传的小药房购买呢？"

邵麟心跳突然漏了一拍。一想到那两盒氟西汀，他整个人就好像被钉在了椅子上。他微微启唇，却又颤抖着闭上了。

脑子里信息太多太杂，一时半会儿捋不清楚。

警方若不是掌握了确切的证据，不可能传唤自己。难道，那杯咖啡里有氟西汀？凶手本来想毒他，却意外放倒了外卖小哥？不可能吧。就像夏熠所说，点外卖是一起随机事件，小哥送错也是一起随机事件。怎么可能有人在这种情况下，还能精准投毒？

有人在监视他家？

邵麟脸色陡然苍白，在讯问室里第一次陷入了沉默。

那天晚上，等夏熠终于等到救护车与交警的时候，死者瞳孔已经扩散。交警在现场勘查后，无法明确死者死因，事件无法定性，便转交给了公安。家属觉得事情蹊跷，同意尸检，于是又转去了司法鉴定中心。

本来夏熠捞了个人，没他什么事儿了，偏偏尸检结果蹊跷得要命——

死者仅上呼吸道有少量湖水，无泡沫，无水性肺气肿特征，左右心血浓度并无明显差异。

这说明，小哥还真不是溺死的。落水前，他就已经猝死了。

然而，尸表除几处抓伤无明显损伤，颅内无挫伤，无出血，左右心室明显扩张，但内外膜光滑，瓣膜完好，冠状动脉无异常。死者有非常轻微的心脏病变，以及相对严重的胃部溃疡。根据法医分析，这些问题都不足以致死。再考虑到死者年轻，无基础性疾病，在非睡眠状态下自然猝死的可能性微乎其微。

于是，法医又跑了血液与胃内容物的毒理化验。

过了两天，结果出来：氟西汀，双阳。

氟西汀是一种治疗抑郁症的选择性 5- 羟色胺再摄取抑制剂，过量服用或与某些药物混用有一定的心脏毒副作用，在部分人群中会造成 QT 间期延长（心室复极延长），以至于心律失常，甚至心脏猝停。

所以，问题来了——死者无任何精神疾病诊断史，医保卡也干干净净，没有任何处方药的购买记录，他的体内为什么会出现被管制的精神类药品呢？夏警官觉得奇怪，便展开了调查。

死者名叫罗伟，27 岁，燕安市橙县周边农村人，三年前来燕安市打工，是"安心送"外卖平台员工。

根据他在外卖平台的记录，事发当晚 8 点 43 分，罗伟接到最后一个外卖订单，于 8 点 58 分成功取货，送货途中发生事故。

交通摄像头捕捉到了罗伟落水前的行程：9 点 2 分，一切尚且正常；9 点 6 分，在事发地点前最后一个十字路口，罗伟飞速地闯了一个红灯，沿着华容大道笔直坠湖。根据尸检鉴定，警方合理怀疑罗伟在闯红灯的时候已失去意识，心脏猝停时间在 9 点 2 分到 9 点 6 分。只是碰巧，这个区间内，他没有撞上什么人。

摸排下来，罗伟在接这单子之前，曾与一家名为"旺旺炒粉"的老板有过对话。老板何鑫旺说罗伟经常来他的店里吃晚饭，就在出事儿那天，罗伟照常来了，打包了一份炒粉，并没有堂食，理由是喝了一杯咖啡，感到身体不适，没有胃口。

罗伟电瓶车后备箱中的炒粉与老板的证词相符，而且死者胃里没有晚饭，只有咖啡。于是警方顺藤摸瓜，沿着咖啡这条线索，摸到了邵麟身上。

"我问你话呢！刚不还很多细节，很能说吗？这会儿怎么就哑巴了？"夏熠起身，双手撑在桌上，压迫感极强地往前一倾，"你这药拿去做什么了？你没有精神科的就诊记录为什么能拿到处方？啊，我忘了，你的同事里，能随便给你开药的朋友，不少吧？"

邵麟再次张了张口，却依然什么都没说。

"来，不急，啊，咱们一个问题一个问题来。邵麟，你承认自己曾经购买过两盒盐酸氟西汀，对吗？"

邵麟："……"

"你获得这个处方药的途径合法吗？"

邵麟："……"

"不说是吗？你清楚自己在这个时候不说话是什么意思吗？"夏熠音量陡然提高，重重一掌拍在桌上，嗓音里染上了怒意，"别美剧看多了真以为保持沉默能脱罪，你再不说话就是不配合调查！"

邵麟看上去似乎一切如常，但只有他自己知道，心跳正在不受控地加快，熟悉的窒息感再次揪住肺部，他无数次想开口却又说不出话。

氟西汀……氟西汀……氟西汀……

讯问室明晃晃的冷光灯被无限放大了，记忆长廊如同被撕开一道裂口，片段如洪水一般倾泻而出，在现实中穿插着闪回。

是不是你？他们为什么特意选了你？你和他们是什么关系？你还不说实话？

有人在怒吼。有人在拍桌子。手铐的链子磕到桌角，发出清脆的金属碰撞声。又有人抓着他的头发，把整个脑袋按进冰冷的水里……

邵麟额角沁出了冷汗，心跳快如战前擂鼓。他看着夏熠起身向自己走来，可是自己的五感好像被封印了，与现实之间隔了地日距离。

那个警官在问什么？

不要这样。太丢人了。控制你自己。

肉色的光影在视网膜上晃动，似乎有人在他面前挥手……

"你怎么了？你没事儿吧？我还没怎么你呢，不带这么碰瓷的啊！你怎么额头都湿了？该不会要在我面前晕过去吧？你敢晕过去，我就敢给你做人工呼吸！啊！"

邵麟伸出手，胡乱抓了两下，最后像是拽住救命稻草一样抓住了夏熠的手。他借着那人掌心滚烫的温度，终于回到现实里。邵麟纤长的睫毛似染了水色，在冷光下如蝶翼颤动……失焦的瞳孔再次聚焦，他看见夏熠单膝点地跪在身侧，而自己正死死抓着对方的手。

03

邵麟触电似的松手，移开目光。

他深吸一口气，一只手肘搁在桌上，竖起小臂，五指微张，向夏熠亮出掌心。他没开口，但夏熠就是那么自然地看懂了邵麟的意思——暂停一下。

男人纤长的手指在冷色调灯光下泛着白玉色泽，夏熠盯着他格外突兀的腕骨，莫名的"熟稔感"再次袭上心头。半晌，他站了起来，居高临下地看着邵麟："行。等你想好了怎么回答，我们再继续。"

夏熠转身离开，吩咐阎晶晶去给人倒一杯热茶。

他一出门，就左拐进了隔壁观察室，墙面上的时钟已经指向了夜里 11 点。

房间里人倒是不少。

单向可视玻璃前站着一位女警，只比夏熠矮一个头，肩挺腰细，光一个背影就飒得不行。

夏熠双眼一弯："哟，沫爷，哪阵风把您给吹来了？"

马尾辫儿在空中划开一道弧线，姜沫抱臂转身，红唇微勾："周队出去开会了，我替他来看看你。听说有人一日不打，上房揭瓦。"

夏熠摸着脑壳，笑得狗腿子一般，说："在沫爷您眼皮子底下哪个不长眼的小东西敢上房，我夏某人第一个抽死他。"

姜沫眼睛一翻："法鉴中心的人来找我告状，说什么明明要结案的尸检报告，你非要抢去调查。"

"他们凭什么结？"夏熠陡然正色，严肃地说道，"罗伟才 27 岁，向来身体健康，无任何疾病史。他们白纸黑字一句无明显病变心源性猝死，家属能服吗？"

姜沫蹙眉："但法医并没有发现致死性病变。你查的这个氟西汀，我听说是非致死浓度？"

"是，罗伟体内的氟西汀确实没到致死浓度，而是治疗浓度边界高值。"夏熠语速快了起来，眼神精亮，"但你想想，罗伟没有任何精神病史，他和他的妻子从来没有买过含有氟西汀的处方药，结果人莫名其妙地死了，胃里、血里都发现了严格管控的精神类药品，难道不值得怀疑吗？没错，从法医的角度来看，这不是一个能写进报告的'致死原因'，但从我的角度来看，这氟西汀绝对不正常。"

姜沫听了解释，眼神似是温和了一些。她伸手一敲夏熠脑袋，目光再次落到隔壁邵麟身上："那这人，你怎么看？"

房里有警员迫不及待地想在夏熠之前发言："我觉得这人很有问题！刚才问到氟西汀的时候，他的反应明显不正常吧？"

"问题是有问题……"夏熠皱眉，欲言又止。

短短两次接触，夏熠自认为不太了解邵麟，但唯独一点能确定，就是这人极聪明，而且半点都不打算掩饰自己的聪明。如果当真是邵麟投毒，他必然会准备好一套天衣无缝的说辞，不会在这么关键的点上掉链子，把怀疑引到自己身上。

"组长组长！"房门被推开，是与阎晶晶同期的新人警察李福，"我找物业核对过了。刚才说咖啡被送去的那个'东区6幢1单元402'，业主出差一个月没回来了。也就是说，当时那房子应该是空着的。就是他们那个小区太老旧了，只有出入口安了监控，里面查不了。"

夏熠点头："好。"

房间里的警察七嘴八舌地讨论开了："我翻了翻外卖记录，这个罗伟不是第一次送他们小区了，怎么还会放错地方呢？"

"假设罗伟没放错？那就是邵麟正常收到了咖啡，加料，再以申请退款为威胁，让小哥回去了一趟……"

"那邵麟的作案动机是什么？两个人好像也没有什么交集啊。"

"咚咚咚——"

大伙儿身后传来敲击声。

夏熠扭头，才发现邵麟不知什么时候站到了那面单向可视玻璃前。从讯问室里看，那是一面再普通不过的镜子，邵麟看不到他们，从这个房间却可以清晰地观察隔壁。

邵麟大大方方地照起了镜子。他一撸刘海，又整了整衬衣领口。面容清秀的男人看着镜中的自己，但那眼神就好像能穿过玻璃似的，冷冷地扫过隔壁一干警员。

也不知是故意还是无意的，邵麟一舔嘴唇。

姜沫挑眉："哟，这小帅哥有点脾气啊！"

夏熠皱起眉头。那屋子里什么样的人夏熠都见过，但胆敢在那面单向可视玻璃前搔首弄姿的嫌疑人，他还真是第一次遇到。

夏熠起身回到隔壁，邵麟已然恢复了最初冷静的模样。他闭口不提之前的疑问，反而劈头盖脸地问："那个咖啡杯呢？你们找到了？能确定氟西汀是下在咖啡里的吗？"

夏熠眯起眼睛，语气里带了威胁："邵麟，这个房间的规则是我提问、你回答，没有第二种选择。现在，我再给你一次机会，你买的那盒盐酸氟西汀，被你拿去做什么了？"

"与案件无关，我拒绝回答。"

邵麟的态度过于理直气壮，夏熠忍不住一股怒火猛地上涌——这还叫与案件无关?! 可还没等夏熠开口，对方就直勾勾地盯着他："说实话，咖啡杯里是否被人加了氟西汀这事儿，我比夏警官更迫切地想知道答案。"

但很快，邵麟眼底闪过一丝失望："不，你们没能找到那个咖啡杯……藏掖这个证据点对警方毫无益处。你们要是有，早拿这个点来打我了。所以，你们没有。"

夏熠在心底叹了口气，他们的确没有。

根据他们查到的交通摄像头，电瓶车车头有个插饮料杯的位置，那杯 Rox 咖啡就放在那里，连人带车翻进湖中。等有关部门把电瓶车打捞起来，已经是三四个小时之后的事儿了，杯盖不知去向，纸杯倒还卡在那个位置，但已经泡软了，被湖水冲了个干干净净。

邵麟眉心皱了起来："要圆咖啡投毒这条逻辑链，咖啡杯才是最重要的一环证据。如果你们无法确定咖啡里含有氟西汀，这药就完全有可能是骑手通过其他渠道服用的。"

　　警方自然也考虑到了这一点，夏熠说："氟西汀是严格管控的处方药，记录很好查。我们有足够的证据证明，罗伟身边没有购买过该药的人，就连与医药、生化相关的从业人员都没有。"

　　目前唯一可能相关的线索，就是邵麟。

　　邵麟思忖片刻，突然抬起头："死者血液里的N-去甲氟西汀浓度是多少？"

　　夏熠愣了愣。

　　邵麟敏锐地捕捉到他眼底转瞬即逝的迷茫，顿时心下了然。

　　"去甲氟西汀是氟西汀经肝脏CYP2D6代谢后的产物，"邵麟从容不迫地开口，"但它的药动力参数，比如半衰期、Tmax（达峰时），和氟西汀是完全不一样的。氟西汀达到血药浓度峰值只需要6小时左右，去甲氟西汀则为1到3天。"

　　讯问室的冷光灯下，明明是嫌犯的位置，却成了邵麟的主场："两者的峰值浓度差不多。也就是说，只需要计算死者血液中氟西汀与去甲氟西汀的浓度比值，便可判断死者是在什么时候服用了这个药。如果比值远远大于1，这杯咖啡才有重大嫌疑；如果比值接近1，则代表死者长期服用该药物；如果比值远远小于1，则可以计算出他已经在几天前停了药。"

　　夏熠盯着他，眼神几变，从迷茫到诧异到敬畏再回归迷茫。

　　邵麟一时摸不准那表情的意思，小心翼翼地问道："你听明白了没有？"

　　夏熠："……你眼神里的鄙视是怎么回事儿？"

　　邵麟眨眨眼，深吸一口气，突然放缓了语速，用哄幼儿园小孩的语气说道："氟西汀吃进去6小时后，在血液中的浓度会达到峰值，同时，氟西汀会一边消失，一边变成去甲氟西汀。我们可以通过计算氟西汀和去甲氟西汀的比值——"

　　"停停停停停！我听明白了！"夏熠摔门跑了出去。

　　一推开隔壁门，就听到姜沫在慢悠悠地教育新人："看到了吗，这就叫事先没有做全准备工作。法医那边的信息还不全，就巴巴儿地跑去讯问，全程被人追着吊打。所以，晶晶你记住，进入这个房间之前，手上的信息一定要全。"

　　阎晶晶崇拜地看着姜沫，小鸡啄米似的点头。

　　夏熠委屈了："不是，副队，是法鉴那边不回我消息。"

　　姜沫冷冷地瞥了他一眼："你反思反思你自己。"

　　"哎，我怎么了我？"夏熠顿时更委屈了，"这案子不给结，追着查有问题吗？"

"我是因为这个怪你的吗？和人家搞好关系很难吗？没有一顿火锅搞不定的事儿，如果有，就再给人送一杯奶茶。"姜沫白了他一眼，但还是掏出手机，拨了一个电话出去。

法鉴中心并非分局专属。燕安市所有司法鉴定，以及周边小县城的大案，几乎全往那儿跑，法医们本来就忙得脚不沾地，每天尸体连连看。夏熠是市局局长亲自关照过的人，要不然，罗伟的尸体现在还在排队呢。

这份报告属于"无明显病变心源性猝死"，偏偏被夏熠拦下调查。由于死者体内氟西汀并未达到致死浓度，这案子也不属于重案大案，法医自然不想多花时间，就跟夏熠闹得不太愉快，把检查一拖再拖，除了胃部与血液的氟西汀定量浓度，没给夏熠更多回复。

不过，警花副支队长人美声甜，声望极高，一个电话过去，那边效率就提高了起来。法医组主任亲自给了个面子，保证两小时后出结果。

夏熠回到讯问室，笑得有点尴尬："不好意思啊邵老师，可能还要再麻烦你坐一会儿。结果马上出来。"

邵麟瞥了他一眼，不说话。

"那个……关于氟西汀你怎么知道那么多啊？"

邵麟冷冷答道："与我专业相关罢了。"

夏熠赔笑："也是也是。"

就在这个时候，他突然注意到，邵麟桌上那杯茶还是满的，放到这会儿都该凉了，忍不住开口："咦？聊了一晚上，你不渴啊？我听你嗓子都哑了，喝口水呗？要不我再去给你泡一杯？"

邵麟瞥了茶杯一眼，摇摇头。

夏熠突然反应过来，见鬼似的看了他一眼："咱们局里的茶你不至于也要怀疑吧？"

夏熠走上前伸手，仰头喝了一口："没事儿，啊，你看，我先给你试毒了。"

邵麟好气又好笑地看了他一眼，说自己不是怀疑，却依然没有半分要喝的意思。

夏熠非常不服气。

左右也是闲着，他一路跑回三楼，从自己工位底下取出最后一瓶农夫山泉，重重放在邵麟面前："这个呢，这个您喝吗，公主殿下？"

"谢了。"邵麟眨眨眼，顿时不和他客气了，修长的手指拧开瓶盖，"咕咚咕咚"直接灌下大半瓶。

夏熠："……我真服了。"

两小时后，姜沫把一份报告的照片传给夏熠："郁主任亲自跑的高效液相色谱法。"

正如邵麟所说，罗伟血液中氟西汀与去甲氟西汀的比例稳定在1∶1左右。而罗伟6点喝咖啡，晚上9点出事儿，3小时绝不足以在体内产生如此多的去甲氟西汀。

"氟西汀是一种需要长期服用才起效的药物，这个比值能稳定在1左右，说明这药罗伟吃了最起码有一周，源头不可能是那杯咖啡。"邵麟起身，平静地看了夏熠一眼，"我可以走了吗，夏警官？"

"可以可以，"夏熠拿来几张表，一个劲地点头哈腰，"实在是不好意思，太感谢你的配合了。对对对，麻烦这里签个字，这边请。"

等邵麟取回自己的随身物品，夏熠还和狗腿子似的跟在他身后蹦跶："邵老师邵老师，半夜不好打车，我回家顺路载你一程？"

邵麟眼皮都没抬一下，淡淡回绝："不必。"

可夏熠这人好像天生就不懂什么叫作"人与人之间的距离感"，一张嘴吧吧得能折腾出十只鸭子的效果："邵老师，你该不会是生我气了吧？今晚实在是太不好意思了，把你折腾到这么晚，给我一个补过的机会吧，专业司机小夏，警车VIP专座，我车上还有矿泉水，没开过的那种——"

邵麟头都大了，不理他，扭头就走。

夏熠一片好心惨遭拒绝，委屈巴巴地嘀咕了一声。

凌晨3点的分局大厅依然热闹。

辖区内一家娱乐会所有人半夜闹事儿，有喝醉的抄酒瓶给人开了瓢，结果事情闹大，双方动刀见了红。这会儿一包厢的人都来了，一群浓妆艳抹的女孩子，叽叽喳喳正在排队做笔录。有几个眼神乱扫的，看到邵麟后忍不住兴奋地和小姐妹咬起耳朵。

那样的目光让邵麟不太舒服，他垂下眼，把围巾拉高了一些，快步走进了门外的料峭春寒。

他刚走出分局大门，就感到有什么人正在看着自己。很多时候，人对危险的直觉就是一瞬间的事儿。邵麟看向马路对面的路灯下的阴影——那里站着一个身材魁梧的男人，戴着棒球帽。

光线太暗了，邵麟看不清楚对方的面目，但他就是那么敏锐地知道，那人正盯着自己，目光里带着探究。

04

凌晨这个点，路上几乎没有车了。

邵麟思忖着，不管那是什么人，在分局门口终归得收敛一点。起初，他也没太在意，掏出手机，点开打车软件，就开始往方便停车的地方走去。

那个人影也跟着动了。

邵麟心底警铃大作：那人在跟着我吗？

他熄屏手机，故意左转，沿着小巷走进后边的居民区。他绕了一圈，回到分局门口。恰好，停车场的栏杆缓缓抬起，一辆黑色 GL8（别克一款车型）缓缓滑出，正是夏熠开的车。

夏警官摇下车窗，乐了："哟，邵老师，怎么还在门口杵着呢？我早和您说了，这个点车不好打。不瞒您说，以前我也是做过顺风车司机的人，要不您凑合凑合——"

邵麟完全没心思听他在吧吧什么，而是侧头看向路口的凸面反射镜，有人从自己刚走过的小巷里飞速地向外探了探脑袋，又缩了回去。

果然，那个人在跟踪自己！

邵麟不等夏熠说完，径自打开副驾驶车门，坐了进去。

"不好意思，手机没电了，打不了车。还是叨扰夏警官了。"邵麟嘴上这么说，目光一直锁定车子的后视镜。只见那个男人站在巷口，目送 GL8 离开。

"不叨扰不叨扰，应该的。"

下一个十字路口，本该向左走的夏熠却突然一个右转，绕着街区开了一圈。凌晨的街道空空荡荡，这远路就绕得格外突兀。

邵麟心跳空了半拍：糟糕，他发现了。

GL8再次开过分局门口，夏熠往后视镜里扫了一圈，微微皱起眉头："没人跟着了。你刚才在躲谁？"

邵麟故作迷茫地眨眨眼："你说什么？"

"演，继续演。"夏熠都懒得看他一眼，直接左转切上环城高架，"你说你手机没电，但进讯问室前你上交了手机，当时还有70%的电。没人动过它，它一直处于待机状态。从款式上看，这是去年的新机，就算是苹果手机，也不至于没电。而且，你这种人吧，和谁都要保持距离，上车应该会坐后排，而不是副驾驶位。一上车就疯狂盯着后视镜，当我瞎呢？"

听夏熠把逻辑盘得明明白白，邵麟笑得有些无奈。他一直以为这货智商不太高，没想到竟然也有敏锐缜密的时候。是他自己一时紧张，老狐狸阴沟翻船了。

"呵，没话说了？又心虚了？"

"你就非要逼我讲实话？"邵麟一舔嘴唇，在心底咬咬牙，羞赧地说，"是，手机没电是借口。先前拒绝你，是因为我还在气头上，刚出门我就后悔了。我想上你的车，又不好意思，你还不准我给自己找个台阶下？"

邵麟越说越不好意思，那委屈的小眼神，让人觉得下一秒他就该脸红了。

夏熠："……"

车厢就此陷入尴尬的沉默。

半晌，夏熠清了清嗓子，点开音响："听会儿歌，听会儿歌。"

邵麟这才松了口气。

顿时，车内笙乐与笛音齐飞，木鱼与磬有节奏地打着拍子："南无阿弥陀佛——南无阿弥陀佛——"

恰好车头弹簧摆件是只小哈士奇，这会儿正歪着脑袋、吐着舌头，随着木鱼的节奏一晃一晃。

邵麟憋出一句："你信佛？"

"哪能呢？作为一名光荣的人民警察，咱们信唯物主义，相信科学！我只是单纯觉得这调子好听，艺术欣赏，艺术欣赏。你不喜欢吗？你不喜欢我给你换一首。"

邵麟心想自家小区离得也不远，便违心答道："……不用了，确实挺好听的。"

夏熠顿时大喜："知音啊兄弟！"

邵麟："……"

车子即将抵达目的地时，车载音响断开，有个电话打了进来。

夏熠按下接通，开口就讲相声似的："哟，郑局！这都几点了您老还没睡啊？您年纪大了，要注意保养身体，如果是小事儿，直接让下面的人知会我一声就行了——"

也不知对方说了什么，夏熠一个紧急刹车，邵麟要不是系了安全带，差点飞出去。

夏熠在驾驶位上小鸡啄米似的点头，连连道歉："好的好的，我知道了，对不起郑局，给您添麻烦了。"

邵麟头疼地揉了揉额头。反正小区大门已经看得到了，邵麟解开安全带，刚要推车门，却见夏熠挂了电话，扭头结结巴巴地看向自己："刚……刚我们郑局和我说，你你你是燕安市刑事警察学院请来的犯罪心理学顾问讲师……"

邵麟淡淡抬眸："是。"

"我我我查了你档案，没看到这一条呢……"

邵麟眼底闪过一丝晦暗不明的情绪："都说了是'请'来的。行了，我走了。谢谢你的车。"

"等等！"夏熠又叫住了他，"郑局批评我，说我这次太草率了，还让我请教一下你的专业意见呢！"

邵麟本来是想拒绝的，听到"郑局"两个字，他更是半秒钟都不想多待。可当邵麟看到夏熠委屈巴巴地挠头的模样，好像挨了骂却依然不知道自己错在哪儿，他又心软了："好吧。"

夏熠茫然地问道："如果一个人血液中的氟西汀浓度，介于治疗浓度与致死浓度，他因为药物死亡的可能性大吗？"

邵麟诧异地一挑眉，但还是先回答了对方的问题："相比三环类抗抑郁药物，氟西汀发生心脏毒副作用的比例其实不算高。正常服药的情况下，心律失常的概率在万分之一左右。仅限于我个人的了解，氟西汀致死案例中，药物浓度都是超标的。"

邵麟心想：原来外卖小哥血液中查到的氟西汀竟然还不是致死浓度！那我被传唤到局子里瞎折腾了一晚，到底是为了什么？

他越想越气："不是致死浓度？那你查我干什么?!"

夏熠使劲抓了抓后脑勺，面露难堪之色。

其实，法鉴中心大概也是这么个意思。既然是治疗浓度，就无法证明罗伟是因为服用氟西汀而死亡的。除非有明确的投毒嫌疑人，动机、物证齐全，要不然，这事儿几乎不会被立案考虑。

难道就这样算了吗？

夏熠突然觉得车里闷得慌，便摇下车窗，让凉风吹了进来。他往驾驶位里一靠，说外卖小哥罗伟和他的妻子王秀芬，是一对从农村来大城市打拼的小夫妻。

两人在村里青梅竹马，再一起出来打拼，一个做家政，一个跑外卖，收入都还算得上可以。两人风雨同舟，勤勤恳恳打拼几年，总算凑齐首付，在这座大城市里有了属于自己的房子。就在三个月前，王秀芬还怀上了孩子，眼看着就要变成三口之家……

现实却总是令人猝不及防。

夏熠到现在还记得清清楚楚的，在罗伟尸体尚未被送检的时候，王秀芬是怎么拉着他的袖子低声哭泣的——

她说丈夫长期跑外卖，从来不喝酒，不可能酒驾。

她说一个即将当爸爸的人，更不可能投湖轻生。

她还说丈夫平时身体很好，从来没有去过医院，好端端的，怎么会翻车进了湖里？

"刑警的工作……不就是还原真相吗？"夏熠不知是在自言自语，还是在与邵麟对话，"现在唯一有问题的线索，就是罗伟不知从何处摄入的氟西汀。虽说概率极低，但氟西汀的副作用确实与他的死因相符合！如果我不尽力去查，谁来回答他妻子那么多个为什么？难道要她带着一个再也见不到爸爸的孩子，一辈子念叨一个模棱两可的'无明显病变心源性猝死'？如果有凶手，我一定会把他找出来！"

空旷的马路对面，一辆车呼啸而过，白花花的大灯透过风挡玻璃，在夏熠脸上转瞬即逝。邵麟看着他疲惫的神情与坚毅的眼神，心底那股气突然就全散了。

一个声音在邵麟的心底冷冷告诫："不要多管闲事儿。离他们远一点。你自己的麻烦已经够多了。"

然而，眼前年轻的刑警就仿佛一把刚开刃的刀，还没有染上擦不干净的血迹，也不曾生出被环境腐蚀的锈斑。当它劈开魑魅魍魉时，还是那么锋利，那么坚定，那么耀眼。

邵麟抠住车门开关的手终究还是放了下来，几不可闻地叹气："如果氟西汀不是致死因，没考虑过其他毒物吗？"

"跑了200多种常见的，都干净。"

法鉴中心新配备了一套三重四极杆串联质谱仪，能一下子检测200多种常见的毒物，大大提高了工作效率。

然而，这世间能杀人的化学物质，又何止这200种？

理论上，在一个完美的世界里，挨个儿排查下来总能找到毒物。但在现实中，除了筛查常见的毒物，法医们没有时间，也没有足够的资源挨个儿跑样，除非从刑侦口得到了明确的检验方向。

夏熠捏捏眉心："我的思路是，这个氟西汀确实古怪。先从它查起，或许会发现其他与死亡相关的线索。"

邵麟想了想，分析道："体内出现管制药品，有两种可能。第一种，罗伟是在不知情的状态下，自主服用的。比如，一些非法保健品、非法娱乐性药品。这种药物的主打作用可能是安眠、放松、让人觉得开心，但实际上非法掺入了氟西汀。

"第二种可能，则是被投毒。这种情况吧，嫌疑人的范围其实不大，一定是能长期接触罗伟的饮食且具备杀人动机的人。而且，你说氟西汀并非致死浓度，那这个人还非常谨慎。如果想杀死一个亲近的人，男性的手法往往更加暴力冲动，所以，如果真的存在一个投毒者，那多半是一个内向、胆小且心细的女性。"

"第一种好查。但第二种吧，照你这么描述，那根本没的选，就罗伟他老婆呗？"夏熠顿了顿，"但不可能是她啊，摸排下来，罗伟的工友都说夫妻俩关系特别好，他老婆中午经常给他做爱心便当，一群单身工友都羡慕得要命。"

"保险查过没有？受益人什么的？"

"查过了，罗伟就一个工伤保险、一个交通意外险，是入职时公司给保的，所有全职员工都有。再者，这事儿不属于交通事故，"夏熠叹了口气，"就算是工伤，也赔不了几个钱，撑死万把块吧。妻子没有作案动机。"

邵麟沉默片刻，从皮夹里掏出一张名片，夹在食指和中指之间递了过去："资料准备好传给我。"

夏熠借着头顶昏暗的光线，眯起眼睛扫了扫，不禁发出一声文盲的感叹："嘿哟，您这头衔还真不少。"

邵麟懒得理他，打开车门，一脚跨了出去："走了。谢谢。"

留下夏熠拿着名片，呆若傻狗："谢……谢啥啊？难……难道不应该是我谢你吗？"

夜风吹动衣角，邵麟唇角染上了一丝极淡的笑意，轻轻一拍车窗："晚安，夏警官。"

夏熠看着他的背影消失于夜色里的小区，终于后知后觉地反应过来，那时不时蜇他一下的"熟稔感"到底是怎么回事儿。

那只骨节分明的手，以及那个清瘦的侧影……

当时在讯问室里，邵麟示意"暂停"，也是这个手势……

夏熠想起来了！

那是他随特警突击队 Alpha 执行的第一场国际救援任务。

当时，他们队代表国家在外参加国际比赛，返程途中临时受命，前往非洲 Z 国，救援被绑架的本国的矿业老板与员工。

Z 国当地人暴动，受到牵连的矿业不止一家。突击队空降增援时，现场 HRT（国际人质救援队）的工作人员已经开始谈判了。

突击队迅速控制了现场外围。三个狙击手占领四周高点，从不同方向瞄准了目标建筑。可绑匪精明得很，从来不在窗口露头。HRT 决定送谈判专家进屋，诱导绑匪在窗口前暴露，狙击组将人击毙，同时突击组进入解救人质。

然而，双方对峙了好几小时，才传来谈判专家成功进入的消息。

对讲机里电流音刺啦刺啦的："一号无视野，完毕。"

"二号视野 40%，完毕。"

平生第一次，荷枪实弹的任务落在了夏熠的狙位。夏熠的心跳微微快了起来。他在心里默算高度差，将十字准心稍稍架高了一点："三号视野 100%，完毕。"

指挥中心下达命令："视野允许时直接击毙。"

"收到。"

灼热的风吹过满地沙石，汗水滑过鼻梁流进衣领，夏熠将食指扣到了扳机之上。

瞄准镜里，一个黑人正在向后倒退，一步步将他整个后脑勺暴露于窗口。可就在这个时候，他看到谈判人员一边说着什么，一边向窗外比手势——

作战指示时有规范：食指、拇指比"枪"，手腕外旋是"击毙"信号；伸出食指、中指、无名指三指是"再给我一点时间"的信号；五指张开则是"放弃计划"。

夏熠盯着瞄准镜里那只骨节分明的手，以及那个男人模糊的侧脸。他在窗口反复地传递一个信息——放弃计划。

"三号，开枪。"

没有枪响，只有飞鸟唳鸣划过烈日长空。

通信频道又响了起来："三号，什么情况？"

"谈判专家示意紧急暂停。"

从未磨合过的两支队伍在营救理念上存在分歧，这会儿指挥中心更是炸开了锅："看守这个点的绑匪只有一个人，击毙就完事儿了，我真搞不懂他们还暂停什么！"

"为什么暂停？怎么事先都没消息？"

"还答应绑匪要求切断通信进去，这不送人头吗？搞什么?!"

夏熠的食指微微颤抖，心跳声猛烈地敲击耳膜。一切情况似乎都在掌控之中，为什么要暂停呢？但是，在那一瞬间，他依然选择了相信那个站在现场的谈判专家。

虽然他们从未合作，从未交流，甚至从未谋面……

他看着瞄准镜里的那只手，选择了去相信那个将自己的性命悬于一线，只身进入绑匪房间的谈判专家。

后来，夏熠才知道，绑匪之所以敢于暴露在那个窗口，是因为窗户上装了感应器。如果当时窗户被击碎，套在人质身上的炸药则会直接爆炸，造成大量人员伤亡。

要不是谈判专家及时发现了窗户上的感应器，当机立断终止行动，后果不堪设想。

连续 32 小时的对峙结束，他们最终救出人质，随后两支队伍各回各家、各找各妈。夏熠只在瞄准镜里远远见过那位谈判专家的侧影，却从未有机会当面道谢。

又是一辆大货车呼啸着从旁边车道开过，就好像那些随着突击队出生入死的岁月，在"隆隆"声里转瞬即逝，仿佛成了上辈子的事儿。如今，他被困在这个基层岗位上，大部分时间都在大海捞针似的询问摸排，就连抓个小毛贼都成了令人兴奋的运动。

夏熠缓缓回过神来，心底腾起一丝莫名的期待。

是他吗？

可那又怎么可能呢？

Z 国那么遥远，HRT 还是一支国际队伍。

夏熠想了想，最终有点按捺不住，从通讯列表里点开一个许久未联系的名字，发了一条加密短信：嘿，老关，帮我查个人。

05

既然邵麟主动提出帮忙查案，夏熠就没和他客气。

第二天上午，他就给邵麟打了一个电话，开门见山："我约了罗伟妻子采样他平时常吃的东西，有空一块儿来？"

邵麟答应得爽快。

夏熠只睡了 4 小时，但精神很好："我们副支队长说了，最后给我一个工作日来查这事儿。如果不能提供明确的投毒证据，下周法鉴中心就按心源性猝死结了。"

邵麟点点头："如果罗伟是无意识主动摄入氟西汀的，那大概率是能从日常饮食中发现的。"

王秀芬家住在"方弄里"——燕安市北面颇为热闹的一座城中村，那里住的都是些外来务工人员。去年，方弄里响应上面"整顿市容"的号召，把沿路排楼重新粉刷了一遍，从外面看起来大方整洁，但小区里依然破旧不堪，垃圾桶下汩水横流，自行车摆放得杂乱无章……

相比之下，王秀芬家里干净得令人眼前一亮。公寓占地面积不大，但收拾得非常整齐，收纳合理而显得格外宽敞。

王秀芬个头不高，圆脸，但身上不胖。大约是没心思捯饬自己的缘故，她这会儿面色憔悴，嘴唇起皮，眼眶还微微肿着。不过，不像很多乡下来的姑娘，王秀芬身上并没有那种"一看就不是城里人"的气质。

夏熠在来之前打过招呼了，双方客套两句，王秀芬直接走向客厅，打开一格抽屉，向二人挥挥手："家里所有的药都在这里。"

药品不多，都是常见的：布洛芬，维C银翘片，健胃消食片，维生素，叶酸，更多的是一些外伤用药——双氧水、碘酒，以及一些标着小蝌蚪文字的药贴，上面画着东南亚风格的佛像，看着不像是国内产品。

邵麟拿过药品盒子，一盒一盒地看，而夏熠捡起一片花花绿绿的药贴："这是什么？"

"泰国的活血祛瘀膏。"王秀芬连忙答道，"我平时私底下还做些微商，认识些朋友，有国外的进货渠道。上回她送了我些小样，说是什么东南亚当地的土方子，活血祛瘀治背疼。阿伟用了说好……就一直从她那里买了。"

夏熠点点头，将每一种药都取了一些，依次装进密封物证袋。

王秀芬十指绞在一起，面色悲怆："你们是不是查到了什么？阿伟到底是怎么了？"

案情还在调查过程中，自然不方便对外透露信息。夏熠打了个哈哈，说15天内一定会给她一个具体答复。

"确定只有这些药？"

王秀芬点头确认："家里的药确实都在这儿了。"

夏熠封上最后一袋，再次确认："还有没有什么他经常吃的东西，烟啊、蛋白粉啊，能量饮料那一类的？"

"这些倒是不吃的，但阿伟在戒烟……"王秀芬想了想，突然跑进卧室，"等等，还真有一个！"

卧室里传来王秀芬翻找东西的声音。邵麟在客厅里四处打量了一番。大约是尸体还没被送回来的缘故，家中还没布置什么祭奠用品。药格上就是书架，放了许多花花绿绿的自我提升类的书，比如《朋友圈是你最好的人脉》《如何在闲暇时赚钱》《顶级营销话术》《时间管理大师》等等。

书架对面，高脚柜上放着一盆假花，纺纱花瓣上没什么灰尘，花束后面挂着一大张金框裱起来的结婚照，新娘挽着新郎，带着两个甜甜的酒窝，满脸都是幸福的模样。邵麟的目光落在新娘那一节雪白的小臂之上，很快又看向了别处。

角落里，堆着不少同样印有海外标志的母婴产品，是王秀芬做副业卖的货。

很快，女主人出来了，手里拿了一只金属盒子。

那是一盒戒烟软糖。"他之前抽烟，一天能抽两三包。后来我们想要孩子，为了备孕，就想把烟给戒了。这个糖效果似乎还可以，一天吃一颗，给他解解馋。"

夏熠看着那外文包装，皱起眉头："又是外国货？"

"也是我做微商的朋友推荐的……"

以防万一，夏熠向王秀芬要了这个"微商朋友"的联系方式。

临走前，邵麟最后问了一句："冒昧一问，你和罗伟的婚姻关系好吗？"

王秀芬目光空洞，神情悲怆："……再好也回不来了，不是吗？"

邵麟点点头："抱歉，请节哀。"

两人从王秀芬家里下来，夏熠摸摸下巴："我还是觉得王秀芬状态挺正常的。之前听前辈们说，那些谋害亲夫的，在警察面前使劲憋眼泪，回头就去坟头蹦迪。都这么多天了，王秀芬眼眶还肿着，我看真的假不了。"

"在证据确凿之前，对所有人保持怀疑。"邵麟淡淡说道，"很多时候，你看到的不过是别人希望你看到的模样。"

夏熠嘀咕："你以为谁都像你一样啊……"

邵麟不满地扫了他一眼。

夏熠立马改口："我是说，那你拿证据说话啊，证明王秀芬有问题的证据！"

邵麟闭嘴，确实没有。

两人回到车里，夏熠开始给药品贴标签。他挑出泰国膏药与戒烟软糖在邵麟面前晃了晃："我现在比较怀疑这两个。你说这些人脑子都咋长的，这种来路不明的保健品都敢吃？去年咱们局里就查了一起类似的大案，说是什么海外保健品，实则出自内地黑作坊。这灰色地带，真该好好收拾一下。要我看，直接查偷税漏税，一查一个准。"

夏熠写完标签，邵麟接过记号笔，在每一张贴纸上又添了一排日期。虽说是垫着板夹，但他娟秀整齐的字迹与某些狗爬字迹形成了鲜明对比。

夏熠愣住："这是……"

"药物的生产日期。"

"我……"夏熠瞪圆双眼。如果他没记错的话，之前在王秀芬家里，邵麟确确实实只扫了一眼。

"你真的过目不忘啊？你要是有记不清的，写错还不如不写呢！"

邵麟摇摇头，还是那句："我记性好。"

"你这个记性好，实在是好到犯规了吧？咦，那你读书的时候是不是特别轻松，啥也不用学都考得贼好？公式什么的看一遍就记住了？背都不用背？"

"也就跳了两级而已。"邵麟低声回道，"我都认真学了。"

夏熠："……"

世界上最遥远的距离，不是学神比学渣聪明，而是学神比学渣还努力。

邵麟填完日期，盯着样本若有所思。王秀芬家里的止痛药、感冒药、胃药这几类，都是一年半前生产的，似乎是买来囤着的，就没怎么用过，而维生素与叶酸的生产日期要新很多。

特别是叶酸。

去年12月21日？

邵麟眉心锁得更深，心底莫名感到一丝怪异……很像那种强迫症患者时常有的"错位感"，但一时半会儿，他又说不上来其中缘由。

夏熠踩下油门："我先把这些东西送去法鉴中心。你呢，回单位吗？"

邵麟从档案袋里掏出一份王秀芬近半年的医保记录和支付流水："你先开着，有些事情我想再捋一捋……"

随着GL8缓缓离开方弄里，邵麟的视野里出现了一家头顶"九曲天枫"牌匾的连锁药房。他连忙喊道："等等，停车！"

夏熠扭头："怎么了？"

"这里，"邵麟推了推眼镜，在支付流水上点了几下，"王秀芬的流水里，今年1月有过三次健康卫生消费记录，地点都是'九曲天枫大药房方弄里分店'。"

说着他一指窗外："你能去店里查一查，她具体买了什么吗？"

只有医保报销药品会留下具体的购买信息，像这种自费的药房项目，只会留下时间、地点与消费金额，剩下的要去店里询问。

"查是可以查的，但你为什么会觉得这消费有问题？"夏熠抓了抓脑袋，不解，"前两次消费分别只有 13 块钱，第三次也才 100 多，这个价位，买不到氟西汀的呀！"

"我不是怀疑氟西汀。"邵麟卡了一下，看向夏熠，淡淡说道，"我请你去查，你查就是了。"

夏警官依然没能想明白其中缘由，脸皱成一团："嘿哟，使唤起人来还挺熟练啊！"

副驾驶座上的人放下支付流水，清冷的目光里闪过一丝不耐："你去不去吧？"

夏熠连忙小鸡啄米似的点头："我去，我去，我去。"

邵麟嘴角勾起一个难以察觉的弧度。

夏熠亮出警察证，很快就拉取了半年内王秀芬在这家店里的消费记录。

"喏，拿到啦，她就买了些备孕的东西，没什么问题。"夏熠递过几张纸，故意做出一个夸张的表情，"请问这位先生您还需要什么吗？"

邵麟脸上笑意渐深，就连眼尾都微微翘了起来。他侧过脑袋，露出颈部优雅的线条，懒洋洋地开口："我还需要一份 Rox 美式咖啡，大杯加冰不加糖。"

小夏警官瞬间皱眉，眼角一拉，满脸嫌弃："Rox？是那个包装花里胡哨娘儿们叽叽的小熊咖啡吗？你这个需求挺有细节啊，一定要 Rox 吗？你看星巴克行不行？前面路口好像就有一家——"

邵麟憋着笑，肩膀都耸了起来："我开玩笑的，你好认真啊。"

夏熠："……"

等车子开回分局，邵麟整理好材料后说道："我下午还有点工作，等我把这些看完，晚点再联系你。"

"行，"夏熠掏出手机，"加个微信吧。"

邵麟扫了码，屏幕上顿时跳出一只帅气的哈士奇，它戴了副墨镜，叼着烟，个人签名是"请看我智慧的眼神"。邵麟叹了口气，按下"添加到通讯录"。

那边很快通过申请："辛苦了辛苦了，邵老师要是还需要什么信息，直接和我说就行。"

"好。"邵麟盯着某人的微信昵称，嘴角微微扬起，一字一顿地念了出来，

"帅气的小夏。"

夏熠闻言，半点不觉得尴尬，好像自己真被夸了似的，咧开嘴，一个傻笑："嘿嘿。"

邵麟："……"

回到办公室，邵麟把各类材料往桌面上一铺。

其实，邵麟也说不上来王秀芬有什么问题，只是他心里有个小疙瘩，那就是王秀芬屡次强调自己"备孕"很久。

"孩子我肯定是不会打掉的，我身体不太好，之前查出来卵巢囊肿，怀上一次不容易，更何况罗伟是家里的独子，这香火不能断了……

"为了备孕，就想把烟给戒了……"

可是，叶酸的生产日期是去年12月21号。

一般药物从生产到分配进药房，最起码需要两周。然而，备孕妈妈孕前三个月就应该开始吃叶酸。除非，这叶酸已经是第二瓶了？

但是，从王秀芬在药房的消费记录来看——

1月6日，她购买了一盒13元的验孕棒，可以测两次。

1月11日，时隔5天，她又买了一盒同样的验孕棒。

1月17日，王秀芬购买了叶酸和综合维生素。

同时，她的医疗记录显示，1月20日才有了第一次产检记录。

如果她从去年就开始戒烟备孕，那验孕棒、叶酸都应该是早早备好的东西。在邵麟眼里，这个行为更像是突然怀孕——第一次的测试结果或许有出入，过了近一周又去买了一次，两次连续验阳后，王秀芬才相信自己真的怀孕了，连忙去买了早在备孕期就该补充的叶酸。

邵麟没有继续顺着这个想法思考下去，而是看起了罗伟夫妇的财务流水。一家人现金流还算正常。王秀芬赚得不少，大头来自母婴微商，是工资的两倍，比罗伟多。

至于罗伟，外卖小哥的工资在城市里还算可观，只要踏实努力，八九千打底，有时候拿个全勤奖还能破万。罗伟的流水很简单，没有什么夜店之类的娱乐场所的消费记录。唯一的问题，就是他没什么存钱的习惯。一个月到头，要是手上有闲钱，就会去手游上消费，或者给主播刷礼物，有时候送礼物一个月都能刷掉三四千，占工资的一半。

今年年初三个月皆是如此，很难想象这样的人要当爸爸了。

最起码，要给养娃留一笔钱吧？

邵麟搜了搜罗伟经常打赏的短视频平台。这段时间，短视频 App（应用软件）火遍大江南北，但邵麟一个都没用过。他手机里干干净净，除了必需的几个生活工具，什么 App 都没有。为了案子，他特意下载这个短视频软件，搜了一下罗伟打赏比较多的前三位主播。

一个是打游戏的，另外两个是唱歌、睡前陪聊的。

要说三位妹妹有什么共同特点，那就是刘海黑长直，脸小下巴尖，脖子纤细，锁骨深陷。邵麟往后刷了刷，发现罗伟关注的女主播，清一色是这一类型，可见审美上非常统一。

显然，王秀芬并不是这样的姑娘。

想到王秀芬，邵麟猛然又想起了客厅里的那张婚纱照——三年前结婚的时候，王秀芬似乎还是一个胖乎乎的圆脸姑娘，修过片的照片里，她的小臂也结实丰满。现在看来，哪怕有孕在身，她也实在是瘦了不少。

如果丈夫喜欢瘦一点的姑娘……那王秀芬为了取悦丈夫，会不会减肥呢？

在过去的二十几个小时里，邵麟满脑子翻来覆去的都是"氟西汀"这三个字，可现在，两个词突然顺理成章地连在了一起：氟西汀可以治疗神经性贪食症，同时会产生"厌食"的副作用！

他打开网页，在搜索栏里同时输入了"氟西汀"与"减肥药"两个词，跳出来的第一则新闻就是《24 岁爱美女生氟西汀过量身亡，这些减肥药千万要当心》。

一款名为"纤 S"的无良减肥药，非法加入氟西汀以达到"节食"效果，导致一名 24 岁女性猝死。案子发生于两年前，犯罪嫌疑人已经落网。

网页上还有"纤 S"减肥药的广告图。从包装盒的设计来看，这款药与他今天在王秀芬家里看到的"海外保健品"画风类似，还用英文写了些"纯天然植物提取""一个月轻松瘦 20 斤"的广告语……

邵麟暂时没有任何证据可以证明王秀芬曾经购买过这款减肥药，但所有的直觉都在那一瞬间"顺"了。思忖良久，他摸出手机给夏熠发了条微信消息："我觉得今天送检的那些东西，可能查不出什么问题。"

他刚切出微信，手机就"叮叮咚咚"一阵狂响，点开一看，瞬间已有 13 条未读消息。

邵麟心头一跳，还以为对方取得了什么重大进展，谁知……

帅气的小夏：

"啊啊啊啊啊！

"你怎么知道的！

"我刚要和你说，兄弟！

"真的。

"就在你找我之前，

"一秒钟。

"但是你赢了，你竟然比我快。

"法鉴中心那边回消息了。

"这些药物都没问题。

"没有查出氟西汀。

"我们副支队长，

"叫我别浪费资源了。"

下面还带着张土拨鼠尖叫的表情图片。

邵麟拇指悬于屏幕上方良久，回复了三个圆润的句号。他给夏熠打了个电话，叮嘱夏熠去查一查与王秀芬有联系的微商，以及她与"纤S"减肥药之间的关系。

可就在那天晚上，警局接到了一个自首电话……

06

来自首的人叫陈武。

邵麟在笔录里见过这个名字——他不仅是罗伟的工友，还是罗伟的老乡。两人都是"安心送"平台负责城西这片的骑手，所以关系格外好，经常给彼此带饭。

警方在摸排的时候，第一时间给陈武打了电话询问。当时陈武声称罗伟身体很好，没有什么病史，也没听说过平时在吃什么药。

可现在，陈武灰头土脸地来到了分局，突然改了口。男人皮肤被晒得黝黑，瘦猴似的，再加上龅牙、招风耳，让人觉得脑袋与身体比例失调。

陈武坦白，罗伟出事儿那天晚上6点多，两人其实碰过头。

"他当时起了范疙瘩，到处挠啊！"

陈武说话口音重，普通话里混着方言，夏熠一时半会儿没听明白："犯……犯啥玩意儿？"

"范疙瘩呀！"陈武往全身胡乱比画两下，"身上起疙瘩，粉红色的，越挠越多，会连成片的那种疙瘩！"

邵麟替夏熠翻译："荨麻疹。"

他突然想起来了——罗伟在给他送咖啡的时候，领口下拉了一半，现在想来，不是因为他太热，而是为了方便挠痒！尸检时，罗伟脖颈、手腕与背部有多处体表抓痕，都是他挠痒挠的。然而，法医没有发现任何过敏的痕迹，是因为罗伟吃了药，荨麻疹已经退掉了！

陈武掏出一板"敏迪"递给夏熠："当时俺给他吃了这个，就一片，60毫克。"

"敏迪"是一种抗敏药，主治过敏性鼻炎与荨麻疹，核心成分是特非那定，两小时内速效。

夏熠眉头皱得很深："那你当时为什么不说实话？"

"这……那啥，俺听说阿伟是一头冲进湖里没的。"陈武摊平一张皱巴巴的产品说明书，抓了抓脑袋，"这药的禁忌上确实写着吃完不能开车。俺怕追究起来，最后责任在俺。那会儿一时害怕嘛，就蒙了心没讲实话。"

"但警察，这事儿不能全赖俺吧？"陈武哀求道，"他也不是第一次向俺讨药了。而且，俺自己也是这么吃的，啥事儿都没有！范疙瘩在咱那村里忒常见，大家都吃这个药，吃完该干吗干吗，没听说谁开车会有问题啊！"

邵麟敏锐地捕捉到问题关键："罗伟经常发荨麻疹？"

在王秀芬家，他们没有看到任何抗敏药物。

"发啊！每年春秋，一换季就起范疙瘩。大概是花粉啊，受凉啊啥的。警察你也知道嘛，范疙瘩不是什么大病，不会死人的！所以俺以为……以为不说也没事儿嘛。"

邵麟心说：这事儿可大了。

虽说特非那定抗敏效果卓著，但它有明确的心脏毒性，在一些欧美国家已被禁用。国内市场上也有很多更安全的抗敏药作为代替，比如氯雷他定。要说特非那定有什么市场优势，那就是它相对便宜。然而，与氟西汀一样，特非那定可能会导致 QT 间期延长，甚至心脏猝停。

这两种药物是不能一起服用的。

夏熠立马联系了法鉴中心。

由于特非那定尚未被纳入 200 多种常见毒物的检测，所以之前没有检测出来。很快，法医证实了陈武的说法。他们在罗伟血液中找到了同样为治疗浓度的特非那定代谢物。这两种药物，单独看剂量都是治疗浓度，但合在一起，则会超出心脏负荷。

一场扑朔迷离的猝死，兜兜转转终于找到了原因。

"夏警官，您看这个……嘿嘿……"陈武讨好似的搓了搓手，"范疙瘩是常见的小病，'敏迪'也是常用的药。之前俺瞒着是一时糊涂，但罗伟的死真不能算在俺头上吧？俺……俺这里还有问题吗？"

夏熠绷起脸，语气里带着怒意："问题大了去了！你还心存侥幸？就算罗伟不是你害死的，往大了讲，你这也叫欺骗执法人员，隐瞒案情重要证据，我看也够喝一壶了！"

陈武吓得浑身一抖。

说着，夏熠看向邵麟。

仅仅是那么短暂的一瞥，对方就能会意，露出一个令人安定的笑容，柔声道："但是，考虑到你主动坦白，肯定是可以从宽处理的。我们还有几个问题，希望你一定要如实回答。"

夏熠顿时在心底乐了，本来只是想请邵麟旁听，没想到这人这么上道，默契啊！

这一对红白脸唱得，当场就把陈武给唬住了。男人坐在椅子上点头如捣蒜："一定一定，俺一定讲实话！"

两人与陈武一聊，收获不小。

首先，陈武身为罗伟最好的兄弟，却对罗伟妻子怀孕一事毫不知情。但他说村里有个迷信的说法，怀孕三个月之内不能与外人说，要不然容易流产。

同时，陈武证实了王秀芬的话——罗伟确实是从半年前就开始用"戒烟软糖"代替抽烟了。只是罗伟戒烟纯属为老婆所迫，心里不太乐意，三天打鱼，两天晒网，和他们一帮兄弟鬼混时，依然会抽上两根。

最后，陈武还提到，虽说罗伟没啥基础性疾病，但就在这一两个月内胃口差了不少，人也瘦了。以前能干完一大碗炒粉，现在拌了辣椒酱也只能吃下一半。不过，罗伟只是吃得少，没有胃疼、呕吐、腹泻这些毛病。

"你之前不是说自己怕事儿，所以瞒着，"夏熠问，"怎么现在又想着说实话了？"

陈武讨好似的笑道："嘿嘿嘿，俺是遵纪守法的好公民嘛……"

夏熠眉心一皱，不耐地打断："说实话！"

陈武沉默片刻，才小声答道："阿伟的事儿在咱们外卖圈里传开了，很多人都说他是过劳死，毕竟熟人都知道，阿伟为了全勤奖拼得很凶。"

陈武顿了顿又道："这事儿越闹越大，现在他们凑一块儿，打算起诉平台，要求赔偿。俺担心官方查起来，最后查到俺头上。所以俺左思右想，还是现在坦白。万一有事儿，也能从宽处理。嗒！"

夏熠眉心皱得更深了："起诉？"

"就是希望平台能赔点钱呗。"

"谁在负责这个事儿？"

"老何！不知道警官您认识不认识，就是那家'旺旺炒粉'店的老板。"

夏熠怎么都没想到，一具差点没被立案处理的尸体，背后竟然有那么多弯弯绕绕。送走陈武，他用食指弹了弹炒粉店老板何鑫旺做的那份笔录，长叹一声："走吧，去会会这位。"

这个周末他就别想休息了。

夏熠一边开车一边说："之前说罗伟喝完咖啡后不舒服的人就是他。"

邵麟腹诽："胃口本来就不好，还空腹喝咖啡，能舒服就有鬼了。"

"说起来，这何鑫旺也是一个能接触罗伟日常饮食的嫌疑人，但罗伟后备箱里的那份旺旺炒粉我们查过了，是干净的，所以完全没有怀疑他。"

邵麟把脑袋靠在车窗上，无比慵懒地"嗯"了一声。

他心中有无数零散的线头，但尚未连成清晰的因果逻辑——不曾提及罗伟过敏史的妻子，不知是否存在的"备孕期"，含有氟西汀的减肥药，在第一次讯问中撒谎、现在又坦白了的"好哥们儿"，替死者申诉要求赔偿的小吃店老板……

黑暗中有人在对着他微笑，但他看不清那个人的正脸。

这种感觉难受极了。

"旺旺炒粉"位于老城区的美食一条街，从烤串到麻辣烫到奶茶，小吃应有尽有。夏熠到的时候，恰好是饭点，街道过于拥挤，他只能把车停在巷口。

刚打开车门，一股烧烤味就拼命地往鼻子里钻。放眼望去，只见店家门口人头攒动，明黄色的垃圾桶满得像几座巍峨大山。哪怕汤汤水水把人行道都染成了地沟油色，美食街的生意也照常火爆。

邵麟小心翼翼地避开了满地的食物残渣，目光在路边的外卖摩托上打转。

夏熠掏出手机："我给何鑫旺打个电话。"

"别。"邵麟拦住他，"我先逛一圈。这里有好多外卖小哥。"

"是啊，这条街是他们的一个'休息中转站'。你想想，这儿小吃店多，蹲点可以同时接好几单，所以小哥都爱在这里扎堆。"夏熠耸耸鼻子，顿时觉得自己饿了，"刚好，快12点了，顺便把中饭解决了吧？"

"好。"

两人恰好路过一家快餐食堂，夏熠一指招牌："我去打包两份盒饭，邵老师吃什么？"

邵麟侧过头，目光落在那一排完全暴露于空气中的自助餐台上，不锈钢餐盘里饭勺翻动，负责打菜的工作人员既没戴手套，也没戴口罩。邵麟眉心微蹙，低声回道："换一家吧。"

夏熠答应得爽快，很快又伸手指向别处："这家怎么样？鸭血粉丝吃不？"

那也是一个颇为热闹的小吃摊。大约是太忙了，店铺塑料桌上放着好几碗汤水没来得及收拾，这会儿苍蝇正"嗡嗡"地在那上头飞。

邵麟眨眨眼，声音不大，态度很礼貌："……如果你不介意的话，能选一家干净点的吗？"

刑警平时在外，能来得及吃饭就很不错了，哪还这么多要求。一句"不干不净吃了没病，您怎么就这么多事儿呢"刚涌到嘴边，硬是被他生生咽了下去。

不管怎么说，这位都是在帮自己查案。

夏熠脸上风云变幻一番，最终定型于一个狗腿子般的笑容："不介意不介意，这怎么会介意呢！咱长在祖国春风下，艰苦朴素好娃娃。你定吧，你是风儿我是沙，你吃啥来我吃啥！嘿，咋还押韵上了呢？"

邵麟："……"

在这样的小吃街上找一家"干净点"的店，简直就是在矮子里面拔将军。两人走了一个来回，最终还是回到"狗蛋儿包子铺"——燕安市口碑第一的连锁早餐店。虽说是早餐吧，但好歹没有堂食，厨房单独隔开，工作人员手套、口罩齐全。

排队的时候，夏熠在邵麟身后探头探脑的，嘴里吧吧个不停，烦得邵麟根不得假装不认识他。"邵老师，我们单位门口也有这家店，你知道的吧？我早餐经常在那儿吃，你平时也去吗？对了，你尝过竹笋鲜肉包没有呀？我最喜欢狗蛋儿家的竹笋鲜肉包啦，还有咖喱牛肉的，还有他家最新出的……"

"一杯豆浆不加糖，两个香菇菜包。嗯，再来两个竹笋鲜肉包、一个咖喱牛肉包、一杯核桃豆奶吧。谢谢。"

"……哇，邵老师你看上去没啥'吨位'，怎么能吃这么多，连喝的都要两杯吗？你就不怕一会儿上厕所没地儿——"

邵麟接过塑料袋，飞速转身，一把将竹笋鲜肉包塞进夏熠嘴里。

"呜呜嗷呜嗯呼呜嗷嗷呜——"

邵麟一手按在夏熠肩头，强行把他带离队伍，让后面的人可以点单。夏熠挣扎着把包子咽下去："啊，是给我买的呀！你帮我查案还请我吃中饭，我都要不好意思了！"

离开家以后就再也没被人伺候过的夏某受宠若惊。

邵麟把一杯温热的核桃豆奶塞进他手里，淡淡说道："听说核桃补脑。"

夏熠好像完全没听出对方话里的讥讽，"咕嘟咕嘟"把整杯豆奶灌了下去。他意犹未尽地舔了舔嘴唇，眼底亮晶晶的："是吗？你是不是核桃吃多了，所以记性才那么好啊？"

邵麟眉眼含笑："是啊。"

"哇！那我要把单位那箱'旺仔牛奶'换成'六个核桃'！补就完事儿了。"

邵麟："……"

两人一边啃着包子，一边慢悠悠地往"旺旺炒粉"门口走去。

炒粉店门口横七竖八地停满了电瓶车，有的骑手在等外卖，有的在吃饭，有的在蹲单，有的正靠在车上打游戏、刷直播间……还有一个身穿明黄色外卖制服的男人，正在挨个儿给小哥们发传单。

两人走近一看，发现那是一份关于骑手工作压力的调查。

调查是实名的，须填写平台、工号与联系方式。邵麟一扫题目，大多是关于工作时长、全勤机制、平台是否存在一些强制性行为的问题，比如雨天、饭点必须跑单否则扣钱，要求连续加班，等等。

夏熠随便拉了个骑手问："这是在做什么？"

正在填的男人抬起头，伸手一指旺旺炒粉店："喏，老板说前几天一个骑手出事儿了，是工作太累猝死的。他想征集一下大家的工作状况，证明平台劳动条款的不合理，申请赔偿金。"

一如陈武所说。

邵麟连忙又问了点细节。

原来，在这条街上送外卖的，大多和罗伟、陈武一样，是来自橙县的同乡。大伙儿平时驻扎美食街，经常去旺旺炒粉店吃饭，因为老板何鑫旺会给骑手们一个折扣价。何鑫旺有那么点商业头脑，为人又豪爽仗义，是他们这些打工仔里最出息的，自然成了"罩着"大伙儿的老大哥。

"话说，你们问这个做什么？"骑手满腹狐疑地瞪了两人一眼，"你们该不会是外卖公司来暗访的吧?!"

"别紧张别紧张，我们也是来找老何的，随便一问，就随便一问。"说着夏熠走进炒粉店，朝二楼中气十足地喊了一声"老何"，那熟稔的架势，就好像是老板的铁哥们儿。

骑手见状，才打消了疑虑。

很快，楼梯上层便传来了脚步声："来了来了，是谁呀？"

何鑫旺三十出头，圆脸，油光满面，笑起来那几道皱纹和开了花似的，显得格外热情。他穿着一件黑色的休闲衬衫，打着领结，但那衣服约莫是小了点，绷在身上显得人有些发福。

何老板一见夏熠就变了脸色，连忙将二人请去了旺旺炒粉店二楼的包间，点头哈腰地倒茶："夏警官来之前怎么都不知会一声，瞧我这啥也没准备，接待不周，见谅见谅。"

"不麻烦你，"夏熠连忙摆手，"我问点事儿就走。"

"您问！还是和上回那样，但凡我知道的，绝不隐瞒。"何鑫旺突然压低了声音，"说起来，阿伟那事儿有进展了？"

夏熠把那份关于工作压力的调查拍在桌上，冷冷开口："你的进展倒是比法医还快。咱们这儿结果都没出来，在你这儿人就被标成'过劳死'了？"

何鑫旺一拍脑袋，嗓门不小："这不是累坏的，还能是啥呢？好端端的一个大活人能突然往湖里冲呀？半小时前还在我这儿拿饭呢！上回我就和您说了，他一定是累昏了头！"

"夏警官，您是有所不知。几家外卖平台为了抢市场，疯狂打价格战，红包满减不要钱似的往外送。"何鑫旺语气有些激动，"客户省了钱，平台赚了流量，可最终压榨的是这些骑手。隔三岔五免运费，骑手不够调度，下大雨也必须出勤。订单多不说，还有时间限制，一个超时一天白跑。阿伟就惦记着他的绩效奖金，天天连轴转，十几个小时不休息，饭也是吃了上顿没下顿的，这身体吃得消吗？"

"也怪我啊，那天晚上，阿伟都和我说他不舒服了……"这男人的声音悲切了起来，"要是我强留下他休息，也就不会出事儿了，唉……怪我！"

邵麟没搭理他，开门见山地切入正题："你要求'安心送'平台赔偿的事儿，罗伟妻子知道吗？"

何鑫旺明显一愣。

"呃……"他顿了顿，底气也没有方才那么足了，"我和秀芬妹子沟通过。"

夏熠眼神一变，追问："她同意了？"

何鑫旺眉心微蹙，摇了摇头："不。秀芬妹子没同意。一来对方是大公司，她觉得打不赢官司。二来估计是阿伟刚出事儿，她也没心思打理这些。我是想着先帮她搜集一些证据，要是这些骑手都愿意站出来说公司的全勤制度不合理，太累人了，那我再找她说说。"

夏熠冷笑一声："老哥，您还挺替人操心的啊？"

"警官，罗伟是家中独子，秀芬妹子肯定会把孩子生下来，但她一个女人家，独自带这么个孩子，多辛苦啊！我是想着……要是这官司能赢呢，好歹也能给孩子一笔抚养费。不能赢呢，就算是给公司提个醒吧，别再压榨外卖骑手了。"何鑫旺长叹一口气。

邵麟冷着脸打断他："这事儿你拿多少好处？"

他目光锋利得好像手术刀，刺得何鑫旺心头一跳："您，瞧您这话说的……"

"谁都知道大公司难起诉。王秀芬自己不愿意蹚这浑水，旁人热心也总有个限度。何老板，商人无利而不往，说实话不丢人。"

何鑫旺沉默半晌，眼睛看向别处，不情愿地道出实情："罗伟欠我 50 万。"

夏熠无声地挑起眉毛。调查到现在，这事儿他可是第一次听说。

"警官，我真没骗您。您不信的话，我那儿还有他画押的借条。以前在村里，我是看着他俩青梅竹马长大的，他俩喊我一声'大哥'不过分。所以，他俩买那套婚房，首付拼拼凑凑，也找我借了钱。"何鑫旺又是一声叹息，"本来说好 5 年还清，一年 10 万，我也不收他们利息，但现在……"

男人眉头拧成了"川"字："我还怎么好意思向人要钱？要秀芬妹子一个人还吗？之前我看新闻，程序员劳死那个事情闹得挺大，最后公司赔了人家 100 多万，名声也闹臭了。我咨询了律师，他说大公司比我们还怕上法庭，大概率会花钱和解……"何鑫旺脸上表情越来越窘迫，最后他挣扎着小声说道，"我就想着，由我来张罗这件事儿，运气好没准能分上一笔赔偿金。捞一笔算一笔，剩下的，也就不要秀芬妹子还了。"

邵麟思忖着点了点头："你们倒是亲近。"

"那可不，我是真的把他俩当弟弟妹妹看！小学的时候，两个人就是同桌，下课打打闹闹一块儿玩，阿伟还老拿虫子吓秀芬……"

邵麟熟悉这段说辞，跟上回询问何鑫旺的笔录一模一样。

很快，两人又问了一些罗伟夫妻之间的事儿。

与陈武不同，何鑫旺说他早就知道"罗伟要当爸爸"这事儿，是罗伟在他店里吃饭时亲口告诉他的。他还说，罗伟当时很兴奋，要请他去喝酒。

最开始，夏熠的逻辑是谁能从罗伟的死亡中牟利，谁就必然有重大嫌疑。但事后他又觉得，何鑫旺害死罗伟没有任何意义。罗伟不死，他还有人追债。罗伟一死，他得费多少功夫，才能把这 50 万拿回来？

为了这 50 万，起诉平台不奇怪。

兜兜转转，两人又回到了减肥药这条线上。

自从那个女生服食过量减肥药去世，卖"纤 S"的公司就被查封了。至于谁曾经买过这种减肥药，几乎无证可寻。地下微商网络四通八达，很多都是通过红包直接转账，从王秀芬的流水查起来，简直就是大海捞针。

同样，"纤S"减肥药的存在还暴露了一个隐患，那就是氟西汀并不像警方想象中那样"被管制"。不少减肥药都具有让人"降低食欲"的功效，保不准哪个里面就混进了氟西汀。

"这也太难查了！"

周末被喊来无偿加班的阎晶晶瘫在椅子上，只觉得天旋地转，眼珠子都快弹出来了："组长，我搜了王秀芬过去三年的银行卡、支付宝与微信钱包——说到这个，我程序都快卡死了！组织什么时候给我换电脑？这小破电脑上一任主人都退休了，我还在用它！"

"阎晶晶同志，这叫继承前辈遗志。"夏熠批评道，"还有，你报告领导的时候能不能拣重点讲？一张嘴吧吧，废话这么多，都不知道是跟谁学的。刚来局里那会儿，我感觉你话还没这么多啊！"

邵麟心想：真不知道这是和谁学的吗？

"喀喀喀，我这不是在给自己的失败做铺垫嘛！"阎晶晶小脸一皱，愁眉苦脸的，"流水里找不到这人和'纤S'减肥药有任何关系啊，但这不能说明任何问题啊！

"可能是她从来没有买过，也可能她有我们不知道的账号，又或者是现金交易，直接走红包转账……可能性太多了！不过，现有的流水显示，她确实在两年前尝试过不少减肥产品，只是没找到这个'纤S'。然后，从去年开始，这女的大概是想开了，又不减肥了。

"还有，她那个微商朋友我也查了，就是这个叫'洛老师'的人。这是一年前开的新号，我和你说，他们这些人就跟地鼠似的，小号贼多。这个洛老师吧，其实就是一中介，负责对接商家和微商个体户，平时还开开班教大家怎么用朋友圈变现什么的，还有一些成交话术。"

阎晶晶说着又递过一张表："喏，这是洛老师和王秀芬所有的交易记录。标蓝的都是批量进货，是卖钱的。标黄的是小额购买，估计是自己用的。"

在标黄的列表里，商品五花八门。邵麟看到了那个国外的戒烟软糖，王秀芬在去年9月买了两盒。

"这样，别查流水了，"夏熠想了想，说道，"咱换个思路吧。一般商家为了减免运费，会选择某家快递公司成为 VIP 会员。'纤 S'减肥药那案子是海洋市市局处理的，我认识人，我去调个档案。你去找'纤 S'老板常用的那家快递公司，查他们账户下的运输记录，看看收件人列表里有没有与王秀芬相关的信息。"

"说到收件人……"邵麟在便笺本上又抄下一行号码，递给阎晶晶，"除了王秀芬的手机号，你还可以查查这个。"

阎晶晶一看号码的前缀，就认出来了："这是网络号码，只能通信，不能绑定银行卡。"

"没错。快递单上的姓名可能是假的，地址也会随着时间变更……更可靠的是手机号。王秀芬自己也做微商，那天我在她家看到有一些等待揽件的包裹，上面寄件人的手机号是这个，和她给我们的不一样。"邵麟顿了顿，"很多人会把快递用的手机号与日常用的分开。"

"我先去调档案，调完这工作归你负责。"

"啊啊啊！今天都不是我值班，"阎晶晶哀号一声，用眼神疯狂暗示夏熠，"我干不动活了！我需要芝芝莓莓'亲'一口才能继续干活！呜呜呜！"

然而，夏熠只是微微皱眉，眼底流露出些许男人的迷惑："什么是芝芝莓莓？"

邵麟淡淡答道："是一款饮料。"

"什么？"夏熠再次震惊，"你怎么也知道！"

"组长！地球人都知道啦！"阎晶晶撒娇道，"而且，这是一款泡妹的神器啊，组长你确定不请我一杯吗？"

夏熠疑惑地看了她一眼："可是我不打算泡你。"

阎晶晶拿起邵麟写的小条，愤而起身："……您调到档案再来找我！我先回家去了！再见！"

夏熠打开文档，写起了调档申请，指尖传来噼里啪啦的键盘声。邵麟就坐在窗边的工位上，偶尔"哗啦"翻过两页笔录。

办公室里再次恢复宁静……窗户开了一条缝，春风卷来一缕花名未闻的花香。

夏熠在某个抬头的瞬间，突然注意到那阳光几近恣意地打在邵麟脸上，给他半身轮廓描了一层暖光，显得他温柔又专注。

鬼使神差地，夏熠凑到邵麟身边："那个……你累不累？要不要来一杯芝芝莓莓？"

邵麟温和地看了他一眼，说："谢谢，不用了。"

"旺仔牛奶？"

"你自己喝吧。"

调取"纤S"减肥药的卷宗花了一点时间，一是案件时间久远，二是黑心商家并非注册在燕安。还好夏熠在市局里人缘极好，很吃得开，一番死缠烂打之后，总算是从同事的同事的警院同学的朋友那儿拿到了信息。

一周后，皇天不负苦心人……

"组长组长！"阎晶晶旋风似的跑到夏熠工位前，拿着一张打印 A4 纸手舞足蹈，"找到了找到了，我找到了！王秀芬当时化名张丽丽，地址也不是现在这个，但留下的联系方式是邵老师给我的网号！我的天哪，她真的买过这个减肥药！根据备注，她买了三个月疗程。"

分局立刻安排传唤。

王秀芬从头到尾都很镇定。

警方一问起"纤S"减肥药，她立马就承认了自己曾经购买过这种药物。

"我的体质天生就容易长胖，喝水都长肉的那种。可我丈夫话里话外总是嫌我胖。我听了不高兴，就立志减肥。'纤S'的那个药，当时是网上看评价好才买来吃的。幸好这个药物爆雷早，看新闻上说吃死了一个女孩，当时我们减肥群里消息传开了，我就迅速停了药。"王秀芬解释得不急不缓。

"除了'纤S'，当时我还尝试了不少减肥药，一度吃坏了身子，很长一段时间排卵周期不正常，导致卵巢囊肿，甚至可能会影响日后生育……"女人说着说着，嗓音里染了几分沮丧，"我为他付出这么多，却换来轻飘飘的一句'我是喜欢瘦的，但我也没逼着你减肥啊'。我特意留下了这个吃死过人的减肥药，就是为了提醒自己，再也不要这么傻了！但我没有要害阿伟啊！我怎么会害阿伟呢？"

夏熠几欲拍桌："当时我们去你家采样的时候，你为什么不说?!"

"因为你们问的是罗伟平时吃什么东西，"王秀芬垂下头，细声细气地说道，"这个减肥药，是我给自己买的呀……"

"那你怎么解释罗伟体内的氟西汀？你们家里的这瓶减肥药，恰好是他能接触到的唯一含有氟西汀的东西。王秀芬，这是不是太巧了？"

"我没有叫罗伟吃过减肥药！我不知道他为什么会吃！"王秀芬声音依然不大，且显得十分迷茫，"这个药我是放在卧室的，他会不会是看错了，误以为是什么保健品？"

狡辩！

"听听，听听你编的理由。"夏熠怒极而笑，"你认为会有人信吗？"

女人的睫毛扑闪两下，依然非常镇定："警官，您都这么说了，我也不知道怎么辩驳，但这不是大家信不信的问题。您是看到我逼着罗伟吃这个药了吗？还是您在我给罗伟打包的便当里查出了这个东西？"

夏熠脸色顿时不太好看。

最终导致罗伟心脏猝停的，其实是他本人主动向工友陈武讨要的抗敏药。而且目前来看，警方确实没有任何证据可以证明，这个减肥药是王秀芬让罗伟吃下去的。

所有证人都说，王秀芬是一个勤劳体贴的妻子，以及罗伟随身携带的食物里也没有检查出氟西汀。

警方有的只是怀疑，而非把人钉死的证据。

讯问室里陷入了短暂的沉默。

半晌，邵麟才慢吞吞地开口："证据是有的，只需要再做一个简单的小测验。"

"就差那么一点点，你是有可能脱罪的。"他看向王秀芬的目光悲悯而温柔，"你腹中孩子的父亲……并不是罗伟。是何鑫旺，我猜得对吗？"

"你……你胡说什么！"王秀芬一张脸瞬间涨得通红，舌头都要打结了，"血……血口喷人！"

"你尽管否认。"邵麟淡淡说道，"一管脐带血，DNA 比对一试便知。如果我说错了，我向你道歉，并会承担你孕期所有的医疗费用。"

王秀芬瞪大双眼，嘴巴抿成一条直线，终于哑了火。

她沉默良久，百般无奈之下，才哑声问道："……你是怎么知道的？"

夏熠的目光也落在了邵麟身上。

"道理其实很简单。"邵麟缓缓开口，"假设是你毒害的罗伟，那你必不可能怀着他的孩子不愿意打胎。罗伟父母都在农村，家里没钱也没有房子，你给他家生孩子，你什么都得不到。更何况，陈武说罗伟最近一两个月才开始胃口不好，也就是说，他是在你怀孕后才开始服食氟西汀的。所以，如果你是凶手，那罗伟必不可能是这个孩子的父亲。"

"从一开始，你就在暗示警方这个孩子对你非常重要，引导警方去相信你与罗伟家庭和睦、夫妻恩爱，以排除你的作案嫌疑。"说着，他瞥了一眼"受害人一号"夏熠，"你强调自己备孕已久，却没有在家准备叶酸与验孕棒。同时，网侦调查了罗伟的手机搜索记录，没有发现任何'妻子怀孕''新手父亲注意事项'的相关信息。"

"当然，我也曾考虑过罗伟是不是用电脑搜索的，但根据他手机的浏览记录，罗伟是手机搜索引擎的频繁使用者。而且，你家的电脑非常老旧，智能手机却都是最新款，所以我合理推测，罗伟确实没有查过怀孕相关的话题。

"哪怕怀孕的消息在三个月内不能与外人说，罗伟第一次当父亲，不可能什么都不搜。同时，他最好的兄弟陈武对你怀孕的事儿也一无所知。所以，罗伟很可能就不知道你怀孕了。

"可相反，何鑫旺不仅在罗伟死后第一时间与你有过交流，他还说罗伟是在他店里公布了当父亲的喜讯，而且罗伟当时非常开心，还想请他喝酒——这就很矛盾了。一是与'罗伟没有任何要当父亲的行为'矛盾，二是与陈武的不知情矛盾。如果罗伟因此兴奋到要请何鑫旺喝酒，怎么可能还瞒着最好的兄弟陈武？

"所以，何鑫旺当时撒了谎。他试图用普通人得知妻子怀孕后的表现来圆这个谎，却不幸漏洞百出。那么他为什么要撒谎？因为你怀孕的消息，是你告诉他的，而不是罗伟。至于你为什么告诉何鑫旺你怀孕了，却不告诉自己的丈夫，这还用说吗？"

邵麟顿了顿，语气里没有任何情绪，仿佛只是在冷静地叙述："你与罗伟的感情，很早就出现了裂痕。或许是从罗伟希望你减肥开始的，也可能是你认为罗伟这个人没有未来——你家中有许多自我提升的书，你还会花钱参加各种线上课程，副业收入逐年提高，变成罗伟的几倍。然而，罗伟几乎所有的闲暇时间依然在打游戏、刷视频，不求上进。你开足马力追求更有质量的生活，可这个男人一直在拖你后腿。甚至，为了孩子与健康，你逼着他戒烟，他表面答应，实际却敷衍你……"

邵麟分析至此，王秀芬已然无声地以泪洗面。

"所以，你看上了同样年轻、单身，但远比罗伟有远见，还有钱的小吃店老板何鑫旺。只是不巧，你意外怀孕了。

"之前，你说自己因为减肥过度而出现了卵巢问题，可能会影响受孕，所以这个孩子来之不易，想生下来——我认为你说的是实话。只是，你本可选择合法的方式，将这个孩子生下来，再去追求自己的幸福。"

"离婚的话，我出轨在先……财产会判给他……事情传开来，老何这边名声也不好听……"女人哭得伤心。也不知她是哭自己嫁给爱情却终究错付，还是哭自己心思缜密机关算尽最终功亏一篑。

王秀芬泣不成声，邵麟却面无表情："所以，你是在怀孕之后才起了杀心。毕竟，只需让罗伟服药死于一场'交通意外'，就能名正言顺地开始自己的新生活，就连那欠何鑫旺的50万都不用还了，一举两得。

"碰巧，你的减肥药与戒烟软糖，都是水果味咀嚼类软糖。所以，就在今年2月左右，你偷偷把给罗伟的戒烟软糖，换成了'纤S'减肥药。而罗伟戒烟本就是为了应付你，完全没有起疑。"

王秀芬再次瞪圆了双眼，活见鬼似的看着邵麟。

"根据你与微商洛老师的交易记录，从去年9月起，你总共买了两盒戒烟软糖。陈武说，你每天都会允许罗伟吃一颗，罗伟吃了小半年左右。可那天上访，你给我看了包装，这软糖一盒只有90粒，当时那盒还剩下三分之二，也就是说，总共消耗了120粒左右，仅仅是三四个月的用量。罗伟身边上上下下都没有搜出含有氟西汀的食物，'纤S'减肥药也不像胶囊粉末那样能轻易融入饮食之中。除了你调包了这个戒烟软糖，并声称换了个口味，我想不出其他的投毒渠道了。"

王秀芬哑口无言。

"当年'纤S'减肥药爆雷，你肯定是好好做了氟西汀的功课。所以，你刻意向警方隐瞒了罗伟的荨麻疹史，在我们上访那日，藏好了家中常备的抗敏药——这代表你清楚地知道事情的性质及后果。虽然从法医学角度来看，这起事故很容易被判成一场药物致死的意外，但你有杀人的动机，人也确实因为你的行为死了，所以，别找借口了，这就是一场谋杀。"

邵麟一口气说完，心头顿觉畅快淋漓。

太久了，真的太久了……

长久以来，他深陷于对自己无能的反复自责，就像一个在黑夜中迷路的人。终于，他仿佛再次眺望到往日的丰碑。

07

很快，警方的人接手现场，把王秀芬带去做笔录了。

邵麟刚出门，就被夏熠喊住。

"邵老师，你，你——"夏熠抓抓脑袋，奈何词汇量有限，一时半会儿找不准词来形容他此刻的心情，只憨憨地憋出一句，"你好厉害啊！"

他就傻傻地站在那里，一双眼睛亮晶晶地看着邵麟，目光清澈，带着期待，又饱含真诚。

邵麟这辈子见过太多人、太多的眼神……哪怕面对穷凶极恶的亡命之徒，他也能刀枪不入，应对自如，却唯独承受不住这样的目光。

那目光似野火，恣意又热情。

邵麟有点不好意思地别开头，但眼角下意识地弯了起来，露出一丝他自己都不曾察觉的笑意。

"我觉得你吧，"夏熠摸摸下巴，眼神精亮，"坐办公室里监督人填表……实在是有点屈才了！"

邵麟懒洋洋地回了一句："是吗？"他心想：正常人填表也不需要被监督吧？

夏熠趁热打铁，找了个没人的地方，低声八卦："我真觉得邵老师不是一般人啊！和我说说呗，在欧洲那几年，你到底是做什么的？"

他之前找人查过邵麟的档案，对方反馈一切都没有问题，与他从邵麟单位调档查到的一样——跳级生，16岁就考上了燕安大学，本科念了学校里炙手可热的2+2海外交流项目，大三去了S国，毕业后又赴欧洲读了心理学博士。本科读的是全国一流大学，博士念了一所野鸡大学，夏熠听都没听说过的那种，最后做了两年科研，似乎也没什么科研成果，就回国了。

这份简历平平无奇，似乎也没什么问题，但夏熠就是有一种毫无来由的直觉，他不信。

邵麟无奈地看了他一眼："你真想知道？"

夏熠点头如捣蒜。

邵麟勾了勾手指，对方连忙凑了上来。

他在夏熠耳畔吹了口气："卖芝士烤红薯。"

夏熠："……"

当晚，邵麟洗完澡，又在洗脸池里积满了水。这几天帮忙处理王秀芬的案子，他有几天没有做屏气练习了。邵麟双手撑在水池壁上，盯着水面上自己的倒影，深吸一口气——良久，他依然保持着这个姿势，没有把头探下去，掌心却已经渗出了一层薄汗。

邵麟面露愠色，大步走回卧室。他拉开床头第一层抽屉，拿出两盒从未被拆封过的盐酸氟西汀。邵麟像是出气似的，将胶囊一颗一颗从锡箔板里抠了出来，包装丢进可回收垃圾桶，药物丢进有害垃圾桶。

逃避解决不了任何问题。

第二天上午，邵麟打车去了城里一片别墅区。小区离市中心只有半小时的车程，整体绿化做得极好，高大的樱花树开得如火如荼，像极了一片粉云，将矮小的两层楼建筑隐匿其中。

"叮咚——"

红木大门被推开，邵麟礼貌地打招呼："贺老师。"

"进来，快进来。哎，你这孩子也真是的，怎么还带了东西？"

虽说是在家，但男人穿得颇为考究，一件精心熨过的衬衣，外面套着一件价格不菲的白、蓝、红三色北欧风毛背心。他眉骨略高，鼻子刀削似的，嘴唇薄而锋利，笑起来有两道淡淡的法令纹，看着四十出头，其实已经50多岁。

这位正是燕安大学知名心理学专家贺连云，S国心理学协会前副理事长，"千人计划"招聘回来的心理咨询高级督导。

邵麟拎着一瓶格兰多纳21年威士忌，笑道："贺老师对外咨询费2000块一小时，我这点心意算什么？还是我白捡了便宜。"

对方嘴角微勾："我以为上次之后，你再也不会来了。"

贺连云是业内专家推荐给邵麟的心理咨询师。虽说邵麟表面上一直很"配合"，但从头到尾都在睁眼说瞎话，贺连云对此感到无奈。

"我改主意了。"邵麟温和地说道。

"好事儿。"贺连云也跟着在沙发上坐下，跷起二郎腿，"说明你终于决定面对它了。规避问题、逃避痛苦，往往是人类心理疾病的根源。"

邵麟眼底散发着淡淡笑意，一咬下唇："M. Scott Peck（M. 斯科特·派克）。"

"炫耀。"贺连云十指扣于身前，换了一个更舒服的姿势，"说实话，我依然保留上次的观点——我们之间很难建立起咨询师与来访者的关系，但无论你想说什么，哪怕你想再编一个故事来骗我，我都十分欢迎。"

"抱歉，我不是这个意思。"

贺连云低声笑了："不必感到抱歉。"

邵麟捏了一下拳头，终于还是开口了："去年差不多这个时候，我和朋友去东南亚玩，发生了一起潜水事故……我从几个月前，出现了比较典型的 PTSD（创伤后应激障碍）症状，毫无来由地内疚，频繁闪回，在梦里重复创伤性体验——主要是在海底丢失呼吸器，窒息。之前，我托朋友帮我开了两盒氟西汀，但我想了想，还是不要依赖药物的好。"

贺连云认真地聆听着。

邵麟喉结动了动，艰难地承认："目前比较影响生活的是，水会引发我的焦虑。哪怕我只是在洗澡，有时候都会突然觉得窒息，更别说游泳、潜水了。"

他自嘲地笑了笑："贺老师，我想克服一下这个问题，您有什么建议吗？"

"邵麟，我不把你当病人，有些话我就敢开了说。如果你只是想克服恐水的话，我会建议你先尝试一段时间的暴露脱敏。"

邵麟沉默地点了点头。虽说他不是执业的心理咨询师，但这些理论他都学过——暴露脱敏属于认知行为疗法的一种，通过人为创造一个曾让患者受过创伤的场景，并以积极的体验与信念来覆盖之前的负面情绪。

"先从想象暴露开始——在一个放松的环境里，想象那些会让你焦虑的场景，比如大海，然后通过冥想、呼吸或者眼球律动来放松。当想象暴露不再焦虑了之后，可以循序渐进，变成情景暴露，比如家里装满水的浴缸，再到游泳池，再到海洋馆……"

"我之前也查了些资料。"邵麟轻声开口，"暴露脱敏，是应用最广泛、效果最确切的一种治疗'恐惧症'的手段。"

"如果你不介意的话，我们现在就可以尝试一次，"贺连云微笑道，"试试吗？"

年轻人犹豫几秒，最终还是僵硬地点了点头。

贺连云轻笑："你好紧张啊。"

邵麟局促地别开目光，他非常不习惯将自己相对脆弱的一面暴露在别人面前，现在整个人都别扭得要命。再听贺连云这么一说，脸都要红了。

"放松，深呼吸，放松。"说着贺连云起身递过一个波斯风格的绣花靠枕，"怎么舒服怎么躺，来，靠这上面吧。"

"闭眼，你先靠一会儿，静一静，然后听我的引导词。"贺连云起身，用客厅那座青铜麒麟香炉点燃了一炷香，"腹式呼吸，会吗？"

"嗯。"邵麟闭上眼，深深地吸了一口气，说，"老师，你这香真好闻。"

"啊，这个，是托朋友从卡纳塔克邦带回来的老檀。"中年教授微笑，看向那一缕笔直而上的青烟，"我也特别中意这个味道，平时带学生冥想都喜欢点一炷。"

"好了——双手十指交叉，扣于腹部，吸气，让你的横膈膜深深扩张……扩张到它无法再扩张……再缓缓吐气，放松……

"……让你的双肩自然下沉……放松你的肩膀……手臂……再到指尖……感受你十指上血流细微的跳动……"

贺连云的嗓音低沉，带着一种宛如岁月沉淀的沙哑，引导词的每一个音节、停顿，都温和得恰到好处。邵麟跟着他的声音，思绪游走于全身，意识仿佛变成了呼吸本身……

大约做了7分钟呼吸练习，贺连云缓缓开口："现在，想象你正躺在一片金色的沙滩上，通透的海水冲上沙滩，泛起雪白的泡沫……"

邵麟顺应他的引导词，脑海里本是一片碧海晴空，可突然，潜意识冲了进来，下一秒，闪电劈开夜空，通透的海水变得一片漆黑，无数身穿橙红色救生背心的男男女女面容扭曲，在他耳边尖叫。那个男人的声音再次响起，这次却隔着一层变声器，电流音刺啦刺啦的："阿麟，你过来，我就放走一组人质。"

邵麟整个人都绷紧了，猛然睁开双眼。

贺连云察觉到异样，连忙在邵麟身边坐了下来，保持着一个亲近却又礼貌的距离："邵麟？"

"放松——你看，你是安全的。"贺连云温柔而肯定地重复了一遍，"你现在很安全。"

邵麟睫毛轻颤，几乎不敢去看贺连云的眼睛："对不起。"

"无须感到抱歉。"贺连云鼓励道，"你在做一次非常勇敢的尝试。你所感受到的一切，都是合理的、正常的。你愿意与我分享一下，刚才看到了什么吗？"

"我——"邵麟一张嘴，却卡了壳。

贺连云也不强迫："如果你觉得没有准备好，可以不说。"

"对不起。"

"你没有错，不用道歉。"

空气里沉默了片刻，邵麟有些茫然地开口："无论用多少次积极的体验来覆盖曾经发生的事儿……都无法改变那些不可逆的事实。贺老师，我认为这是自我催眠，而不是解决问题本身。"

"你想解决什么问题？"

"……恐水？"

贺连云笑了："邵麟，你发现前后的矛盾了吗？在你的主观意识里，你想解决的问题是恐水，或许是因为它影响到了你的日常生活。但在你的潜意识里，你想解决的问题——回去修复那些已经发生了的，不可能再被改变的事实。或许，你恐惧的并不是水本身。"

邵麟微微张嘴，哑口无言。

"没关系，慢慢来，这种事情不能急。"贺连云温和地应道，"我对你的想法很感兴趣，你什么时候准备好了都可以来找我。"

那天走的时候，邵麟觉得自己几乎是落荒而逃。

08

从贺连云家里出来，邵麟又去了一趟公安局。罗伟的案子刚收官，他到底是个编外人员，还有不少纸上工作要补。

夏熠这两天倒是忒开心，蹦蹦跳跳的，不需要背景音乐就能原地蹦一曲《野狼 disco》。

他从武警转业，当刑警的日子不长，经验不足不说，这更是他第一次全权负责一起案子。说实话，这案子若不是从法医手里抢来，压根也轮不到他带头。现在案子破了，夏某人兴奋得要命，一幢楼上上下下地活蹦乱跳，频频引人侧目。

姜沫向邵麟递过几张表，苦笑着摇头："唉，又发瘟了。"

邵麟无声地咧嘴，说活泼点好。

罗伟去世，王秀芬、何鑫旺落网，罗家父母双双从橙县赶了过来，在陈武的陪同下来到西区分局。罗伟母亲早年怀了几次都流产，罗伟是独苗。两口子好不容易晚年得子，现在六十多岁，身体多少有些毛病，下不动田，未来就等着孩子赡养。

两个干瘪而佝偻的老人坐在谈话室里，神情麻木而茫然。原本儿子没了，就是晴天霹雳，一周后，警方又更正了消息——害死他们儿子的是那个会赚钱的勤快媳妇。两老本以为自己烧香拜佛修得晚年圆满，现在怎么都没办法接受现实。

夏熠作为带头侦破案件的负责人，给罗氏父母讲了一下事情的前因后果。小夏警官本来就话多，讲了不少破案细节。谁知罗父听得眉头一皱，颤颤巍巍地说："警官你闭嘴吧。"

夏熠莫名其妙："啊？"

罗父不再理他，目无焦点地瞪着空气，像是变成了一块皱巴巴的石头；而罗母拿手绢，无声地抹泪。半晌，罗父重复了一遍："你不要说了，我们不想听。"

夏熠一堆话憋在胸口，好不憋屈，可在受害人家属面前，他也只能眨眨眼，说一声"哦"。

将两老送走时，罗老爷子用混着方言的普通话留下这么一句话："案子破不破是你们警察的事情，其实和我们没有多大关系。我只知道从此以后，儿子儿媳妇都没了。"

他老婆还跟着附和："是啊，这案子要是糊弄过去，我们好歹还有个儿媳妇，甚至还有个孙子！只要她瞒着我们，我们多少还能有个念想。我现在倒觉得，还是不破的好……"

夏熠表面上没发作，但心里一股气横冲直撞的，差点就原地爆炸了。为了调查这个案子，他扛了多少压力，折腾了多少个晚上，动了多少层关系才弄到海洋市的档案，最后抽丝剥茧还原真相，竟然只换来受害人家属轻飘飘的一句"还是不破的好"！

夏熠站在门口，目送一双老人离开，只觉得胸口堵了一股气，天旋地转，一阵窒息——坚持侦破这起案件，难道他还做错了吗？难道帮着王秀芬隐瞒，才是守护了更多人的结局吗？

邵麟办完手续出来，就看到自闭的小夏正蹲在办公楼边的一棵老刺槐底下，手里有一搭没一搭地玩着烟，却没有点燃。

刚才交表格的时候，邵麟就听到阎晶晶同志在办公室里大呼小叫地吐槽罗伟父母，再见夏熠一副气成小笼包的模样，顿时心下了然，甚至还觉得这人有点可爱。

鬼使神差地，邵麟走了过去。

夏熠抬头看了他一眼，像是才反应过来什么："啊，你要走了？"

槐树新叶长得茂盛，一串串的花骨朵已经成形，青葱饱满，尚未吐蕊。阳光透过叶间的缝隙洒在邵麟脸上，变成一块块清亮而干净的光斑，显得人格外清秀。

他突然伸出手，轻轻地搭在了夏熠的肩上，温和又肯定地说道："别难过了，你是一个好警察。"

夏熠像是被按了什么开关，脖子以肉眼可见的速度变红。他躲躲闪闪地看向了别处，不敢正视邵麟的目光。

倒不是不经夸，而是邵麟把自己那点小心思看得透透的——小孩子脾气，努力完成了一些工作，心里蹦跶着对肯定与褒奖的渴望，却因为没有得到足够的认同，闹了脾气。明明总说着为人民服务不求回报，但一肚子情绪最终还是被"好警察"三个字绑得死死的。

夏熠越想越觉得丢人，已经从脖子烧到了耳根。

"别和自己怄气了，指甲都掐手里去了。"邵麟嗓音里带着一丝若有若无的笑意，说着，他从自己的帆布包里拿出一枚压力球，"实在不行，你捏这个。"

那是一只圆鼓鼓的橡胶小黄鸭，上面印着悦安的公司图标与地址。这是单位发的赠品，邵麟拿了以后就一直放在包里，索性送给夏熠。

夏熠接过压力球，在掌心一挤。只见球体变形，鸭脖子诡异地"探"得老长，并发出一声尖叫："嘎！"

夏某人捏了几下，食髓知味，笑容再次回到脸上。

"嘎！嘎嘎嘎！嘎嘎！"

邵麟："……"心想：玩得可真欢。

夏熠扭头，露出一口白牙："谢谢邵老师！"

突然，他鼻头一耸。他蹲在树下，这个位置刚好嗅到邵麟衣角，便没头没脑地来了一句："咦？你怎么还换香了？"

邵麟颇为意外地看了他一眼，说没有，是上午去了一趟同事家。

"你们文化人都玩香啊，"夏熠乐了，"那我是不是也算文化人？我夏天玩蚊香。"

邵麟："你鼻子倒灵敏。"

他在卧室常用的安神香是雪松白檀，而今天上午在贺连云家里烧的是老山檀，都快过去半天了，竟然还能被这狗鼻子闻出区别。

夏熠"嘿嘿"傻笑："眼睛不好使，鼻子总得灵。"

邵麟没太听懂："眼睛不好使？"

"嗐，那天被我妈逼着去相亲，吃完饭小姑娘非要拉着我逛商场，拿了三支YSL金管问我哪个颜色好看，实在不行就都要了，反正在做活动。我瞅着那完全就是一个颜色嘛，干啥非要买三支！绝了，相亲真难。"

邵麟："你说都好看不就完事儿了吗……"

夏熠神情严肃："那是我未来的媳妇，怎么能骗人家呢！哪个都不好看啊，涂起来像妖怪似的！"

邵麟无语："……那或许，她找你试香水会好一点。"

"试了呀，我说这个像洗洁精那个像驱蚊水，"夏熠摸摸脑壳，十分无辜，"嗐，反正就没成。"

邵麟："……"心想：这能成才见鬼了吧？

"你呢，邵老师？早有女朋友了吧？"他揶揄地瞥了邵麟一眼，"现在的小姑娘就喜欢你们这种眉清目秀、细皮嫩肉、弱柳扶风款吧？"

"弱柳扶风？"邵麟好气又好笑地瞥了他一眼，转身就打算走了，"当你是在夸我了。"

"等等！"夏熠从背后喊住他，"啥时候一起吃个饭啊？代表分局感谢你！"

"不用啦。"

"不行不行，"夏熠追了上来，"这顿一定得请，咋能让你白干活呢？而且郑局都发话了，刷他的卡，选哪儿都行。能薅一次他老人家的羊毛可不容易啊——"

邵麟这才停下来："郑局？"

"最早不就是郑局叫我向你请教的嘛，他说现在这案子也结了，总得感谢你一下。话说回来，邵老师你和郑局关系不错啊，他时不时地问我你状态好不好。哈哈哈，老郑是真的喜欢你，我可从没见他这么关心过哪个下属啊！"

邵麟否认："……不，我和他不熟。"

夏熠不依不饶："什么时候一起吃个饭？"

邵麟扭头："再说。"

那天回到家时，邵麟意外地发现自家门口搁着一袋外卖，Rox 家五颜六色的卡通包装，上面画着一只可爱的小熊。他微微蹙眉，自打上回点了 Rox 进局子，他再也没有点过任何外卖。

这是谁给他点的？

邵麟耳畔突然又响起了夏熠的签名式吧吧："……你是不是嫌我烦，不想和我吃饭啊？烦我也行，没问题，但这饭还是要请的。要不我外卖点到你家去吧，这就叫作'无接触式请客'……"

他看着袋子上订着的小票——Rox 大杯冰美式，不加糖，是他最喜欢的咖啡。邵麟忍不住唇角微微上扬，心说只和这傻狗提了一次，竟然还记得。但很快，邵麟的笑容消失得无影无踪，因为他发现这票据上就连他的住址都没有写，是堂食小票，而非外卖！也就是说，有人在 Rox 买了咖啡，再亲自送到他家门口的。

那不可能是夏熠，夏熠还在局里呢。

会是谁？

邵麟皱眉，打开袋子，心跳猛然空了一拍。

咖啡袋里躺着一张白色卡片，纸质细腻，镶着金边花纹，有点像高档活动的邀请函。卡片上，用血红色墨水写了一句英文："Welcome back to the game.（欢迎回到游戏中。）"

这字体莫名眼熟。

邵麟深吸一口气，推开家门，从储藏室里拿出一个工具箱，里面手套、镊子、铝粉、酒精、物证袋等取证工具一应俱全。他用铝粉轻轻刷了卡纸、咖啡杯与小票，发现卡纸上没有指纹，但咖啡杯与小票上有。如果指纹只来自一个人的话，那八成是咖啡店的服务员。

他将指纹拍下，又用离心管取样了部分咖啡，冻入冰柜。

他所在的小区老旧，监控设施欠缺，内部没有摄像头。为了寻找线索，邵麟只好按小票亲自去了一趟 Rox 咖啡，然而，Rox 平均排队时间 10 分钟，收银员对这笔交易毫无印象。根据他们的电脑记录，这笔订单是现金交易，以至于没有留下任何可追踪的银行账户。

至于监控录像，Rox 家表示需要警方出面，确定与案情相关才可以调用。邵麟压根就没打算因为这事儿而麻烦夏熠，当机立断，决定直接搬家。

09

4 月中旬，燕安市市中心。

上回夏熠约邵麟的饭局，最终定在了一家口碑爆棚的老字号面馆。那大骨汤底香飘万里，手擀面嫩滑筋道，牛腱子肉带筋，分量还十分良心。刑侦支队上上下下，也不管认不认识邵麟，一听有吃的蹭就"哗啦"一下全来了，足足凑了三方桌。

夏熠看似大大咧咧，实则内心忐忑："邵老师，这面还可以吧？"

邵麟嘴里有东西的时候不讲话。他慢条斯理地把食物咽了下去，拿纸巾擦擦嘴，才对夏熠微微一笑："很好吃。"

小夏警官一颗心这才落回肚里。

阎晶晶在一旁偷笑，忙着给人拆台："让我们组长挑这么个地方可真不容易。之前吧，我想着能蹭饭，就怂恿他去上回相亲的那家五星级粤菜馆，但组长说公务人员请客不能铺张浪费。然后福子就说，去狗蛋儿隔壁那家撸串店吧，组长又说邵老师不吃路边来路不明的东西。"

"然后挑啊选啊，那要求可多了！"阎晶晶语速快，报菜名似的说了一长溜，"什么清淡点安静点卫生点干净点健康点好吃点网上评分再高点的……"

周围一群人哄笑起来。

"他要是约小姑娘出去能动这脑子——"阎晶晶突然"哎哟"一声，笑着瞪了夏熠一眼，"你踩我干吗?!"

四周笑声更盛。

邵麟跟着大家一起笑了，眼底难得一片真挚的温柔。

说到相亲，同事们的八卦劲就上来了："小夏，你妈最近有没有给你安排新的小姑娘呀？快说说你是怎么把人气走的，让大家开心一下。"

"没有小姑娘！"夏熠窘得脸都红了，怒摔筷子，"你们吃你们吃！我去给我儿子们打包点吃的！"说着他起身，一溜烟跑了。

邵麟说去洗个手，绕过去一看，只见夏熠正蹲在小厨房门口，眼巴巴地看着里头的巨型汤锅，那期待又嘴馋的模样，活像一只盯着主人碗里的肉骨头的大狗。

这大约不是夏熠第一回来了，小厨房里传来老板熟门熟路的吆喝："牛肉二两，纯水煮，不加盐，是吗？"

夏熠忙不迭地点头："对对对，谢谢老板！"

他见邵麟正好奇地看着自己，连忙解释道："儿子像我，就爱吃这家的牛肉，草原来的到底不一样，咬起来一股子奶香。"

邵麟眸子里噙着笑意："你哪儿捡的便宜儿子？"

"你还不知道吧？"夏熠捂着胸口，演技浮夸，"我，一颗红心，单身离异带俩娃。很辛苦的！"

邵麟："……"心想：你怎么不去做演员呢！

"来来来，给你看看我儿子。"夏熠说着点开手机，从相册里翻出几张照片，两只串种中华田园犬。

论脸型，有那么几分德牧的味道，但体形又偏中小，毛色油亮，照片中正蹲在小区传达室边上，呼哧呼哧吐着舌头。

"鼻子黑的叫'扫黄'，鼻子黄的叫'打黑'，我不加班就去喂喂，平时也有保安帮我看着。"

说着夏熠又向右滑了几张照片，画面里出现几只流浪猫："这些是小区里的流浪猫，有个阿姨和一个小姑娘轮流喂着……它们特别坏，有时候要抢我儿子的口粮。"

邵麟没想到，夏熠手机里除了工作时拍的一些记录，大都是些猫猫狗狗的照片。他一想到这么人高马大的男人，竟然喜欢这些毛茸茸的小东西，就忍不住想笑："你很喜欢小动物。"

"我很喜欢狗。"夏熠点点头。

说着他又在手机相册里翻了翻，找出一只拉布拉多："这只也是我散养的，叫欢欢，你来分局的时候见过没有？这狗可有故事了！它的主人以贩养吸，被我们抓了，然后它就一路追着警车跑啊跑，来了咱们分局。后来主人进了看守所，它彻底跟丢了，就每天来咱们局边上打转。你说这么好的狗，怎么就摊上了那么一个主人，嗐，我就让咱警卫给'招安'了。编制拿不到，好歹不饿肚子吧。其实，它主人最后能落网就是被同伙卖了，这狗啊，就是比人忠诚。"

邵麟问："你这么喜欢狗，怎么不在家里养一只？"

"我这不三天两头加班嘛，把它们关家里不行。"夏熠摆摆手，"饿了，无聊了，觉得被冷落了，那都是事儿。我就还是别造孽了，嗐！"

邵麟眨眨眼，觉得这大个子还挺可爱。

回程中，夏熠刚点开音响，就遭到了后座的强烈抗议："又放佛经！我又不是需要改邪归正的犯罪嫌疑人！切掉切掉，蓝牙连我的！"

夏熠骂道："《清心咒》有什么不好？就是放给你这种浮躁的小丫头听的！报告写完了吗？报告没写完就给我听着！"

李福跟着抗议："组长，别清心啦，你好歹放点旺桃花的咒吧，我怀疑我们组要光棍一辈子啦！"

邵麟："……"

正当大家对放什么音乐争论不休时，一个电话突然打了进来。夏熠开着蓝牙外放，副支队长姜沫的声音清清楚楚地传来："狗子，西城华锦三具尸体，当地芦花湾派出所联系了咱们辖区。带上你们组，西城华锦东区锦竹院1-06见。"

一时间，车里鸦雀无声。

GL8瞬间切了车道，在下一个路口打了个U形弯儿，往反方向疾驶而去。

"死了三个？"阎晶晶扒着驾驶座探出脑袋，十分敏锐，"西城华锦那是富豪别墅区吧？能住那儿的人非富即贵，一下子死了三个，上面铁定催得急，这下又有的忙活了！"

"小小年纪不学好！案子还分贫贱富贵是谁教你的？出去别和人说你是跟着大哥我混的。"夏熠一巴掌把人给按了回去，但看向邵麟的瞬间又毕恭毕敬的，"邵老师，非常抱歉，可能不能送你回去了……"

"没事儿，随便找个红灯把我放下吧。"

"邵老师下午什么安排？"

邵麟一想到下午自己给自己安排的恐水脱敏训练，情绪就怏怏的。当然，他不可能和夏熠讲这种事儿，只是侧过脑袋，淡淡回道："没什么安排。"

却没想到夏熠脱口而出："那你要不要一起来？"

邵麟想着这是大案现场，一时犹豫不决："符合规矩吗？"

"郑局叫我多和你学学分析思路，我看他老人家巴不得请你来当个顾问，到时候，不就是他一句话的事儿？"夏熠爽快地笑了，"反正你也没安排，一起呗？"

邵麟听了，忍不住腹诽，郑局那老狐狸精巴不得24小时把他放眼皮子底下盯着，说得好听叫"多参与"，说得难听点那就是监视。当然，夏熠不知道其中诸多是非，更没那么多心眼。

他勾起唇角："好啊。"

第二案

深海

最后一艘船上的人，
无一生还。

01

燕安市东北近郊，"I回忆"现代艺术馆。

纯白的北欧极简风建筑坐落于一片绿茵坪上，大面积的落地窗映着树影天光。

一双银色高跟鞋闪着碎钻水光，"嗒嗒"踩过深色大理石。女人手里攥着布展设计图纸，露出一截玉似的手腕，上边几只细镯子丁零作响。

"这两座布置调换位置吧，这么摆放好像不太和谐。这个怎么搬这里来了？"女人皱起眉头，"开展第一天，这一条走廊两侧都是活人雕塑，把这个东西挪回去。对了，那几个雕塑艺人联系好了吗？都确认好时间了？"

实习助理手里拿着小本子，跟在老板身后："都联系好了，彤彤姐！"

她偷偷瞅着老板季彤的背影，只见季彤穿着一身雪白的迪奥高级定制连衣裙，披肩大波浪染成了栗色，双鬓两条麻花辫儿，每股辫子里都有一缕漂成了浅金，仙得要命。

就在这个时候，手机铃声毫无征兆地响起，在空旷的展馆里显得格外空灵。季彤接起电话，往走廊外走去："我是季彤，什么事儿？"

实习助理捏了捏手中的小本子，目光乱转。老板只在打私人电话的时候才会避开她。她本无意偷听，但季彤的声音还是清清楚楚地从门外传来。

"阿光放了你鸽子？

"不，我们没在一起。嗯，几天没见了，最近在城北忙布展。你给阿光打电话他不接？

"昨晚他回父母家了。行，一会儿帮你打个电话再问问。"

小助理听到"阿光"两个字就忍不住竖起了耳朵。她听一块儿实习的朋友八卦，说季彤姐最近和福润集团董事长的儿子徐赫光订婚了，眼看着就要嫁入豪门。据说季彤身上的奢侈品牌高级定制版就没重样的，上回她们还在小群里讨论彤彤姐耳坠子上的珍珠值多少钱。

彤彤姐刚说的"阿光"，就是徐赫光吧？

这种"霸道总裁爱上我"的小说桥段，怎么就不能发生在自己身上呢？小助理越想越羡慕。

等季彤处理好布展事宜，回到自己的工作室，就瘫坐在巨型沙包椅上。她一手策划的艺术展"深海记忆"再过两周就要正式开展了，以至于她最近忙得脚不沾地，天天通宵，仿佛又回到了当年赶作品集的学生时代。

季彤躺在沙包椅上，翻了翻手机，徐赫光的最后一条消息发于昨天晚上，秀了一桌子啤酒烧烤，配了一个"龇牙"表情。今天早晨，季彤发了几条吐槽自己新买的护肤品的消息，对方也没有回复。

她拨了徐赫光的电话，没人接。眼看着下午1点了，她又一个电话打回了未婚夫家里。铃声响了很久，电话才被人接起，是在徐家照顾爷爷的护工赵阿姨。

"喂，赵阿姨，叔叔阿姨在吗？阿光他不接我电话——"

她一句话还没说完，就听到电话那头传来了警笛呼啸的声音。护工着急地说道："可算有人找了，我都不知道该给谁打电话！你赶紧回来一趟吧，你老公一家吃烧烤，三个人全被一氧化碳闷死了！"

GL8开上高速，离目的地半小时车程。

西城华锦别墅区位于燕安市近郊芦花湾，三面环山，一面向湖，风景秀美，环境极佳。由于地产二期还在施工中，一期入住率暂时不高，大部分别墅都闲置着，很多业主只在度假时才回来。

徐家是为数不多的常住户之一，主要原因是家里有一位年逾九十的老爷子，中风后瘫痪，还罹患阿尔茨海默病、帕金森、脑水肿、糖尿病等一系列老年病。平时，护工与儿媳妇一块儿住别墅，照顾老爷子，但每到周末，徐家长子徐华浩会过来。徐华浩不喜家里有外人，周末一般会打发护工回家。

老爷子今早起来，没人伺候，饿着肚子，还拉了一床屎尿。他有帕金森病，很多时候肢体行为不受控制，四肢"手舞足蹈"一顿乱挥，终于撞到了床头的"紧急求救"按钮。

紧急求救功能与护工的手机是绑定的。

赵阿姨在收到求救后，第一时间打了主人家电话，却发现没人接，这才觉得事情不对。匆忙赶来时，就发现一家三口倒在厨房里，吓得她立马就报了警。

姜沫那车人前脚踏进宅子，夏熠一行人也到了。徐宅里已经站满了人——有当地派出所的，有西区分局的，还有急得都要哭出来的物业保安……

芦花湾派出所的警员是最早抵达现场的。

他们中队长是一暴躁老哥，一见到市里刑侦支队的人，就情绪激动地冲了过来："这事儿也忒邪门了！你说说，这170多平方米的豪宅，三个人，非要挤在这间厨房里关门关窗吃烧烤？大冬天的还情有可原，这都春暖花开了，前前后后两大院子不去，搁这旮旯里炭烤！

"但凡窗户开条缝，都不至于出这种事儿！他们家这小孩，本科就是名校，工作几年还去国外念了个MBA（工商管理硕士），怎么可能犯这种低级错误?!城里来的同志，我和你说，如果这是一起意外，我就辞职不干了！"

"辞职倒是不必，"姜沫做了个安抚的手势，"目前有什么指向他杀的证据吗?"

中队长张了张嘴，却又卡了壳。

"这不是第一时间就请你们城里的专家过来了嘛，徐家交税大户，这人死了待遇也是不一样啊。"中队长语气酸溜溜的，递过一氧化碳检测仪，"喏，刚开门的时候测的，一氧化碳浓度1233ppm（百万分比浓度），够人死上个三回了。"

"警察来之前，现场没人进去过？"

一氧化碳中毒现场，如果门被打开过，空气流通，则会影响第一时间测量的浓度。

"赵春花，就他们家那个护工，现场第一目击者。"中队长一指站在不远处的女人，"她说当时看到玻璃门是关着的，三个人倒在里面，把她给吓得不敢进去，没有开门，直接报警。"

徐宅总共两层，二楼只有一个巨大的主卧，一楼厨房与客厅之间隔了一道透明的玻璃滑门，这会儿里面"咔嚓咔嚓"的拍照声不绝。

法医到得比他们早，差不多已经完成了初步鉴定工作，工作人员正在三具尸体周围描痕迹固定线，准备将尸体打包带走。

这时，一个高高瘦瘦的男人撩开黄色警戒带走了出来。他戴着一副玫瑰金描边眼镜，眼神冷漠，面无表情。男人脱下第一层手套，用消毒液擦了擦戴着第二层手套的手。

姜沫喊了一声："郁主任！"

郁敏点点头，开口就直切案情："烤炉里的炭基本都烧完了，整个房间温度过高，所以，无法通过尸温来判定死亡时间，但尸体角膜混浊，颌、颈、四肢均已出现尸僵，尸斑指压不褪色，推断死亡时间为10—12小时之前，也就是今天0点到凌晨2点。"

他吐字清晰，语速适中，偏偏那语气冰冷，没有一丝起伏，听得夏熠背后凉飕飕的。

"尸体躯干、四肢有少量水肿，黏膜、尸斑均呈樱桃红色，符合一氧化碳中毒的典型特征。死者大概率是昏迷了一段时间，没有得到救助才死亡的，昏迷时间，我预估在晚8点到晚10点。至于是否存在其他死因，毒物、血液HbCO（一氧化碳血红蛋白）浓度等，还要等回实验室分析。"

姜沫笑了笑："三具尸体，你们周末也是辛苦了。"

郁敏一推眼镜，目光飞速掠过姜沫，回现场指挥收尾工作去了。

"副队副队，这棺材脸是活人吗？"夏熠凑到姜沫耳边讲悄悄话，"他这个说话的语气听得我一身鸡皮疙瘩，该不会是解剖台成精了吧？"

姜沫眼尾上挑，微微眯眼，冷冷扫过夏熠，用同样没有起伏的语调从牙缝里进出一句："是啊，真帅气。"

夏熠："……"

同一时间段出入现场的人不宜太多，等法医们出来，夏熠他们才穿上鞋套、戴上手套进去。邵麟非常没有存在感地站在一旁，目光一寸寸扫过案发现场。

那是一间长方形的厨房，亮堂宽敞，大理石台面擦得干干净净，完全看不出油渍。红木方桌与灶台之间隔了一道吧台，桌上放着一台烤架、三份餐具。玻璃杯里有一些奶类饮品残留，菜碟里虾壳与扇贝壳叠成小山，沾着蘸酱的竹签到处都是……串串都吃完了，生菜碟里还剩下一些未烤的蔬菜和海鲜，至于烤炉上的东西，早已变成了一块块黑炭。

李福正小心翼翼地将残留的食物一一分类取样。

邵麟的目光又落在了地上的尸体痕迹固定线上。

四角方桌，父子对坐，母亲在他俩侧面。

徐华浩夫妇昏迷在桌旁，一个脸向下伏倒在餐盘里，另一个则跌落椅子侧卧在地上。儿子徐赫光死于一个向客厅玻璃门爬行的姿势。徐赫光半身蜷起，似乎很是挣扎，但一只手向前伸得老长，指尖离玻璃滑门就差一米。

邵麟心中闪过一丝怪异。

方才他也看了尸体，死者徐华浩右手食指、中指指尖明显比左手黄，口袋里随身携带打火机，显然是老烟民。快60岁的男性，长期抽烟，腹型肥胖，心肺功能多少欠全，所以，对一氧化碳的耐受力会远低于健康人。哪怕不与儿子比，徐华浩也一定会比妻子先晕过去。而且，他们没有喝太多酒，地上只有两只空的啤酒瓶，不存在烂醉如泥的情况——所以，当父亲晕过去了，徐赫光应该有足够的时间警觉，打开门窗……

"这家人脑子有坑吧，"阎晶晶一边走一边嘀嘀咕咕，"这不有排气扇吗？但凡开个排气扇也不至于出事儿啊！"

戴着手套的痕检员踮起脚，小心翼翼地提取了排气扇小格里的积油，以及开关按键、电闸上的指纹，说："谁知道这是一起意外事故，还是有人故意的呢？"

夏熠蹲在柜子边，盯着那个用来储存烧烤架的包装外盒，奇怪道："咦？这烧烤架不是电炭两用的吗？室内用电炉不是更好吗？为什么还要烧炭火？"

邵麟沉默地递过一个烧烤竹炭包装盒，上面标着净含量"5斤"，但里面完全空了。包装盒的背后贴着店家建议：2—3人，建议用量3斤；4—7人，建议用量5斤。

现场只有三个人，顶多再加上一个老爷子，为什么要用整整5斤炭呢？

小组看完现场，去客厅开了个小会。

姜沫直接点名夏熠："小夏，这次换你指挥，我看着。"

所有人的目光都落在了夏熠身上。

邵麟敏锐地觉察，技术中队那边似乎有几个人挺不服气。

夏熠年轻，部队背景，以前跟特警队还拿过国际奖项，是上头看好的苗子。有些人能来西区分局，那已经是仕途走到了头，但这位来分局，叫"下放基层历练"。管理层自然资源各种倾斜，队里着重培养。

夏熠倒一点也不磨叨："这三个人的死亡疑点较多，很有可能不是意外事件。姜副，你带李福去查看园区监控，昨天一天前前后后有谁进过徐家的门。特别是饭点的时候，除了这一家四口，摸排一下还有什么人在场。

"程哥，我和你一块儿去做笔录。现场唯一的幸存者，徐华浩的父亲徐建国。还有那个护工，现场第一目击者，赵春花。一会儿大概还有家属要来。今天问不过来的，列个表明天全请来局里。

"技术中队的同志，除了厨房，整幢楼包括客厅、卫生间、客房，麻烦再搜查一下是否有其他人来过的线索。

"阎晶晶，iPhone（苹果手机）先放一放，把那几部安卓手机刷了，从聊天记录、通讯录里复原一下昨天晚上的事情。"

一队人原地散开，各忙各的。

方才在开小会的时候，邵麟就觉得有人在看着自己。

这会儿一回头，就发现护工赵春花远远地站在客厅门口，抱着双臂，盯着警察们，目光阴冷而探究。可就在邵麟与她视线交接的瞬间，护工转头走了，去了外院檐下。

邵麟跟了过去。

"我什么都没碰。"还没等邵麟开口问话，赵春花就硬邦邦地开口了，带着轻微的南方口音，"我到的时候他们就倒在里面了。我不敢开门。我就怕万一真有事儿，你们第一个怀疑我。"

邵麟微微一笑，温声道："多亏了你，现场保护得很好。"

赵春花原本紧绷的面部表情这才放松了一点。她的目光转向院外，落在了坐着轮椅的徐建国身上，脸上缓缓浮现出一个讽刺的笑容："这老头儿去年往ICU（重症加强护理病房）里住了三回，谁能想到今年就活了他一个呢？"

邵麟顺着女人的目光，看向徐家内院。那显然是一座被精心打理过的院子，名贵的盆栽摆放得错落有致，小池塘边，徐老爷子正皱巴在轮椅里晒太阳。佝偻的老人一动不动，仿佛与一旁的假山融为一体。"哗啦"一声，水面上漾起一道温柔波纹，是池子里的大花锦鲤打了打尾巴，对宅子里的巨变无知无觉。

作为现场唯一的幸存者，徐老爷子的证词往往是最直接、最有价值的。然而，夏熠手口并用，追着问了半天，老爷子张嘴，流了一下巴哈喇子，就没给过半个眼神。

邵麟轻声问道："他这是完全神志不清了？"

"上次进ICU前，脑子还是清醒的，只是不会讲话。"赵春花又哼了一声，"他亲手写的遗书，恳请大家不要救了，偏偏那两个'孝子'要作孽，唉！那次救回来之后，就彻底不清醒了。"

别看徐建国现在这么一副半死不活就剩一口气的模样，当年可是福润集团的创始人，叱咤燕安房地产业，打下了徐家的江山。

豪门世家，子女不顾父母意愿非要救人的戏码并不罕见。

邵麟问："为了遗产？"

赵春花轻飘飘地"唉"了一声，说："那谁知道呢。"

02

从徐建国嘴里实在问不出东西，夏熠只能来问赵春花。

赵春花三十出头，个头矮小，但四肢壮实，一头浓密的黑发盘于脑后。她之前是芦花湾养老护理院的护工，被一户有钱人家包了之后，就做起了居家养老护理。那家老人去世后，赵春花在大约一年前转来服侍徐老爷子。

"周末老头儿不归我管，他儿子要回来，见不得外人一起住，所以我周五下午就走了，四五点吧。"赵春花的嗓音天生带着一丝破裂的嘶哑，总让人听着不太舒服，"再回到宅子，就是今天上午接到老头儿的紧急呼救之后，大概是11点。"

"那昨天周六，下午、晚上你人在哪里？"

"在家里啊！"

"有人能证明你在家里吗？"

赵春花眼睛一翻："我一个人出来打工的，找谁证明啊？"

听口音，她应该来自南方内陆农村。赵春花自称一个人在芦花湾镇里租了间屋子，她男人在燕安市里务工，还有一个7岁的儿子，由爷爷奶奶在老家养着。

恰好这个时候，去调监控的小组带着物业负责人回来了。李福与夏熠确认："我们查了物业监控，时间都对得上，赵春花确实是周五下午离开，周日上午过来的，交通工具是一辆电瓶车。在这段时间内，也就是说从周五到今天，监控没有拍到她出入。

"门卫也和我们确认了，过去一年里，几乎每个周末赵春花都是这么通勤的，周末不住徐宅，看来她没有说谎。"

但物业的负责人提出，这并不能排除赵春花当时不在场。

西城华锦属于豪华小区，理应配备顶级的物业设施。然而，园区的整体修建尚未竣工，出入监控不算完善。物业的负责人说，徐宅后院有一扇小门，那里可以直接进山，从山上的岔路口再下去，是可以出园区的，而且荒郊野外的，完全没有监控。

负责人带着夏熠等人踩了一遍点，那条山路颇为隐蔽，除非十分熟悉园区的工人、物业工作人员，否则基本走不出去。也就是说，如果有人要走这条路，那么这个人必须熟悉园区，知道徐家那天晚上有烧烤的计划，而且有徐家的后院钥匙。

赵春花碰巧三条都占了。

"所以，你的意思是，她有可能周六从小路来，再从小路走？"

"存在这个可能。她自称一个人住在芦花湾镇上，但没有人能证明她一直待在那里。"

那山路没有台阶，纯属工地民工走得多了，踩出来了一条小路。不巧的是，昨夜芦花湾下过大雨，山土都变成了软软的砖红色泥浆，新脚印旧脚印搅在一块儿变了形，再被山上淌下来的积水一冲，完全无法提取信息。

夏熠问："你们这儿昨天是从什么时候开始下雨的？"

物业答道："早上七八点就开始下了，下了一整天呢，大概凌晨才停吧。"

邵麟看着山路上的泥水混合物，心说难怪现在还没干。他戴着手套，捡起一撮泥在指尖捻了捻，里头有不少细碎颗粒，和一般泥土比，这土的颜色格外红。大约是当年建房子的时候，各种各样的建筑垃圾，以及多出来的砖块都往山上扔，才形成了这种迥异的颜色。

"那也就是说，如果有人从这条小路进来，鞋子势必会沾上这种砖红色的土。"夏熠回头，看向徐家后院。

后院分成两个部分——一个精心打理的内院，修的是平整水泥地，但它外围还有一个占地面积更大、胡乱种了一些蔬菜的外院，正中有一条青石板路。外院的土就是最常见的那种土褐色，与山上的砖红色完全不同。

一行人来回走了几遍，在外院提取了几个脚印给痕检，但完全没有找到砖红色的痕迹。夏熠不死心，又去看了看赵春花的那辆小电瓶车，搁脚的地方也是干净的，只好暂时作罢。

"监控里没有其他人进出过？"

姜沫答道："出去确实没有。进来的话，就只有徐赫光那辆奥迪。"

而现在，那辆黑色的奥迪 A7 正安静地停在徐家车库里。

"这车牌在物业注册过，扫一扫就直接放行了。车玻璃单向可视，无法判定里面只有徐赫光一个，还是载着什么人……"

夏熠想了想，说："假设当时烧烤现场存在第四个人，除非那人冒雨从后院山路进来，还机智地在后院前换了鞋，否则大概率就是和徐赫光一块儿进来的。这样一来，就好查了。"

专业的痕检员们把徐赫光的车翻来覆去筛了一遍，搜集了所有鞋印、指纹，以及可能存在的生物信息。

那边老汪还在做笔录。

"你周五晚上走的时候，家里还有几个人？"

"就老头子、徐总太太袁老师，还有徐总。徐总刚到，我走的。"

"徐华浩和徐赫光经常来家里吗？以前在家里吃过烧烤吗？你知道这周末他们打算和谁一起吃饭吗？"

"徐总常来，他们家二儿子周末也偶尔会来吃饭，顺便看看老头子。那个孙子是不常来的。哦，对了，偶尔袁老师的朋友们会来吃下午茶。"赵春花顿了顿，继续说道，"他们一直很喜欢吃烧烤。以前出去吃，后来袁老师觉得外面的烧烤不健康，就花了几千块钱，从韩国买了一个烤架回来。一个月总要吃个一两回吧。但是……"赵春花说着说着，突然皱起眉头，欲言又止。

"但是什么？"

"他们以前在室内烧烤不是烧炭的……是用电的。"赵春花嘀嘀咕咕，"吃炭烤他们还是会去店里。"

"破出来了，破出来了！"就在这个时候，蹲在角落里刷机、蔫了一整个下午的阎晶晶突然满血复活。她把安卓手机从接口上拔了下来，旋风似的冲了过来："我发现了一条超级重要的线索！"

大家连忙围了过去。

别看阎晶晶一个矮个子小姑娘，却是队里玩黑客的一把好手，据说还在编程马拉松比赛里赢过楼上网侦。

"袁咏芳的手机是苹果手机，暂时没办法。徐华浩和徐赫光用的都是安卓手机，破开了。昨晚7点34分，徐赫光给他老婆发了一张烧烤的照片！"

照片是从上往下拍的，囊括一整张方方正正的红木桌。与今天的现场一样，桌上总共三副碗筷，上下位各摆了一杯啤酒，右边放了一些还没吃完的食材。烤架上放得满满当当的，有蒜蓉龙虾、扇贝、五花肉与孜然羊肉串，底下炭火烧得正红。

徐赫光秀完照片，还给季彤发了条消息——三个龇牙笑的表情。

大概一个半小时后，是季彤的回复："我还没赶完方案。"配上号啕大哭的表情。

阎晶晶把照片传到了电脑上，放大了和大家一起看。李福颇为失望地皱起眉头："看起来，昨晚确实只有这三个人在吃烧烤，该不会真的这么把自己给闷死了吧？……"

"这个位置和现场对得上。这喝着啤酒、面对面坐的是徐华浩和徐赫光，左边是袁咏芳，这应该是刚吃了一轮。现场桌上三个人还喝了点花生牛奶，这张照片里却没有。晚上7点34分发的消息，也就是说那时候还没出事儿……"

一直没怎么说话的邵麟突然伸手指向照片一角："袁咏芳的镯子哪儿去了？"

夏熠赞道："邵老师，眼尖啊！"

照片左下角，碰巧把袁咏芳的右手给拍了进去，正好是一个搁筷子的动作。妇人的指甲是新做的浅樱粉，与尸体对得上号，但照片里，她手腕上还戴着一只通透的白玉镯子。

尸体已经被法医拉走了，毕竟解剖是个大工程。夏熠翻出现场第一时间的拍摄资料，发现当时袁咏芳身上没有任何饰品！

那镯子哪里去了？

邵麟借用徐赫光的微信，翻了翻他母亲的朋友圈。袁咏芳虽贵为富豪太太，但平时并不高调，朋友圈大部分是些岁月静好的鸡汤文。在隔三岔五的自拍里，哪怕是与闺密们一块儿吃下午茶，她打扮得也颇为朴素。

而且，从那些自拍来看，袁咏芳平时是不戴镯子的，唯一的配饰就是脖子上那条珍珠项链。可是现在这具尸体上，既没有镯子，也没有项链。

邵麟的目光又落回到现场的尸体照上。

袁咏芳烫了头。她的头发本就稀疏，一卷就显得更少了。这个发型虽说不太适合她，但在中老年妇女中颇为流行。仔细一看，能发现那些染成酒红色的发卷上泛着油光，形状也颇为固定，应该就是这几天做的。同样，袁咏芳的指甲油饱满地涂到了根部，应该也是新做的。那件紫粉相间的连衣裙，从质地与款式上看，更是价格不菲。

邵麟合理推测，为了这次的聚餐，袁咏芳是精心打扮过的。

可是，她打扮又是为了见谁呢？

现场似乎……只有她的丈夫与儿子……

难道，是因为平时不常见儿子，所以才精心打扮的吗？还是说，昨天是个什么特殊的、值得庆祝的日子？又或者——邵麟想到了那5斤炭——昨天烧烤，确实还有其他人在场。

听警察们问起了项链，负责徐家物业的小哥连忙附和道："是是是，袁老师平时就戴这条项链，从不离身！那珍珠个头特别大、色泽特别好，是结婚25周年时徐总送的，听说价值十几万块钱呢！"

"那就对了。"邵麟说道，"在徐赫光拍那张照片的时候，袁咏芳八成还戴着那条珍珠项链。"

可现在，项链与手镯似乎一块儿失踪了。

主人去世，珠宝丢失——所有人的目光再次聚焦在了护工赵春花身上。

"你们怀疑是我偷的？"也不知赵春花是紧张还是生气，情绪一激动，噼里啪啦飙起了方言。她嘴上骂骂咧咧的，恼火地递过自己那个从网上买的LV（路易威登）高仿包，还翻出自己身上的衣袋："你们搜！你们搜！"

夏熠翻了翻，里面只装了一些常见的随身携带品。

"赵阿姨，"邵麟安抚似的拍了拍她的肩膀，"请你再帮我们回忆一下——"

他一步一步引导对方进入回忆："当时，你急匆匆赶回这里，发现厨房门紧闭着，你远远地看到里面有人倒下了……你不敢打开玻璃门，直接报了警。这个时候，袁咏芳手上是没有手镯的，对吗？"

"我……我……"赵春花顿了顿，眼珠向上翻去，似乎是在回忆，"我没仔细看呀！我当时都吓死了，真的，魂飞魄散！哪里还有时间去看手镯不手镯的！"

邵麟觉得这个回答很好。如果赵春花一口咬定她没有看到手镯，才显得更为可疑。

"那你看看，"夏熠拿来照片，"这只镯子，是袁咏芳的吗？"

赵春花探过脑袋，一瘪嘴，说自己没见过，袁咏芳平时在家不戴镯子。

项链与手镯是否被人带走，对侦破案件有着至关重要的意义。夏熠大手一挥，警员们开始在徐宅内分散搜索，卫生间、徐老头儿的卧室、保姆房，一处都没有放过。

直到姜沫在楼上喊人："找到了！你们过来看看是不是这个！"

邵麟眉心微皱。袁咏芳在烧烤时还戴着首饰，尸体被发现的时候，首饰却不见了。现在，首饰又奇迹般地出现在了袁咏芳的卧室里——那么，只有两种可能……

第一种可能：将首饰放回二楼的是袁咏芳本人。在聚会结束后、收拾餐桌前，袁咏芳先回来放了一下首饰，随后案件发生。这种情况下，一楼厨房很有可能只是一个"摆拍"现场。

第二种可能：将首饰放回二楼的并非袁咏芳本人。那邵麟首先怀疑赵春花——她在抵达现场后，偷走了贵重首饰，又怕被警方发现，便先藏去袁咏芳卧室掩人耳目。如果警方未曾察觉，她可以事后偷走；如果警察不巧发现，那她也可轻易推脱。又或者，将首饰放回去的是凶手，那么首饰上一定会留下对方想传达的信息……

仅仅是走上楼梯这点工夫，邵麟脑海中就闪过了无数种猜测。

二楼主卧，红木雕花梳妆台。

姜沫拉开一只精巧的珠宝盒，里头珍珠项链与白玉镯子缠在一块儿，放在口子上。袁咏芳的饰品并不多，主要是一些戒指、项链、耳环……都是质量上好的货色。

姜沫拿起镯子，与照片里的比对一番："就是这个没跑儿了吧？"

她戴着手套，迅速提取了首饰与珠宝盒上的指纹。

邵麟打量了梳妆台一眼，目光移向另一侧——那里还放着一只木盒子，上面印着"碧玉轩"烫金标志。邵麟听说过，这"碧玉轩"是燕安城里有名的玉器老字号。他打开盒子一看，发现里面还有一只白玉镯子，与袁咏芳手上那只一模一样。盒子丝绒内胆里还附了一份珠宝鉴定说明，从上面的时间来看，这镯子是半年内买的。

袁咏芳平时拍照不戴手镯，珠宝盒里也没什么镯子，可见不是一个爱镯之人。那么，同样的手镯，不拆包装与鉴定牌，大概率是要送人的。

在一些地方，婆婆送未来儿媳妇玉镯子，就是"我很中意你"的意思。

邵麟想到了徐赫光的那个媳妇。

"之前是说……"他眨眨眼，轻声问道，"徐赫光那张吃烧烤的照片，是发给他未婚妻的？"

夏熠点头："没错。季彤。"

种种迹象表明，昨天晚上季彤并没有和他们在一起吃烧烤。

邵麟眉心微蹙："那昨天晚上，季彤在哪里？"

03

"我昨晚在工作室忙布展设计。这两周都在忙这个，毕竟再过不久就开展了。"

讯问室里，季彤安静地坐着，妆容精致，神情冷淡。明明未婚夫一家刚去世，她却不怎么伤心。

姜沫问："刚才你说，你本来是要去和他们一块儿吃烧烤的？"

"是。本来是约好了的，但我下午工作上有些事儿，就拖了拖，我的工作室离他爸妈那儿实在是太远了。"季彤叹了口气，"要是我在，肯定就不会发生这种事儿了……"

"有人能证明你昨晚一直在工作室吗？"

季彤秀眉一皱："我一个人。设计的时候很不喜欢被打扰。"

"就没有一个人可以证明你当时在工作室吗？"

季彤想了想，说道："昨天晚饭，我是去工作室旁边的美格里广场吃的。吃的是……那家'田园轻食'，点了牛油果鸡胸肉沙拉。然后我在美格里逛了逛，买了点美术工具，或许商场里有人能证明。"

"吃饭具体是几点？"

"我不大记得了，但我记得回到工作室的时间是晚上 8 点左右，晚上我就一直在工作室待着了。"

警察点了点头。

"买了什么美术工具呢？有没有可以做证的收银员、店员什么的？"

"就我平时画画的那些，缺了几个色，新颜料都已经用上了。收银员是谁我不记得，但小票应该还在的，我这周还没丢垃圾。"

隔着一面单向可视玻璃，观察室里，夏熠向阎晶晶一努下巴："去查一下季彤的不在场证明。如果昨晚8点她还在美格里，那开车两小时到不了西城华锦。"

阎晶晶小声提醒："小票可以造假的。"

"我知道。"夏熠命令，"你按小票的时间直接去调美格里商场监控。"

与此同时，讯问室里。

"那你能帮我回忆一下，昨天去美格里的时候，你穿的什么样的衣服？"

季彤答得很爽快："我昨天上午刚见了一个国外策展合伙人，中午请客吃饭，所以穿了一件高级定制孔雀蓝旗袍，就一直没有换。"

"如果没有其他问题的话，"季彤眨眨眼，情绪似乎未受半点影响，"我能先回去布展了吗？"

姜沫颇为意外地挑了挑眉，虽然她没开口，但那意思再明确不过了——您未婚夫一家刚离奇去世，您想到的第一件事儿竟然是着急回去工作？

这也太不合常理了。

"男人就像衣服，死了换一件就是，事业才是我的立身之本。这次的展览我准备了好久，真的特别重要。"季彤诚恳地说道，"放心，如果需要，你们随时可以找到我，我的艺术展在燕安，我的人就在燕安。"

说完，她从自己皮夹里掏出一张名片，递了过去。

"说真的，你们警方不用在我身上浪费时间。"她起身拎起小挎包，"我一个还没扯证的未婚妻，谋害阿光全家图什么？要我真有这个歹心，怎么说也得等到扯了证再干，不是吗？现在婚还没结，人就死了，我岂不是半毛钱都捞不到？"

一句话撑得姜沫哑口无言。

真有道理。

"开个玩笑。"季彤垂下眼睑，肌肉僵硬地勾起唇角，"不是不难过，只是一些难过不必与外人说罢了。"

办公室里，阎晶晶一边准备出发取证，一边嘀嘀咕咕："这个季彤也太奇怪了，未婚夫死了怎么就半点反应都没有呢？"

有人笑道："这就是你不懂了吧，小姑娘。像徐家那样的豪门，大多是'塑料婚姻'。我听说他们有钱人那个婚前协议，几百页，密密麻麻的，光那字数，就得是我支付宝余额的10倍！"

"得了，这个季彤还算好的，最起码花时间亲自来了一趟！"负责另外一条线的刑警抬起头，骂骂咧咧，"徐华浩那个弟弟徐华宇，这周在外地出差。你说巧不巧，人就是周六晚上飞的。要不是他晚上8点已经在机场了，我第一个怀疑他！你说说，这什么人呀，亲哥一家没了，竟然不赶回来，非要先谈完手里的生意！这些富贵人家，一个个的，情比纸薄啊！"

与此同时，邵麟正扫着网上热评。

虽说福润集团公关已经花钱撤了热搜，但依然挡不住网友闻风而动。徐华浩生前大概没做过什么好事儿，人都死了，只有"喜闻乐见"的网友，连一个点蜡的都没有。

"吃人不吐骨头的老东西，要我说死得活该！福润的房子质量越来越差，付款前销售吹得天花乱坠，拿到手什么都不是！"

"真的是一氧化碳中毒吗？我看是作孽太多，被人搞了吧？坐等反转，这个死法我是不太信的。"

"啧啧啧，自己在家烧烤还能吃到波士顿空运过来的大龙虾？大概我人穷，不配这么死。"

"前排求看到！请问福润地块非法商用的事情什么时候能有个说法？吃个烧烤都能上热搜，非法商用的事儿能不能管管？"

邵麟下拉着评论，鼠标突然停在一条内容上："不是我迷信，有钱人家不是都很讲究玄学吗？他们家儿子刚订婚，那个儿媳妇先是克死了自己爸妈，现在又克死了丈夫一家？有说法吗？"

邵麟一时好奇，点开了这条评论下的讨论。

"求科普！克死爸妈又是什么事儿？"

"附图。徐家未来的儿媳妇，从面相上看，剑锋鼻，颧骨高，双颊消瘦，旺事业而寡亲缘，克夫，一生多灾却屡次化险为夷！加VIP解锁更多大师分析面相、八字！"

"克死父母是去年的事儿。季彤父母在蓬莱公主号上遇难了，就她一个人活了下来。这女的命硬啊！"

"说到蓬莱公主号，徐华浩一家当时也在船上吧？"

蓬莱公主号？

邵麟握着鼠标的手猛然一僵，大脑一片空白。半晌，他又搜索了一下徐华浩与蓬莱公主号的消息，果然，当年徐家死里逃生后，还往寿山福临寺捐了300万香火钱……

或许是因为邵麟同一个姿势僵了太久，又或许是因为他陡然苍白的脸色，夏熠敏锐地看了他一眼："你怎么了？不舒服？"

邵麟极力压下了尾音的颤抖："……季彤的父母叫什么名字？"

夏熠完全没反应过来："什么？季彤的父母？"

邵麟这才稳住自己的情绪，看向对方："你知道季、徐两家和去年蓬莱公主号的事儿吗？"

去年五一假期，豪华游轮蓬莱公主号在 T 国海域被不法分子劫持一事，闹得沸沸扬扬，虽说大部分乘客得救，但最后一艘救生艇不幸发生了爆炸……夏熠自然是知道这件事儿的，只是，他没想到徐华浩也在船上。

夏熠凑过脑袋，瞅了一眼屏幕："哦？竟然还有这么巧的事儿？这姓徐的也是够倒霉，看来福临寺不灵啊！不不不，应该说，做人还是要积德行善，花钱贿赂佛祖是没有用的！"

邵麟："……夏警官你的重点是？"

邵麟突然起身，眼底尽是倦色："我得回去一趟。"

夏熠以为邵麟累了，表示非常理解："去吧去吧！邵老师，讲道理，咱们加班是职责所在，没有办法，你确实不必跟着一起熬。昨晚一宿没睡，这都下午了，你快回去休息吧。就是今天得委屈你自己打车了，我这儿太忙，没法送你……"

邵麟一回家，就从保险柜里拿出了一袋他很久不曾打开的档案。

档案里的第一张列表上，是 12 条灰色的乘客信息。

确实有一位姓季的。

第九位，季鸿，房间 A03。

第十位，芦飞飞，房间 A03。

邵麟愧疚地心想，他应该记得这些名字的。

只是他又花了太多时间，来让自己努力忘掉。

邵麟把档案翻了翻，后面还有一份更长的列表。果然，他在第二份名单里找到了季彤，以及徐家三口的名字——当时，季彤与徐赫光睡一间房，也就是说，那时候两户人家就已经有关系了，一块儿去海上度假。甚至很有可能，两家是在那时敲定的婚约。

邵麟松开手，任名单散了一地。他就这么背靠保险箱，呆滞地坐在地上。半晌，邵麟弓起身，无声地将脸埋进了臂弯里，内疚得几乎窒息。

那12个名字，他看都不敢再看一眼。

那天下午，阎晶晶才从美格里回来。

小姑娘一进门又是大呼小叫的："对上了，都对上了！我查了季彤手机上记录GPS的App，案发那天晚上，她确实就活跃于美格里这一块，位移没有超过2000米！另外，我还调了商场监控，20：07 EJI家对门的摄像头拍到她进商店买东西，20：15就出来了，和小票都对得上号。我还特意拿照片问了收银员，对方说对她有印象！

"周六晚上芦花湾暴雨，燕安高架还堵车，假设她晚8点从城东出来，最快也要10点才能抵达西城华锦。根据徐赫光的聊天记录，7点半就已经烧烤上了，10点应该一家人都已经昏过去了。季彤的不在场证明成立！"

同时，法鉴中心主任郁敏带队，连轴转了二十几个小时，终于将尸检结果做出来了。根据法医组的报告，死者三人死因相同，确实都是一氧化碳中毒。

死者体内器官组织均呈樱桃红色，三人心血一氧化碳血红蛋白比例均超过50%，无其他致死性毒物。其中，死者胃内容物符合餐桌上的烧烤残留，部分消化物已往十二指肠转移，也就是说，死者并非当场死亡，而是先陷入昏迷，消化道还有一定活动。

不过，三人体内都检测出了司可巴妥残留，不致死，却足够人昏睡几小时。在比对餐桌上的食源之后，法医组发现，这个司可巴妥来自餐后的花生牛奶。

基于以上发现，郁敏给大家还原了一下那天晚上的事情经过：一家三口在吃完烧烤后，一边喝着花生牛奶，一边聊着天。司可巴妥起效非常快，20分钟左右，三人就陷入昏睡。随后，竹炭在氧气不充足的空间里继续燃烧，一氧化碳含量持续增加，昏迷 3 小时左右之后，三人于午夜前后彻底死亡。

所以，现在的问题就变成了——谁在花生牛奶里加的司可巴比妥？

徐家冰箱里的花生牛奶是 1 升的家庭分享装，但瓶盖与瓶身上，只发现了袁咏芳与徐赫光二人的指纹。警方还在徐赫光的车后备厢里发现了一个超市袋子，里面有张小票，显示这花生牛奶正是徐赫光在回父母家的路上买的，同时还买了那天晚上的啤酒与蘸料。

至于催眠药的来源，暂时未查明。徐家老头子就是个药罐子，每天要服 23 种不同的药，其中不乏镇静安眠的药物，可偏偏徐建国不吃司可巴比妥这种。死者三人、徐华宇、季彤，甚至赵春花——任何可能与案件相关的人，都查不到司可巴比妥的处方记录。

眼看着这条线索再次走进死胡同，夏熠烦躁地抓抓脑袋："体内发现催眠药，可以排除意外事故，总不可能是谁带着一家人自杀的吧？"

"自杀完全说不通。"姜沫用食指敲了敲桌面，"徐家三口谁都没有抑郁症史。徐华浩的生意蒸蒸日上，徐赫光即将结婚，都是喜事儿，怎么可能带着一家人去死呢？"

但是现场暂时没有第四人在场的确凿证据。

徐赫光的车里，只发现了徐华浩、徐华宇、季彤和她工作助理的生物信息。其中，徐华浩死了，另外三个都有明确的不在场证明。厨房的门、窗、抽油烟机上，只发现了袁咏芳与赵春花的指纹。平时就是这两个女人在操持厨房，所以也不能说明任何问题。

如此排除下来，警方只能怀疑赵春花。然而，徐家给赵春花的报酬远比一般家庭丰厚，不仅有周末休息，工作日还包吃住，多少护工挤破了头也想去这样的人家干活。如果赵春花要害死这一家人，那就等于砸了自己的饭碗。警方不仅找不到杀人动机，也无法证明她周六晚上就在徐家。

其实，到目前为止，他们甚至无法明确地证明，这不是一场自杀。

福润集团是当地的知名企业，这事儿直接惊动了市局。案件在侦破前又被无良媒体爆到了网上，各方舆论压力都很大。上面直接下了死命令——48 小时，这案件的性质，一定要给个说法。

如果不行，市局就直接接管，分局面子上也过不去。

可现在，离截止时间只剩下 12 小时了。

时针再次跨过 0 点，又进入了新的一天。刑侦支队会议室，各组汇报完毕，文档照片摊了一桌子，气压低得吓人。与这案子相关的大部分警员，自打前天案发就没合过眼，各组都在忙着取样、分析、询问、摸排……这会儿个个熬得双眼通红，眼底黑青，满下巴胡楂。

当人翻来覆去思考同一个问题时，尤其是在极度缺觉的情况下，就比较容易出现幻觉。迷迷糊糊间，夏熠仿佛看到那口不能言、脚不能站的徐老头子从轮椅里站了起来，嘴角咧出了一个诡异的笑容，哈喇子疯淌，眼珠子乱转，缓缓走向正在烧烤的厨房……

一念及此，夏熠疯狂地甩了甩脑袋。

就在这个时候，夏熠的手机响了，是执勤的门卫保安，说他们订的外卖消夜到了，下来拿一下。

夏熠莫名其妙，刚想说一句"我没订"，目光扫过窗户，看到楼下保安门外一个高挑清瘦的身影，愣住了。

五分钟后，邵麟拎着 20 杯奶茶、咖啡与 3 桶香辣炸鸡走了进来。

死气沉沉的会议室瞬间满血复活。

邵麟想得很周到，饮品从无糖冰乌龙到时下风靡的热饮都有，所有人都能找到自己心坎上的那份。在座的不少人都与邵麟不熟，一边想蹭吃蹭喝，一边又不好意思，叽叽歪歪地客气了起来："这也太破费了吧……"

"不破费。"邵麟微微一笑，"夏警官请的，我只是帮忙拿个外卖。"

阎晶晶飞扑过来抢走芝芝莓莓奶茶："组长！我爱死你啦！"

夏某人被按头白送一个人情，头顶一排问号。他张嘴，想说"不是我，我什么都不知道，你别瞎说"，话刚涌到唇边，却被邵麟微笑着踩住大脚趾，瞬间改口："不——用客气！"

姜沫颇为诧异地看了一眼那杯红糖撞奶热饮，目光在夏熠身上流转而过。副支队长会心一笑，并不揭穿。

大伙儿拿了吃的喝的，原本紧张的氛围轻松了不少，就当休息了，互相聊起了闲话。

邵麟抱着一杯清咖，往法医组那边走去："郁主任。"

之前在现场的时候，两人就打过照面。只是当时法医组太忙，没来得及说话。

邵麟勾起嘴角，主动伸出手："我是邵麟。上回郁主任半夜起来替我加班，一直都没来得及当面道谢。"说着，他含笑看了夏熠一眼："要不然，他们都不肯放我回家睡觉。"

"哪里的话，本就是我的工作。"郁敏依然没什么表情，但握手很有力道，"更何况，测量了氟西汀，却没有检测血液里去甲氟西汀浓度，是我们法医组的失误，实习生经验不足。"

邵麟不再客套，目光落在郁敏身前的文件夹上："郁主任对痕检很感兴趣？"

"都说法医的工作是与尸体对话……"郁敏呷了一口冰茶，低声道，"可有时候尸体不肯开口，答案藏在环境里。"

郁敏身前，是一篇发表在《刑侦技术》上的论文。室内烧烤一氧化碳中毒案屡见不鲜，很多谋杀也会被包装成烧烤窒息。所以，写这篇论文的团队在不同大小的房间里，尝试燃烧了许多竹炭，最后总结出了一个以竹炭质量与燃烧时长为自变量、一氧化碳浓度为因变量的模型。

其实刑侦学中，许多经验都是通过这种模拟而得出的，比如火灾痕迹分析，通过尸温、环境温度来推测死亡时间等。

邵麟沉默片刻，看似无意地另起话题："赵春花说，徐华浩之前在家烧烤用的都是电烤炉。我就一直想不明白，为什么这次换成了炭？我自己不吃烧烤，但上网搜了搜，竟然有不少人说炭烤的比电烤的好吃，我想不明白为什么。"

郁敏摇摇头："我也不怎么吃烧烤。不健康。"

邵麟微笑着，拿笔头一敲那篇关于一氧化碳的论文："那你想知道，炭烤为什么比电烤好吃吗？"

郁敏这才反应过来，邵麟不是在正儿八经地和自己探讨哪种烤法更好吃！

"你是说——"郁敏眼睛突然亮了。他"噌"的一下站起，一推自己的玫瑰金镜框："我明白了，我明白了！谢谢你，邵老师！"

郁敏都来不及收拾自己的文件夹，抄起车钥匙，就招呼着自己的学生："快，回法鉴中心，我们做个实验！"

"啥啥啥？啥实验？"夏熠被这阵仗惊动了，他看了一眼郁大法医，又看了一眼邵麟，眼神迷茫，"你们俩在这儿打啥哑谜呢？刚不还在讨论炭烤电烤哪种好吃吗？我也觉得炭烤好吃啊！"

邵麟看着郁敏急匆匆离开的背影，轻笑着摇了摇头："郁主任是个聪明人。"

夏熠眨眨眼，眼神突然变得狐疑："……你就是在暗示我傻呗？"

邵麟很无辜："我没有。"

"那他去做什么实验？"

"等结果出来再告诉你。"

夏熠怒道："你就是嫌我傻！"

说着他一把拉住邵麟的手腕，全凭武力把人给拖到了外头走廊上，低声说道："还有，你干吗要说是我请的？多少钱，我转给你。"

邵麟笑了："不必了，没几个钱。"

邵麟想了想，还是决定耐着性子与人解释："我不是局里的人，这么重要的案子你让我参与，本就不太合适。谁知道哪个同事就看在眼里，记在心里？如果是我请大家喝奶茶，那讨好的意思就太过明显。但你请大家喝，那就叫半夜体恤同事。明白吗？"

夏熠那一根筋的脑子里哪来这么多弯弯绕绕？虽然他嘴上"哦"了一声，但双眼迷茫，大概是在案子上熬太久了，这会儿傻上加傻。

邵麟："……"心想算了。

"奇怪，"夏熠又开始嘀嘀咕咕，"阎晶晶那丫头喜欢芝芝莓莓你是知道的，但你给姜副点了一杯红糖撞奶又是怎么回事儿？她想喝这个你都能知道？"

邵麟心说，他第一次见到姜沫，对方工位上放着透明水壶，可这几天，她都换成了保温水壶，那显然是生理期来了。全买冰饮，对女孩子多不友好？但这"心路历程"，实在没必要再与夏熠复述一遍，邵麟无奈道："夏警官，你就不能仔细观察一下生活？"

夏熠委屈："我观察呢！"

邵麟冷笑："你观察，你都观察出了些什么东西？"

"经过我仔细观察，我发现你比一般人聪明。"

邵麟："……"心想这天没法聊了。他转身就要走。

夏熠喊："喂！你……你大半夜的过来，不睡觉啊？"

邵麟没好气地回道："睡不着！"

夏熠揉了揉自己通红的双眼，打了个哈欠："睡不着就我帮你睡了吧。我整个脑子都迷糊了，让我先去工位上眯一会儿。"

邵麟回到会议室，独自复盘了他们先前讨论的内容，等看完资料，已经是凌晨4点了。一出门，就看到刑侦办公室里四仰八叉地躺了一片，夏熠正侧头趴在工位上，难得安静。

邵麟的目光细细扫过办公室，心情似乎好了一点。这里终归比家里热闹。他一点也不想独自躺在床上，盯着天际渐渐发亮。

就当天空泛起鱼肚白的时候，分局一声电话铃响让夏熠猛然惊醒。

法鉴中心传来了令人振奋的好消息——郁敏终于找到了当时现场有第四人的铁证！

04

法鉴中心连上电话会议。

郁敏说，他们重新用徐家的烤炉做了实验，食材是他们法医组冰箱里的五花肉。

夏熠原本睡得迷迷糊糊的，这会儿突然就清醒了："对不起，打断一下！你们法医组的冰箱里为什么会有五花肉？是猪的五花肉还是什么……的五花肉？？"说着，他眼神里充满怀疑："所以，上次你那个助理投喂我的青椒炒五花肉到底是哪里来的？"

邵麟："……"

"闭嘴！"姜沫扭头骂道，"无关紧要别打岔！"

夏熠心有余悸地把许多小问号一口咽下："……"

阎晶晶凑到他耳边悄悄说道："组长，刑警学院的前辈没有提醒过你无论如何都不能吃法医冰箱里的东西吗？就算他们拿哈根达斯冰淇淋诱惑你也不行！"

夏熠从牙缝里憋出一句："我不是刑院毕业的呀……"

"郁主任，"姜沫眉心微蹙，专注地看着郁敏，"您别理这只傻狗，您请继续。"

郁敏说，他们将五花肉切片分成两组，一组用炭烤模式，一组用电烤模式，控制烧烤时长，将两组肉均烤至香脆金黄，然后测试了食物中苯并芘的含量。苯并芘是油脂在高温下产生的一种稠环芳烃，在烧烤食物中十分常见。

由于时间紧迫，他们暂时没跑高效液相色谱法，而是用了最简单的荧光分析法：用有机溶剂提取样品中的苯并芘，色谱柱净化后，在乙酰化滤纸上分离。由于苯并芘在紫外线的照射下会呈现蓝紫色荧光，对比荧光的强弱，可以判定苯并芘的浓度高低。

结果显示，炭烤出来的五花肉，苯并芘含量竟然是电烤出来的 10 倍有余！

这个现象也很好解释：电烤的温度可以自动调节，如按照说明书上的推荐选择了 200℃的档位，温度则最高不会超过 230℃。而炭烤时会出现明火，温度很难控制，能往三四百摄氏度走。温度升高，苯并芘产生的速度呈指数型增加，所以，炭烤肉里的苯并芘会远远高于电烤肉里的。

在这个实验的基础上，他们再次检验了死者胃内容物里的苯并芘，却发现其含量非常之低。具体定量的工作法医组还没来得及做，但根据定性实验，可以确定——徐家三口根本就没有吃竹炭烧烤，出事儿那日，他们在室内吃的，是和往日一样的电烤！

这样一来，徐赫光"拍"给季彤的照片，以及后来的"炭烤"现场，全然是凶手的摆设！

郁敏总结："所以，可以推断，那天晚上 7 点 34 分，徐赫光给季彤'拍照'的时候，一家人已经服下催眠药睡着了。摆拍完后，凶手关闭门窗，重新布置现场，并让三个人在有炭火燃烧的空间里睡上几小时，最终形成了我们所看到的结果。"

目前，警方的不少推测都是基于徐赫光发给季彤的这张照片。比如周六晚7 点 34 分，饭局才开始不久，一家人很有可能是 7 点左右才开始吃饭的。然而现在看来，7 点 34 分的时候，不仅饭局结束了，凶手还完成了现场布置。所以，饭局开始时间得远远往前推移，在下午 5 点 30 分左右。

这还改变了徐华宇的不在场证明。

案发当晚 8 点 15 分，燕安市机场确认徐华宇办理登机手续，搭乘 11 点 15 分的航班飞往目的地出差。当时，警方基于照片，认定徐家人在 7 点 34 分还没有出事儿，服用催眠药的时间在晚八九点之间，所以就排除了徐华宇在场的可能。

可现在看来，假设发送照片是凶手的最后一步，他在 7 点 40 分离开现场，恰好能在 8 点 15 分左右抵达登记柜台。毕竟，西城华锦离燕安机场不远，高速直达仅半小时车程。

调查期间，徐华宇虽口头上说会配合，警方一打电话必接，但他到底人不在燕安，缺失了很多只有在面对面交流时才能发现的信息。

现在，徐华宇的嫌疑陡然升级。

有了法鉴中心的最新线索，各组分头把报告汇总完毕，踩着上面给的 48 小时死命令，完成了案件定性任务。

自打周日中午发现尸体，到现在两天了，大部分警员睡眠时间不超过 5 小时。姜沫暂时放大家回去洗澡、吃饭、补觉，毕竟，接下来的工作又是一场硬仗。

办公室里，所有人都在夸郁敏，什么"到底国外镀过金"啦，"不愧是法鉴中心最年轻的主任法医"啦，唯独夏熠悄悄地把邵麟拦在走廊里："你是不是一早就知道那照片有问题？"

邵麟无辜地眨眨眼："我不知道。"

夏熠并不买账："是我亲眼看到的！你带了一堆好吃的好喝的来迷惑大家，假装给我跑腿，然后悄悄提醒郁敏，要不然他想不到这茬。"

邵麟敏锐地捕捉到他语气里带了一点脾气，心想难道夏熠不满自己把这个"立功"的机会给了郁敏？可是，夏熠也不像这么小心眼的人啊！

事实证明，夏熠真的不是。

他只是一只傻狗。

只见夏某人委屈巴巴一撇嘴："你宁可提醒不熟的人，都不肯告诉我。你就是嫌我笨，懒得和我讲。"

邵麟心想：这都哪儿和哪儿啊？

他深吸一口气，露出一脸关爱傻狗的笑容，对夏熠勾勾手指，带夏熠走进一间小会议室。

"当时，我不知道那张照片有没有问题。"邵麟耐着性子与人解释，"我只是有些猜想，又恰好只有郁主任能给我答案。"

"那你是怎么猜到的？"

"几个疑点。首先，赵春花说徐家人是为了更加健康地吃烧烤，才花了很多钱从韩国买来了烤炉。虽然是一炉两用，但赵春花说，徐家人想吃炭烤都会去店里。所以，我实在想不明白是谁提议的炭烤，这人又是怎么说服大家不去店里的。"

邵麟顿了顿，掏出手机，点开徐赫光"发给"季彤的照片："另外，你再看这张照片。这炭火烧得这么满、这么旺，周围烧白了的炭灰却很少。照片里，三个人碗中都有食物残留，筷子尖沾了酱汁，说明这已经不是第一轮烤了，但为什么只有这么一点点炭灰？"

"你再看这张照片里的海鲜分布。离徐华浩最近的一侧烤架，整整齐齐摆了一排蒜蓉龙虾尾，可与现场的食物残余对比，你就会发现龙虾壳几乎全在徐赫光的碗里，而徐华浩一只都没有吃。这就很奇怪了，如果这一家子只有徐赫光爱吃龙虾尾，正常情况下，龙虾尾不应该都放在徐赫光面前吗？"

夏熠认真听着，双眼亮晶晶的，看向邵麟的目光清澈而专注。而在这样的注视下，邵麟忍不住多解释了一点："你想，烧烤时，大家一般会夹自己爱吃的，放到离自己最近的烤架上，不是吗？但这海鲜排得真整齐，我一个强迫症患者看着都舒服。"

"当然，这些只是让我感到不太对劲的细节，每个点都可能有无数的解释。"最后，邵麟得出结论，"只是，有一种解释可以回答所有的问题，那就是，徐家人并没有吃炭烤，而是电烤，但我没有证据。在郁主任得出结果之前，我并不能确定这张照片是摆拍。"

夏熠恍然大悟地"哦"了一声，依然崇拜又真诚地看着他："邵老师，你怎么这么厉害呀！"

邵麟闻言，眼尾微弯，但嘴角依然抿得笔直。最后，他有些不太自在地别开目光，莫名臊得慌。

偏偏夏熠冷不丁冒出一句："你想笑就笑呗，干吗还憋着！"

邵麟一张脸顿时绷得更紧："谁想笑了？"

"我每次夸你聪明，你都会想笑，然后又不好意思笑。"夏熠露出一口白牙，好像这是一件很好玩的事儿，"所以我就多夸夸你，让你多笑笑。"

邵麟："……"

他见过夏熠这个表情——夏某人在发现小黄鸭挤一下就会"嘎"一声的时候，也是这个表情。

邵麟像是突然被人摸了不能摸的尾巴，面无表情，"噌"地起身，推门走了。

官方第一时间出了蓝底白字的通报，将徐家三口一氧化碳中毒一事定性为刑事案件，再次在互联网上掀起轩然大波。

可就在通报刚出的那天晚上，芦花湾派出所收到了一封来自芦花湾养老护理院的匿名举报信，事关徐家的案子，派出所第一时间把举报信转交给了西区分局。

举报人自称是养老院的护工、赵春花的前同事。她说当年赵春花因为不想照顾一些有脾气的老人，会从养老院偷"速可眠"给老人服用，等老人睡着后，她就尽管看电视。后来赵春花走了，但依然存在这个互相倒卖"速可眠"的小圈子。因为最近圈子里在传赵春花服侍的人家死了人，才有了这个举报。

这封举报信得到了西区分局的高度重视，因为"速可眠"的主要成分，正是司可巴比妥。

05

警方立马去了一趟芦花湾养老护理院。

养老院的护工，大都是像赵春花这样的中年女性。面对警察的询问，一个个都麻木冷漠，一问三不知。唯独一个刚来不久的小姑娘，本着刚入行的热情，没忍住，告诉了警察——

"速可眠"与其他安眠药相比，入睡速度最快，只需要15分钟左右，且粉末溶于水，不良反应较小，所以在地下市场的需求较大。

养老院里需要照护的老年人，多多少少都有些睡眠方面的毛病，好多人都有这个药的处方。院方严格管控，全院上下只有护士才有取药权限，按医生处方分配好，护工每次只能拿一餐的药，而且必须留下记录。然而，有些护工知道这种药可以卖好价钱，便起了歪心思。

"速可眠"有胶囊款，也有片剂，这家养老院用的是胶囊。小姑娘告诉警察，有人教她拧开胶囊偷点粉末，积少成多，不仅可以卖钱，还可以在老人太吵不听话的时候喂给老人吃。

她说她不认识赵春花，但护工圈子里确实存在一个倒卖"速可眠"的灰色市场。

西区分局再次传唤赵春花，却被她全盘否认。

直到警方申请搜调，在赵春花家一个标着"脑白金"的塑料罐里搜出了司可巴比妥粉末，她这才改口。

"我买这个粉，就是因为老人太闹了嘛，又是手舞足蹈，又是'啊啊'乱叫的，不让他们安静下来，主人家还以为我虐待老人呢！我做护工这么多年，该多少剂量心里有数。我没想害人呀！"

赵春花害怕了，索性招了个彻底。她坦白是自己偷了袁咏芳的首饰，毕竟人都死了，这种东西留着也没用。不过，她害怕被查，所以先把首饰放回了袁咏芳卧室，打算等事情过了，再偷偷回去拿。

但是，赵春花依然一口咬死，说她从来没有害过徐家人，更没有把这个药下到主人家的饮食里。

且把烧烤案放一边，光偷偷喂老人吃安眠药这一条，就够赵春花进拘留所了。然而，在拘留所里又轮番审了近 24 小时，赵春花依然是那个说法。

夏熠咂舌："这还死不承认？"

更有经验的同事慢悠悠地点燃一支烟："别急，这种人审多了你就知道了。你看，她撒谎很有一套，之前偷了珠宝、喂安眠药的事儿，不都是死不承认？再磨几天，就会讲实话了。"

眼看着嫌疑人已经锁定了赵春花，两天后，夏熠却接到了一个奇怪的电话，来自徐赫光的未婚妻——季彤。

徐赫光死后，季彤的态度可谓匪夷所思，虽说她有不在场证明，但夏熠还是没忍住，派阎晶晶与李福去跟踪了几天。结果，正如季彤本人所言，她当真是个工作狂，每天就工作室与艺术馆两点一线，其间只见过一次徐家的律师，并拒绝接受徐赫光的任何遗产。

可这次，季彤没了上回的平静，语气里充满了焦虑："夏警官，我最近总感觉有人在跟踪我。先是半夜觉得馆里有人，回家路上眼皮老跳，也不知道是不是最近太累了……"

"我那艺术馆不属于你们辖区，也不该来麻烦你们，但我就是莫名担心，不知道自己是不是被什么人盯上了，毕竟，徐赫光一家刚出了事儿……"季彤压低了声音，"那天烧烤，我原本也是要去的……不过，话说回来，我这艺术馆里最近到了一批名画，要说有人的话，也可能是小偷。"

季彤说着都语无伦次了起来："我就是害怕，也不知道该找谁。"

"这样，你先别想太多。你们馆里有摄像头吗？"

"有的有的，但我们这个保安吧……"季彤顿了顿，语气一言难尽，"比较没有经验，说他没见到可疑的人。"

"行，那录像留着，我们这就过来看看。"

"I回忆"现代艺术馆分成了A、B、C、D、E五个园区，其中E区是最出名的"互动展示区"，在这个展区里，游客也是艺术的重要组成部分。那是一片空旷的椭圆形场地，在不同的主题下有不同的设置，比如绸缎下的百人秋千、镜屋迷宫等等。

一进门，夏熠就看到了一座3米多高的纸质展品：那是一艘豪华游艇，宽阔的甲板上还有三层，包间阳台自带按摩泳池，雪白的船身上，用中文、英语、泰语三种文字写了"蓬莱公主号"。

游艇前放着一排还没点燃的小蜡烛，拼成了"5·3"字样。

夏熠与阎晶晶同时愣住："这是……"

"夏警官可能有所耳闻，去年5月3日，蓬莱公主号游轮事故中……我父母不幸去世了。"尚未开展的艺术馆似乎格外空旷，季彤的嗓音落在地上，泛着清冷的回音。

夏熠这才想起来，最早的时候，邵麟就跟自己提过这茬。虽然在那之后，他再也没有说过相关的话。

"这座艺术馆，是我刚念大一的时候，父亲送我的生日礼物……虽然我在艺术上造诣平平，但他也乐意为我的梦想买单，500万投进去眼睛都不眨。哪怕到现在，我也只能勉强让馆里收支平衡，"季彤自嘲似的笑了笑，"这个单独的展厅，是我纪念他们的方式。这个展厅里，每一个细节都是我设计的。它对我来说，有着非同寻常的意义。"

夏熠恍然，难怪这次艺术展的主题名为"深海记忆"。

他仰起头，只觉得那天花板的布置格外复杂。无数根长短不一、绑着蓝色亮片的链子从天花板垂落，同时挂着十几只黑色的球形关节人偶，四肢由牵引绳架着，能在空中摆出各种形态。

几人走进椭圆厅的时候，场地里还亮着顶灯，以至于看起来很像一个奇怪的半成品。季彤拿起遥控器，整个房间瞬间漆黑——伸手不见五指的漆黑，随着海浪声响起，有风游走于大厅，角落里几盏束光灯"啪"地打亮。

男性审美如夏熠，也在那瞬间忘记了呼吸。

奇迹发生了。

空中亮起点点荧光，因不同的折射度而产生了不一样的色彩，从幽暗的深蓝，到明亮的海蓝，再到通透的浅蓝……随着光源旋转，光点呈波状粼粼闪耀，让人好像置身海底，又仿佛漫步于星辰之中。那些人偶在光束下，投映在雪白的墙上变成了影子。人偶身上的布料会随着风晃动，以至于那些个影子时而模糊，时而清晰，就像幽灵一样。

同时，游客的影子也被光打在了墙上，与天上的人影错位相对。

"很漂亮吧？"季彤从地上捡起一只暗淡无光的小圆球，让它在掌心里渐渐泛起白色珠光，"每一个进入展厅的游客都会拿一只光球。这个硅胶球灯是感温的，放掌心里的时间越长，光线就会越亮。"

阎晶晶仰着头，一边走一边转圈，忍不住感叹："这真是太好看了！"

"天上倒挂着的 12 个影子，代表去年蓬莱公主号上不幸遇难的 12 名游客。"季彤微微一笑，语气难得温柔，"手中的光球代表了追思。这样看起来，就好像天上的人与地上的人在海底重逢了一样。"

"昨天晚上，我在这里调试到很晚……虽然之前已经试了无数遍，但开展在即，我总是放心不下。然后，就在昨晚 11 点钟左右，"季彤压低了声音，"我在展厅里看到了第 13 个人影。"

阎晶晶原本沉浸于梦幻般的布景中，听季彤这么冷不丁地来了一句，背都凉了。她认真数了数，天上确实只有 12 只人偶。

小姑娘哆哆嗦嗦地扭过头："你该不会是看到了自己吧？"

"不，不是我。"季彤神色凝重，"我当时不在展厅里。"

她再次打开展厅顶上的大灯，指向一侧投影："这些人偶的姿势都是可控的，昨晚我在那个总控室里调试。多出来的那个影子一直站着不动，所以起初我没发现。后来是我看位置不对，才数了数，发现竟然有 13 个人影。"

季彤解释："我手下都是拿着死工资讨生活的员工，加班最多忙到八九点钟，没人会像我这么上心。所以我知道，当时除了保安，馆里应该只有我一个人。虽说我手上确实还有几只备用的人偶吧，但我也没把它们挂上去啊！"

"我吓了一跳之后，立马打开大灯，喊保安与我一同下去查看。可是等我们到的时候，椭圆厅里并没有人。"季彤低声说道，"我不死心，又回到总控室，一关灯，人影又变回了 12 个。也就是说，之前这里确实有人。"

阎晶晶咽了一口唾沫："你……你会不会是熬夜太累，数错了？"

"当时我就以为自己看差了，所以特意数了好几遍，真的是 13 个！"

夏熠蹙眉："然后……保安也没看到人？"

"对。所以我才觉得不安。"季彤小心翼翼地压低声音，"E 区展厅相对独立，从来不放名贵的藏品，监控其实有很多盲点，比如东北那个出口外完全没有安装摄像头。"

"如果当时这里真的有人，又没有被监控拍到，那就说明他对艺术馆的摄像头布局可能很熟悉。非常有可能就是在馆里工作的员工。"夏熠转念一想，"有丢东西吗？"

"没有。"季彤摇摇头，"我就是莫名心慌。晚上回家，虽然也没几步路吧，但我就觉得有人跟踪我，回头却又看不到人。眼看着没几天就要开馆了，阿光一家又出了事儿，警官，我是真的害怕。"

夏熠大手一挥："走，去调监控。"

06

艺术馆的人流量不大，也没什么名贵的藏品，所以保安混吃等死，几乎形同虚设。等夏熠他们抵达监控室的时候，保安小王正背对着二十几个屏幕，抱着零食在看剧。

见有人来了，他懒洋洋地支起脑袋，递过一袋薯片："警官，吃吗？"

夏熠："……"

复盘监控是一件既费时又累人的事儿，哪怕开着快进，也要看很久。毕竟，嫌疑人的出现往往只是一瞬间，万一走神，一眨眼就过去了。

不过，夏熠和阎晶晶是专业的。

两人根据季彤说的位置与时间点，排查起了昨天晚上的监控。中途两人还点了外卖，一边吃饭一边看。

时间过得飞快，转眼天都黑了，但监控录像里完全没有出现可疑的人影。

就在夏熠开始怀疑季彤精神压力过大的时候，阎晶晶猛地站起，重重推开椅子："组长，有人！"

夏熠手上按下暂停，连忙凑了过去："哪里哪里？几点几分？"

"不是录像！啊啊啊——"阎晶晶指着一个窗口，"是现在！馆里有人来了，就在刚才！一身黑！我……我都没看到他是什么时候进来的！他不是从大门进来的！刚从这个窗口走过去了，往C区去了，组长！"

顿时，季彤整个人都绷紧了："C区？C区是名画展览区，那里还没布置好，我……我刚到了一批S国印象派画家阿加莎·莫莉的'深海'系列……"

"走，干活了。"夏熠往保安脑壳上拍了一巴掌，"C区只有一前一后两个入口，咱俩一人一个。"

说着他戴上无线耳机，扭头叮嘱阎晶晶："你保护季彤，就待在这里，看监控给我指路。"

小姑娘连忙点头。

夏熠拔腿就跑，皮鞋打在大理石地板上，发出清脆的声音。

耳机里，阎晶晶一直在给他定位："我又看到他了，在C区画室，画框C-42方向！咦？他手里拿了一个什么东西？他好像在对着一幅画喷漆，监控卡住了，我看不到。"

夏熠今天压根就没有申请佩枪，只能从身后抽出警棍握在手里："我到C区了。"

"他大概是听到声音了，组长。他走了，往保安小王那个出口去了！"

保安小王的声音在抖："我……我堵住二楼出口……我不让他下楼！"

"不，他没有往下走！他听到下面有人，就改往上走了！组长，他去空中花园了！"

"你别直线追。"阎晶晶看了看监控，又看了看夏熠的定位，突然说道，"组长，右拐直接上楼，抄近路，那里可以直接上空中花园！"

夏熠"嘭"地推开一扇木门，春夜潮湿闷热的空气扑面而来。不远处，另外一扇门同时被推开，只见一个蒙面黑衣人跑了出来。

两人终于在艺术馆屋顶打了个照面。

黑衣人似是犹豫片刻——他不能往回走，楼下有保安正在"哼哧哼哧"地爬楼梯。眼看着夏熠逼近，他只能往楼顶边缘退去。

很快，他就无处可退了。

夏熠微微眯起眼睛，露出一个即将捕捉猎物的微笑，从口袋里掏出一副手铐："别跑了，再跑就翻身掉下去了。要自杀也挑个风景秀美点的地方。你这一头摔死在停车场里，明天上了《燕安快报》头条，传出去也尴尬不是？行了，来吧，自觉点，双手举过头顶蹲下。咱们专车护送，去局里唠唠嗑儿，大晚上的，干啥要捯饬成这样来馆里搞行为艺术？"

黑衣人回头看了他一眼。

虽说那人蒙着脸，但夏熠也说不上来为什么，就是觉得这人似乎被他逗笑了。

花园天台上的 LED 投光灯很亮，黑衣人唯一露在外面的眼睛里，流转过一丝清亮的琥珀色。他眉骨与鼻梁的轮廓感很强，让夏熠感到一丝莫名的熟悉……

夏熠皱眉，又上前了两步："还不乖乖就范是吗？有本事你从这里跳下去！"

黑衣人不再理他，转身一跃，还真从楼顶跳了下去！

"你——"夏熠拔腿就追。

空中花园大概有四层楼高，一不小心，还真有可能摔出人命！

夏熠低头，只见那男人双手扒住艺术馆窗外的欧式铁护栏，双脚抵着墙体，正在向左平移。他松开一只手，单手吊在护栏上，身体前后晃动两下，像蜘蛛似的，竟然跳开一米有余，抓住了另外一个护栏。

单凭那一个动作，夏熠就足以确定这是练过的。

夏熠大脑飞速地转动了起来——如果自己走楼梯的话，绕路太远，不可能追到人。他扫了一眼墙体上可供攀爬的支撑点，飞速估算出对方的落地点，立马通知阎晶晶："目标跳楼往 B 出口方向走了，注意，B 出口方向！到时候人是从上面下来的，你快点去堵人！"

随后，他把手机往裤袋里一塞，也跟着跳了下去。

夏熠爬墙明显比那人熟练，一眨眼就追上了两个身位。他一边爬，嘴里还不歇着，喊话中气十足："嘿，你竟然真敢跳！可把你给牛坏了！以为自己很能是吗？就这攀岩速度还敢来秀？看到了吗，你身边那只天牛爬得都比你快！我求求你可别掉下去，摔断了腿还要先送你去医院！"

黑衣人听得头都大了，无语地回头瞪了夏熠一眼，然后一弹指，赶走了身边的昆虫朋友，不紧不慢地按照自己的节奏，爬到三楼 L 形墙壁的另一面。

到了这面墙体上，装修风格就变了。黑衣人一松手，脚就落在了一盏从墙上凸起的欧式壁灯上，很快，他又顺势跳到了离自己最近的二楼窗台。

眼看着夏熠越来越近……

黑衣人双手抓住栏杆，在空中腹部发力，整个人像虾一样蜷了起来。只见他扬起一脚，将自己半个身体都送了出去，狠狠踹在自己方才落脚的壁灯上。

"刺啦"一声，白色的灯光晃动起来。

黑衣人接连踹了几脚，额角泛出一层细细的水光。终于，当夏熠快爬到他头顶的时候，"啪啦"清脆的一声响，壁灯被他踹了下去，后来的夏熠就没有了落脚的地方。

夏警官扒在三楼边缘，一时进退两难，恨不得一脚踹飞那人脑壳。然而，他只能眼睁睁地看着那人用乌龟般的速度继续爬墙。最后，黑衣人还仰起头，笑眯眯地回敬了他一眼，似乎是在重复他的那句——以为自己很能是吗？

黑衣人转身又爬了一段，最终找到了一楼高度的落脚点。可就在那一瞬间，他的衣角不小心被雕花铁栏钩住，露出了左侧一节精瘦的腰身。男人的皮肤在路灯下显得格外苍白，以至于夏熠一眼就看到那里有个文身。那是一朵黑色的玫瑰。

07

黑衣人一个漂亮的侧滚翻，直接落在艺术馆外围的草坪上。这大概是对方早已计划好的逃跑路线，不远处就停着一辆摩托，等阎晶晶追出来的时候，他已在夜色中绝尘而去。

"组长？"年轻的小女警左顾右盼，半天才发现吊在三楼护栏上的夏熠，顿时一声惊叫，"你怎么挂那儿了呀?! 我我我来给你开窗，你你你别摔下来啊！"

夏熠："……"

他眼睛一闭，在心底默念："你什么都没有看到，什么都没有看到，什么都没有看到。"

等夏熠爬回去的时候，脸黑得和锅底似的。被人这么摆了一道，心里别提多憋屈了。他第一时间联系了当地辖区派出所，调交通监控来排查那辆摩托的下落。

与此同时，阎晶晶拉着夏熠去了C区："组长组长，我们发现那人泼了一张画。"

"什么画？"

夏熠更奇怪了。这人他不偷不盗，而是选择用硫酸搞破坏，图什么呢？

硫酸只是把画正中60%—70%的区域泼掉了，边边角角还能看到一些。夏熠辨认出来，那是一张张的小照片。

季彤似乎也很疑惑。她向夏熠解释，这张画是悼念活动的一部分，整张画就是由那12位在蓬莱公主号上遇难的旅客相片拼出来的蒙太奇人脸。

夏熠心底浮起了一个荒诞的想法——难不成，这一切还与去年的蓬莱公主号爆炸有关？

这个时候，他的手机响了。

"你怎么回事儿？"姜沫劈头盖脸就是一顿骂，"人不在局里，电话半天也不接，你去哪儿了?!"

夏熠心说我这大半夜飞檐走壁的也没法接啊！

他还没开口，姜沫就继续说道："明天早上9点，让我在市局看到你。赵春花终于招供了，作案动机、方式、人证、物证齐全，准备好材料咱们就可以送检了。"

夏熠愣住："怎么个全法？"

赵春花认罪是大事儿。

夏熠把艺术馆的事儿与当地派出所对接完，第二天一早，又风风火火地赶去市局。他听完赵春花的供述，下巴差点没磕到桌上。

赵春花平时会偷点安眠药不假，但她只是未雨绸缪，确实没想过去害徐老爷子。

两个月前，也就是徐老爷子最后一次进 ICU 之前，他口不能言，但人还清醒，偶尔会写字与家人交流。也不知老爷子是对赵春花的照护格外满意，还是对两个儿子不管不顾、暗夺遗产的行为备感失望，他突然通过手书修改遗嘱，要把自己名下的两套大房子留给赵春花，感谢她对自己晚年的陪伴与照顾。

一套是燕安市市中心的豪宅，还有一套是周边旅游胜地的度假山庄。

徐家俩儿子一听，那哪能同意？结果这事儿还没闹完，老爷子就彻底不清醒了。徐华浩找了律师，还私下威胁赵春花放弃遗嘱，不然一定会让她和她在外打工的丈夫都"不得好死"。

徐华浩钱多势大，赵春花自然不是对手。于是，她表面上放弃了这件事儿，但心里一直憋着股气。能拿到那两套房子是什么概念？一套能把家人接来大城市；还有一套出租，下半辈子吃穿不愁。

赵春花越想越气，又碰巧听到袁咏芳正筹备烧烤的事儿，就起了歹心。她天真地以为解决徐华浩，遗嘱就能有她的份了。

细细算来，赵春花照顾徐老爷子一年都不到，这份遗嘱确实立得让人匪夷所思。

恰好，徐家二儿子——徐华浩的弟弟徐华宇，从出差地飞回来了。他与徐家律师均能证明这份遗嘱的存在。

徐老爷子的亲笔早被徐华浩烧了，但根据赵春花的供述，警方在她家找到了一份遗嘱复印件，她手机里也还存着原件的照片，显然心里放不下这两套房子。

事后，邵麟听了，一口咖啡差点没把自己给呛到："赵春花？不可能是赵春花。"

"可是凭证据说话，是她没跑儿了。"

"周六那天，她怎么回的小区？"

"我们被误导了——我们一直认为这'第四个人'是周六才去徐家的。监控拍到周五下午5点，赵春花骑电瓶车离开西城华锦。之前，她告诉我们她回家了。其实不然。她现在说，当时她只是帮徐家去芦花湾镇上购置烧烤原材料。徐家院子后头的那条山路，恰好连通西城华锦别墅区与芦花湾镇中心超市。所以，周五晚上，她骑车出小区，将车停在了镇上，又抄小路步行回来。周五晚上没有下雨，那条路是干的，所以她没有留下痕迹。"

邵麟眉心深锁，安静地听着。

"整个周六，赵春花都在徐家。当然，她没有参与烧烤。不过，她之前看徐家烧烤过很多次，所以她知道，这家人习惯在烧烤后喝花生牛奶。赵春花在帮忙清洗食材的时候，悄悄把药下在了饮料里。她还说，处理食材时，袁咏芳要求她戴上手套，所以没在饮料瓶上留下痕迹。"

夏熠继续说道："等她把人药倒了，这才开始烧炭，同时用徐赫光的手机拍了照片发给季彤，就是为了误导警方。最后，她把摆拍的海鲜带走，关掉抽油烟机，封好门窗，确定没人醒来，才冒雨从山路离开。第二天一早，在接到徐老爷子的紧急求救后，她骑电瓶车再次回到别墅。"

邵麟挑眉："这些细节……都是赵春花自己说的？"

"没错。看守所里磨了72小时，她终于开口了。"

邵麟丝毫不掩饰自己眼底的怀疑："这期间除了警方，她还见过什么人？"

"律师。"

"有录音吗？"

"在看守所里律师与当事人会面是不录音的，但我们有录像，看着没什么问题……"

半晌，邵麟才缓缓吐出一句："奇怪。"

"我也觉得很奇怪，"夏熠眼底一片茫然，"这徐老爷子的遗嘱，立得也太随意了吧？"

"不，我奇怪的不是这个。"邵麟皱眉，"还记得我和你说过的——不太对劲的感觉吗？案发当时，那个能够想到拍照片发给季彤做伪证的人，心思极度缜密且冷静自持。既然那张有手镯的照片就是拍给警方看的，那样缜密的一个人，万万不可能贪一时之小，为了偷首饰而将自己变成警方焦点。假设赵春花是拍照片的人，她知道照片里有镯子，为什么还要去偷？只偷项链，不偷手镯，都比现在这样强。你现在和我说，这两件事儿是同一个人做的，我不信。"

夏熠挠了挠头，低声说："你这个只是基于猜测，但立案要讲证据。现在赵春花自己承认杀人，人证物证俱全，肯定洗不干净。"

"你的意思是，你怀疑赵春花是在替真凶背黑锅？"夏熠接着说道，"我们又查了赵春花的流水，暂时也没发现问题。她，以及她的丈夫，最近都没有额外收入。那你说，替人背黑锅又是为了什么？这么大的锅，估计要枪毙，没点好处不行吧？"

邵麟不吱声了，就一个劲地给自己灌咖啡。那一大杯美式清咖，他喝起来就好像在喝水一样。

夏熠的目光落在邵麟脸上，突然注意到他眼底一片青黑，好像昨晚又没睡好。

就像乌鸦能嗅到死亡，狼群能嗅到血腥一样，夏熠偶尔会有一些奇奇怪怪的直觉。那些直觉，哪怕一时半会儿没法被证据支持，却往往准得出奇。比如现在，毫无来由地，他觉得邵麟让他想起了昨晚艺术馆遇到的那个黑衣人。

不仅仅是身形相符，五官也非常立体。虽说他现在戴着黑框眼镜，让整体轮廓柔和了很多，但仔细一看，依然能找到那丝锋利尖锐的感觉，就隐藏在那副眼镜之下。不过，邵麟一直给夏熠一种行动迟缓，甚至小脑不太能掌握平衡的感觉……而且，他的眼眸是深褐色的。而昨晚那人，一双琥珀色的眸子，在LED 灯下亮得惊人。

夏熠眼前再次浮现出那人转身的瞬间，以及往夜幕中一跃而下的矫健身影。

会是一个人吗？

这可太奇怪了。

夏熠这个人向来嘴比脑快，想都没想，脱口而出："你昨晚干什么去了？"

邵麟还沉浸在赵春花的案子里，迷茫地看了他一眼："啊？"

"你看上去好像挺困的，"夏熠故作随意地耸了耸肩，"昨晚没睡好啊？"

邵麟闷闷地"嗯"了一声："睡得有些晚。"

"哦？干吗去了呀？"夏熠揶揄地开了个玩笑，"邵老师夜生活很丰富吗？"

邵麟温和地眨眨眼："我的夜生活，和你有什么关系？"

"我——"夏熠顿住，笑容过于殷勤，反而染了几分欲盖弥彰的味道，"我这个人没有夜生活啊！嘿嘿嘿，就好奇嘛，晚上一个人很无聊的呀，不加班就没事儿做呗，随便问问。"

邵麟仰头喝完最后一口咖啡，爽快回道："如果你想晚上约我出去，你可以直说。"

夏熠的表情顿时僵住，心说："等等，这话题走向不对劲啊！怎么就突然转到晚上约人了呢？这个人脑子里都是些什么东西？不对，难道他这是在暗示我约他出去吗？所以，他希望我晚上约他出去吗？可是晚上去干吗？去过夜生活吗？"

小夏警官在脑内一顿琢磨之后，硬是把脸给憋出了一层薄红，呆若傻狗："约……约什么呀？"

邵麟见了鬼似的瞪他一眼："聊案子啊！"

夏熠："……"

"回去了，谢谢你把进展告诉我。"邵麟把空杯子丢进垃圾桶，双手插回口袋，就这样大摇大摆地结束了向夏某人的套话。

夏熠盯着邵麟的背影，突然觉得越看越像。

对了！他猛然想起——那人左腰有一处黑玫瑰文身！夏熠再次雀跃起来。这下简单了，只需检查一下邵麟腰侧是否有文身，不就知道答案了？

一念及此，夏熠的目光又落到了邵麟的腰上。质地柔软的米色针织衫显得他温和无害，甚至生出一丝纤细的感觉，让夏熠很难想象这人拥有那样强的爆发力。

他目送邵麟走回分局对面的悦安心理健康服务中心，在心里琢磨着："怎么样让他再露一次侧腰？总不能直接上去扒人裤子吧，那多不文明啊！要不，约人去游泳？不行不行，这刚5月，露天游泳池都还没有开，太早了，等到6月才显得比较正常。"

可那种怀疑就像一根刺，堵在心口，挠得夏熠直痒痒。直到一张小传单被塞进他的手里，小夏警官福至心灵——

离他们分局不远的地方，新开了一家桑拿温泉体验馆。那里有特色药物温泉，据说是能疏通经络，活血化瘀。警务人员工作辛苦，经年累月，多少有点腰痛腿疼的毛病，更何况新开的体验馆折扣喜人，符合预算。夏熠大手一挥，说刚好赵春花的案子也结了，请同事们去泡温泉。

这个计划唯一的缺点是……

邵麟直截了当地拒绝："我不去。"

夏熠心底疑虑更深，嘴上连珠炮似的说："为什么呀？这次组里所有人都去，你也没少出力，一块儿来嘛，我请客！哦，对了，你还记得郁主任吗？就那个自带停尸柜冷气的棺材脸法医，他真的特别特别感谢你，很想找个机会和你聊聊天，给人一个面子，啊？"

邵麟不想说自己怕水，就随便编了个借口："……可我不会游泳。"

"不会游泳也能去啊！"夏熠奇怪了，"咱们泡温泉啊，又不是游温泉！放心，淹不死的！"

邵麟："……"

夏熠见他还不答应，便委屈地眨眨眼："我知道了。嘁，你就是嫌我烦，不想和我一块儿玩。"

又来了。

邵麟最受不了他那种可怜巴巴的目光，直接原地缴械："……行吧，我去。"

夏熠心底美滋滋的："泡温泉，总不至于裹成粽子吧？"

万万没想到……

温泉团建那天，夏熠盯着邵麟的高腰泳裤，眼神呆滞。

温泉店里弥漫着一股湿漉漉的草药味，氤氲的水汽里，一座座汤池被假山竹林分隔开来，背景音乐舒缓，隔三岔五的水花声里，客人们有说有笑。

内勤的小姑娘们嫌弃男人身上那汗味，不想泡他们的洗脚水，非要单独整个仙女玫瑰花浴，夏熠被迫包了两座汤池，男女分场，中间就隔了一座假山篱笆墙。

大家换上泳衣，三三两两地蹲坐在池子里聊天。

玫瑰池这边，姜沫拉着阎晶晶，贼头贼脑地蹲在篱笆墙边缘，使劲往隔壁瞅，嘴里还嘀嘀咕咕的："咱俩外勤的，就该去那边。"

"姜副，我们能不能不要凑在这里偷看了，真的很奇怪，很像两个欲求不满的变态，啊啊啊——"阎晶晶压低声音，一脸纠结，刚想溜走却又被姜沫挽住胳膊。

"嘘——再陪姐姐看一会儿，"姜沫笑了，狭长的眼睛微微眯起，"我可不想一个人当变态啊！"

阎晶晶："……"

"一群臭男人，有什么好看的。"小姑娘撇嘴。

姜沫捧着脸："啊——郁主任——啧，你看他那性感的锁骨，凹得好深啊，嘻嘻。"

阎晶晶："……"

她兴趣寥寥地扫过郁敏，目光落在了邵麟身上。突然，阎晶晶眼睛一亮，仿佛发现了什么神奇新大陆："姜副姜副，你说我们组长他在看啥呢？"

姜沫一心扑在郁敏身上，而夏熠那就是一团肉，闻言茫然道："啊？"

阎晶晶的刑警雷达突然开启："我……我觉得他好像在看……邵老师……的泳裤……"

邵麟也很烦恼。

他无奈地瞪着夏熠："你为什么老看着我……"他眼底闪过一丝尴尬，把"的泳裤"三个字咽了下去。

夏某人的笑容夸张得有些过分了："就是觉得你腰上这条……这条10厘米宽的玩意儿挺新奇呗。我就想到女孩子的高腰牛仔裤。怎么，现在泳裤也流行这么穿啦？哈哈哈！"

邵麟："……"

他一定是脑子被驴踢了才会答应夏熠来参加这活动。作孽。

邵麟不动声色地挪到了郁敏身边，特意和夏某人隔了半个池子。郁敏这人话少，可以减少很多不必要的社交。果然，面无表情的法医抬眼看了他一眼，点了点头，算是问过好了。

与此同时，夏熠在心底打着小鼓——邵麟看起来比平时壮多了，显然是"脱衣有肉"的那种。背上很多练不到的地方，肌肉都很结实，完全不像每天伏案工作的白领。所以，他的怀疑更深了。然而，邵麟泳裤上那条见鬼的宽带子都系到超过肚脐的位置了，把他整个腰部都藏了起来，根本看不到！

邵麟在汤池里杵了会儿，渐渐开始觉得煎熬。

水让他觉得焦虑。

特别是水深之后泛起的幽蓝色泽。

邵麟深吸一口气，在心底默默安慰自己，就当脱敏练习了。

放松。

你很安全，放松。

然而，焦虑就是一种古怪的情绪，越想着，往往越会不受控制地发作。邵麟觉得自己的呼吸越来越快，在这燥热的空气里，氧气好像原本就不够用……

他下意识地握紧了拳头，努力控制着自己的呼吸。

与此同时，夏熠把自己整个人埋进水下，在水中睁开眼睛。

他依然在偷看邵麟。

池子里所有人都很放松，从水里看，什么姿势都有。唯独邵麟像一座假山似的站着，全身都绷紧了……所以，夏熠这会儿更怀疑了——邵麟为什么这么紧张？他是担心被发现什么吗？

泡了二十几分钟，郁敏率先起身，说太热了，先走了。邵麟在心底谢天谢地，忙不迭地跟上，说："这么巧，郁主任，咱们一起。"

夏熠一见邵麟走了，连忙起身，追了过去。

公共浴室！他最后的机会！

然而，等他一阵风似的杀进浴室的时候，邵麟刚好抱着沐浴用品走进为数不多的单人隔间。他用"你有病吗"的目光狠狠瞪了夏熠一眼，然后"嘭"的一声关上门。

可怜夏熠手里握了一块肥皂，站在门口，被溅了一脸水。

夏某人是个心底藏不住事儿的人。

那个黑衣人一直没找到。艺术馆位置偏僻，地处新区。该区是最近几年才开发起来的，大量地皮还空着，监控网络也不完善。再加上派出所的人很不上心，跟丢了摩托就不管了，理由是涉案金额不超过500元，遭到破坏的东西也不太值钱。最后，事儿就这么不了了之了。

可就凭那黑衣人的身手，夏熠知道这事儿绝没那么简单。

到底……会不会是邵麟呢？

换衣服的时候，恰好郁敏的存物柜就在夏熠身边，他忍不住凑过脑袋，神神秘秘的，说："郁主任，我想问你一个问题。"

郁敏抬了抬眼皮，示意他问。

"我盯着一个人的泳裤看了很久，"夏熠压低声音，"先说明啊，我不是猥琐男，我看的也是男的。反正我就盯着人泳裤看，结果他就突然紧张了，好像还有点怕我！这个反应……正常吗？"

郁敏戴上自己的玫瑰金眼镜，看了夏熠一眼，仿佛在看什么发瘟的小动物。

夏某人浑然不觉，急于求证什么似的追问："比如，我盯着你的泳裤看半天，你肯定就不会紧张的，对吧？"

"紧张确实不至于。"郁敏转过身，慢悠悠地吐出一句，"但我会担心，你是对我有意思。"

夏熠瞪大双眼，一对浓眉飞得老高，心说："不是吧？邵麟紧张，难道……是因为这个？这误会可就大了吧！"

"那那那我是不是要和人家解释一下啊？我完全没有这个意思！"

郁敏重重合上存物柜门："倒也不必。"

正当赵春花一案整理完毕，即将上交检察院的时候，东区分局的人突然上门，还带了一个案子来。

幻灯片里，一张大头照蹦了出来。那是一个年轻的女人，瓜子脸，烟熏妆，夸张的假睫毛，烈焰红唇，一副"哥特社会姐"的模样。

"王妮妮，26岁，工作说好听点，是夜店特殊服务人员，花名 Linda。两年前因为'飞叶子'（吸大麻的暗语）进过拘留所。昨天上午，王妮妮室友前来报案，说王妮妮于前天晚上失联，可能已经出事儿了。"

夏熠一听便觉得奇怪——首先，成年人失踪不到48小时大多不予受理，更何况是"小姐"这种比较特殊的职业，大部分人隔几天又会自己回来。但跨区联动，一定是大事儿。

"她室友非常笃定王妮妮出事儿了，原因有二。"东区的警察介绍道，"首先，王妮妮家里很穷，她平时不敢铺张，但就在过去一周，她大手大脚买了许多名贵化妆品与鞋包，却不肯告诉她室友这钱的来源。其次，王妮妮在失踪前，与她手上最有钱的金主大吵一架，甚至撕破脸恶言相向。她和室友说，自己再也不需要这些脏钱了，并且坦言自己手上有一笔'生意'，事成回来就请室友吃大餐。然而，王妮妮离开后就彻底失联了，手机打不通，别提大餐了，直到第二天也不见人影，所以，她室友才报了警。"

"因为王妮妮有'飞叶子'前科，我们起初怀疑她被卷入了某桩毒品交易，所以十分重视，但摸排下来，并没有发现她与毒贩网络的联系，却发现了一条很奇怪的线索，可能和你们西城华锦的案子有关。"东区的警察顿了顿，又切了一张幻灯片，"我们检查了王妮妮笔记本电脑的搜索记录。她可以说是一个从来不看新闻的人，但最近格外关注福润集团一家三口的案子，其中，搜索频率最高的词条是'季彤'。"

"我们问了报案人，王妮妮最近是否有奇怪的行为。她室友提到一点——上周，向来走哥特女王路线的王妮妮把她的头发染回了深栗色，还单独漂了两根金色小辫儿，但王妮妮就这么搞了两天，又把头发给剪了，让她室友觉得有点奇怪。室友当时还问了，王妮妮说是金主喜欢。但是，我们碰巧看到季彤参加活动的照片……"

夏熠一拍大腿。深栗色大波浪披肩，两根金色小辫儿，这不就是季彤的日常发型吗？

"我——"阎晶晶猛然站起，只觉得背后一片冰凉，"美格里广场的录像是我去调取的！当时我拿季彤的照片去问收银员有没有见过这个人，她一口咬定见过，就是因为对那金色小辫儿印象深刻！因为收银员正确地描述了季彤那天穿的衣服，所以我完全没起疑！"

可现在看来，季彤很有可能伪造了自己的不在场证明。

假设季彤给了王妮妮一大笔钱，让她打扮成自己，在徐华浩一家出事儿当晚，拿着自己的手机去美格里绕了一圈，至于季彤本人……

极有可能就在案发现场！

08

"王妮妮起初不知道自己去美格里这一趟是为了什么，但她看到新闻之后，或许反应过来，决定向季彤再诈一笔……这笔金额估计不小，所以，她才能对室友夸下海口，干完这一票再也不用赚脏钱了……"

会议室里大伙儿面面相觑。

东区的警察说道："最后一次有人见到王妮妮是 4 月 30 日上午 11 点。在那之后，就没人知道她去了哪里。到现在，都快 48 小时了。"

这不是一个好迹象。

所有人都知道，王妮妮这一趟凶多吉少，运气好点可能是被囚禁，运气差可能人都已经没了。

但是，囚禁人需要地方，人死了需要抛尸——

无论如何，不法分子都会留下痕迹。

"那季彤呢？"

"也已经联系不上了。"

夏熠喃喃："今天是5月2日了……"

阎晶晶反应过来："5月3日季彤的艺术展就要开展了！"

警方立马兵分几路，开始找人。

东区分局的同志通过交通监控排查清楚了王妮妮失踪那天的行程。室友给了警方王妮妮离家的时间，她们小区门口的监控拍到王妮妮打了一辆出租车。警方根据车牌锁定了司机，恰好司机记得这个小姑娘，因为那笔赚了近100块。他说，小姑娘打车一路去了燕安最东边的和平港，他是在海鲜市场门口把人给放下的。

王妮妮大概率是去那里赴约的。

然而，海鲜市场这个地方密密麻麻地摆了许多无证摊位，人口流动频繁，管控设施又不到位，想要调监控来找王妮妮无异于大海捞针。

目前，东区警员已经带着王妮妮的照片，在海鲜市场的摊位挨个儿摸排；同时，西区警员兵分两路，开始寻找季彤。

根据目前燕安市火车站、机场的记录，季彤暂时没有出行，所以，人大概率还在燕安市及其周边。然而，季彤名下只有一辆车，现在正安安静静地停在她公寓小区的停车场里。全市范围内搜索她，以及查身份证租车记录，也一无所获。

姜沫带人去了"I回忆"现代艺术馆，夏熠一组去了季彤的工作室。

"你问彤彤姐？"艺术馆的小助理眨眨眼，声音脆生生的，"因为明天要开展，她两天前就去寿山福临寺祈福了，听说要在那边吃三天斋饭呢。"

姜沫："……"

她派的人去摸了这条线，回来报告说，季彤确实预订了这段时间的寿山福临寺斋房，但季彤既没有出现，也没有取消。

同时，夏熠发现，季彤的个人工作室，也就是她自己在艺术馆旁租的Loft（复式）公寓，没有上锁。屋里没有人，没有翻倒、打斗的痕迹，整体装饰清爽而精致，书籍摆放的方式能让强迫症患者也感到舒适。

桌上一台电脑，插着数位板，边上还有一摞手绘的草图。

夏熠随手翻了翻，发现了一系列彩铅建筑作品：明信片大的素描纸，四周一圈半厘米宽的留白，正中建筑迷你而写实，线条流畅，色彩饱满。

第一张是爬满常春藤的白色别墅，右下角写了一个日期，黑字标注"家"。第二张是一座浅棕色的哥特式建筑，右下角又是一个日期，黑字标注"M城艺术学院"。再然后是"I回忆"现代艺术馆、蓬莱公主号游轮，是去年的5月3日……而最后一张图，是一座黄昏下的跨江斜拉桥。

或许是因为季彤没来得及完成这幅作品，又或许有什么其他的原因，只有这张图没有角标。

夏熠盯着桥，忍不住皱起了眉头。

如果邵麟也在这里，他想邵麟一定会说"不太对劲"。

这一系列建筑都非常写实，唯独这张——斜拉桥横跨江面，背景里橙红渐变至暖黄，长河尽头，太阳只剩下细细一条曲线，在水上洒下万丈金光，显然是落日时分。然而，天空又是深蓝色的，点缀着一片星幕，其中北斗七星的位置尤为显眼。

落日与星河同时出现在了一个画面里。

夏熠挠头，这有什么特殊的意义吗？

同样，在大桥的背景里，可以看到一个高耸入云的塔状剪影——夏熠认得这座标志性建筑，是燕安电视台。

可是，他对那座大桥并不眼熟。

最起码，燕安电视台附近绝对没有这样的大桥。

夏熠一时半会儿想不明白。他放下那幅画，又在手绘堆里翻了翻。

很快，夏熠又发现了一张奇怪的水彩。

画面背景是一片深海，而海底挣扎着四个人……人影细节清晰，甚至可以看到手指上的关节，唯独脸部一片模糊，仿佛被人摘去了脸。

乍一看这画似乎没什么问题，但夏熠心中突然"咯噔"一下——其中三个人影，不正是徐家三口倒在厨房里的模样？

特别是徐赫光，蜷着身子伸长了手，似乎挣扎着指向天空……

简直一模一样！

如果说这三个人影确实就是徐家三口，那么这第四个人影又是谁？难不成季彤这画的意思是，还要死第四个人？

是王妮妮吗？

另一边，阎晶晶终于破解密码进了季彤的电脑。她快速扫过无数 PS 文档，最后鼠标落在一张图上，手忍不住发抖："组长……"

夏熠扭头一看，一颗心瞬间沉入谷底。

正当警方对王妮妮、季彤的搜捕陷入胶着，那天下午 5 点 13 分，燕安市 110 指挥中心接到了一个求救电话。

"救命，我……我被人绑架了……救救我！"女人声音颤抖，带着哭腔，语无伦次，"我……我叫王妮妮，快来救我，我不知道自己在什么地方……怎么办，我不知道这是哪里……"

"女士，请不要挂机，我们正在定位你的手机。你现在是否行动受限？能描述一下周围有什么吗？是否有窗？有没有什么特殊的气味？"

"我在——呜啊嗯嗯呜——啊！"

求助者的声音突然断了，也不知是不是受到了什么人的胁迫。随后，"啪嗒"一声，手机似乎掉到了地上。幸运的是，那个手机可能掉进了什么缝隙里，通话持续了 35 秒才被人掐断，所以警方成功定位到了这个手机。虽说定位不足以精确到具体的点，但可以确定的是，这个电话来自燕安城东区和平港海滨仓库。

离王妮妮失踪的海鲜市场，只有 20 分钟左右的步行距离！

警方第一时间通知了仓库保安：全面封锁，不允许任何车辆进出。东西区警力联动，在 15 分钟内抵达了现场。

这个海滨仓库以商用为主，是和平港货船载货卸货的地方。可仓库占地面积太大了，成片的绿色仓库根本望不到尽头，一时半会儿也不知道从哪里搜起。

"我查到了！"阎晶晶坐在指挥车里，键盘按得"噼啪"直响，"徐赫光手里有一家进出口公司，他在那个仓库有租赁记录，库房是 E-06 到 E-12！季彤很有可能拥有那个仓库的使用权……"

姜沫全副武装，带了几组人包围了那片仓库，挨个儿排查。

"报告副队，E-06 没人！"

"报告副队，E-07 也没人！"

最后，警方终于在 E-11 仓库门口，听到了微弱的求助声。姜沫一把拉开仓库卷帘门，顶灯全开，负责安全的小组鱼贯而入，率先排查起仓库里是否有炸药等危险因素。

仓库角落里，有一个类似装古筝盒的黑袋子，隐约能看出人形轮廓。那袋子里的人挣扎着，发出"呜呜呜"的声音。

姜沫高喊一声："王妮妮？"

"呜——嗯嗯——呜！"

远远地，姜沫试图与王妮妮对话，问她是不是受伤了，可对方除了发出挣扎的喘息声，没有任何回应。

当时，姜沫就觉得有点不对劲。

"安全！"

姜沫这才收起配枪，跑了过去。可等她打开黑袋子，看到的竟是一只人偶——季彤布展用的那种人偶！

姜沫瞬间手脚冰凉。

人偶的关节会左右晃动，所以当它躺在包里，远远看去，仿佛是一个人在挣扎。同样，包里还有一个扩音器，反反复复播放着提前录好的喘息声。

这么看来，那个 110 求救电话也是提前录好、定点拨出的。

王妮妮不在这里。

他们被季彤耍了。

那个 110 求救电话，是故意让警方查到这里的——那为什么偏偏选择了这个时候？季彤调虎离山又是为了什么？

姜沫本能地觉得要出事儿了。大事儿！

与此同时，燕安市西北近郊，雅晋江边。

微风徐徐，江水温柔拍岸，又是一天落日时，天空被烧得通红。偶有归鸟划破黄昏，发出几声唳鸣。几座高大的水泥桥墩儿竖在江里，但头顶空空荡荡的，左右两边的路搭了一半，中间桥没建起来。

为了缓解绕城高架拥堵，市政原本打算在这里建一座通往海棠市的跨江大桥。后来，也不知道是什么缘故，这个计划就被搁置了。

远远的绕城高架上，车灯汇成一片明亮光海，这个地方却人迹罕至，异常安静。路边，停着一辆"七日生鲜"的小货车。季彤穿了一身火红的连衣长裙，配上一件亮闪闪的银色披肩，长发在江风里扬起。

她看着一辆黑色摩托开来。

邵麟下车，将头盔搁在了一边，大步走了过去。

季彤看向空荡荡的街道尽头，唇角勾起一抹冷笑："很好，你是一个人来的。"

"那天你也看到了，"邵麟嗓音温和，"我不能让他们知道。"

季彤死死盯着邵麟的眼睛，质问："所以，你为什么还活着？"

邵麟喉结微动，最终没说话。

"他们说，最后那艘爆炸的船上，所有的人都死了。"季彤的嗓音仿佛突然被风撕裂了，"为什么就你活了下来?! 为什么那艘船上的其他人都死了?!"

邵麟的声音依然很平静："那个姑娘人呢？"

"她还活着。"季彤拇指向后，一指货车车厢，"你告诉我……那天的真相……我就把她还给你。"

"好，我答应你。你让她和我说句话。"

季彤摇头："她说不了。太吵了，我只好把她药倒了。"

"季彤，我愿意把那天船上发生的事儿一五一十地讲给你听，"邵麟抬起双手，掌心对着季彤，目光诚恳，"但在那之前，我需要亲眼确定一下她还活着。"

"真奇怪，"季彤露出一个扭曲的笑容，"你竟然真的在意人质死活。"

她不情愿地打开货车车厢门，轻叹一声："自己去看吧。"

邵麟一手撑住车厢，轻巧地翻了进去。

季彤撩了撩头发，在他身后絮絮叨叨："这个贱人也是心大。原本不必如此麻烦，我花了5万块，就雇她在美格里广场里吃了一顿饭，又买了点东西。但凡识相点的，都该拿了钱就乖乖消失。啧，这不长眼的死丫头片子竟然还敢来威胁我。"

车厢里，王妮妮双手被缚于身后，脸朝下趴着，头发乱糟糟的。邵麟看她似乎没有体外伤，放心了一点。他单膝点地，去摸她的颈部，却陡然警觉：这皮肤也太冷了，而且，没有脉搏……

就在这个时候，邵麟眼前一暗，是身后的季彤关上了车厢！

他一颗心猛地悬到嗓子眼。

邵麟几乎是条件反射般地飞身扑了过去，双手却重重地撞上货车冰冷的铁门。外面传来金属扭转的声音，季彤已经熟练地给车门上了锁。

"哈哈哈——"车门外传来季彤几近放肆的笑声，"你还真以为我稀罕知道那艘船上发生了什么？你当真以为自己手里有足够与我交换的筹码？无论当年发生了什么，无论你给我什么样的解释，真相也好，谎言也罢，那些死去的人永远都不可能再回来了！凭什么唯独你可以假装一切都没有发生过，从头开始生活？你也应该死在那片海里！"

车厢里安置了摄像头与麦克风。

季彤看着邵麟拿出手机，轻蔑地笑道："没用的，里面没有信号。就算有，你的警察朋友们这会儿还在东南角的海鲜市场，没人赶得过来。"

一声轰鸣，货车引擎发动。

季彤掉头、转弯儿，驾驶小货车往断桥方向开去。

车厢里确实没有信号，邵麟直接关掉了自己的手机蓝牙。他摩托车上有一个系统与手机相连，但凡蓝牙信号中断，15秒后便会自动报警。只是，正如季彤所说——燕安市是出了名的"堵"城，特别是晚高峰时期，救援到达需要时间。

所以，他得给自己创造时间。

邵麟很快冷静了下来。

他想，自己犯了一个错误。这个错误足以致命。

所有的谈判都遵循一种原则——但凡对方还有想要的东西，那一切就尚有交涉的余地。只是，他过分高估了蓬莱公主号一事在季彤心中的分量。王妮妮早就死了。季彤根本不想谈判。她破罐子破摔，只求鱼死网破。

季彤说她不在乎真相了。那此时此刻，她还有……什么想要的吗？怎样才能拖延时间？突破口在哪里？

昏暗的车厢里，邵麟一双眸子雪亮，镇定得出奇。

邵麟快速分析着：季彤真的是一个为了报复而不择手段的亡命徒吗？

不，她不是。

倘若没有王妮妮突然反水，凶手已经钉死在赵春花身上了。如果季彤最终的愿望是与人同归于尽，那她大可不必精心构陷赵春花。在徐家三口的案子里，季彤是冷静的、缜密的，而且，她渴望无罪逃脱。

既然想无罪逃脱，那么她对未来一定还有计划。

只是，在被王妮妮威胁举报之后，季彤慌了。王妮妮变成了一枚不知道什么时候就会引爆的定时炸弹，季彤在慌乱之下，只能选择杀她灭口。

这是计划外的突发事件。

现在，季彤载着一具无法处理的尸体，知道自己迟早要面临警方的追捕。在恐慌与焦虑的驱使下，她着急了，她必须在有限的时间里，来完成她必须完成的事儿——要人偿命。

可是，在王妮妮这个意外发生之前，季彤原本的计划是什么呢？这个计划至关重要。

邵麟回忆——当时，季彤用无数游客的照片拼出了他的脸，做成画像，摆在了艺术馆里，并以此要挟他在那天晚上前往艺术馆。可是，那天晚上，他没有见到季彤，而是遇到了夏熠，还被追了一路。

他合理怀疑，夏熠也是被季彤邀请来的。那是一场她早就计划好的相遇。季彤希望亲眼看着夏熠抓到自己。

凭什么唯独你可以……从头开始……

电光石火间，无数思绪窜过脑海，邵麟明确了思路。

季彤驾驶着小货车，眼看着道路尽头空空荡荡，十几米之下，江水汤汤，向东流去。她真的准备好了吗？结束这见鬼的一切？

江风吹进车窗，季彤浑身控制不住地颤抖，双手掌心湿漉漉的，几乎要抓不住方向盘了。当她看向车厢里的监控，邵麟却好整以暇地盘腿坐着，找不到半分慌乱的影子，好像季彤载着他不是赴死，而是出去春游。

季彤原本不想与人再费口舌，但实在耐不住心中的怪异感，问道："你知不知道自己快死了？"

邵麟轻声笑了起来。

"我不会死的。"他说。

季彤喃喃："你还真自信。"

货车已经开上了大桥起始路段。

邵麟粗暴地将王妮妮翻了个身，将尸体的青白面孔对上了车厢里的摄像头："你知道王妮妮为什么会死吗？因为她不仅蠢，还不知好歹。"

虽说季彤一万个不愿承认，但这句话简直说到了她的心坎上。

"而我就不一样了。季彤，你说得没错，就是我害死了你的父母。"邵麟的语气变了。他的嗓音不再清冷温柔，而像是卸下了所有伪装，露出了刀刃原本的锋芒。

轮胎在地上发出"刺啦"的声音，季彤在离大桥断口 10 米处踩下了刹车。虽说季彤没有开口，但她用行为告诉了邵麟——她并非不好奇真相。

"不仅仅是你的父母，那船上 12 个人，全都是我害死的。"邵麟说得漫不经心，就好像在谈论今天中午吃了什么一样。

"明天就要开展了。你觉得让我亲自去展厅谢罪，是不是……比把我的照片挂在大厅里有趣得多？"邵麟顿了顿，"蓬莱公主号的事儿，你追查了这么久，最后节骨眼上竟急急忙忙把我给淹死了，你甘心吗？"

季彤颤抖着咽了一口唾沫，打开了手机录音："你继续说。"

"这事儿当真说来话长。"邵麟幽幽叹了一口气，铆足劲地想拖延时间。

"你也知道，那些跨国犯罪集团，老板们一起开会不容易，在陆地上太容易被一网打尽，所以，多半是空中私人飞机，或者把船开去公海。你们那游轮本来就不干净，不巧，被人订了开会。结果呢，负责人那边直升机刚要起飞，这条船就被国际刑警盯上了，沿途海岸线全部封锁，就等着负责人飞进来。据说，开会的事儿，只有那艘船上的人知道。所以，他们就认定，那艘船上有一个给警方通风报信的内鬼。

"他们劫持了整艘游轮，就是为了挨个儿排查，把那个内鬼给找出来。我到的时候，人已经排查得差不多了，具体原因我不清楚，但嫌疑就锁定在最后那 12 个人身上。"

"什么？我爸妈怎么可能是警方的眼线！他们都快 60 岁的人了，和那些赌场的人完全没有往来！"季彤几乎尖叫，"他们怎么可能是泄密的人？再说了，这趟旅行压根就不是我爸妈的主意——他们本来不想去的，都是徐赫光一家提议的！"

邵麟没接话茬，继续说道："当时绑匪让我上船，目的是让我找出谁在说谎。条件是，如果我找出内鬼，就杀了内鬼，放所有人离开。如果我找不出内鬼，就杀了我和剩下的 12 个人。"

季彤："……"

"当时时间紧迫，我根本找不出内鬼。他们要杀我。你也知道，我这个人最怕死了。"邵麟又轻声笑了，"所以，我给绑匪想了一个双赢的法子——送那12 个人上了一条捆绑了炸药的救生艇。无论谁是内鬼，反正都是一死。而我已经救下了 80% 的船员，我不需要这 12 个人来给我做成绩，更不想陪着他们死。所以，我不在那艘船上。我是亲眼看着它爆炸的。"

"季彤，这段真相，除了你，我没有和任何人说过。"邵麟的声音里带着某种蛊惑，"如果你现在把我给淹死了，那才是真的死无对证。"

季彤："……"

她抓着方向盘的手握紧了又松开。

起初，她只是单纯地对谈判专家的失败感到愤怒，亦对幸存的邵麟心怀怨恨。她从未想过，自己竟然逼出了这么一段惊心动魄的自白。

她犹豫了。如果邵麟说的是真的，那确实不能让他这么容易就死掉。

可就在这个时候，远远地传来了警笛声。

季彤在后视镜里看到了一辆公安摩托，整个脑子瞬间乱了。她开始觉得邵麟在骗她。这一定是这个人的计划，他早就和警方串通好的。他可能全在胡说八道，就是为了拖延时间！

可是眼看着身后摩托逼近，季彤不再有时间犹豫。

她太乱了。

最后，季彤双眼一闭，狠狠踩下油门。

09

邵麟也不知道是自己的哪句话刺激到了季彤，他原本以为自己成功了。然而，下一秒，整个人突然失重，眼前天旋地转。车厢里的几座铁架"乒令乓冷"地往车头方向倒去。他脖子一片冰凉，原来是压到了王妮妮的尸体。

灵魂随着失重感离开了身体一秒钟。

随后，邵麟耳畔"轰"的一声，冰冷的江水开始从各种缝隙里"噗噗"而入。他在一个漆黑的封闭空间里缓缓下沉，鼓膜剧痛，提醒着他入水深度的变化。

生鲜冷链运输车的密封性还不错，水线涨得很慢，花了好久才从脚踝涨到膝盖——邵麟也不知道，这到底算是幸运，还是活生生的折磨。

车厢里还有空气，但那熟悉的窒息感从他胸口压了过去。记忆片段开始毫无逻辑地闪现——

刻着黑色玫瑰花的古铜怀表挂坠在海风里晃动……

爆炸时海面上那一团明晃晃的火焰……

那12个人挤在一个房间里，面部模糊而扭曲，每个人都在激烈地替自己辩白……

车已经不再下沉了。

寂静的空间里只有"哗啦啦"的水声。

每一秒钟都变得像一个世纪那么漫长……邵麟静静地坐在水里，浑身越来越冷。他下意识地在黑暗中伸出手，指尖触碰到冰冷的车厢，又缓缓滑落。可他不死心地又伸出了手，像是要抓住什么一样……

也不知道邵麟就这么划了多少下，就在水没过胸口的时候，他听到车厢门外传来了激烈的拍打声。

他整个人猛然清醒。

夏熠匆匆赶到的时候，恰好看到这辆生鲜冷链车以最快的速度冲出大桥断层，滞空几秒后，"哗啦"一声落进湍急的江水之中。

他来不及等水上搜救队了，打了求救电话，就一头跟着跳了下去。阎晶晶这段时间老和他提什么"水逆"，水逆什么意思夏熠不知道，但他觉得自己最近和水实在是太有缘了。

江里水流不小，而夏熠没有任何潜水装备，就连脚蹼都没有。唯一值得庆幸的是，这条江上宽下窄，江底凹凸不平，小货车被水流冲出去一段距离，卡在了水深20米左右的江底，没有往七八十米处沉。

要不然，没有脚蹼，夏熠也潜不了这么深。

夏熠先捞到的人是季彤。也不知道这个女人是半途改了主意，还是本来就打算逃脱，她在车子落水前就打开了车门。可是她运气不好，在失去了车子保护之后，她被一股江流推了出去，后脑勺磕在了江边的石块上，当场晕了过去。

路边停着邵麟的摩托，所以夏熠知道人在车里。

他飞速将季彤铐在路边交通标志的铁杆上，急急忙忙地再次下水。

邵麟听到外面传来拍打声，连忙抄起身边的铁架敲打车厢，示意里面有人。

他哑声喊道："门锁了，钥匙！"

可外面没有反应。

邵麟不知道隔着空气、厚厚的车厢与江水，自己颤抖的声音传到对方耳朵里变成了什么样子。光是呼吸一件事儿，就已经用尽了他的力气……

于是，邵麟伸出手，有节奏地在车厢里敲了起来。

用关节轻叩代表短线"嘀"，用掌心用力敲击代表长线"嗒"，字母与字母之间有一段沉默的空隙。就这样，他用莫尔斯码敲出了单词"key"——钥匙。

一遍敲完，他又敲了一遍。

对方似乎听明白了，飞速回复了一个"嗒嘀嗒嘀"，字母 C，代表"copy"——收到。很快，又敲了一个"BRB"，代表"Be right back."——马上回来。

随后，门外就没了声音。

邵麟用后脑勺抵住冰冷的车厢，在心里想着："季彤那个疯女人，可千万别把钥匙往江里一丢。如果钥匙丢了……"他不愿再想下去。

邵麟几乎是无意识地伸手去摸腰侧的文身，他的掌心在那朵玫瑰花上摩挲片刻。很快，邵麟又撤回手，在紧握成拳之前，吻了吻自己的掌心。

他的脑海里，浮现出一个男人的声音，醇厚，微哑，带着无尽的爱怜与温柔——

Be my little hero.

做我的小英雄。

邵麟在心底无数次默念——你会保佑我的，对吗？

不知时间又过去了多久。江水已经淹没了邵麟的脑袋之前所在的位置。现在，他需要抓着车顶把手才能呼吸到空气了。

终于，车厢门外传来三声清脆的"咔嗒"，那美妙的声音简直是敲在了邵麟的心上。

只是，车厢里还有最后四分之一的空气，外面的水压比气压高太多，除非水将整个车厢灌满，否则锁开了也无法打开车门。邵麟需要等水把车厢彻底淹没才有出去的机会。根据这个进水速度，他估摸着还要再等两分钟左右。

与此同时，车厢门外又传来一连串的敲击声。

"R—U—OK?"（你还好吗？）

邵麟回了一个"OK"，随后又回了一个"2 MIN"（两分钟）。

谁知，对方又开始敲了，这次还敲了一长串："Guess who I am."（猜猜我是谁。）

邵麟："……"

看来下水堵住嘴，也无法阻止话痨。无论何时何地，他们都是可以和人聊天的。

邵麟很无语地回了一个缩写："XY."（夏熠。）

对方似乎很开心，立马拼了一个："WOOF!"（汪！）

邵麟一开始还以为自己解错了字母，等反应过来的时候，才无声地咧开嘴角。而此刻，他眼前一片漆黑，全身都湿透了，手指控制不住地颤抖，鼻尖离车顶只有 15 厘米……邵麟简直无法相信，自己在这种糟得不能更糟的情况下，竟然还能因为那四个字母笑出来。

没有人会看到的。他仰着头，笑得好开心。

笑得眼眶都湿了。泪水滑入水中，他自己都分不清。

邵麟深深吸了最后一口空气。

在那一瞬间，他突然想了很多事。

他答应了贺连云下周再去他家做客。Rox 咖啡买十送一的卡就差最后一个小熊印章了。对了，夏熠还一直嚷嚷着要带他去撸自己的那两个毛儿子……不过因为有点洁癖，他一点也不想去撸流浪狗。

要是这次能活下来——邵麟没头没脑地想着，他一定会去撸狗，不仅要去撸狗，还要给毛儿子买两大包豪华狗粮。

时间不够了。江水彻底淹没车厢，邵麟埋头潜入水中，用力推开了车门——推进了一个坚硬而温暖的怀抱。

手电筒的光打到了远方，江水黑暗而混浊，在没有脚蹼借力的情况下，人都很容易被水流冲走。

但夏熠拉着他，掌心有力。

邵麟不知道自己离水面有多远。他只知道自己上浮的速度不能太快，且必须全程吐气——因为水下每下潜 10 米，就增加一个大气压，肺部被压缩的气体会随着他上升而扩张，憋气的话会直接炸肺。

一口气就这么渐渐吐尽了，可邵麟觉得水面还是一眼看不到尽头。肺部灼烧的感觉越发强烈，直到最后，横膈膜开始一抽一抽地颤抖……

大脑短暂地陷入空白。

等他的意识再次恢复，夏熠已经连拖带拉地把他拽到了江岸上。

城市空气里的嘈杂声大得令人难以想象。邵麟从来没有觉得被严重污染的空气竟然如此香甜，满地沙砾的泥地是如此令人踏实。

他猛烈地咳嗽着，吐出几口水。

"你上次不肯和我去温泉，说自己不会游泳。刚我一想到你不会游泳，就吓得心都在抖。你又是骗我的吧？还好你是骗我的……水下这么深，你要是不会游泳……我……我……"夏熠几近语无伦次，最后只能安慰似的拍了拍对方湿漉漉的肩背。

邵麟有气无力地将脑袋搭在夏熠肩上，整个人像个漏水的袋子。他闷得难受，手脚发软，实在是没有力气开口。良久，他闭上双眼，嘴唇微微开合，气若游丝。

10

邵麟上浮得太快了。因为没背氧气瓶，无法在浅一点的地方做安全停留，来让身体适应水压，现在体外压力骤减，难免出现一些减压病的症状。高频耳鸣的同时，他听到了救护车的声音，夜空中红蓝光线交替闪烁……

季彤被直接推进了手术室，而邵麟坚持着先迷迷糊糊冲了个澡，才换上病号服，被送去高压氧舱。

等人彻底清醒，已经半夜了。

病房里静悄悄的，但没有熄灯，夏熠也换了一身清爽的衣服，靠在窗台上看手机，戴着耳机，不知在听什么，神色凝重。

邵麟侧过头，眼尾露出一抹温柔的笑意："……你来得真及时。"

夏熠按下暂停键，抬头狠狠地瞪了邵麟一眼。

当时，在季彤工作室，阎晶晶破解了季彤的电脑——PS 文档里有四张蒙太奇人脸——分别是徐赫光、徐华浩、袁咏芳与邵麟。在季彤的画中，海底有四个没有人脸的人影，既然其中三个人影是徐家三口死时的模样，夏熠推测那"第四个人"，很有可能就是邵麟。

于是，他第一时间打了邵麟的电话，可对方不接。

当时，夏熠隐约觉得会出问题，便单独分了一组人出来待命，没有参与晚上海滨仓库的追捕。

虽说他没能认出季彤画的那座大桥，但根据那张画上落日与北斗七星的定位，夏熠认为，那应该是一座位于燕安电视台东南边的大桥。

当时，他就怀疑雅晋江上那座建了一半的废桥，所以，下午他骑着摩托就在那片转悠。也正因此，他才能在接到邵麟的报警后，第一时间赶到现场。

生死一线间，肾上腺素飙升，夏熠除了救人根本顾不了那么多。可等他冷静下来，现在看向邵麟，就仿佛在看一个陌生人。

邵麟有太多的问题。

多到他都不知从何问起。

所以，他只是干巴巴地开口："季彤撞到后脑勺了，有些颅内出血，现在还没醒来，但她跑不掉的。"

邵麟安静地点点头。他没戴黑框眼镜，也没有遮挡瞳色的隐形眼镜，仿佛一下子又年轻了几岁。他在床上盘腿坐了起来，显得格外乖巧。

夏熠死死盯着他："你就没有什么想和我说的？"

邵麟垂眸看向床单："季彤买通王妮妮给自己伪造了不在场证明。案发那天晚上，她是坐徐赫光的车进西城华锦的。她用了赵春花藏起来喂老人吃的'速可眠'——"

夏熠打断："你知道我问的不是这个。"

邵麟眨眨眼，不说话了。

"刚郑局给我打了电话，说你醒来，叫我第一时间通知他。"夏熠拉了把椅子，往床边一坐，双肘搁在大腿上，手里有一搭没一搭地玩着一副手铐，"邵麟，把你该解释的，都给我解释清楚，那咱们还是一块儿营救王妮妮的队友。要不然……"夏熠抬手，用手铐的一端挑起邵麟下巴，逼着他看向自己，"到时候郑局问起来——"他另外一只手点开手机外放，播的正是季彤冲下桥前的那段录音。

金属手铐还抵在邵麟下巴上，他直勾勾地看向夏熠，没有半分躲闪："你知道这不是真的。我只是为了拖住她。我得让她觉得——我活着，远比我死了更能让她得到满足。毕竟，她就是想曝光我，打乱我新的生活。所以，让我当众自首，远比淹死我更有趣，不是吗？"

邵麟顿了顿，语气里染上一丝倦意："当无妄之灾发生的时候，人总是本能地会给事故安个负责人。就好像只要有人背黑锅，一切就有了解释。季彤越恨我，她就越舍不得让我轻易死了。我没有做过录音里的那些事。倘若我真那么怕死，最开始我就不会一个人上船。"

夏熠没搭腔，只是居高临下地看着他。邵麟的眸色比常人淡些，是琥珀色的，让夏熠莫名想起那些晃动在溪水底部的清亮的光斑。他鼻梁笔挺，唇抿得紧紧的，不笑的时候，显得清冷而疏离。

夏熠似笑非笑地开口："……你这张嘴，可真会骗人啊。"

邵麟："过奖。"

"那当年蓬莱公主号上，到底发生了什么？她为什么会想一起杀了你？"

邵麟拒绝得很爽快："我签了保密协议，不能说。"

"至于季彤为什么想让我死——"他眼底闪过一丝晦暗不明，嘴角却笑得讽刺，"最后一艘回去的人质船爆炸了。倘若我死了，那就叫烈士，但若侥幸活了下来，大概就是该死吧。"

夏熠的指尖几乎掐进他的肩膀："……你胡说什么呢！"

邵麟没接话茬，抬起头："我更奇怪的是，季彤是怎么联系上的我。"

"当年在船上……我们并没有面对面地见过。"他接着说道，"我查了记录，她和徐赫光是第一批坐船离开的，最多远远地见过我下直升机，不可能在一年后一眼认出我。

"最早她来局里做笔录的时候，就意味深长地看了我一眼。当时没说话，后来直接用手机给我发的短信。也不知道是谁给她的号码。"

夏熠连忙问："还有谁知道你的身份？"

邵麟想了想，挑眉道："……应该只有郑局？"

夏熠："……"心想原来这两个人一起骗他呢！

邵麟一耸肩："他之前在国际刑警对接口工作过，和我有点交情。回国以后，帮我重整档案的人就是他。原本吧，他还想把我安在局里，但我不大乐意，就去了燕大心理系。"

"那今天你和季彤又是怎么回事儿？"夏熠提起这个就来气，"一个人背着我去见杀人犯，你胆子是真挺肥啊！你说说，这车翻得彻底不彻底，啊？"

邵麟："……"确实彻底。

"季彤发了我一段王妮妮挣扎的视频，明确表示想见我，说要是惊动警方或者爽约，她就直接撕票。"

"那你为什么不第一时间找我？"夏熠怒道，"别人威胁你，你就照做吗？他们人质救援队就是这么教育你的？但凡你早点和我说……"

邵麟自知理亏，但要说缘由，也不是没有：一是他低估了季彤，觉得小姑娘独自构不成威胁；二是他贪恋如今安稳的生活，既不想在夏熠面前暴露身份，也不想让过去的事儿再影响未来。

但无论如何，确实是他处理得不好，邵麟只能心虚地拍了拍夏熠："那啥，我不是给你留消息了嘛……"

夏熠狠狠瞪了他一眼："你那叫出事儿之后自动报警！"

邵麟一副平躺任骂的姿态。

最后夏熠叹了口气："季彤的电子设备都交给阎晶晶了，到时候再帮你留意一下有没有和这个相关的线索。至于车上的那段录音，季彤手机上的被我删掉了，现在只有我手里这份。"

邵麟颇为意外地看了他一眼："谢谢。"

"但这事儿还没完。"夏熠皱眉，"你这身上咋还有个文身？当年体检是怎么通过的？我哥们儿脚踝上文了个前女友的名字都被打发走了——你还文了那么一大片！"

邵麟眨眨眼，又露出了那种乖巧的表情，无辜得要命。

可夏熠不吃这套："别找借口，那天晚上我可都看到了。要怪就怪你自己笨手笨脚蜗牛爬，衣服还能被钩到，咋就没把你裤裆给钩破了？一路逃跑大风吹，刺激。"

邵麟："……"

原本邵麟是拒绝回答的，但是，他感念刚被人救了一命，心口扑腾扑腾还热乎着，对夏某人的包容度就格外高些。

他一想起那天在温泉里格外不正常的小夏警官，便大大方方地问道："你想看吗？"

夏熠只是单纯好奇那文身到底是什么，倒不是说非看不可，但听他自己这么说，便下意识地点了点头。

邵麟翻身一个侧卧，曲肘撑着脑袋，一条腿叠在另一条腿上，膝盖微弯。白蓝相间的病号服眼看着大了一号，显得领口处空空荡荡。他侧过头，锁骨就深深地凹了进去。掀开衣角，把腰带往下扯了一点，露出一道深陷的人鱼线。

他修长的手指抚过自己的髂前上棘，似笑非笑地对夏熠挑起眼角。

就在那一瞬间，夏某人脸上蓦地一烫，眼神连忙飞向别处："不，也不用细看了，我就是好奇你文了什么。"

邵麟的指腹在皮肤上轻轻摩挲两下，半遮半掩地挡住了玫瑰花瓣边缘的哥特体字母。

夏熠那窘迫的神情几乎把他给逗笑了。邵麟放下衣摆，轻声说道："就一朵黑玫瑰。"

"大男人的，文什么玫瑰啊，奇奇怪怪的。"夏熠嘟哝，"你文的这个，是有什么说法吗？"

邵麟思忖片刻，伸了个懒腰："这是家里祖传的。"

夏熠茫然："啊？"

邵麟眼珠子一转："我家祖上卖鲜花饼的，一家人身上都得文这个。"

夏熠一巴掌拍在他臀大肌上，怒道："你是讲一句实话就会蒸发的撒谎精吗？"

邵麟眼神懒洋洋的："实话？实话就是我还不想告诉你。"

夏熠："……"

"行了，我已经蒸发了，你别问了。"邵麟拿被子一蒙头，把整张脸都埋了进去。

夏熠："……"

查房的护士大约是听到了动静，敲门进来，见还没熄灯，便发了脾气。

按理说，这个点早不允许夏熠蹦跶了，但西区分局是燕安市第三人民医院的常客，一会儿是分局的同志骨折挨刀，一会儿又是三院医护惨遭医闹需要治安，这一来二去的，就发展出了"革命友谊"。所以，院方睁一只眼，闭一只眼。不仅夏熠还在，季彤那手术室门口还有俩警察蹲着呢。

夏熠"好姐姐好妹妹"讲了半天单口相声才打发走了小护士，搬出一张护工陪夜用的折叠小床："我今晚不走了。我怕明天郑局来，你丫就跑了。"

邵麟面无表情地看了他一眼，说："随便你。"

可谁知那折叠床太短了。夏熠个子高，躺那床上半条小腿都得露外面。邵麟躺在床上，看他"乒令乓冷"闹腾半天，最后无奈地往床边挪了一个身位，拍了拍床单，意思是"你上来吧"。

VIP 单人病房的床算不上宽敞，但好歹有两米长，挤一挤刚好能容下两个人。

夏熠见邵麟不介意，索性躺下拉了灯。

病房昏暗，唯有一束夜光从窗帘一角泄出，仿佛给床头柜罩了一层泛着浅浅荧光的薄纱。

两个大男人挤在一张床上，邵麟睡意全无。虽说没有皮肤接触，但他觉得自己身边仿佛躺了一个火炉。邵麟小心翼翼地想调整一下姿势，左脚却不小心蹭到夏熠脚踝。他像触了电一样，飞似的缩了回去，整个人绷在床上，不敢再动。

黑暗里，夏熠的声音又响了起来："喂，要不要改天带你去攀岩？我教你。"

"……不要。你不提攀岩，我们还能做朋友。"

"那你想不想聊会儿天啊？你睡觉前有聊聊天的习惯吗？"

"不想。没有。我睡了。"

"哦。"

也不知时间过了多久，邵麟耳畔飘来一股温热的气息，夏熠的声音像一缕极细的光丝，钻进了他耳朵："你——睡——着——了——吗？"

邵麟面无表情地睁开眼睛，长叹一口气："别问了，已经睡着了。"

第二天清晨。

邵麟被郑局单独约了谈话。ICU 外来了不少警察，季彤还是没能醒来。

李福向姜沫报备："可能会成植物人。医生说她撞击后脑出血没有及时得到治疗，瘀血的位置还特别不好，不确定人能不能醒来。现在上了人工呼吸机还能维持一段时间，就是醒过来，也不知道会不会影响记忆……"

与此同时，阎晶晶搜了一遍季彤的手机，在文件夹里发现了一段录音——季彤特意给它加了密，需要指纹解锁。

趁季彤昏迷不醒，阎晶晶"借用"了一下她的拇指。

阎晶晶接上电脑，按下播放键。音频背景音非常吵，不仅电流杂音很大，录音现场似乎还有音乐。

最开始，是一个年轻的男人："妈，我说多少遍了，我不喜欢她。我不想和她结婚——"

年长的女人安慰道："光光啊，你年纪也不小了，别再天天招那些门不当户不对的小姑娘了。季彤有什么不好？人漂亮，家境殷实，多合适啊！"

"你再门当户对，我也不喜欢她啊！"

就在这时，一个男人的声音插了进来，脾气不小："你娶的是她吗？你娶的是她家在福润16%的股份！并在一起，咱们家才是实实在在的控股人，懂吗？"

音频很短，阎晶晶反复听了几遍，一脸震惊，心想这是什么豪门狗血剧?!

"这个'光光'该不会是徐赫光吧？"阎晶晶目瞪口呆，"那另外两个人，是徐华浩和袁咏芳？所以，这才是季彤的作案动机？"

夏熠凑了过来："这录音她哪里来的？她窃听了自己的未婚夫？"

"我看一下属性源代码……"阎晶晶噼里啪啦一顿操作，"这音频不是她手机上录的。咦？这个音频没有对接任何录音设备……是她从互联网上下载下来的。"

夏熠换了个说法："别人发给她的。"

毕竟，这种录音也不可能公开发在网上。

"让我看看……"

很快，阎晶晶再次皱眉："呃……这不是普通的下载链接，而是来自……啊，来自一个叫作'Secret Planet'（秘密星球）的 App……"

夏熠"咦"了一声："这不是你玩的那什么算命的 App？"

"什么算命 App！'秘密星球'就是个社群交友 App 啊，"阎晶晶解释道，"里面各种社群都有，我只是碰巧玩塔罗星球。"

她最后捋了一遍源代码，得出结论："我只能追踪到这个平台，无法追踪是谁给她发的链接。'秘密星球'有一个私密消息的功能，各种信息阅后即焚，不会留下任何记录。"

"那岂不是犯罪交易的天堂?!"

"对，没错，所以就在去年，咱们下架了'秘密星球'进行整顿——现在重新上架的'秘密星球'是没有这个加密功能的。"阎晶晶说道，"不过去海外直接下载 App 安装程序，利用技术手段可以继续使用加密功能。"

与此同时，警方再次找了赵春花。

在警方表明已经控制了季彤之后，赵春花才哭着翻供。她说那天律师来找她谈话，其实是要她认罪。律师没有说明背后指使的人是谁，但承诺认罪后会给她丈夫和儿子一大笔钱，保证后半辈子衣食无忧。然而，如果她坚持不肯认罪，他们会确保她丈夫找不到工作，儿子以后上不了学。

赵春花掂量来掂量去，觉得自己忙乎一辈子不就是为了赚点钱，让老公和孩子能有更好的生活？而且，就算不答应，她偷药也要坐牢，还要牵连老公、孩子，便心如死灰地按律师说的认了罪。

认罪那些细节，都是写在纸上的。

徐老爷子当年修改遗书的事儿，倒全都是真的，不过赵春花并没有因此起杀心。毕竟，她不懂法，更没钱聘请律师去和徐华浩争那遗产，在徐家这么赚钱也挺好。在这件事情上，其实她早已和徐华浩单独达成和解。

于是，警方立刻拘捕了那天去见赵春花的律师——律师姓刘，是季彤在父母去世后高薪聘请的。

事已至此，刘律师倒是很配合，把兜底倒得一干二净。

根据刘律师的口供，季彤的父亲原本也是福润集团董事会的高管，持股 16%。在他去世后，股份作为遗产可以由唯一的女儿继承，但是，由于股权的特殊性，按公司章程规定，继承人必须由董事会投票同意。如果董事会不通过，那么季彤无法继承股权，只能将股权卖掉换钱。

徐华浩的父亲徐建国是福润集团的创始人之一，但几十年运营下来，公司几度改革，到现在，他手里的股份只剩下了 35%。他眼馋绝对控股权不是一天两天了，自然不肯放过这个机会。

在董事开会之前，徐华浩暗示季彤——董事会很有可能以"没有任何商业管理、地产运营经验"为由，驳回她的继承权，但如果她与集团高管之一的徐赫光结婚，那商量的余地就大了。与此同时，徐华浩暗箱操作，做空集团股票，让股价一跌千里。如果此时季彤出售股权，总资产则会缩水 40% 左右。

于是，去年 7 月，季彤聘用刘律师来保护父亲的遗产。经多次交涉，季徐双方谈妥了一份商业联姻——季彤保留董事会股权，但涉及影响公司的决定则由徐华浩做主。

光那份婚前协议就写了厚厚一摞，刘律师那边都有备案。

阎晶晶听完前因后果，忍不住在心底咂舌："季彤心狠手辣，但徐华浩一家也绝非善类。恶毒的因种下了恶毒的果，一环扣一环，最后所有筹码都打得稀烂。"

"奇怪了，根据刘律师的备案，去年7月他们就起草了这份婚约。可听这个录音，季彤和徐赫光应该还没有订婚，所以录音的时间应该是在7月之前。"阎晶晶对着电脑陷入沉思，"那为什么这个音频在手机里的最早日期是今年年初呢？这个录音，又会是谁录的？"

她点开季彤的"秘密星球"。

季彤参与了几个艺术相关的社群星球，偶尔还会在个人空间秀一些绘画作品。她所有的聊天记录都正常得要命，没有留下任何可疑的痕迹……

当然，如果有，也早被阅后即焚了。

同一天下午，邵麟在三院办理了出院手续。

他本就病得不重，医生飞快地给签了字。

这个时候，一个护工飞快地跑了过来，嘴里高喊："E208，E208病房的等等！"

邵麟抬头："E208要出院了。"

"有……有你的东西……"护工跑得气喘吁吁，递过一捧黑色的玫瑰花束，八朵黑的，正中一朵鲜红色的，"有人说把这个送去E208，就是你吧？"

"我？"邵麟诧异，"谁送的？"

"我不知道啊，就叫我送去E208，好像是个快递小哥吧。"护工忙着干活，放下花束就要走，还不忘扭头喊，"大概是你女朋友知道你住院了，特意给你订的吧，还挺浪漫，哈哈哈！"

邵麟微微皱起眉头，从花束里捡出一张卡片。

正面宋体方块字印着一首小诗："你眼睛的泉水里，大海信守它的诺言。"

而背面，是他眼熟的红色花体："Take care, and you are welcome."（保重身体，不用谢。）

不用谢？不用谢什么？

就在这个时候，ICU 警报骤响，医护们急急忙忙往那边冲去。

没过多久，邵麟收到消息：季彤死了。

11

邵麟将卡片放进口袋，大步往 ICU 走去，沿途看到一个生化垃圾桶，毫不犹豫地把一整束玫瑰都丢了进去。

医生说季彤血压飞降，心脏骤停，最后没抢救回来，应该是颅腔再次出血，毕竟，之前 MRI（磁共振成像）显示脑桥撕裂，这是外创性脑出血中最凶险的一种。

邵麟听完，眼底露出一丝怀疑，但他什么都没说，只是点了点头。

夏熠不知他为何露出这样的神情，给他解释："你昨天还在高压氧舱的时候，这儿就接连下了好几张病危通知书。脑桥你知不知道啊？在脑干那个位置，那个位置特别不好，呼吸啊，心跳啥的，都归脑干管。"

邵麟轻声道："我知道。"

可是，他眼前再次浮现出那句血红色的"you are welcome"。邵麟也说不上来为什么，但他总觉得季彤在这个时候死亡，似乎并非巧合。

夏熠追着他问："你这是怎么了？脸色这么白？身体还不舒服吗？还是上午郑局批评你了？"

邵麟转头看向 ICU 门口，低声问："这段时间，有没有人去看过季彤？"

"没有啊！福子他们轮班守着呢。ICU 探望时间本来就只有下午半小时，就当值的医生护士进去过。"夏熠不解，"怎么了？"

邵麟摇摇头，不说话。

等大伙儿都散了，邵麟才小声叮嘱夏熠："反正也没人会来认领尸体，我建议你找法鉴再确定一下死因。"

夏熠诧异："啊？为啥啊？"

邵麟没多做解释，只是低声说道："有空就做一下。我先回去一趟，郑局让我明天去你们队里报到。"

"哦？"夏熠眼睛一亮，脸上写着大大的期待，"我们要做同事了吗?!"

虽说那束黑玫瑰上没有留下任何商店的标记，但邵麟在美团 App 上搜了，整个燕安市，售卖黑玫瑰的花卉店只有三家。其中两家离第三人民医院有十几公里远，而那黑玫瑰送到的时候，花瓣带水，所以，大概率就是三公里外的那家名为"锦绣"的小花店。

邵麟打车直奔锦绣花店。

花店开在一片居民区的街角，时值正午，店里冷冷清清的，唯独沁着一股好闻的花香。店主正系着围裙，抱着一大捧天竺葵从店后头走来。他皮肤雪白，笑起来带着两个甜甜的酒窝，浑身都是清爽的少年感。

那大男孩见来了客人，热情地招呼："帅哥，要买什么？"

邵麟认出了柜台上的玻璃纸，觉得自己应该找对了地方。他开门见山地问店主，早上有没有收到一份八黑一红的玫瑰订单。

大约是这一早上也没卖出去多少花，店主闻言忙不迭地点头："记得记得，怎么了帅哥？不过，那不是网上的订单。今天早上，刚开门不久，10 点左右吧，一个小姑娘来买的。"

邵麟微微蹙眉："小姑娘？"

店主在自己腰侧比画了两下，说就这么高，可能还在念小学。

"她就给了我一张百元钞票，说了要求，拿了就走。"老板显然是对这笔交易印象深刻，"我还问她买这个花做什么呀，她和我说是帮叔叔买的。"

"怎么了，这花有什么问题吗？"

帮叔叔买的……

找了个小孩掩人耳目吗？

邵麟有点失望地垂下眼，闷闷开口："没什么。谢谢你，打扰了。"

"哎，帅哥，等等。"店主微笑着，目光始终落在邵麟的脸上。他也没多问那些为什么，而是从身边一大片五颜六色的玫瑰里，选了一朵白色的递过去："这朵配你。"

雪白的花瓣上带着晶莹水珠，显得高傲又脆弱。

邵麟愣了愣，心说这又是什么强买强卖的小技巧，但念及对方确实给了自己有用的信息，他伸手就打算掏钱，却被店主拦住。

"帅哥，送你的。"店主眉眼温柔地一弯，"你看着似乎不太开心，但我希望每一个踏进这家店的人都能开心。"

邵麟听了心头一软，还是按价递过一张 10 元钞票："我很喜欢它，我买下了。"

大男孩又笑了："我叫阿秀，欢迎下次光临。"

局里，郑局召夏熠去了他的办公室。

宽敞的红木桌上，放着一份护照复印件。蓝色的地球正中插了一把宝剑，两侧摆着一副天平，正中拼着"INTERPOL"——国际刑警组织的通称。护照持有者拥有特殊的外交豁免权，在组织成员国进出皆不需要签证。

而下一页的照片里，年轻了好几岁的邵麟笑得一脸阳光，一双灿若星辰的眸子透过纸面，正无声地望向夏熠。

夏熠只觉得脑子里轰然一声巨响，无意识地感叹了一句，虽然是一句粗口。

"教育过你多少次了？"燕安市市局一把手郑建森背着手，缓缓转过身，眼神如刀，"穿着这身制服，说话要文明。"

当年在一线风里来雨里去的精壮小伙儿，如今也变成了法令纹深陷、啤酒肚微凸的"地中海"大叔。虽说如此，郑建森的脊背依然笔直，挺拔如山。

"我知道我知道，嘿嘿，这不是在改了吗……"夏熠伸手指了指那份护照复印件，"嘻，郑局，谁还没个口头禅了不是！我这不……就是有点……那什么……惊讶嘛——"

郑建森不理他："你知道'海上丝路'吗？"

夏熠连忙正色："知道。"

那是一条联通多国的地下走私路线，从国内最南边的云洲到瓦、椰两国，再从瓦、椰两国管制松散的港口横跨太平洋，抵达南美墨国，最后跨越边境进入 S 国——其中，多国犯罪组织联合，走私种类繁多，从军火、毒品到人口，每年涉案金额高达千亿美元。

早些年，"海上丝路"的生意蒸蒸日上，就连燕安市的和平港也成了地下交易重灾区，当年打击犯罪的岁月是郑建森这一辈人为之赴汤蹈火的无悔青春。

而幸运的是，在国际刑警与本国警方持之以恒的打击下，"海上丝路"逐渐退出了本国市场，在东南亚亦不复当年繁华。

然而，在绝对利益的驱使下，这条巨虫死而不僵。

"去年，国际刑警盯上了蓬莱公主号，是因为内线提供了一条重要消息——'海上丝路'跨国犯罪集团内部有一个非常重要的会议，这次，就连幕后一把手也会参加。警方目前知晓的关于这个一把手的资料非常欠缺，只知道一些本国人称他为'雷总'，但雷似乎也不是姓氏，而是英文名 Ray 的音译，一些外国人则叫他'父亲'。

"当时，国际刑警准备在海上来个瓮中捉鳖，围猎这个 Ray。可惜对方提前听到了风声，并没有如约前往，还命令手下劫了船，排查那个向警方泄露消息的人。"

夏熠思忖，邵麟与季彤说的那前半段竟然是真的。

"然后就是你知道的，他们要求谈判专家上船，去的正是邵麟。一开始谈得比较顺利，大部分人质被排除嫌疑后坐上救生艇，一艘一艘地被送了回来。可问题出在了最后那 12 人身上。那艘船在与警方对接的时候爆炸了，不只那 12 个人，连打快艇过去接洽的工作人员都死了 3 个。"

夏熠干涩地咽了一口唾沫。

"爆炸发生后，椰国海军护卫队与国际刑警同时展开搜救，第一时间锁定了那片海域。然而，他们没有抓到绑匪，也没有找到落水的邵麟。组织已经给邵麟标了牺牲，一个月后，ICPO（国际刑警组织）总部却在 S 国的沿海 C 州收到了他的求救信号。"

夏熠诧异："……一个月？这么久？"

"找到他的时候，邵麟整个人精神状态都不太好。他说爆炸后，自己不知在海里漂了多久，奄奄一息的时候被一艘路过的货船捞了上去，就慢悠悠地一路开去了 C 州港口。"

夏熠挑眉："这不瞎扯淡吗？他为什么不直接求救？海上没有信号，运输船总有卫星电话吧？"

"他说那艘船上有打算非法移民的椰国难民，如果他敢求救，他们就会把他丢回海里。"

夏熠："……"

"可能是因为船上没有药，也可能是创伤后应激，爆炸时的很多事儿，他都说自己不记得了。"

夏熠皱眉:"所以他在撒谎?"

"说不准。这些事儿我也是听我 ICPO 的同事说的,当时邵麟的精神状态确实很糟。心理医生说,过度创伤后,有些人会出现短暂性失忆,就是主动地去忘记那些可怕的事情,来保护自己不重复体验创伤。所以也不能说他一定是在说谎吧。"

"但是,"郑建森话锋一转,眼神严肃,"在这件事儿上,邵麟确实有一些疑点。"

"首先,他作为谈判专家,竟然在第三艘人质船撤回的时候,主动切断了通信。绑匪有人质在手,一些要求谈判专家确实可以答应,比如不带武器上船,再比如让警方后退两海里,然而唯独不能切断通信。最起码,对方提出要求之后,谈判专家应该就这一点迂回,但邵麟什么都没说,只是沉默了一会儿,就直接切断通信。这个行为简直令人匪夷所思。

"也正是因为他切断了通信,我们不知道最后 12 个人上救生艇前发生了什么。

"其次,爆炸时,救生艇上的人被炸得尸骨无存,所以邵麟肯定不在那艘救生艇上。可是,那艘救生艇上有 20 个位置,如果绑匪已经同意放人了,邵麟为什么没有一起回来?合理怀疑,他当时应该和绑匪在一起。甚至,他们可能是一起逃生的。"

夏熠眼神陡然生变:"你是怀疑……"

"对,怀疑他不干净。

"不过,各种方式都审了,测谎仪也上了,调研组把人里里外外查了一遍——通信记录、银行流水、名下置业,却没有找到任何沾黑的证据。大概审了小半年吧,他反反复复都是这一个说法,最后才被放了。"

"邵麟那个精神状态,肯定不能做原来的工作,索性就启用了当年他在国内的备用档案,修了修,改了改,就是现在这样了。"郑建森顿了顿,"但是,我还是有点……放不下他,所以把人留在了燕安。"

"我还给他安排了心理医生。"郑建森突然眼珠子一瞪,"但这孩子,天天在演!气死我了!"

夏熠:"……"

"现在又出了季彤这事儿，瞅着是和那条船没完了……我打算把邵麟调来局里，随便当个顾问吧，也不需要他干活，在眼皮子底下总是安心一点。小夏，我今天和你说了这么一大堆，就是看在那孩子还和你挺亲的分上——你帮我看着点，啊？要是他有什么可疑的行为，偷偷摸摸去见什么人，记得第一时间告诉我！"

"这……"夏熠一张脸皱了起来，"郑局，那我也不可能 24 小时盯着他啊！难不成他上厕所我还跟着？"

郑建森瞪了他一眼："自己想法子！"

夏熠一缩脖子，连声称是。

第二天一早，邵麟推开西区分局三楼刑侦支队的大门。他又戴上了黑框眼镜，眸色变成了深褐色，仿佛之前的一切都不曾发生过。

他刚走进门，只见夏某人靠在办公椅上，"骨碌"一下滑到他面前，挡住去路。

"早上好啊，邵老师！啊呸，应该叫邵顾问啦！"夏熠笑眯眯地仰头，"听说你最近想搬家，四处找房源呢？我家次卧刚好空着。桂雨榕庭，西区核心地段，离地铁步行两分钟，机场港口东西直达，两年内房价翻了三倍，你值得拥有。对了，我知道你不喜欢，但是隔壁还有全燕安市最高的攀岩馆，考虑一下呗？"

邵麟："……"

12

邵麟确实考虑了一下。

毕竟，最近接连发生的事儿让他隐隐不安。

桂雨榕庭小区算得上燕安西区为数不多的高级公寓，难得在城区里有大面积绿化覆盖。小区交通便捷，且物业管理非常严格——除了注册过的快递员，非业主进出都需要登记。邵麟对此格外满意。

他跟着夏熠穿过一座横贯荷花池的石桥，忍不住问道："这儿房租不便宜吧？"

"现在买的话，是不便宜。"夏熠挠挠头，"但我老爹就是这个房地产开发商的老总，当时项目还没落地呢，就内部拿了一套，白菜价。"

邵麟愣了愣，桂雨榕庭的开发商是燕华集团，那是全国知名的房地产公司。他的目光落在夏熠那件洗褪色了的"燕安城西攀岩俱乐部"文化衫上，心说："你可真是一个艰苦朴素的富二代。"

"我爹特意给我选了这个户型当婚房，说以后有媳妇，养小孩什么的都方便。"

邵麟似乎是被"婚房"两个字噎了一下，默默垂眸："……那我住进去是不是不太方便？"

"这有什么不方便的！我那媳妇，八字没一撇呢。话说回来，我都快荣登局里'相亲失败次数最多'榜首了，见鬼。"

邵麟："……"心想怎么还有这种榜？

夏熠带邵麟坐电梯直奔十七楼。

整个小区——从建筑楼型到大厅电梯——都带着一股精简商务风，邵麟跟着夏熠走进家门，却突然睁大双眼，嘴巴微张，愣是半天没说出话。

穿堂风吹起窗帘，他脑内滚过一条弹幕：你想不到的男生宿舍。

不，侮辱男生了。

这简直是大型哈士奇拆家现场。

房间采光很好，大面积的落地窗外能看到燕安市 CBD 鳞次栉比的高楼。只是……沙发就不提了，几只靠枕东倒西歪，换下来的衣裤与电玩手柄叠在一起。靠窗的地方放一张多功能哑铃椅，地板上健身器具胡乱躺了一地：杠铃、不同重量的负重物、弹力带、筋膜球……而在那些健身器具之间，还零零散散地倒着一些让人摸不着头脑的东西，比如吸尘器、技术侦查书籍、防滑袜、拼了一半的坦克模型、他送给夏熠的尖叫鸭，以及一盆小仙人掌。

没错，一盆小小的、圆圆的、浑身长刺的仙人掌，就这么安静而无辜地躺在地板上。

邵某人感到一阵心绞痛。

还好只是乱，并不脏。

"别介意啊邵老师，"夏熠大大咧咧的，直接带人去了次卧，"我其实不怎么回来住，平时太累了，大部分时间都睡咱们支队宿舍，我儿子也在那里。这儿吧，我一个人糙惯了，你要是嫌乱，改天我找人来收拾收拾。喏，就这房间，缺什么家具尽管和我说。"

这个房间夏熠大概从来就没有用过，地板上都还贴着塑料膜。

搬家这事儿，很快就定了下来。邵麟的行李很少，少到一大一小两个行李箱就囊括了他所有家当。夏熠去接他的时候，颇为意外地瞅了拉杆箱一眼："就这么点东西？"

邵麟点点头，说自己又不是女孩子。

夏熠面露狐疑："你该不会是随时都想着打包跑路吧？"

邵麟只觉得自己的背脊好像被戳了一下，腾起一股莫名的心虚。

GL8飞驰上路，他看着窗外飞速倒退的建筑连成幻影，心想，自己去过那么多国家，看过那么多城市，就从来没想过……在哪个城市定下来，对吗？

他随时都准备着离开。

可是，他离开……又是为了去哪里呢？

喜迎室友的第一天，夏熠原本计划帮邵麟一起收拾，再带他去附近的商场与公园逛逛。奈何法鉴中心一顿夺命连环电话，又把夏熠给叫走了。

"真是的，对不起啊邵老师。"夏熠骂骂咧咧，"不瞒你说，我十个相亲里，大概有九个都是这么黄的！我觉得我单身这件事儿吧，组织也得负责任！嗐，今天还不是我当值，他们突然有事儿，非要我去一趟不可……邵老师，你看你这里……"

"没事儿。"邵麟温和地笑了，一副非常理解的模样，"不打紧的，你去吧。"

夏熠悄悄地松一口气，留下钥匙，就匆匆走了。

邵麟披上围裙，戴上口罩与套袖，直接开始大扫除。

虽说乱吧，邵麟发现夏熠还是个蛮有生活情趣的人。比如，他有收集迷你枪械模型的习惯，从M14到最新款的巴雷特狙击枪，一把把精巧的金属模型被他把玩得锃亮。再比如，他房间里贴了很多照片，与家人的、与各路猫猫狗狗的、与战友的、与局里同事的……全用五颜六色的小夹子夹在了一根线上。

夏熠好像无论去哪里总有很多朋友，总是笑得阳光灿烂。

邵麟又瞅了一眼自己空荡荡的房间，第一次思忖着，他是不是也应该……尝试着增加一点生活气息？

等太阳落山的时候，夏熠匆匆赶回家。他盯着客厅看了一眼，吓得连忙退出去确认门牌号码，等他确定自己没走错门之后，这才目瞪口呆地走了进来："你——"

沙发套子洗掉了，统统换上了新的，靠枕摆得整整齐齐，哈士奇脑袋被叠在了最上头。原本散落在地上的书籍被归类摆好，所有健身器具都回到了篮子里，小仙人掌也回到了窗户边上，他的宝贝枪械模型在书柜上摆成一排，最后放着一只尖叫鸭……

空气里弥漫着一股好闻的孜然香，勾得他鼻子痒痒。只见邵麟穿着一身鹅黄色的围裙，正端着一盘烤羊排从厨房里出来："回来了呀？时间刚好。"

"上回落水那事儿，一直没机会谢你。"邵麟把羊排端上桌，"来，吃饭吧。"

夏熠觉得自己整个人都死机了。他盯着盘子里的小羊排，咽了一口哈喇子："你……你楼下那新疆餐厅买的呀？"

邵麟不满地看了他一眼："我自己做的。"

夏熠一张嘴变成了 O 形，下巴差点没贴到饭桌上。

接着，邵麟又变戏法似的上了几道家常菜：蒜蓉菠菜、酱爆茄子、烤小土豆球，以及花椰菜鳕鱼浓汤。看着那一桌子菜，邵麟自己也是心情舒畅——他有多久没亲自下过厨房了？

更别说夏熠了，他整个人都看傻了："太……太贤惠了吧！"

"随便做了几个菜，"邵麟眼角噙着浅浅的笑意，"不知道合不合你胃口。"

夏熠还没尝呢，就大喊："合！特别合！"

邵麟："……"

眼看着夏熠伸手就要去抓羊排，邵麟拿筷子制止，冷漠地说道："从法鉴回来一定要先用消毒液洗手。"

那羊肉烤得外焦里嫩，脂肪层脆而不油，肉质鲜嫩多汁，颜色粉得恰到好处。再配上香辣孜然粉，味道比楼下新疆店的还要好。

"太好吃了太好吃了！"夏熠一口气吃了四块，满嘴是油。他一边舔着手指，一边"吸溜吸溜"："好吃得我都忘了要和你说正经事儿。"

"什么正经事儿？"邵麟慢条斯理地用刀叉切下一小块羊肉。

夏熠这才正色，探了探脖子："你怎么知道季彤的死有问题？"

邵麟切肉的手顿住，神色逐渐凝重："她怎么了？"

"今天找我去，就是为了这事儿！"夏熠说道，"郁敏做了尸检，原本没什么问题——季彤的死因确实是脑桥静脉撕裂，脑干大出血，没啥好说的。"

"但是，"夏熠话锋一转，"郁敏发现季彤全身——颅骨、颈椎、消化道，以及一些可能被当时的撞击影响到的位置，在她生前就出现了内出血。虽说，这些内出血里，只有脑桥静脉撕裂是致命的，但鉴于她在 ICU 里接受治疗，这个情况就不太正常。所以，郁敏又跑了毒理检验，却发现季彤血液里存在着大量肝素——一种血液抗凝剂。医生绝对没有给她开过这种东西！事实上，哪怕没有受到外创，静脉滴注大量肝素也可能直接导致脑出血……"

邵麟复述了一遍自己的理解："所以，受伤之后，季彤已经自然止血，但是有人利用抗凝剂让她重新出血，从而导致死亡？"

"对，郁敏就是这个意思。绝了，当时的输液袋都处理掉了，不知道是哪个药被换成了肝素。每个病人手上都有个条形码，输液前要扫一下，然后再扫输液袋子。护士扫码了，在系统里留下了记录，但她压根就没有打过肝素！根据记录，护士应该是正常扫码的，所以，问题出在了输液袋上，估计是被人调包成肝素之后，又贴上了正常的条形码。"

邵麟问："那药房那边呢？"

"当时负责配药的人也审了，说自己压根就没有配过肝素。不过现在啥证据都没有。他们这个输液袋的运输流程，漏洞比较多。药方配好之后，放小推车里，先送去护士站，然后就一直放在护士站，再送去病房。现在不知道那个被调包的输液袋上的哪辆小推车，医院走廊上来来去去人太多了，光看监控完全没法确定。反正查了一下午，一无所获。这多大的责任事故啊！要不是你当时提醒我给季彤做尸检，肯定就错过了！所以，你到底怎么知道季彤要出事儿的？你每次都和预言家似的……"

"季彤她不可能认出我，所以，我认为她背后一定还有人——一个当年的知情人。"邵麟思忖片刻，并没有提那张卡片的事儿，随便编了个借口，"季彤如果醒过来，必然要被审。既然我还活着，那我肯定会问她如何得知我的身份的。当时，季彤突然就死了，我只是担心，是不是有人希望她永远不能开口。"

"那现在怎么办？医院那边证据都断了。你也知道三院走廊里人山人海。哪怕什么人撞一下小推车，让输液袋掉到地上，这一捡一放的工夫，都有可能调包。"

邵麟问："季彤手机呢？她和什么人联系过？"

"阎晶晶说季彤用了一个有加密聊天功能的 App，全部阅后即焚，半点线索都没留下。"夏熠顿了顿，分享自己的思路，"我认为能做到这件事儿的人得满足几个条件——第一，这个人有一定的医疗背景，甚至很有可能就是三院的医生、护士或药师，如果不是，那他那天也会穿着白大褂混进来。第二，这个人知道当年蓬莱公主号的事儿，可能他自己就在那艘船上，甚至很可能是那 12 个死者之一的朋友……或许，可以先从人员列表交叉上来排查？"

邵麟点点头，却什么都没说。

原本温馨的晚餐气氛，被这突如其来的坏消息彻底打破了。

剩下半顿饭，邵麟吃得没滋没味。

直到晚上，邵麟还在想季彤的事儿。

他觉得自己似乎误导了夏熠。

他让夏熠认为，那个谋害季彤的人与告诉季彤自己身份的人，是同一个。而那人杀季彤，正是为了灭口。

可这并非唯一的解释……

那个告诉季彤自己身份的人，应该是想借季彤之手，害死自己。可是，那个给自己寄卡片的人，说了一句"不用谢"——因为季彤差点害死他，所以，那个人替他"惩罚"了季彤。

这样看来，告诉季彤自己身份的人与寄卡片并药死季彤的人，应该是两个对立的人，而非同一个。

邵麟思忖着——这么说来，似乎也不对。一整年过去了，为什么还会有两股对立力量在关注蓬莱公主号的事儿？

正巧邵麟手上拿着笔，他几乎是无意识地在纸上胡乱写了那句话——Take care, and you are welcome。邵麟低头一看，瞬间愣住，一股令人毛骨悚然的极寒沿着他的脊柱往上蔓延……

他知道那莫名的眼熟感是从何而来的了。

邵麟拿出那两张卡片与笔下的进行对比，发现那红色的花体英文字迹，几乎就是自己的字迹。

第三案

雷雨

被"雷"劈死的，
竟是当年船上的幸存者。

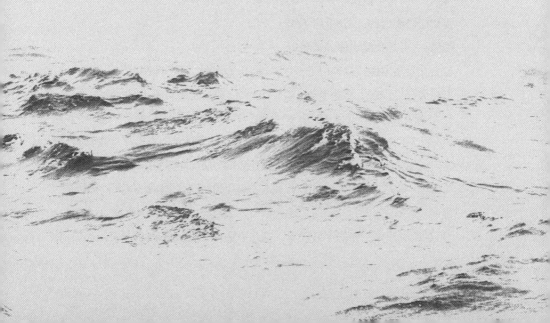

01

在那一瞬间，邵麟脑中闪过无数的猜测。

其实，这也不是特别标准的花体英文，只是笔者练过花体，所以会在首字母和一些连笔处染上花体的痕迹……

是熟悉他的人？可是，他回国之后，已经很少再写英文了……难道，真是他自己？在自己都不记得的时候？或许，是在他闪回的时候？

邵麟下定决心，自己真的应该再去看看贺连云。

就在这个时候，房门外传来"咚咚咚"三声敲门声，邵麟猛然回过神来，连忙把那两张不知道谁送的卡片藏好，随手抓了一把其他卡片，胡乱摊在桌上掩人耳目——正是他平时搁在床头给自己"加油"的那些白色卡片。

邵麟还没让夏熠进来，夏熠就鬼鬼祟祟地推开房门，一双大眼睛扒在门缝外朝里头张望。

邵麟："……"他没忍住瞪了夏熠一眼，意思是你怎么就进来了？

夏熠还怪委屈的："我敲门了！"

邵麟："可是我没让你进来啊！"

这会儿夏熠索性直接推门进来了："你在干什么，还不睡啊？"

邵麟假装整理起了那些卡片："没干什么，我这不是要睡了吗？"

夏熠瞥到桌上卡片上的字——"正常工作""早起早睡""起床""加油"……忍不住咧嘴笑了："你好可爱啊，为什么这种话都要在卡片上写下来？"

这人就像是一只好奇的狗，尖鼻子到处乱顶，探头探脑的："你小时候是不是还会写什么'好好学习，天天向上'，或者暗地里诅咒同桌走路踩狗屎什么的？"

邵麟："……"

"不过话说回来，你的字好好看，这几个字和书里印出来的一样！话说，你这卡片到底是干啥用的呀？"

邵麟也说不上来为什么，明明觉得私人空间遭到了侵犯，但心里其实也没那么反感……甚至，他还愿意去满足夏熠那过盛的好奇心。邵麟随便抽了张卡片在指尖把玩，从一条指缝快速翻转去另外一条指缝，连成一道白色幻影。

半晌，他才轻声开口："我妈是个哑巴。"

夏熠愣住。

邵麟勾起一个极浅的笑容，睫毛在眼底打下一片阴影："所以，小时候她会给我写这种字条，每天早上放在我的床头。我睁眼第一件事儿，就是看到她想和我说的话。我妈的字很好看，我仿的她。"

"但她现在不在了……"邵麟的语气颇为轻松，可与之完全相反的情绪被深深敛藏于那琥珀色的眸底，"我就自己写给自己玩呗。"他手上的动作突然停住了，食指与中指一飞，让那张卡片落在了桌上，上面用黑色的记号笔写着"开开心心"。

夏熠没想到，自己随口一问就揭了对方伤疤，顿时心生懊恼："对不起！"

邵麟淡淡回道："这有什么好对不起的。"

"阿姨一定是个很温柔的人……"

"嗯。"

夏熠眼珠子一转，目光落到那一沓空白的卡片上，突然心血来潮："哎，要不我也给你写一张吧？就是我狗爬，你可别嫌我字丑……"

邵麟侧过肩，给他让了个位置写字。

夏熠拿起笔，在卡片上歪歪扭扭地写下"早上好"。原本，邵麟还想礼节性地夸他一句"还好，也没那么丑"，但一句话涌到唇边，硬生生被咽了下去。

这狗爬是真的狗爬，血统纯正，绝无半分虚言。

就连夏熠本人，写完后瞅了瞅邵麟的卡片，又瞅了瞅自己笔下的字，都罕见地陷入了沉默。

"哎哎哎，太丑了，这张不算不算！"他把卡片对折撕掉，重新拿了张新的。这回夏熠不写字了，而是在卡片正中画了一枚小小的狗爪印，掌心涂成黑色。爪子不大，却很霸道，颇有几分"啪"一下按爪的意思。

夏熠这回终于满意了："就它了！"

邵麟笑着摇头。

夏熠见自己终于把人给逗笑了，这才轻轻一按邵麟肩头："行了，早点睡啊。我就是来看看你在干啥，大半夜的。第一天睡这儿，没啥缺的了吧？"

邵麟点点头："都有。你去睡吧，我也打算睡了。"

夏熠离开时带上了房门。

卧室主人这才把所有"早安卡"统一收好，放回他的塑料盒里。他又瞥了一眼那两张不知道是谁写的卡片……突然，那诡异的英文字迹，似乎也没那么惹人心烦了。

有本事，你就再寄一张来，家门口就顶着监控呢！

熄灯前，邵麟将夏熠的小爪印搁到床头一早就能看到的位置，眼尾温柔一弯，无声地勾起唇角。

季彤输液袋被偷换一事，始终没查出头绪，而时间一天天过去，天气逐渐热了起来。

很快，燕安城迎来了一年中的第二个情人节，整座城市都沉浸在几近疯狂的"5·20"气氛中——甜品站开始"甜蜜分享第二份半价"，火锅店开始"进店亲亲抽免单"，各路美妆电商把"爱她就买……"的广告打得铺天盖地，睁开眼到处都是粉色爱心……

5月20日，那么一个平常的清晨，夏熠起床时深深吸了一口气，觉得那空气里成双成对的$PM_{2.5}$颗粒都透露着一股对单身人士的恶意。上班的时候，就连素来走高冷御姐风的姜沫都逢人就笑，笑得又美又甜，脸色红润有光，仿佛一下子年轻了几岁。

吃饭的时候，同事们笑嘻嘻地问："沫爷，什么事儿这么开心啊？"

姜沫喜滋滋的，说她终于约到了法鉴中心的"高岭之花"。

今天晚上她要值班，郁敏非常理解，便把约会提前到了昨天晚上——江景露台餐厅，红酒配牛排，在小提琴悠扬的乐声里，郁主任戴着那副玫瑰金眼镜，一双修长的手拿着银刀，切下一块五分熟带血的牛排，并用他特有的、完全没有感情的声音，聊着他最近切的尸块。

姜沫兴奋地说道："那案子隔壁海棠市破不了，才送去咱们法鉴中心的！一具女尸，被分成好几块丢在河岸上，这又潮湿又闷热的，早就烂得没眼看了，DNA库里比对不上，就连个亲戚都没找到，抛尸时间也确定不了，反正就是毫无头绪！最后，还是咱们郁主任想到，利用尸块上的虫卵来判定抛尸时间，可给咱们市局长脸了！"

她一手捂住心口，得出结论：英俊，冷漠，智商高——简直太性感了！

夏熠连忙拿出小本子将约会成功案例记下，并在当晚他妈安排的相亲晚餐上现学现卖……

以至于，他回家的时候非常沮丧。

邵麟无奈地看了他一眼："所以，你到底和入姑娘说了什么？"

夏熠垂头丧气："当时，上了个帝王蟹牛油果手握寿司，上面有一层鲱鱼卵，就那个橙色的鱼子……我想起姜副的话，就点着鱼子问她，这个像不像虫卵？然后，她对我笑了笑，说咱们聊点别的吧，比如刑警是做什么工作的……我想了想，觉得刑警的工作无聊，就拿法医的工作炫一下吧。于是我问她，你知道怎么用尸体上的虫卵来判断抛尸时间吗？"

"然后，就没有然后了。"夏熠沉痛道，"姜副骗我。她说这样很性感。"

邵麟没忍住笑出了声。

他心情似乎很不错，笑眯眯地请夏熠吃了对面麦当劳的第二份半价蜜桃甜筒。

每逢过节，案子都格外多，西区分局每一个人都忙得脚不沾地。

会议室里，姜沫严肃地打开一份案件简报："昨天有人报案，说他的妻子失踪了。由于报案人比较有社会影响力，他的妻子是真的失踪还是有什么其他问题，在侦破案件之前，每个人都给我管好自己的嘴巴——我不希望媒体嗅到任何蛛丝马迹，行吗？"

"报案人叫康成，是 SweetHeart——甜心公司的创始人兼 CEO。"

阎晶晶瞪圆了一双眼睛："我知道他啊！我今天早上还在看 SweetHeart 旗舰店折扣，犹豫要不要入个'5·20'爱心球！"

SweetHeart 是近几年在国内爆红的轻奢首饰品牌，以少女风的银饰、水晶配件为主，卖点在于可以 DIY 属于自己的手串、项链。价格的定位也比较适中，属于大部分中产人士都可以承受，但又能彰显身份的区间。很多女孩子买了一个挂坠就想接着收藏一整套，于是，这家店一上市便生意火爆，创下销售神话。

作为广大"中毒"少女之一的阎晶晶掏出手机，给大家看了旗舰店页面："你们看，就是这家公司，康成是个大人物啊！"

夏熠瞅了一眼那亮闪闪的"5·20"挂坠，很是不屑："这 925 镀银配塑料的东西有啥好收藏的？这么个破坠子还能卖 600？白菜的成本白粉的价，也就骗骗你这种小姑娘！"

"才不是！"阎晶晶生气地抗议，"他妻子怎么就失踪了呢？还偏偏是在'5·20'的时候？我觉得这里面有阴谋！"

说着，阎晶晶如数家珍地讲出了 SweetHeart 的创始故事。原来，很多年前，康成还是个在欧洲留学的穷学生，学珠宝设计专业，却看上了同校的白富美颜方玉。一开始，颜方玉对他爱搭不理，可康成锲而不舍，一路强追。

康成知道颜方玉喜欢搜集一些小珠串自己搭配，就亲自设计了一套以节气为主题的 DIY 手链挂坠。从立春到大寒，每到一个新节气，他就送她一枚自己打造的银质挂坠，整整一年之后，康成终于俘获了颜方玉的芳心。

康成不仅迎娶了白富美，SweetHeart 也一战成名，两人成了广大少女心中的神仙情侣、模范夫妻，二十四节气 DIY 挂坠也被无数粉丝疯狂收集……

然而，夏熠听完后内心毫无波动，甚至还有一点想笑："阎晶晶，你也老大不小了，为什么还能信这种一听就是骗人的营销故事？"

阎晶晶怒道："这明明是感人的爱情故事，反思反思你自己！"

"停停停——"姜沫一拍桌子，"我让晶晶把这故事说出来，是为了让大家明白，颜方玉不仅仅是康成的妻子，她对 SweetHeart 品牌也有着非常重要的意义。"

"康成是昨天晚上报警的。他原本在出差，特意赶回来与妻子共度'5·20'，却发现家里没人。他们之前是约好了的，所以妻子无事不会爽约。康成最后一次见到颜方玉是三天前，以及他说自己出差之后，就再也没能联系上妻子。

"而在这三天里，颜方玉的身份证显示她没有离开燕安，手机关机，电子钱包、各类银行卡没有任何记录。在现代社会，这种现象实在很不正常。一会儿康成要来局里做笔录，夏熠你起个表，把咱们要摸排的人先列出来，让晶晶和福子先把电话打起来……物业、邻居，以及最近颜方玉可能接触过的人……"

姜沫"唰唰"地分配任务，而邵麟沉默地听着，手里有一搭没一搭地转着笔。季彤那件事儿发生后，他粗粗过了一遍当年在蓬莱公主号上的人员的名单，他看"康成"这名字眼熟。

难不成，这位当年也在船上？

这接二连三的，能有这么巧的事儿？

02

当天，康成来西区分局做笔录。

男人皮肤偏黑，东南亚人长相，虽说个子不高，但身材练得有模有样。他打扮得也颇为时髦，一身黑白印花休闲西装，皮鞋刷得锃亮，头顶抹了许多发胶，油亮得在灯下反光。他身上别着一只价格不菲的胸针，腕上戴着最新款的智能手表，就像刚从时尚杂志广告页里走出来一样。

"你最后一次见到妻子，是在 5 月 16 号晚上？"

"没错。"康成点点头，"我回家拿点材料，一起吃了饭，晚上 8 点左右又离开了，当时人还好好的。"

根据夏熠调来的监控——康成所在的公寓总共十八层，每层只有两户，上下共用一部电梯。电梯摄像头最后一次拍到颜方玉，是 5 月 16 日下午 4 点半，她穿着一条黑裙子，拎着两袋超市生鲜，上楼回家。同一天下午 6 点半，康成乘坐同一部电梯回家。

可在那之后，摄像头就再也没有拍到颜方玉或康成。

姜沫翻了翻手里的资料："你们楼里的电梯，没有拍到你离开。"

"对，我没坐电梯，警官。"康成坦言，"咱们那楼总共十八层，就一部电梯。当时我看它在九楼，还是往上走的，就懒得等了。我走的楼梯，就那个消防通道。"

可惜，那个消防通道里并没有监控。

夏熠古怪地看了他一眼："那你还走得挺急，每天走路 1 万步，为祖国工作 50 年啊！"

康成扯了扯嘴角，木讷地说："警官，我当时和老婆吵架了，就很生气，一秒钟都不想在门口多待。"

正是因为两人吵架了，所以接下来几天颜方玉不接电话，康成也没觉得奇怪。是回家后，他发现家里没人，问了一圈朋友也没有颜方玉的消息，这才着急的。

康成这段话得到了邻居的证实——由于康成常年出差在外，回家的日子屈指可数，邻居其实与这户人家不熟。但就在几天前，邻居听到康成夫妇在闹矛盾。两人先是吵架，后来就没有人声了，最后传来一声东西破碎的巨响，估摸着是瓷器、酒瓶一类的，也可能是砸了窗户。

对门女主人很笃定地说："我对此记忆深刻。我家宝宝每天都是晚上9点睡的，这才睡着，那'哗啦'一声把她吓醒了，就一直哭，害我哄了半天。"

就这样，与颜方玉相关的最后一条记录，停留在了5月16日晚上9点，比康成所说的晚8点离开晚了一小时。

姜沫再次与康成确认："你确定自己是8点离开的？当时家里没有其他人？"

"对。"康成掏出手机，搜了搜聊天记录，"我当时下楼前，给司机发了短信说'我下楼了'。是8点7分。"

夏熠从康成那里要到了司机的车牌号码，并在小区物业处确认，当晚8点整，这辆轿车抵达小区，并于8点23分离开。

康成说他坐车去了与燕安市隔了一个海湾的"珍珠屿"，这个月海岛上在举行国际珠宝展览会。那之后，他就一直待在了岛上，20号才回来。

问完了康成自己的行踪，再问到他妻子的近况，康成可谓一问三不知，一堆模棱两可的"可能""大概"，只让警方确认了一件事儿——这对夫妻的感情，绝没有网上吹的那么好。

"我工作上实在是太忙了，老吵架也是因为颜方玉觉得我不够关心她吧。"康成唉声叹气，"但我的钱全归她管，不信你们去查流水，物质上绝对没有亏待她。她到底是我老婆啊！"

几条摸排的线放出去，阎晶晶找到了重要线索。

颜方玉与康成结婚之后，先在她父亲的公司里工作了一段时间，当营销文案，但后来大约是做得不开心，就辞职了，在家学起了插画。随着康成的生意越做越大，她也认识了一些圈内名媛，每周末都会和小姐妹们一起做做美容喝喝茶。阎晶晶把这些人挨个儿询问下来，发现与颜方玉玩得最好的闺密叫祝萝，每天晚上都聊天的那种。

祝萝表示已经连着三天没有收到颜方玉消息了，电话也打不通，她非常着急。一接到阎晶晶的电话，她就噼里啪啦地发来一大堆自己与颜方玉的聊天记录，直言自己认为康成的嫌疑最大——因为这个人在公司里装温柔痴情人设，但实际上不仅有家暴行为，还喜欢在床上大玩字母游戏。

她说颜方玉一开始并没打算自爆家丑，是有一次两人去做温泉SPA，她看到对方身上的伤痕，才主动问起的。

聊天记录里，颜方玉发了不少自己受伤的照片，被绳子勒红的脚踝、膝盖上跪出的瘀青，甚至一些尺度更大的鞭痕……可是，康成公司越做越大，颜方玉也没什么收入，就一直敢怒不敢言，只能私底下找闺密吐槽。

刷完聊天记录，阎晶晶只剩下一句话："我要吐了，这是什么人渣？人渣请原地爆炸好吗?!"

夏熠也皱起眉头："那这么说来，这个康成确实嫌疑很大。"

邵麟盯着那些照片看了片刻，低声说道："……吵架摔碗应该是真的，其他的，我对祝萝说的话持保留态度。"

阎晶晶不信："这是过去半年的聊天记录，有没有修图可以直接通过平台系统确认，这还能有假？"

"我不是说祝萝在说谎，"邵麟解释，"我是说……这些照片，只是颜方玉的一面之词。而且，她也没有指名道姓，说这些伤就是康成弄出来的。"

邵麟顿了顿，语气有些一言难尽："因为我认为康成是同性恋，所以，他大概率不会与妻子发生激烈的……床上行为。"

夏熠瞪大眼睛，扭头："啥？你咋就知道人家是同性恋了？"

邵麟有些迷惑地眨眨眼："他一看就像同性恋啊，你们都没看出来吗？"

"我觉得……他打扮得确实很……"阎晶晶嘟起嘴，"但康成都结婚这么多年了，我压根就没往那个方向想啊！"

邵麟给夏熠解释："他化妆了。眉毛特意修过，脸上打了高光，口红抹得很淡，你可能看不出来，但是，你没闻到他身上的香水味吗？"

"闻是闻到了，"夏熠抓抓脑壳，"但这个……人家搞艺术设计的……打扮打扮也很正常吧？这就能判断人家是同性恋了吗？"

"也不一定。"邵麟摇头，"不过你和姜副给他做笔录——请问有姜副在场，什么样的男性会一直盯着你夏熠看？"

当有女性在场——特别是姜沫这种艳压群芳的，男人多少都会习惯性地多看上几眼，有的还会忍不住调戏几句，"这么好看的女孩子当刑警啊"云云。

可康成就不一样了，在讯问室里，目光始终在夏熠身上打转，而夏某人还无知无觉。

"我觉得，"邵麟轻笑着伸出两根手指，在夏熠胸口轻轻一比画，"他似乎特别中意你的胸肌和三角肌中束。"

夏熠瞬间起了一身鸡皮疙瘩。

"颜方玉的父亲退休之前，是营销公司的高管。他们这份婚姻，或许只是为了商业合作，但也有可能，康成就是一个骗婚的男同性恋者。或许是为了给自己做痴情人设，或许是需要营销的资源，他这才盯上了颜方玉。如果是后者，那这两人之间的矛盾可就大了。"

阎晶晶只觉得天崩地裂，对爱情的渴望碎了一地，急需喝一口芝芝莓莓续命。

"我认为，对康成来说，他可能很难从颜方玉身上获得快感，照片里的这些伤痕，不至于。而且，颜方玉可以说是他的品牌的立身之本，现在品牌蒸蒸日上，他表面文章总得做吧？不会这样自掘坟墓。而且，刚才笔录听下来，我不认为康成有多强的掌控欲。"

夏熠露出一个半信半疑的神情："这你都能看出来？"

"他的眼神……不是捕猎者的眼神。"邵麟解释道，"一个掌控欲很强的男人，在事关自己的询问里，一定会试图领导整个对话的走向。他会选择性地提供信息，藏掖信息，甚至通过反问警方来达到自己的目的。"

夏熠突然警觉："你在说你自己？"

邵麟冷冷地看了他一眼，语气却颇为温柔："不要打断我。"

夏熠连忙做了一个"给嘴巴上拉链"的动作。

"而康成全程你问我答，更像一只失措的小白兔，所以，我不认为他有掌控整个对话的欲望。而且，他说他钱全给老婆，显然是为自己骗婚而心怀愧疚。一个需要通过施虐、掌控来满足自己的人，不太可能会为骗人而内疚，更不可能把这么多钱给老婆管。所以，我认为颜方玉身上的这些伤……不是康成打的。"

邵麟想了想，继续分析道："如果这不是颜方玉为了报复康成而自己弄伤自己，那就是她在出轨的时候，惹上了不该惹的人。毕竟康成是同性恋，没法满足她。"

"如果是后者，那这个出轨对象就非常可疑了。"邵麟转念一想，"康成大部分时间都不回家，如果这个人真的存在，那么他很可能去过颜方玉家里！可惜了，没找到颜方玉的手机，要不然还能看看联系人。"

碰巧，工位对面再过几年就可以退休的老刑警听到了他们的对话。他转过椅子，慢悠悠地吐了口烟："你们年轻人啊，就喜欢分析这个心理，分析那个心理，这不像那不像的。小邵你是不知道，我这刑警干了三十多年，十起妻子失踪的案子，大概有七起丈夫就是凶手。咱们按照概率来，也应该第一个怀疑这个康成啊！"

邵麟微微一勾嘴角，礼貌地说老刑警说得有道理，经验是非常值得学习的，但康成家肯定还是要去的。

康成家中没有任何打斗过的迹象，也没有破碎的玻璃与瓷器，一切收拾得井井有条，只是餐桌上的花已经枯萎了。痕检员忙着在康成家中搜集指纹和 DNA 生物信息。

邵麟在客厅里转了一圈，正如康成所言，物质上他完全没有亏待颜方玉。电视是超大尺寸、超薄款的，音响也很豪华，号称影院音效。电视机下的 CD 格里放着几张古典音乐碟，以及一些知名的欧美电影。从影碟的收藏中可以看出，这家主人非常喜欢罪案片和变态杀人片，除此之外，还是大卫·芬奇的忠实粉丝，收藏了他执导的诸多电影的蓝光影碟。

邵麟打开电视，看了看最近的一次播放记录，正巧是 5 月 15 日晚上，颜方玉失踪的前一天。

与此同时，走廊尽头传来了夏熠的声音："小王，过来看看这个！"

几个人连忙凑过去，看到夏熠正蹲在卫生间门口。

卫生间与主卧是连着的，地板和浴室瓷砖都擦得干干净净，但在卫生间入口处玻璃滑门的凹槽里，夏熠发现了一些红棕色的痕迹。他探过脑袋，脸几乎贴在地上，用自己那狗鼻子嗅了嗅，皱起眉头："有铁锈味，但好像又和血的味道不太一样。"

痕检员小王戴着手套，先给凹槽拍了个照片，再小心翼翼地从缝中取样："验一验就知道了。"

取完样本，小王关灯拉上门窗，在红棕色痕迹附近喷了喷鲁米诺过氧化氢混合液，没过几秒钟，一条荧蓝色的光带在地上显形。

人的血液中含有运载氧气的血红蛋白，而血红蛋白里含铁。铁是过氧化氢的催化剂，会生成氧气，鲁米诺氧化后则会发光。哪怕是被凶手清理、稀释过的血液，在鲁米诺反应下也会无所遁形。

小王前前后后又喷了点鲁米诺，发现有一条20厘米宽的血迹断断续续地从客厅连到浴室。所有人都倒吸了一口冷气，以浴缸为中心，地上、墙上、天花板上——到处都是喷射状荧光。

更令人惊悚的是，夏熠还在卫生间储物格里发现了一桶3L大容量的强碱洁厕通，看生产日期，不过是四个月前，但这么大一桶强碱几乎已经空了。

可以溶解尸体的那种强碱。

阎晶晶哆哆嗦嗦地咽下一口唾沫，说她检查过了，冰箱里没有放人头。

痕检员随身携带的鲁米诺喷雾有限，喷完的时候，还有很多房间没有检查。警方在康成家门口封起了明黄色的警示条，并喊了后援，第一时间控制了康成。

"喂，姜副，我们这里可能需要联系一个血迹形态专家。对对对，需要依据血迹溅射的形态来还原一下现场……好的，照片我们都拍了。"

初步痕检结果很快就出来了。房间里没有发现第三个人的指纹或者生物信息，DNA比对确认，那凹槽里，确实是颜方玉本人的血液。

同时，负责珍珠屿国际珠宝展这条线的同事回来报告，说会展厅那边的记录显示，康成5月17日下午4点半才在展览酒店办理入住手续。如果他真的在5月16日晚8点直奔会展酒店的话，晚11点左右就可以抵达珍珠屿大酒店了。

而这中间将近一天的时间，康成并没有说明自己的行踪。

这时间足够他在杀人分尸后处理现场。

"怎么样，大预言家，"夏熠饶有兴趣地看向邵麟，"之前分析了那么一大堆，要不咱们来赌一赌，这个凶手到底是不是康成。我觉得是。"

邵麟语气淡淡的，似乎没什么情绪："赌什么？"

"我赢了，你就告诉我一个那艘船上的秘密。"

邵麟挑眉："如果我赢了呢？"

夏熠想了想，凑到邵麟耳边说悄悄话："那你再做顿饭给我吃呗？"

邵麟平静地看了他一眼，说："你在想吃屁。"

03

康成被警方控制后，反应一度非常激烈。

"什么？"这男人瞠目结舌，眼角都快被自己瞪裂了，"开什么玩笑？我老婆死了？浴室里全是血？不——这到底是怎么回事儿？我老婆死了？尸体在哪里？"

姜沫没搭理他，而是厉声问道："5月16日晚上你并没有直接前往珍珠屿参加会展。16日晚上8点到17日下午4点半，这段时间，你在哪里？在做什么？"

康成死死盯着姜沫，咬紧牙关，额角缓缓沁出冷汗，青筋肉眼可见。良久，康成抹了一把额头，垂头丧气地说："我离开家后，就一直在我朋友那里，第二天下午才去的珍珠屿。"

很快，他那位"朋友"也被叫来了。

他那位"朋友"叫沈凯文，身材高挑，文质彬彬，是一名同声传译。经查证，5月16日接上康成的那辆车，就注册在沈凯文名下。

夏熠突然想起邵麟之前说的，康成是同性恋。

沈凯文大步上前，也不避讳，直接握住康成的手，又安抚似的一手揽过肩头，把人搂进自己怀里。一旁的老刑警"喀喀"清了清嗓子，他置若罔闻。

沈凯文看向姜沫，语气冷淡："5月16日那天晚上，我接走康成，之后他一直和我在一起，第二天中午才离开。"

阎晶晶悄悄钻进来，递给姜沫一份银行流水，又悄悄地出去了。

姜沫低头翻了翻，秀眉微蹙："沈先生，根据银行转账记录，你与康成之间有非常密切的经济往来。这转账金额过大，你的证词可能不够。所以，康先生，请问那天晚上，还有其他人能证明你不在家里吗？"

康成再次抹了一把额头，面露菜色。他看看沈凯文，又看看姜沫，始终一言不发。而沈凯文也看了康成好几次，最后，他帮康成做了决定："够了，都什么时候了……"

沈凯文两个电话打出去，警局又来了两个肌肉型男，声称5月16日晚上，他们也在沈凯文家，导致康成第二天中午差点没能起床。一见到警察，两个男人就疯狂讨饶："警察，我们没卖淫，我们以前在一个酒吧里认识的，我们都是自愿的，不是以营利为目的的！"

在场所有刑警："……"

可沈凯文当场无情打脸："警官，这是我们的预约聊天记录，你可以看到，当时预约的时间就是5月16日晚上10点，说好的人数为四人。这是结束后的转账……那天晚上，康成确实在我家，一直没有出去过。而从那以后，我想，展会上的人可以证明康成从来就没有回来过。"

沈凯文接着冷冷说道："我与康成交往三年了，平时玩的尺度也大。我知道这不是什么光彩的事儿，但我们都不是恶人，为此杀人分尸，大可不必。"

康成一手捂住脸，什么话也说不出来，另外两个男人非常熟练而自觉地抱头蹲下，宛如扫黄打非现场。

姜沫头疼地捏了捏眉心，把手里的文件重重砸在桌上，说："你们自己去隔壁扫黄办报到吧，这里忙着呢，没空。"

"……这就是传说中的'多人运动'？"在隔壁旁听的阎晶晶手里的瓜子差点没撒了一地，"这这这四个男的啊？"

"别听了别听了，这个案子少儿不宜！"夏熠连忙指示阎晶晶去忙别的，"颜方玉的手机找不到，她家里那台笔记本电脑呢？你彻底查了没有？"

阎晶晶一溜烟跑走了。

"或许，"邵麟看着隔壁，摸了摸下巴，轻声说道，"颜方玉就是想看康成公开承认这些？她要曝光他是一个骗婚男同性恋者，想搞砸SweetHeart品牌。这是她对被骗婚的报复。"

夏熠将信将疑："那弄这一屋子血，也实在是……"

"颜方玉家装了很高级的家庭影院。可康成几乎不回家，那平时看电影的应该都是颜方玉。我在她柜子里发现了很多大卫·芬奇的影片，《社交网络》《七宗罪》等，获奖的几部都收藏了，可我唯独没看到《消失的爱人》。"邵麟垂眸，"《消失的爱人》讲述的，正好就是一个女主为了逼迫丈夫承认出轨而假装自己被谋杀的故事，如果她真是大卫·芬奇的粉丝，就不可能不知道这个片子。"

"我认为，她就是从中获得了灵感，才欲盖弥彰地把那部片子藏了起来。"邵麟顿了顿，"《消失的爱人》里女主人公说过一句话，大致意思是让警方相信丈夫杀了你，你只需要一个愚蠢的闺密，以及一些血。那个愚蠢的闺密和祝萝对得上号，至于这个血……"

邵麟说着看了夏熠一眼，又摇摇头："我随便一说，只是猜测罢了。"

归根结底，颜方玉至今下落不明，浴室宛如分尸现场，警方不可能视而不见，更不可能仅凭一个猜测就断言这是伪造的现场。

不过，"分尸论"确实也存在诸多疑点——比如，攻击的第一下到底发生在哪个房间？为什么血迹是从卧室开始的，床上却干干净净？而且，强碱只能化掉组织，尸骨肯定会有剩余。颜方玉家的下水道滤网里并没有找到人体残渣，假设颜方玉真的被分尸了，那么，那些骨头又去了哪里？

血液形态鉴定专家是外省的，照片寄过去，也不知道什么时候才能收到结果。

碰巧，公安部云洲警犬基地的同志最近来燕安交流指导，分享他们丰富的警犬培训经验。最近几年，他们开发了一种专门教搜救犬分辨血迹的培训。据说这种血迹搜救犬，不仅能够识别出三个月前被稀释过的血水混合物，甚至还能寻找出曾经沾过血液又被清洗干净的凶器。

燕安的周支队长与云洲公安交情匪浅，一个电话，警犬驯导员就带着工作犬上门了。

邵麟在以前的工作中并没有接触过搜救犬，原本以为会是一只威风凛凛的德牧、边牧或者史宾格，可万万没想到，门口出现了一只毛茸茸的短腿大屁股柯基，名叫柯柯。

别看柯柯个子矮，它可有四年警龄，侦破重大案件十余起，国际交流三次，是即将退役的"老刑警"了。柯柯六岁了，不再适合一线搜救工作，但由于它在血迹分辨领域经验丰富，最近被驯导员带着，作为示范犬到处出差。

柯柯披着警犬服，毛色油亮，整只狗站得笔挺。

夏熠一看到狗，心就软了半边，蹲下就给了柯基一个熊抱，还使劲摸了摸它的脑袋。撸狗一时爽，一直撸狗一直爽。然而最后柯基眼白一翻，非常不满地瞪了夏熠一眼，使劲甩了甩脑袋，打了一个响鼻。

"哎，你干吗？"警犬驯导员连忙赶了过来，用力拍开夏熠的手，"人家专心工作呢，你还来打扰它！"

"行了，"邵麟也跟着拉开夏熠，"回去撸自己儿子去。"

当夏熠这个工作上的障碍被成功排除后，柯柯分别在卧室与卫生间前"汪"了两声，然后东嗅嗅，西嗅嗅，最后踩着它的小短腿跑了一圈，回到驯导员身边，仰起头甩甩尾巴，原地趴下了，一声不吭。

夏熠盯着那一团小屁股，迷茫地挠挠脑袋："这又是啥意思啊？"

驯导员也有点困惑："呃，这个好像是没有异常的表现……"

"没有异常？这血满屋子都是！我们现在需要寻找这个血在房间里的其他踪迹、可能的作案工具，以及这血的味道有没有出门、下楼什么的。"

驯导员又带着柯柯全屋上上下下地嗅了一圈，可"柯警官"除了在家门口"汪"了一声，又安静地蹲到了驯导员脚边。

"门边，这个角落里，应该也接触过血。其他还是没问题。"

门边角落鲁米诺反应呈阴性。

夏熠惆怅了："到底什么叫作没问题？"

"之前我们训练的话……做过一个女性经血与外周血之间的甄别。"驯导员犹豫地得出结论，"柯柯的这个表现，意思是这个血是经血，没有问题。"

在场众刑警惊了："经血？！"

夏熠瞪大双眼："哪个人'来姨妈'能喷出这样的分尸现场？！"

邵麟又翻了翻浴室里的荧光照片。

虽说鲁米诺反应显示浴缸周围到处都是血，但在被清洗前，这个血液的浓度到底如何，并不能通过鲁米诺反应判断。鲁米诺非常灵敏，但凡有铁就会发生反应。假设颜方玉用什么工具收集经血，再稀释到水里，用水枪或者喷瓶在墙壁上制造喷射效果……似乎也不是不可能……

鉴于众刑警对"柯警官"的判定非常不信服，他们还是把这个问题丢给了法鉴中心："郁主任啊，你能分辨这是经血还是外周血吗？"

假设这是大量鲜血，那么根本不是问题。只需将血液做成涂片放于显微镜下——经血里会有诸多来自子宫内膜剥落的杂质，外周血则是干净的。

可是，问题在于，现在大部分血液都被清理过了，剩下那一丁点卡在门缝里的血块。

最后，郁敏点点头："我看看这样本里还能不能提取出 mRNA（信使核糖核酸）吧，如果已经被降解了，那就不好说了。"

一个人身上，虽说不同组织里的 DNA 相同，但不同组织会有不同的蛋白表达，也就是说，一些独特的组织，会产生一些独特的 mRNA，来帮助法医定位血液来源。

过了一天，郁敏再次不负众望地传来答复："与管家基因比对，这血液样本中，mRNA 片段 MMP7、MMP11 与 MUC4 远高于外围血。代表这血确实来自子宫内膜。"

柯基骄傲地挺起小胸膛，被驯导员一把抱起，转了个圈。

郁敏补了一句："正常女性一个月出血量在 60 毫升左右，用月经杯收集两到三个月，按 1∶10 稀释，大约就可以还原浴室现场的鲁米诺反应。"

夏熠听完直接呆住："这……这也……"

"她可能不会自己抽静脉血，或许是怕疼。"邵麟想了想，补充道，"也有可能，她是在传递一个信息——她恨康成是个骗婚男同性恋，所以她一直没有怀孕。卧室与卫生间都被打扫得干干净净，她是故意留下这个破绽让警方发现的。选择经血，她是在嘲讽。"

04

又过了一天，外省的血液形态分析专家也给了答复。虽说画面中有大量的喷射状血液，但通过形态，可以发现所有喷射的形态都非常类似。在自然状态下，人体的血液很难出现如此有规律的溅射，所以，这更像是同一把喷枪喷的，非常不自然。

西区分局综合各种证据——下水道没有找到颜方玉的尸体残渣，现场留下的血斑为经血而非外周血，血液的不自然溅射形态——而得出结论，颜方玉没有死在那个浴室里，以及那个浴室现场，很有可能就是用于栽赃康成的摆设。

"人没事儿就好，人没事儿就好……"康成长长地出了一口气，合上双眼。等他再睁开眼的时候，整个人似乎又精神了。他态度诚恳："确实是我有错在先，但颜方玉这个性子，嘿，给大家添了太多麻烦——你们看看我浪费了多少资源，赔钱、捐款都好说，我一定给它补上！"

说着他又看向姜沫与阎晶晶："两位美女警官，除了出钱，我也实在没什么好感谢你们的，要不我再一人送一份 SweetHeart 全套豪华礼包吧？"

夏熠非常嫌弃地瞥了他一眼，帮她俩一口回绝："送什么送？咱们警察不收礼。你真有心感谢我们，就别再闹幺蛾子了。我看你还不如直接公开，把话说明白了，再向你老婆好好道歉。"

阎晶晶连忙点头："就是就是，没准你一道歉，人就自己回来了！哪怕赌气，也不能老一个人在外面装失踪呀。"

康成摸着后脑勺哈哈大笑，说家里事家里解决，自己这次一定和颜方玉把事情说个清楚。

"虽说夫妻吵架离家出走不属于刑警的管辖范畴，但还请各位多多留意颜方玉的动向，要是有线索，请务必第一时间通知我！"

康成一走，夏熠就小声问邵麟："你觉得他会公开道歉，再把颜方玉给哄回来吗？"

"难说。"邵麟淡淡答道，"这事关公司品牌形象，不是他一个人能决定的。我看公关八成会先私了，最后要真爆出来，估计也是迫不得已了。"

夏熠小声嘟哝："我猜也是。"

"警方这里没有动静……"邵麟嘴角一勾，"但是，颜方玉一定会有动作。等着吧。"

一场乌龙闹下来，倒是"柯警官"成了最大赢家。周支队长发话了，这么优秀的同志，就留在燕安养老吧，也给后辈们好好立个榜样。

这会儿，小短腿正趴在夏熠腿上享受按摩呢。夏熠撸狗可能真有几把刷子，让柯柯舒服得直哼哼。

邵麟好奇地看着他，却始终不肯亲自去撸。上回去看"扫黄"和"打黑"也是，哪怕夏熠每个月都给狗子做外驱（驱除体外寄生虫），但邵麟在那点洁癖的驱使下，一个人宁愿抱着十公斤狗粮，也不肯抱一抱狗。

夏熠无奈："你这个人真奇怪，自己不撸狗，却喜欢看别人撸狗！"

邵麟眨眨眼，心说不是看别人，而是看你。因为，夏熠每次撸狗的时候，都笑得格外幸福。那是一个人无法伪装出的快乐……眼尾自然的弧度，眸子里碎进的光……那种快乐，像有生命一样，温暖而热烈，会传染给周边的人。

人总是一种趋光的动物。

"好啦，要干活啦！"夏熠拍了拍柯基屁股，示意它下去。

可是柯基抬起头，吐着舌头，大眼睛里流露出一丝渴望。

夏熠低头："哟，你还不肯走了啊？"

"你看看你看看，"夏熠顿时来劲了，一张嘴咧得老开，"邵老师，我就和你说，我按摩手法好着呢。以前训练完都得放松肌肉，我这手法还是跟着我泰拳师父学的。爽不爽，'柯警官'，就问你爽不爽？"

柯基甩甩尾巴："呜！"

夏熠抬头看邵麟："下回我给你也按按。真的超爽的！"

邵麟立马拉下脸："你别碰我。"

随着办公室墙上的月历翻页，初夏的雷阵雨如期而至。某个周日下午，邵麟心血来潮，去燕大听一个心理学讲座，进门的时候还阳光明媚、晴空万里，可讲座结束时天就暗了，门外狂风大作，雷声隆隆，豆大的雨滴噼里啪啦地砸了下来。

天气预报没说要下雨，所以邵麟没带伞。

他站在逸夫楼门口踌躇，却被人从身后喊住。邵麟回头，只见贺连云穿着一件笔挺的衬衫，手里拿着公文包，正从台阶上匆匆走下来："邵麟，好久不见啊！"

邵麟勾起一抹礼节性的微笑："贺老师，好久不见。"

贺连云笑盈盈的："每周都说要来我家聊聊，每周都能找到新的借口。还好我不是你的咨询师，要不然，我真得被你气死。"

邵麟有点不好意思地挠挠头，说："抱歉，让贺老师担心了，下周一定来。"

贺连云上下打量了他一眼，右手拇指摩挲着自己的下巴："不过，我看你整个人的状态都好了许多，似乎睡得好了，人也精神了。看来，你还是在公安干得开心。"

邵麟眼角微微一弯："是吗？"

"最近生活里，有什么改变吗？"

邵麟垂眸，说："倒也没什么。"

"总之，是好事儿。"贺连云撑开自己手里的大伞，往停车场方向努了努下巴，"打算怎么回去？我开车来的，载你一程？"

邵麟犹豫片刻，最终还是点了点头。

"燕安这鬼天气，一到6月就这样，明年你就知道随身备把伞了。"两人一边走，一边又聊起了研讨会的内容，"怎么，你也对心理治疗犬感兴趣？"

"原本只是好奇，现在听了这个会，更感兴趣了。"邵麟笑笑，"刚才贺老师的报告里，那个7岁还不会讲话的小孩，在治疗犬的陪伴下竟然开口说话了——这真的太神奇了。"

"是啊，"贺连云长叹，"这些小动物能做到很多我们人类无法做到的事儿，确实有趣。燕大今年打算建一个治疗犬培育中心，主要做孤寡老人和自闭症儿童的陪护，哦，还有大学生精神卫生保障，期末到了撸撸狗减压什么的。"

邵麟说，自己念书的时候可没这么好的事儿。

"我也算牵头人之一吧，经费、工作人员都已经到位了，到时候你感兴趣，我带你去中心看看。"

"好啊。"邵麟心想，夏熠应该会对这种中心很感兴趣吧？什么时候也带他去逛逛。

正想着夏熠呢，手机就响了。

邵麟按下接听，只听夏熠懒洋洋地"喂"了一声："你没带伞吧？猜猜我在哪里。"

手机那边传来各种喇叭鸣笛声、人声，以及燕安大学东门外一家甜甜圈店的洗脑背景音乐。

这还用猜？

邵麟控制不住地嘴角上扬。

夏熠骂骂咧咧的："真见鬼，你们这破学校，没证的车还不给进。下回我还得整个证去。哎，你在哪幢教学楼啊？我先找个啥地方把车给停了，一会儿给你把伞送进来。"

可邵麟想到贺连云也在，毫无来由地一阵心慌，连忙拒绝："不用了。我马上出来！"

"太不好意思了，贺老师，"眼看着两人已经走到贺连云停车的地方，邵麟停下脚步，"我局里突然有点事儿，同事已经到东门来接我了。"

"啊？下雨呢，要不我送你去东——"

"没事儿，离东门也没几步路了，我跑过去就行！"邵麟连忙说道，"不麻烦贺老师了，谢谢您的伞！"

"好，你当心滑。"

邵麟向他一点头，转身就跑进雨幕之中。贺连云目送他的背影离开，却忍不住摇头。

这孩子，又撒谎。局里加班？局里加什么班还能乐成这样？看来，是交了新朋友吧，还不想让人知道呢……

邵麟一路跑得飞快，很快就到了东门口。只见门外停着一长溜的车，大都是等人的出租车，雨幕里车灯一片朦胧。

突然，不远处，一辆黑色的 GL8 车窗滑落，里头音乐放得震天响："南无——阿弥——陀佛——"在此起彼伏的鸣笛声中，变成了一股聒噪的清流。

以至于前头的车主忍不住打开窗，扭头骂道："吵死啦！有病啊！超度啊？"

邵麟："……"

对邵麟来说，"雨天有人接"是一个完全新奇的体验。他素来不喜欢雨天，却从来没有像此刻这么欢喜。为了心头那一撮雀跃，似乎全身都淋湿了也没有关系。

他不想让贺连云见到夏熠。

这好像是他的小秘密。他不想让任何人看出来，此刻自己有多开心。

漫天大雨、喧嚣人群中，邵麟踩着水往那个"有病"的方向飞奔而去，心因为狂奔而猛跳个不停。

与此同时，燕安市东部某处地下，几个工人穿着橙黄色的防水工作服，头顶打着照明灯，依次爬下下水道检查井。燕安市的排水系统比较老旧，每年 6 月，但凡连续下个几天雨，低点的地方就会水漫金山。

趁着今年还没开始淹，市政打算先做一轮清淘。

突然，管道下面传来一声尖叫。

探照灯的光束尽头，恰好打在了一张惨白而肿胀的人脸上。那是一具相对完整的尸体，被用于阻挡杂物的钢筋箅子拦住了。尸体全身都膨胀到变形，泡在水里的部分腐烂露骨，但脑袋还在空气里，眼球凸出，嘴里淌着暗色液体，全身爬满了蛆。

工人连连退步，腿一软就跪在了地上，喊得撕心裂肺："死……死人啦！"

当晚，又是一道闪电劈过燕安市上空。

夏熠接到局里的电话，说颜方玉人找到了，死在了下水道里。

发现尸体后的第一件事儿，永远是确认尸源。

法鉴中心第一时间跑了 DNA 检测，但尸检还是排到了第二天。

这会儿，阎晶晶在解剖室外踮着脚东张西望："组长，咱们能进去瞅一眼吗？一眼，就一眼！我我我还没见过巨人观呢，我想看一眼……"

夏熠黑着一张脸："不，你不想看。"

阎晶晶一嘟嘴："可是姜副就进去看了啊！"

邵麟温和地解释道："姜副应该是去看郁主任的，而不是巨人观。"

阎晶晶："……"

人死后，体内细菌飞速繁殖，产生大量腐败气体，从而膨胀成"巨人"的现象，俗称巨人观。这是法医们最不喜欢遇到的一种尸体——且不提那模样和气味，最令人头疼的是，严重腐化会破坏大量证据，从而增加了破案难度。哪怕效率高如郁敏团队，也半天没能给出结果。

终于，郁敏换了身衣服，在会议室里给大家做起总结。

"由于下水道的液体环境大大加快了尸体的腐化速度，我们认为死亡时间在四天前，也就是 5 月 29 日。"

邵麟一挑眉，他记得，那天傍晚，燕安市下了今夏第一场雷阵雨。

"死者内脏已经自溶，无法提供有效信息，但在死者身上发现了广泛的复合性骨折，最严重的是腰骶区域，上下蔓延到脊柱与下肢长骨。骨折创面在镜下有血肿留下的痕迹，可判断为生前骨折，因此，可排除死后抛尸坠楼或是在下水道中冲撞所致。多处骨折骨裂形态符合同一外力，很难通过人为打击形成，所以，这个骨折应该是高处坠落或者撞击造成的，腰骶处为第一受力面，死因很有可能是重创导致的内脏破裂。可惜，体表与内脏的损伤已经无法进一步甄别了。"

"难道是窨井没盖子，她不小心跌进去了？当时没下雨，在旱井里摔的，然后下雨了，就把人给冲走了？"夏熠皱起眉，"但是颜方玉恰好在和康成闹脾气，这么大一个燕安城，怎么会有这么巧的事儿？"

邵麟扫了一眼颜方玉生前的衣物与随身物品，说这种可能性听起来匪夷所思，但也不是不可能。

颜方玉穿了一件再普通不过的黄色 T 恤、廉价没品牌的牛仔裤，以及一双小白鞋。全都是没有款型的地摊货，加起来不会超过 100 块。她裤子的口袋里有几枚一元硬币，以及一个掌心大小的 Gucci（古驰）真皮钱包，里面只有 300 多块钱现金，一张卡都没有。

"钱包还在，可以排除谋财。"

"这具尸体能告诉我们的太少了。"郁敏叹气，"是意外、自杀，还是他杀？她是从哪里坠落的？井口，还是某幢楼？要是我们能明确到颜方玉具体是从哪个井盖掉下去的，或许可以找到更多的线索。"

这次尸体被发现的地方，是几条雨水管道汇总的暗渠——雨水经雨水渠、雨水井收集，从四面八方的排水管道排入暗渠。雨水渠太浅太窄，成年人不可能掉下去，所以，颜方玉应该是掉入了一口雨水井。

燕安市雨水与污水采取分流管制。污水会被集中处理后再排放，而雨水管道只需经简单的过滤，便直接排入东南边的海口石滩。很多年前，据说附近哪个城市有个小女孩在台风天失足掉进排水窖井，尸体沿着排水管道被一路冲到石滩，最后在离落水点五六十公里的地方才被发现。

显然，颜方玉的尸体也沿着排水管道发生了位移。如果不是在这个位置被隔离杂物的算子挡住，恐怕就直接出现在海口石滩了。

那么问题来了——上游雨水井千千万万，颜方玉到底是从哪个地方掉下去的？

邵麟问："康成那边呢，有什么消息？离家出走这事儿后来怎么处理的？"

阎晶晶倒是一直关心着这件事儿："SweetHeart 官方一直没有发表声明，倒有几家娱乐新闻爆出来康成同性嫖娼被捕什么的，但很快被公司的公关压下去了，撤了热搜。

"另外，康成和警方说的是，他花钱请了私家侦探，颜方玉的几个亲戚家，挨家挨户都跑过了，没找着人。5 月 25 日把寻人启事悄悄贴了出去，价格开得挺良心，找到人奖励 100 万。到底是有钱啊……"

"但这事儿太巧，康成确实有重大嫌疑。"姜沫整了整手中的文件，"夏熠，你去问问城规院，带人排查一下哪个井盖掉下去人了，我这边再带一组去查康成。"

当时夏熠一口应下。

然而等夏某人给城规院打完电话回来，他脸上写着大大的生无可恋："兄弟们，我来讲个鬼故事——燕安城总共有 50 万个下水井盖，涉及管理单位 16 家，刺激不刺激？"

夏熠越想越觉得无从下手，掌心"啪"地盖上额头。大约是他这个表情太过委屈，看得邵麟忍俊不禁。夏熠懊恼："你笑什么笑！我和你讲啊，现在咱们可是一个小组的，有福同享，有难同当，你别想着事不关己，高高挂起，要是今晚你熠哥哥完成不了任务，臭弟弟你也别想着吃饭。"

"啪"的一声，邵麟将手里转着的笔拍在桌上，挑眉："如果我能呢？"

夏熠轻蔑地哼了一声："如果你能，那从此以后，我喊你大哥——哦不，你就是我亲哥！"

邵麟嘴角难以察觉地一勾，扭头去看阎晶晶的电脑。屏幕里，光地图加载就花了半天的时间。

"来，先把污水管道全部去掉，"邵麟的语气不急不缓，好像半点都没觉得这是什么难事儿，"咱们就看雨水管道。"

夏熠嘴里不服气地哼哼："这我也知道！"

邵麟移了移光标："这里是颜方玉被卡住的算子，排除所有下游的井盖，再排除上游所有不通过这个算子的管道的井盖。话说，过滤算子地图上有显示吗？"

"我调调看，应该是有的……"

"算子出来了。可以，那继续排除落水后会被其他算子卡住的井盖。"

邵麟翻了翻排水系统的 3D 说明图，又补了一条："五年前燕安市排水系统翻新了，多加了几条雨水管道，新的这一系列编码是 K 字开头，雨水井自带钢筋滤网，所有带 K 的也可以排除了，人漏不下去。"

这么一顿操作下来，可疑的井盖依然还有 8000 多个。

阎晶晶一脸期待地扭过头："邵老师，然后呢？"

邵麟沉默片刻，扭头指示夏熠："你去给市政打个电话，问一下最近 10 天内关于未闭合井盖的投诉。"

"哈，哈，哈，哈！"夏某人恶劣地大笑几声，"你也不知道了吧！"说完把一瓶"六个核桃"重重摆在邵麟面前。

邵麟："……"

这么一划分，其实已经成功排除了一整个西区，有问题的井盖完全分布于燕安城北面与东面。这与邵麟之前的猜想相符，颜方玉会主动避开 SweetHeart 公司所在的 CBD，祝萝所住的小区，她经常去的 SPA 馆、美容院这些可能会被人认出来的地方。

颜方玉的身份证就放在家里，她也没有随身带什么伪造的身份证件。可现在，什么样的酒店不需要刷身份证入住？那么，她只能找一些不查身份证，或者可以随便糊弄过去的民宿、小旅馆……

还有那些鱼龙混杂，以流动人口为主的城中村。

邵麟思忖着——他可以大胆地直接把区域选在这些城中村吗？颜方玉很有可能只在这些区域内小规模活动，甚少外出。然而，哪怕这样算，地图上也还剩下三片可疑的社区，那依然是 1000 多个井盖。

这个时候，夏熠带着投诉名单回来了："现在咱们市容好着呢，只有七个没盖口的投诉，位置我都记下来了，看看有没有重合。"

结果一比对，半个重合的都没有。

但这也不能说明什么。可能颜方玉掉进了一个没有被人发现的井口。也可能后来那个井盖被人合上了，却没有打电话通知市政。还有可能，颜方玉压根就不是自己掉进去的。

夏熠抓抓脑袋，觉得姜沫简直给了自己一道送命题："现在咋整啊？邵老师，你和我哥之间，好像还差了 8000 个窨井盖。"

邵麟眉心微微蹙起，语气淡淡的，没什么情绪："别急。"

"别装了，啊？不行就不行，我又不会笑你。"夏熠正色，"挺晚了，你俩累不累？累了去休息会儿吧，我看这大海捞针的，也急不来。"

邵麟用手托着下巴，食指蹭在鼻尖下，暂时陷入了沉默。半晌，邵麟缓缓开口："晶晶，刚你说康成嫖娼被约谈的事儿被公关压了热搜？"

"对，没错，这个简直太恶心了！"

邵麟打开电脑，随便搜了几个关键词："那有没有什么微博用户，前几天特别频繁地在抗议表示不满？"

阎晶晶诧异地睁大眼睛："这我倒没关注过。不过，我可以写个代码搜一搜。"

阎晶晶写码的速度可谓分局一绝，很快，她就用Python（计算机编程语言）写了一个爬虫程序，把与"康成同性嫖娼被抓"一事相关的热度最高的几个新闻下的评论全给扒了出来。

邵麟说："正常人看完新闻，可能评论一次就不再评论了，哪怕和网友吵起来，也是在同一个新闻下。但颜方玉不一样，她很有可能在每个新闻下都评论了。找活跃度高，而且评论了最起码三篇同内容、不同发布方的用户。"

结果这么一扒，满屏的水军与营销号。

阎晶晶笑眯眯的："邵老师平时不怎么玩微博吧？"

邵麟："……"

"别急，这些用户里，5月29日——呃，给郁敏个容错吧，5月30日以后，再也没有发过帖的，有几个？"

"18个！"

"一直都在骂康成的呢？"

阎晶晶眼睛一亮，突然激动了："就一个！ID（用户名）叫小小小蜜蜂！"

邵麟一打响指，又使唤起了夏熠："快去，查IP。"

IP是流动的，虽说无法定格到具体的坐标，但是可以模糊地圈出一片区域。最后，阎晶晶将这个IP区域范围覆盖在窨井盖地图上，只有城北的一座城中村"骆村"与其完全符合。

凌晨2点，邵麟微微一笑："现在还剩下几个了？"

阎晶晶欢呼："97个！"

夏熠人都蒙了。

"明天去骆村走一走，带一队人拿照片问问，再看看哪个井盖近期有被打开过的痕迹。"邵麟说着仰起头，看向夏熠，锁骨到脖子拉开一道漂亮的线条。

邵麟有点困了，说话不像平时那么过脑，他微微眯起双眼，整个人显得慵懒而优雅："夏警官，叫声哥来听听？"

谁知，夏熠直接很热情地喊了一声："哥！"

05

"亲哥，您辛苦了，"夏熠突然蹿到人身后，双手抓住邵麟的上斜方肌，用力一捏，"让我给您按摩一下！"

邵麟坐了一整天，肩颈本来就有点僵硬，再加上夏熠那个手劲，痛得他差点没眼前一黑，没忍住发出一声"啊"，尾音上扬，还有点颤抖。

夏熠连忙松了点劲："我轻点轻点。"

邵麟又一声痛呼，愤然甩开他的手起身："你别碰我！"

"你咋和那鸭子似的，捏一下叫一声啊？"夏熠眼底亮晶晶的，好像找到了新的乐趣。

阎晶晶听到"鸭子"二字，有些疑惑地看了他俩一眼，却什么都没说。

邵麟眼神警惕，和夏熠保持了两臂距离，夏熠却大笑着扑了过去，一口一个"哥"喊得热情："哥，您别跑啊，让我孝敬孝敬您！"

邵麟被这么一折腾，整个人都清醒了。

他现在的心情就是后悔。

非常后悔。

阎晶晶觉得自己仿佛是空气，一个人默默地关掉电脑，准备下班回家："组长，没别的事儿，我先走了啊？"

"啊！走走走。"夏熠这才反应过来，"今晚收工，明早9点，咱们去骆村。"他拿起车钥匙，大手一挥，"晶晶，把你一块儿送回去啊？"

阎晶晶呆滞地看了夏熠一眼："不……不用了吧……"

夏熠倒是很爽快："下这么大雨呢，哥送你回去！"

已经凌晨2点多了，阎晶晶一钻进后座，顿觉困意来袭。GL8四个座位都非常宽敞，特别适合他们出外勤时躺下补觉。阎晶晶之前就经常在这个位置睡觉，这会儿脑袋一着软垫，就迷迷糊糊地要睡着了……

朦朦胧胧间，她听到前头两人在说话。

"你这肩膀不行啊。斜方肌太紧了，所以才会痛成这样。我看你平时锻炼得还挺勤快的，怎么不拉伸一下肩颈呢？不过也没事儿，到时候我带你好好练一练，回家再给你按摩按摩！"

"不用麻烦了。"

"不麻烦不麻烦，小夏按摩，手法正宗，三倍电力，续航持久，保证比家里那个筋膜球还爽！真的，你信我，放松肌肉我特有经验，你不能怕痛，痛一痛它就松了。"

"……"

阎晶晶靠在 GL8 宽敞的后排，合上眼睛，心想：我就不该上这车，我应该在车底……

第二天上午，雨停了。

姜沫概括了一下她那边的搜查结果。康成人联系不上，但那条线的嫌疑已经可以排除了。大约是这事儿造成的舆论压力让人心烦，康成索性双眼一闭，手机一关，度假去了。5 月 25 日，他把找老婆的事儿交给私家侦探，就带着沈凯文登上了飞往欧洲度假的飞机，出入境记录可以证明，颜方玉死的时候，康成与沈凯文确实都不在燕安城。

听他助理说，人要明天才飞回来。

姜沫摇摇头，说也不知道康成听说消息，会有什么想法。

随后，夏熠组织了两队人前往骆村。

别看这么迷你的一个社区，麻雀虽小，五脏俱全，村子中心一条街上，迷你超市、水果店、烧烤店、五金店、美容店、手机店，所有店铺密密麻麻地挤在一起，混乱与秩序并存。

夏熠踩着一地泔水雨水混合物，走进一条仅容单人通过的巷子。两侧墙壁上，被撕掉的广告纸只剩下背后的胶底，黑白喷漆刷满了手机号码。不远处，墙上挂着一块白色木板，上面用红色油漆歪歪扭扭写着"当铺"二字，正中一道裂纹。

那家店像是推倒了自家房间的一面墙，在窄巷里开了一个口。不过，夏熠知道，这里面住着东区警方的线人。老头儿鸡贼得很，但确实什么都知道。

那卷帘门没有完全拉到顶，夏熠缩着脑袋，才从那扇门钻了进去。逼仄的店里堆满了二手家电，玻璃柜台下摆了一排卖相还可以的手机、手表、金银戒指。一个戴着金边眼镜的驼背老头儿从密密麻麻的零件盘里抬起头，颤颤巍巍地开口："小伙子，你要什么？"

"老板，来打听个人，女的，大概就这么高，"夏熠伸手比画了两下，递过一张寻人启事，"脸长这样，但头发已经剪短了，可能穿着黄色 T 恤、浅蓝色牛仔裤、小白鞋。"

老头儿推了推眼镜，眯起眼睛。半晌，他"啊"了一声："我见过她，上周来的，在我这里当了个钻石戒指。我瞅着像是婚戒，一开始还不肯收，但她说她老公出轨了，索性卖了……"

夏熠心底一阵激动：找对地方了！

颜方玉失踪之前，银行记录显示她从未提过现；失踪后，她也没有任何刷卡记录。既然没有躲在亲戚朋友家，她一个人在外面必然要用钱……逃走的时候，她不大可能随身带大量现金。所以，夏熠就想，一段时间后，等她钱花完了，必然得出去打零工，或者换钱。

骆村里不少居民还是挺怕警察的，眼神躲躲闪闪，什么都不愿多说。倒是邵麟，假笑起来温柔又帅气，下到 8 岁小女孩，上到 80 岁老奶奶，都喜欢和他多说几句话。

这不，很快，就有了结果。

有个女人说她见过颜方玉，颜方玉是东巷 18 幢的租户。再去 18 幢一打听，才知道骆村有个房东，叫洪四，是小区里的修理工，电梯、水管都能修。他自己有楼顶电梯检修室的钥匙，就经常把那些房子以非常便宜的价格租给短期黑户。骆村里有自己的公厕与澡堂，他就给人提供一张床位。

以公谋私，大家都知道这样做不合规矩，但在这片区域生活的人，讨生活都不容易，谁没做过点上不了台面的事儿？久而久之，"不管闲事儿"也就成了生存法则。

骆村的居民楼普遍不高，18 幢总共只有六层楼。当警方赶到 18 幢楼顶时，电梯检修室的房门是锁着的。夏熠直接一脚踹破木门，只见房间里干干净净，只有一张行军床，没有任何随身物品。夏熠小心翼翼地从枕头上挑起一根发丝，放进物证袋。

与此同时，排查井盖的痕检员在 18 幢楼下有了重大发现——

18 幢楼下，一个雨水井口，似乎有被人动过的痕迹。这个雨水井埋在绿化带里，按理说，这几天隔三岔五地下雨，周围应该有不少泥土，可现在它干干净净，泥土与铁盖的边缘非常不自然。

痕检员合理怀疑，这个井口应该是近期被打开过。

痕检员立刻在井口外一周划分出封锁带，开始寻找泥土里留下的脚印，以及可能存在的生物信息。可惜的是，最近几天隔三岔五地下大雨，绿化带都成坑坑洼洼的小泥塘了，实在是没有什么有用的线索。

警方还询问了一圈井口附近的人家，其中有两户人家表示，前几天第一回下雷雨的时候，他们听到窗外一声巨响。但是，当时外面电闪雷鸣的，他们以为是什么东西被吹倒了，没有起疑，也没有出门查看。

夏熠合理怀疑，5月29日晚上，颜方玉很有可能就是从这18幢的楼顶掉下来的，随后被人丢进了这个雨水井。

"这个洪四，现在人在哪里？"

李福这边报告："组长，我们去过洪四家了，没人。对门大妈说，洪四老家出事儿了，已经回去啦！是5月30日走的。"

5月30日，那岂不正好是颜方玉死亡的后一天？这个洪四绝对有重大嫌疑！

"还等什么呢，追！"夏熠一拍桌子，"这个洪四最好是回老家了，要不然上天入地往哪儿找人去！"

洪四只是一个小名，警方通过洪四所在的家政维修公司，找出了他的身份证信息。交通记录一查，这身份证几天前买了一张车票，回户籍所在地去了。洪四老家离燕安市不远，是开车一小时就能到的小县城。

洪家老四还真的就在家里。

当夏熠问起他的时候，他那年过半百的老母亲还拉着夏熠的手，说："警官，您劝劝俺儿子，这一回家就哭着说自己撞鬼了，其他啥也不肯说，现在天天赖在卧室里不肯出来！"

夏熠好不容易把洪四给拉了出来，他还没问话呢，这虎头虎脑的小伙子就"哇"的一声号啕大哭，倒豆子似的什么都招了。

"警官，你听我解释。我没想害那个女的，我真的没想害她！"洪四抹了一把眼泪，又擦了擦鼻涕，"是我那些个群里在转一个寻人启事，说找到了人，对方能给100万！我一看，哟，巧了，这不就是租我房的那娘儿们嘛！那天晚上，我就是去找她问了几句话，顺便偷偷拍一张照片，想发给那个联系人确认！我当时想，如果真是这个人，我把她锁房间里不就成了？空降100万啊，这是中头彩了！"

"结果……我手机忘静音了，'咔嚓'一声那娘儿们就起了疑，扑上来抢我手机！我不肯给她，她还抓我，揪我头发，我们就在天台上打了起来。那娘儿们太凶了，抢走我的手机就要往楼下摔，我扑过去……扑过去抢的时候……她她她，不小心掉下去了……

"不是我推的啊，真的不是我推的！她是自己掉下去的……呜呜呜……我没有杀人……呜呜呜……警官，您想想，把她上交我能拿100万呢，我要是推她下楼，就是和这100万过不去啊对不对？20年工资啊，我何必杀我！"

夏熠面无表情地问道："就算她人不是你推的，她掉下去以后，你为什么没有打120？你以为自己把人推到窨井盖下面去，就没事儿了吗？"

"啊？"洪四瞪大了一双圆眼，连忙否认，"我不是！我没有！"

"我……我……我当时害怕啊，吓哭了，在楼上发蒙。"说着洪四又涕泪齐下，"警官，这事儿老邪门了，真的，你知道吗？等我缓过神来，跑下楼的时候，却发现那娘儿们没了！没了哇，人间蒸发了！"

邵麟："……"

夏熠骂道："人间蒸发？你骗鬼呢？"

"真的真的，没骗您，警官！"洪四脸上的表情几近扭曲，"妈呀，我也是不相信自己的眼睛啊。我以为自己是撞鬼了，要不就是在做梦！100万掉我头上，可不是在做梦吗，啊？当时，我走了一圈没见到人，就浑浑噩噩回家了……第二天，也没听说有人发现尸体，我真害怕，就想先回来避避风头……警官，我这儿大大大做噩梦……"

"颜方玉的随身物品呢？"

洪四哆哆嗦嗦："我……我收起来了，上了三炷香，就在我家里供着。真的，我还买了符。她说不定真的是鬼！"

洪四的证词还有许多需要推敲的地方，夏熠二话不说铐了人，直接把他带回燕安。

根据洪四的证词，颜方玉是从18幢楼顶摔下去的应该不假，但是，她到底又是怎么跑到那雨水井里去的？洪四说的到底是不是真话？这憨憨不会以为编一个颜方玉"凭空消失"的谎话，就能脱罪吧？

时值傍晚，雷雨再次倾盆而下，燕沛高速封路，夏熠只能改走公路，却又不幸遭遇堵车。那进燕安城的长龙车队一眼望不到尽头，半天也不往前挪动一下。

一路上，洪四都在后座叨叨，一会儿不停地问夏熠他这样的大概要判几年，一会儿又喃喃自己没有杀人不该算犯罪……烦得夏熠直接把《大悲咒》开到最大音量，邵麟第一次觉得，这个车载音乐竟然如此动听。

咔啦啦——又是一道闪电劈开夜空，天地间短暂地亮了亮，再次陷入漆黑。

燕安城 CBD，大商场门口摆夜市摊的老板把所有东西都用塑料纸遮住，躲在玻璃屋檐下，双眼无神地看着夜空。雨太大了，他只能蹲在这里卖几把雨伞。

这个时候，他看到一个男人向他这个方向跑来。

男人穿了一身西装，却没有带伞，一边跑，一边还在打电话。

老板突然大喜——根据他的经验，这一定是个有钱人。他那伞说不定还能卖个好价。老板正打算起身招呼，只见天上又是白光一闪，毫无征兆地，那男人就这么直挺挺地倒了下去，面朝下栽进了水坑里。

正当夏熠在燕安城入口处堵到生无可恋，他接到了姜沫一个电话。

"啥？"夏熠难以置信地重复了一遍，"康成被雷劈死了？这就是传说中的天道好轮回，苍天饶过谁吗？什么？死前还接到了两个来自颜方玉的电话?!"

06

等夏熠带着洪四赶到市局，已经快晚上 8 点了。雨还没停，夜色里"哗啦啦"的一片，偶尔夹杂着几声闷雷。

夏熠大步走进刑侦办："什么情况啊这是？被雷劈死了？"

阎晶晶指了指身后的询问室："现场第一目击者已经做完笔录了，他说自己亲眼看到天上劈下一道闪电，然后康成就倒水里了。当时是下午 6 点多，CBD 附近人还挺多的，有五六个人都看见了。"

"CBD？"邵麟蹙眉，"他一个人站在荒郊野外被雷电劈死还有可能，燕安市中心这么多高楼大厦，到处都是无线信号，这劈哪里都不可能精准劈到康成啊！尸检做了吗？"

"还没有。"姜沫抱着一摞文件匆匆从询问室里走了出来，"但已经安排上了。我这里有现场的尸体照片，你们过来看一下……哟，这哪位啊？颜方玉的那个房东？福子！福子你过来带人去做个笔录——"

下水道女尸一案还没有查清楚，女尸丈夫又被雷劈死了。局里一时间忙得焦头烂额，每个询问室都满了，还有证人在外排队。警员们进进出出，脚步匆匆，脸色都不太好看。

姜沫递过手机，给夏、邵二人看了几张现场照片。只见康成一个人倒在人行道上，全身衣着完好，没有明显外伤。扑倒时，他手自然垂落于身前，手腕上的智能手表还亮着，显示当时正在打电话。

夏熠满脸狐疑："人被雷劈死长这样吗？"

"辖区里这几年也没听说谁被雷劈死了，别说你了，我都没见过。但郁主任说，雷击受害人的体表征象差异很大，有的人可能会大面积烧伤，甚至衣物被炸成碎片，但也有的人可能半点外伤都没有。主要是你们看这儿——"姜沫滑到一张尸体的局部特写，"死者脖子后半段，血管呈紫色蜘蛛纹，这确实非常像血管扩张、充血的电击纹。所以，存在被雷劈中的可能。具体还是以尸检结果为准吧。"

"这还不是最诡异的。"姜沫顿了顿，继续说道，"根据康成的通话记录，他在死亡前半小时，接到了两个来自颜方玉的电话——他的手机自动把该号码识别为'A老婆'。我们核对了号码，那确实是颜方玉之前使用的手机号。第一个电话打进来的时候，康成休假回来，正在 SweetHeart 总部开会，没接到。第二次，也就是在他死亡前 18 分钟，他与这个号码沟通了 52 秒。"

"而在康成倒下之前，他正在与沈凯文通话。"姜沫指了指另外一间询问室，沈凯文还在与警察沟通，"康成当时很着急，他和沈凯文说，颜方玉约他在佑汇康商厦 B 座的星巴克见面。SweetHeart 公司离佑汇康 B 座有 15 分钟左右的步行距离，康成接到那个电话之后，啥都顾不上了，伞都没拿，就冒雨冲了过去。"

"……然后被雷劈死在了路上？"邵麟挑眉，腹议小说都不敢这么写。

"没错，真见鬼。"

夏熠沉吟："这个给康成打电话的人，显然不可能是颜方玉，但康成急急忙忙就去了，似乎也没起疑……"

邵麟说："他们通话时间不长，或许是提前录好的。这件事儿里，颜方玉或许有个同伙。阎晶晶已经确认过了，这不是网络拨号，也就是说，打电话的人手里确确实实掌握着颜方玉的 SIM 卡。这个人到底是谁，这 SIM 卡又是从哪里来的，或许就是破案的关键。"

同时，洪四向李福讲述了事情经过，与他向夏熠坦白的差不多，来来去去还是那个故事——洪四为了拿那 100 万，与颜方玉在楼顶打闹了起来，随后颜方玉失足坠楼，等他跑到楼下的时候，却发现刚才掉下去的人已经不见了。

根据洪四的供述，警方顺利在他家地下车库里找到了被他"烧香供奉"的遗物。洪四没说谎，除了香炉，那遗物前还放了不少迷信的小玩意儿，什么桃木剑啦，道符啦，佛牌啦，不管三七二十一，但凡能显灵的都堆上了。

警方从颜方玉的遗物中找出了一些便宜的换洗衣物，以及一部没有安装 SIM 卡的手机。"消失"期间，颜方玉就是用这部手机连接公共 Wi-Fi，刷新闻，在微博上用小号发评的。

时针再次跳过"12"，西区分局刑侦办依然灯火通明。

堵车再加上康成突然死亡的消息，搞得夏熠一直没顾上吃晚饭。等他终于有时间坐下，才发现自己泡的香辣牛肉面已经变成了一坨红色糊糊，结果身后传来姜沫轻飘飘的一句评价——像极了掺着"姨妈血"的屎。

夏熠一手重重扶额，突然觉得狗生艰难，泡面难以下口。

可就在这个时候，邵麟往他身前递了半个用锡纸包住的三明治。

上下两层烤吐司，中间内容厚实——夹着生菜、番茄、芝士片、煎蛋、新奥尔良烤鸡胸肉，以及千岛沙拉酱。三明治刚在微波炉里加热过，芝士亮得流油，锡纸握在手里还是暖的。

夏熠看得眼睛都直了，连忙问哪里买的。

邵麟微微蹙眉："不是买的。我昨晚做的。"

夏熠咬了一大口，香喷喷的鸡肉带着温度擦过心口，汇聚成一股让人想哭的冲动："你做的?! 这也太太太好吃了吧！"

"原本是给今天路上准备的。"邵麟自己也啃着半个三明治，小声解释，"我就想着这几天老下雨，可能会堵路上，结果早上放茶歇间的冰箱里，不小心就把这事儿给忘了。"

夏熠只觉得心口热流汹涌，仿佛有什么东西在嗷嗷乱叫。他看向邵麟，眼里满是感动："所以你是怕我饿着，特意给我也准备了一份吗？"

"不是。"邵麟冷漠垂眸，语气里还带了点嫌弃，"没看你手里拿的是半份吗？"

夏熠突然被人浇了一头冷水："……"

"我只做了一份，当然是给我自己的。"邵麟慢条斯理地又咬了一口，咽下去才说第二句，"不忍心看你吃屎罢了。"

夏熠："……"心想这千岛汁它咋就突然不香了呢？

半夜吃完饭，大家又梳理了一下案子。

"等等！我想起来了！"邵麟突然起身，"颜方玉的皮夹！"

不过是那天在法鉴中心看过一眼的照片，此刻却在邵麟脑海里，清晰一如在眼前。

夏熠不解："什么？"

"快，快去看一下颜方玉的皮夹。"

两人匆匆去了物证室。

皮夹的气味依然很冲，不过，奢牌的真皮到底不一样，颜方玉的尸体都泡烂了，皮夹保存度却非常高，就凭这个牌子，冲一冲洗一洗说不定还能去二手市场里卖上一个好价钱。

"看到了吗，"邵麟打开皮夹，指着内卡槽左下角一个 $1cm \times 0.7cm$ 左右的凸痕，"这个地方，原本放了一张 SIM 卡！"

夏熠脑海里"叮"的一声，瞬间反应过来——之前他看到这个，单纯以为是皮夹上的纹路，早就抛诸脑后，没想到邵麟还会记得。

"郁敏说了，颜方玉在坠落的时候，是腰骶区最先着地。而这个皮夹，恰好塞在她牛仔裤屁股后面的口袋里。所以，我认为，在颜方玉坠楼的时候，这个卡槽里还放了一张 SIM 卡，而在落地时的巨大冲击下，它作为第一着陆点，在皮革上反向印出了这个印子。"

如果不是遭受重击，一张 SIM 卡不可能在质量如此之好的皮革上留下这么深的印子。

邵麟吸了口气，继续说道："然而，尸体被打捞起来的时候，钱还在皮夹里，却没有 SIM 卡——我怀疑，在颜方玉坠楼后，进入雨水井之前，这张 SIM 卡被人拿走了。"

夏熠目瞪口呆："那姓洪的没有说谎！"

把颜方玉尸体丢进雨水井的人，偷走了她的 SIM 卡！如果真的存在这么一个人，他或她，必然与颜方玉认识，知道颜方玉的藏身点。一个知晓颜方玉身份的人出现在她租处的楼下，不可能是碰巧。也就是说，在颜方玉不小心坠楼的那天晚上，这人正打算来看她。

可是，这个人是谁？他又图谋些什么？

夏熠摸去阎晶晶的工位："晶晶，手机破解得怎么样了？最近有和什么人联系吗？"

"颜方玉确实有个同伙。这部手机没装 SIM 卡，卸载了所有社交软件，除了这个网络电话 App。在消失的这段时间里，她打过四次网络电话，对方是同一个号码，其中有两次是 5 月 29 日当天打的，最晚一次，和她坠楼的时间差不多……"

邵麟轻声道："出事儿那天晚上，她确实要见一个人。"

阎晶晶神色懊恼："但这家网络电话不需要实名注册，每日签到就可以领取免费通话时长。这种网号根本无从查起啊！哦对了，我还在颜方玉的这部手机里找到了几段录音……"

"录音？"

邵麟莫名想起了季彤。

很快，他又想起——康成去年也在蓬莱公主号上。

邵麟敏锐地问道："'秘密星球'？"

"不不不。"阎晶晶连忙摇头，"颜方玉手机里没有装这个 App。我追踪了源代码，这些录音来自同一支录音笔。内容听起来……呃……好像是康成在和别的男的……在车里搞那什么……"阎晶晶咽了一口唾沫，"估计是颜方玉偷偷往康成的车里塞了一支录音笔吧，就录到了证据。"

邵麟："……"

阎晶晶干巴巴地问道："你们要听吗？"

两个男人同时扭头："不用了。"

终于，法鉴中心连夜做出了尸检结果。

郁主任语出惊人："康成确实是死于电击，但并不是天上劈下来的雷电。这张图是康成左侧耳郭，看到这个点了吗？看上去，它似乎只是皮肤上一个普通的伤口，但其实，这是电流斑，代表电流是从这个地方进入人体的。他右侧耳郭也有一个，只是小一些。同时，死者脖颈后侧与头皮上出现了罕见的电击纹。所以，如果这是雷击的话，应该正好劈中死者头部……当百万伏特的高压电劈到一个人身上的时候，有可能不会造成外伤，可内伤是逃不掉的。在那么大的冲击波下，我们应该会发现头部皮下出血，甚至颅骨骨折——可是，死者的头部并没有发现任何机械性损伤。"

"所以，"郁敏得出结论，"他不是被雷劈死的。"

"既然不是被雷劈了，又怎么会出现电流斑呢？"夏熠皱眉，"这么多目击者，也没人冲过去电他啊！"

"没错，我也觉得奇怪。"郁敏切到报告下一页，"所以，虽然匪夷所思，但我们还是检查了他随身携带的电子设备——这款智能手表，以及这对挂式无线耳机。"

幻灯片上显示出 X 光结构扫描图，耳机内部结构清晰可见。左边是康成的耳机，而右边是同一品牌型号的正常耳机。

在场所有人倒吸一口冷气。

"他左右两只耳机里，都装了一枚强力电容器。"

"这个电容器，不知道怎么被触发了——但是在触发的那一瞬间，一股电流通过死者身体，经过脑、心、肺，麻痹呼吸相关肌肉，导致心脏猝停。我想，应该没人说自己亲眼看到闪电劈在了死者身上吧？而是倒下时，大家都看到了天上一道闪电。当时雷雨这么大，死者身边没有任何人，确实很容易猜测成是被雷电劈中的。"

会议室里顿时炸开了锅。

"这耳机怎么回事儿啊？谁给康成的耳机？太可怕了，我也用的腾飞无线啊……这是最近的流行款吧？"

"这个电容器是怎么触发的？遥控吗？他这个耳机连着的，难道不是他自己的手机吗？那应该是被手机触发的才对啊——他当时在打电话，该不会是电话控制的吧？"

"可他当时在给沈凯文打电话啊！"

邵麟一只手下意识地摸上下巴："根据沈凯文的笔录，康成倒下之前，他们的电话似乎中断了，他当时以为是下雨天信号不好。但其实，沈凯文说，他当时能听到康成的声音，虽说声音变模糊了，但是康成一直在问'喂，你还在吗'，沈凯文答了，对方却没有回应。所以，手机信号应该是好的……是康成那边单方面出现了问题？"

邵麟双眼微微眯起："蓝牙？耳机是蓝牙连接的。"

"这个能查！"阎晶晶跳了起来，"来，耳机给我，我能检查蓝牙的匹配连接记录！"

很快，结果出来了——

在康成死前，耳机不再与智能手机相连，而是连上了另外一个设备。他的耳机被"黑"了。所以，康成听不到沈凯文的声音，但当时通话信号还在，沈凯文可以通过康成手机的麦克风，听到他远远地在喊"你还在吗？"。

一切都解释得通了！

"这款耳机蓝牙信号可达 18 米。当时这个触发电击的凶手，就在康成周身 18 米的范围之内！"

不过那可是 CBD 繁华地段，以康成倒地点为球心，半径 18 米画球体，有商场、无数的办公室、咖啡厅，甚至地底下还有一个 2 号线地铁站点。凶手特意把"见面"地点选在这里就非常聪明——人太多了，根本不知从何查起。

夏熠换了个思路："可能还是耳机好查一点？这个腾飞无线 6.0 奢享版，到底是谁给康成的？"

"腾飞"两个字在邵麟脑子里拉响警铃。如果他没有记错的话，当年蓬莱公主号上，与康成一间房的，就是"腾飞"这个创业品牌的投资人——冷向荣。

康成必然是与腾飞这家公司有内部关系的，很可能是投资场上的朋友。等警方开始寻找冷向荣的时候，却发现，这人在一个半月前死了。

他锻炼时，猝死在了跑步机上。

07

冷向荣猝死于燕安城 CBD 中心"Black Diamond"——黑钻俱乐部——旗下的一家健身会所。与普通健身房不同，这家健身会所只向黑钻会员卡持有者开放。黑钻俱乐部年费几万，光有钱不行，还得有一定的社会地位。与其说这是一家健身会所，不如说，这是燕安城上流人士工作之余的社交场所。

时隔一个半月，夏熠调取出冷向荣出事儿那天的监控。冷向荣选择的跑步机位置不好，没有被摄像头覆盖，但是，有一个摄像头在走廊里拍到了他。那天，他穿着一身紧身运动服，手里拿着一瓶水走向有氧运动区——如果要说有什么有用的线索，那就是当镜头放大时，可以发现冷向荣当时正戴着一副腾飞无线耳机。从款式来看，与康成一样，都是最新的 6.0 奢享版。

可是，冷向荣死后并没有做尸检。

他 45 岁了，平时工作繁忙，经常加班，同时身患高血压、高血脂、高血糖，父亲很早就死于脑卒中。这类金领猝死的故事并不少见，所以，遗憾归遗憾，没有任何人怀疑过他的死因。

直到现在，冷向荣已经变成一盒骨灰长眠地下。现代医学再发达，也不能妙手回春，从这些骨灰里找出更多的信息。当时，冷向荣随身携带的物品，包括那个耳机，也被他妻子一起烧掉了。

于是，再也没有什么可以证明，冷向荣到底是死于普通的心脏猝停，还是与康成一样，头部遭到了电击。

警方询问了一圈，包括沈凯文在内，没人知道康成的无线耳机是从哪里来的，毕竟，像他们这种追求时尚的人，买个最新款耳机再正常不过了。至于冷向荣，平时工作太忙，他妻子一周都未必见得到他一面，更是对丈夫的生活毫不知情。最后，再到腾飞公司这边，死都不认这个有电容器的耳机是自己公司的产品。公司声称产品都是流水线加工，全国各地有无数分销商，如果出现改装，那一定是被人后期安上去的，公司不负责任。

案情再次陷入僵局。

一想到冷向荣，邵麟就翻来覆去地睡不着。

他本能地觉得，这不可能是巧合。可是，到底是为什么？

邵麟睁开眼，卧室漆黑的天花板上有一道窗帘缝漏出的光。而闭上眼，眼前出现密密麻麻的一长列名单——蓬莱公主号的幸存者。

白纸黑字，一笔一画都是那么清晰。那些名字，扭曲纠缠成一张阴森的网，将他整个人困于其中。

为什么还要记得？为什么？

很多时候，邵麟都不知道自己那见鬼的记忆力是一种福赐，还是一种折磨。他痛苦地翻了个身，把脑袋埋进了枕头下面，却依然赶不走脑海里的画面。明明已经很困了，但那条绷紧的弦，依然拉扯着不让他陷入睡眠。

电子钟上红色阿拉伯数字无声地显示时间已是凌晨 2 点 34 分。

邵麟终于起身，从床头抽屉里摸出一只白色小药瓶。

他悄悄推开门，打算去厨房倒点水，却发现客厅角落里还亮着一盏暖黄色的立灯。夏熠没回自己房间，就躺在沙发上，一手垂向地板，一手叠在胸口，脸上倒扣着一本《网络侦查工具应用》。

傻乎乎的。

邵麟微微皱起眉头。

他的目光落在沙发上，几天没收拾，客厅好像又被拆了一轮。夏熠倒是呼吸均匀，枕着靠垫，睡得老香。邵麟无奈地摇摇头，去夏熠卧室里捡了一条毯子，蹑手蹑脚上前，想给人盖上。可谁知，就在这个时候，他脚底跟踩了地雷似的，传来一声清脆的"嘎！"，在寂静的客厅里格外嘹亮。

两人同时吓了一跳。

夏熠整个人从沙发上弹了起来，但那是肌肉的条件反射，脑子还没太清醒。只见他眼神迷离地大喊一声："我要吃烤鸭！"

邵麟用脚挪开地上的外套，发现下面藏了一只小黄鸭，愤然把毯子呼到夏熠脸上："吃你大爷！"

毯子把夏熠整个人都给罩住了，他像只幽灵似的摊了摊手："你咋还没睡？"

邵麟没好气："睡不着。"

"哦。我刚看书学习呢，看了一点就秒睡了。"夏熠伸手指了指地上的书，"你要不要试试？"

邵麟瞥了一眼，书才被翻到第 10 页，口水倒是浸湿了半页纸。他默默想着，看书就秒睡是什么天赋技能，如果人人都如此，可不是天下太平？

邵麟懒得理他，转身正要去厨房，却被夏熠一把抓住："咦？你手里拿的什么？"

邵麟握紧了拳头，不想让人看到。

可夏熠眼尖，神色骤变："你怎么在吃安眠药呢？你平时都靠吃这个睡觉吗？你吃多久了？吃这个不好！"

"我没有，我——就今天——平时也不吃。"邵麟试图挣脱他的手，但到底手劲比不上他，就被掰开手抢了过去。

夏熠晃了晃药瓶子，里面声音清脆，听着也没剩几片了，顿时皱起眉头："还骗人，一瓶都快吃完了。你当这是糖啊？"

邵麟："……"

他整个人向后一仰，重重陷进沙发里，双手插入鬓角，在心底狠狠骂了一句："那该死的尖叫鸭。"他明明已经很困了，但就是睡不着，头疼得要命。

夏熠语气颇为严肃："药我没收了。"

邵麟看着他一脸如临大敌的表情，顿觉好气又好笑："你管我！"

夏熠抓了抓脑袋，挨着肩在邵麟身边坐下了，给邵麟讲了个故事。他说，自己之前队里有个前辈，一次出任务的时候，不幸目睹战友死在了眼前，甚至被战友的脑浆溅了一脸。回来后，前辈就一直没缓过劲来。一开始，睡不着就吃安眠药，后来，安眠药就再也戒不掉了。因为心理问题，前辈提前退伍，却很难融入正常人的生活。当安眠药不足以满足他的时候，前辈开始酗酒，还沾上了一些不该沾的东西……

谁都没想到，曾经性命相托的战友，会在缉毒现场再次碰面。

那天，夏熠对着身份证比对了三次，差点都没认出对方。夏熠不了解精神类疾病，但他当时就想着，如果让时间倒流一次，他一定在最开始的时候，就抢走对方手里的安眠药。

邵麟沉默了。

其实他自己也知道，普通失眠患者还好，而 PTSD 患者有超过 50% 的概率会发展出物质滥用，那压根就是一条看不到尽头的下坡路。可明白归明白，睡不着觉终归折磨人。邵麟眨眨眼，语气里带点讨好："知道了，我会注意的。你先把药给我，我明天就戒——"

"今天。"夏熠斩钉截铁，"邵麟，没有明天。今天。"

邵麟："……"

夏熠拿着药瓶在面前晃了晃，邵麟下意识地伸手去抓。夏熠却变戏法似的，让邵麟抓了个空。他伸手用力撸了一把邵麟的脑袋，低声说道："别想着依赖药物。"

夏熠认真地看着邵麟,眼底有光:"依赖你自己。"

邵麟沉默地看着他,其实心底也认同对方的话。只是,最后还是没忍住翻了一个白眼,起身就往自己房间走去。

谁知夏熠一路跟了进来。

邵麟无奈:"你又想干吗?"

夏熠眨眨眼:"瞌睡虫会传染的,你知道吗?就和跳蚤一样。"

邵麟:"……"

夏熠不知道有什么特殊天赋,这脑袋一沾枕头就能秒睡。邵麟在黑暗中静静地看着他的侧脸,一呼一吸间,床上就多了一缕不属于自己的味道。沐浴露香,混着一股淡淡的、暖暖的、身体的味道,邵麟说不上来像什么,只觉得辨别度很高,却又让人莫名安定。

没想到,这瞌睡虫的传染力还挺强,邵麟奇迹般地睡着了,一觉醒来精神抖擞,思路格外清晰。

康成与冷向荣……

根据网侦提供的信息,两人微信上没什么联系,平时也不通电话,工作行程更没什么交叉——不过他们都是黑钻俱乐部的会员,以及两人在股市有部分投资重叠。

可这不足以解释,为什么两人会先后离奇死亡。

为了获取更多线索,警方联系了黑钻俱乐部。

邵麟打听到一则消息——

黑钻俱乐部的消费积分可以兑换许多价格不菲的东西,比如国际航班头等舱、需要提前三个月预约的米其林餐厅,另外,每个会员每年还可以兑换一次出国旅游。而这价值48888元的蓬莱公主号椰国奢华五日游,便是去年可兑换的旅行套餐之一。

康成与冷向荣,正是通过黑钻俱乐部兑换的船票!只是,当时一起兑换船票的黑钻会员,还有第三个人——科威创业孵化器的投资人庄正谊。

表面上看,庄正谊似乎和这事儿没什么关系,夏熠一搜简历,却发现这个庄正谊毕业于燕安大学电子通信专业,他的本科毕业设计做的课题正是无线耳机!别看现在无线耳机满大街都是,放到好几年前可是稀罕物。庄正谊最早的芯片设计,正是腾飞无线耳机1.0的立身之本。这个设计很快被大公司高价收购，同时也让他赚到了第一桶金。

从此以后，庄正谊就做起了创业孵化的生意。

夏熠迅速锁定了目标："这个人不仅认识康成与冷向荣，而且有改造耳机、加入电容器的能力！"

西区分局第一时间传唤了庄正谊。

当警方问起康成与冷向荣的耳机，庄正谊承认得爽快："我知道啊，当时最新的奢享版还没正式发布，年初的时候，我就送了他们样机。"

可他对电容器一事感到万分震惊，一口咬定："我送他们的耳机，自己都没有拆过包装，怎么可能会有问题？你们让我检查一下那个有问题的耳机！"

在警方的监督下，庄正谊对康成的耳机进行了检查。

最后，他神色凝重地得出结论："这不是我送给他的。耳机被调包了。"

夏熠脸上明明白白地写着"不信"："你怎么能确定它是被调包的？"

"是这样的，警官，"庄正谊说道，"每一个蓝牙设备，都有一组由 12 位数字、字母组成的独特地址。这个地址是全球唯一的，后半段需要制造商购买。所以，我们每一个耳机的序列号，在公司系统里都匹配了一个蓝牙地址……我送给他们俩的，是 6.0beta 测试版，虽然我记不住那两个序列号，但我确定，所有测试样机都是 000 开头的。这个问题耳机在装电容器之前，确实是腾飞公司的产品，但蓝牙地址匹配的序列号是 225 开头的，所以，我能确定，这绝不是我送给康成的那个耳机。冷向荣的呢？"

冷向荣的耳机已经被烧掉了。

不过——

当时，健身会所有氧运动区有一面大屏幕，为了不打扰到其他锻炼的人，大屏幕上的球赛是静音的。而在冷向荣猝死的那天，他将无线耳机连上了健身会所的跑步机，来收听球赛！

当两个蓝牙设备匹配连接的时候，源代码里会留下设备的电子足迹。

在网侦的技术支持下，警方成功恢复了冷向荣无线耳机的蓝牙地址，庄正谊在公司系统里一搜，发现这个耳机的序列号是 232 开头的。冷向荣的耳机，也在不知不觉间被调包了！

"既然我们能从跑步机的连接记录里找到冷向荣耳机的蓝牙地址……"邵麟想了想，问道，"那我们是否还有可能——找出当时'黑'进康成耳机的蓝牙地址？"

"理论上说，应该是可以的。"阎晶晶十指在键盘上敲得飞起，"让我试试这个，刚和楼上网侦学的。"

屏幕上飞快地跑过一串代码。

"61:33:ae:02:f8:42！凶手的蓝牙地址！"没过多久，阎晶晶大声喊道，"这是康成耳机与手机蓝牙连接中断后，重新连上的设备！"

夏熠重重一拍她的肩膀："有两下子啊，阎晶晶同志！"

"讲道理……"小姑娘愣愣地自言自语，"我不该待在三楼的，我就应该去七楼网侦办……"

邵麟想了想，分析道："我认为，凶手应该是通过手机发送电流激活程序的。要不然，在 CBD 这种人来人往的地方，手里拿着一个什么电子设备，不仅显得突兀，而且很容易被摄像头拍到。低头看手机就没人会怀疑。"

"有道理，"夏熠问，"那咱们有可能通过蓝牙地址找到那个手机设备吗？"

"你做梦呢，组长？除非你离这设备不超过 18 米吧。这种厉害的程序都能写出来，凶手肯定会修改自己的蓝牙地址。"阎晶晶想了想，说道，"不过，这样的话，大概率是部安卓机吧，苹果还得破解，麻烦得很。"

"两起案件发生的时间差不多，都是工作日 18 点左右。而且无论是佑汇康B 座，还是黑钻俱乐部的健身会所，都在中央商务区。凶手能在这个点出没于CBD，很有可能就是一个在附近工作的人。"

邵麟的目光又落了在庄正谊身上。他的公司就在 CBD。但是，康成死亡的那个时间点，科威创业孵化器诸多同事都可以证明，庄正谊正在开会，离出事地点隔了 10 分钟的步行距离。

如果这个人不是凶手……

那么，他有可能成为凶手的下一个猎捕对象吗？

08

询问室里，庄正谊长叹一口气，从自己包里掏出一个无线耳机盒："我也不知道为什么会发生这种事儿，我自己用的其实也是这款耳机。我真的非常喜欢这个音效。"

邵麟提议："能让我们检查一下吗？"

X光"唰"地一照，结果很快出来了。庄正谊的耳机是干净的，里面什么都没有。

"你们怀疑，凶手也可能会盯上我？"庄正谊眉心深锁，眼底满是疑惑，"为什么？"

"凶手具体的动机还在调查，我们也暂时不能确定他是否会再次作案。"夏熠解释道，"根据你对康成、冷向荣的了解，他们有什么仇人吗？"

"其实我与康成、冷向荣，也算不上特别熟。"庄正谊慢吞吞地说道，"虽说冷向荣投资了腾飞科技，但那时候我已经离开了。我们仨……只能算是俱乐部里认识的酒友，当时就聊了点投资的事儿，聊得颇为投机。恰好俱乐部积分一年一清，我们就一起换了那个游轮五日游……"

"回燕安以后，你们大概多久聚一次？"

"就年初那会儿，在俱乐部的酒吧里约过一回。后来一直说着要再聚，但大家都忙，也就搁置了。"

"庄先生作为腾飞无线耳机最早的设计师，怎么看待这个电容器呢？是否能通过专业的角度，给我们提供一些线索？"

庄正谊又看了看被加入的电容器的结构图，思忖片刻，答道："无线耳机的技术突破，在于芯片技术本身，体积越小，难度越大。可是，这款奢享版，为了保障音质而牺牲了体积——所以，在我看来，在已有的耳机里加入这个电容器并不是特别困难，但凡在工程领域里有点背景的人都能做到。更困难的部分，应该在于通过蓝牙传输触发电击的编码。"

夏熠点了点头。

"我应该……"庄正谊晃了晃手中的耳机，"担心它被调包吗？"

警方沉默很久，只能说："可以留心一下它的蓝牙地址。"

"好。说得我还怪怕的。"庄正谊摇摇头，"我先祝诸位早日破案了，如果有什么能帮上忙的地方，欢迎随时来问我。"

夏熠看着庄正谊离开的背影，忍不住问道："凶手还会继续作案吗？"

"不好说。"邵麟摇摇头，"我倾向于会，但凶手的动机到底是什么，目前来看并不明确。杀康成还可以说是凶手为了完成颜方玉的报复，那冷向荣又是因为什么？表面上看，冷向荣的财务很干净，也没有明显的仇家……确实，这三个人当年都在那艘船上，但没有任何证据可以证明，蓬莱公主号与他们现在的死亡有必然联系……"

邵麟失神地望着空气，眼前浮现了一个没有面孔的黑色人影。球赛的声音突然中断，冷向荣在健身房的跑步机上倒下；天空一道惊雷，康成在地铁口前的人行道上倒下。那个黑影把手机放进裤兜，面无表情地转过身，融入 CBD 汹涌的人流。无论是地铁口，还是健身会所，18 米覆盖的区域，人太多了……

他可以是任意一个人。

只是，两个人的耳机，又是如何被调包的？

康成与冷向荣办公地点不同，平均每周出差一次，根据消费记录，重合的消费地点仅限于黑钻俱乐部旗下的健身会所、酒吧，以及 CBD 几家知名餐厅……当然，仅仅是地点重合，时间是不一样的。

邵麟心想，那个调包耳机的人，或许是两人的共同好友。他心中那个没有面孔的黑色人影突然开口了："你这是什么耳机？腾飞无线 6.0 奢享版？能借我听一下吗？"

在对方欣然同意后，他又悄无声息地把改装版耳机还了回去："谢谢。"

或许，调包的人正是死者身边亲近的人。邵麟眼前，那个黑色人影将手机交给颜方玉，叮嘱她趁自己丈夫不备时，偷偷换掉他的无线耳机。

又或许，是在一家高档餐厅。那个黑色人影礼貌地开口："先生，请问你的手机、耳机需要充电吗？咱们店里提供免费充电的服务……"

还有可能，是在酒吧……贴身热舞的陌生人，陪酒的小姐，神不知鬼不觉地换掉了他的耳机？

不，不行。这个切入点不行。可能性太多了。

一念及此，邵麟突然甩了甩脑袋，好像是要把那些多余的想法甩出脑海，让大脑清零。

夏熠顿时向他投去不解的目光："你还好吗？"

邵麟伸出食指在自己太阳穴边上画了个圈，轻声说："想法太多，CPU过热。"

夏熠愣愣地"哦"了一声，并用一双茫然的大眼睛告诉邵麟，自己从来没有这种烦恼。

不一会儿，夏某人从冰箱里摸出一瓶冰镇"六个核桃"，直接贴到邵麟额头上："来！给你降降温！"

邵麟想问题正想得入神，头上陡然一冰，差点没当场爆粗口："……我谢谢你！"

夏熠笑得像条傻狗，但神情十分真挚："不用谢不用谢，核桃补补脑！"

别说，降温还真的有用。

无数黑色人影在邵麟脑海中炸开、消失，又回归最原始的那个——他成功换了一条思路。

制作一个安插了电容器的耳机需要时间与成本，更何况，近身调包耳机的机会，也不是每天都会有。所以，对凶手来说，哪怕调包成功，也存在着无数的失败隐患。比如，执行计划最后一步的时候，目标恰好没有戴耳机呢？无线耳机不小心被目标弄丢了呢？目标没有及时给耳机充电呢？目标决定换个牌子的耳机呢？

但凡其中一处出错，凶手就功亏一篑。所以，为了保障触电计划的成功，凶手一定会在调包之后，尽快执行最后一步。

越快越好。

因为时间拖得越久，失败的风险也就越大。

如果用这个原则来分析康成的案子……

颜方玉一直与凶手通过网络电话联系。之前，她大玩失踪，伪造自己"被分尸"，为的就是逼迫康成公开承认自己骗婚出轨的罪行。而在康成公开道歉之前，颜方玉需要康成活着，并没有必要换他的耳机。然而，康成利用公关一压再压，颜方玉始终没能如愿。凶手是在颜方玉死后，才临时修改了计划，直接对康成痛下杀手——可是，当时康成才从欧洲回来两天。这个耳机，很有可能是在他回国后才被调包的。

这样一来，排查的范围就大大缩小了！

很快，邵麟就发现，康成回到燕安市的第一天晚上，去了一趟"雅轩会所"，这是燕安市富豪圈谈生意常去的地方，说白了就是氛围安静的酒吧，可以单独开包房的那种。

燕安市的有钱人对雅轩会所都不陌生。阎晶晶一查记录却发现，冷向荣在猝死前两天，竟然也去过这个地方！

很有可能，两人的耳机都是在雅轩会所里被调包的。他们喝醉了酒，把耳机拿去充电，借用……一切皆有可能。

雅轩会所是黑钻俱乐部旗下的会所，那可不是一般人可以随便进出的。除了服务生，来者必须手持一张黑钻 VIP 卡，如果是 VIP 邀请来的客户，也必须实名登记。

夏熠亲自走了一趟黑钻俱乐部，把那两天来访过的会员列表全部拉了出来。

"我们的凶手……"邵麟右手握拳，食指抵在鼻尖下，缓缓分析道，"他在 CBD 工作，有物理、电子、工程或是计算机背景，且拥有非常强的编码能力。他平时用的是一部安卓手机，经常上黑客论坛，同时喜欢自己设计一些小程序。工作上，他可能还会喜欢写点小代码，来帮助同事解决问题。

"那天颜方玉坠楼，凶手面对这起突发事件，能毫不犹豫地取走颜方玉的 SIM 卡，并把尸体推进雨水管道，可见他冷静到了几乎冷血的地步。而且，他能以一人之力撬动窨井盖，所以更有可能是一位男性。

"他平时与同事交流不多，工作日到了饭点也不喜欢与大家聚餐，会单独去外面吃饭或者点外卖。但是，工作时他认真负责，但凡是交给他的任务，一定会尽可能完美地完成。同时，他的思维非常灵活，能够看情况随时修改原定的计划，而不是像很多强迫症患者一样，轴在一个问题里无法脱身。

"黑钻俱乐部的 VIP 精英里，有符合这个侧写的人吗？"

夏熠听了，笑容满面，"啪啪啪"一个劲地鼓掌。

鼓完掌，他幽幽地冒出一句："没有。"

邵麟："……"心想没有你鼓个屁掌啊！

"如果不是黑钻 VIP……"邵麟转念一想，"或许，他伪装成了会所的员工？"

雅轩会所就位于 CBD，服务生也都一身西装革履的。而且，端茶倒水的服务生可以出没于每一个包房，在大家都醉倒了的半夜，调包一副耳机并非难事。

"我们去会所'钓鱼'吧！"夏熠一拍大腿决定，"每个人口袋里带上一个蓝牙地址探测仪，看看能不能搜到凶手的蓝牙地址。"

阎晶晶皱眉："可万一他只在电人的时候才用那个地址，平时用的是另一部手机呢？"

"先试试。目前康成与冷向荣的案子还没曝光，凶手说不定觉得自己做得天衣无缝，还没起疑。就算搜不到地址，会所终归还得再去一趟。"

为了避免打草惊蛇，夏熠没有通知会所，带着一车人直接空降。结果，一群人被保安拦在了门外。那保安一个个身材魁梧，面无表情，眼神十分轻蔑："没有黑钻卡，谁也不准入内。"

阎晶晶刚想掏出警察证，却被夏熠一把拦下："好说好说，你等等。"

谁知夏熠一个电话拨出去，大堂经理就急匆匆地跑了出来，整张脸笑得像朵花似的，对着夏熠点头哈腰："原来是夏小公子啊，稀客啊！失敬失敬。夏总最近身体还好？许久没来了呀。咱们这保安新来的，只眼熟您大姐，别价，啊！"

就这样，夏熠穿着一身洗旧的优衣库衣裤，大摇大摆地踏过那道镶金嵌玉的会所门槛，看得阎晶晶一张嘴顿时变成了 O 形。

经理领着一行人穿过装修古典的走廊："来来，您这边请。"

说着，那经理忍不住凑到夏熠耳边讲悄悄话："您先给我通个气，您是不是来查案的？要是有什么问题，您尽管——"

夏熠懒洋洋地一咧嘴："谁说我是来查案的？"

说着他伸手一把揽过邵麟的肩膀："我就不能带哥儿几个来爽爽？"

"能能能能能！"经理顿时又笑开了花，扭头招呼服务生，"还不快去给包房上个小吃拼盘，我请了！"

可包房的门一合上，夏熠就恢复了一脸鬼鬼祟祟的神情："绝了，这阵仗，这派头，接下来咱们咋整啊？"

邵麟饶有兴趣地翻了翻那份黑色烫金的酒水菜单。而阎晶晶看着报价表后面那一长串 0，紧张兮兮地咽了口唾沫："组组组长，这价格是不是不太合适……"

李福连忙附和："是啊，组长，周队年纪大了，心脏不好，你这个一报销岂不是……"

"我这趟出来都没打报告，那能让周队知道吗？记我姐账上。"夏熠很爽快地一挥手，"以前我爸他们老来这儿谈生意。现在我老爹快退休了，不管事儿，我姐有 VIP 卡，随便刷。"

阎晶晶听了如此的豪言壮语，战战兢兢地点了一份价值 128 元的焦糖爆米花。

夏熠扭头："你呢，菜单上有没有什么想要的？"

邵麟比较眼馋菜单上的 Boërl & Kroff（博尔柯夫）桃红香槟，但今天到底是来工作的，便轻轻摇头："酒就算了吧。"

"对对对，不能喝酒！"阎晶晶忙不迭地附和，"组长的酒量，不行！"

邵麟颇为意外："哦？"

夏熠扭头瞪了小姑娘一眼："胡说什么呢，不要随便说男人不行！"

"一杯倒！他真的就是一杯倒！"阎晶晶嘴快，赶在夏熠踩她脚趾之前，灵敏地躲到了邵麟身后，"上回郑局请喝酒，他喝了一杯就没了——"

夏熠骂道："我可去你的，喝完一杯酒你大哥我还站着呢！"

阎晶晶无情揭穿："是的！你还站着，你站着把啃完的西瓜皮盖到了郑局的'地中海'上！"

李福顿时想起当时的场景，忍不住哈哈笑了起来。

邵麟脑补了一下那个画面，忍俊不禁，温柔地说道："那你今天还真别喝了。"

夏熠："……"

"喀喀！"夏某人清了清嗓子，在桌上摊了一把免费瓜子，"来，我给你们讲讲这会所结构，之前老爹带我来过。"

夏熠从"地图"的东南角捡了两颗瓜子，嗑了起来："这里是我们进来的地方。"

"走廊两侧都是我们这样的包房，有大有小，正中是一座长方形的开放式吧台，"他在瓜子地图里抠出了一个"回"字，一边抠一边嗑，"服务生没有固定的房间，包房内按铃的话，谁有空谁来。除去包房、吧台有服务生……"

夏熠又捡了两片杏仁干，放在了"地图"西、北两角："左边这是小厨房，右边这是他们的休息更衣室，这两边都有人。大包房自带卫生间，开心果这里是公共卫生间……所有有服务生活动的位置，都不要放过。阎晶晶，东西拿出来。"

小姑娘连忙从包里掏出四个黑色的仪器，堆到桌上。从外形上看，这些很像迷你传呼机，上头还顶着一根小天线："这是局里的蓝牙探测仪。当绿灯亮的时候，代表它正在搜寻 18 米范围内的所有蓝牙设备。倘若仪器在范围内搜索到了我们的目标地址——61:33:ae:02:f8:42，绿光则会变成红光，同时它会振动一下，指示屏上会提示地址所在的方向。"

夏熠插话："发现目标的话，先通知大家。一个人发现目标后，其他人的探测仪也会收到信号。有时候可能隔了墙，或者隔了十多米远，尝试接近，不要打草惊蛇。"

"对，不过这个定位引导会有延迟，有时候也不是特别准确。如果无法确定目标，但又离目标只有几米，就按这个键，不出意外的话，对方设备会通过蓝牙直接响铃。"阎晶晶狡黠地眨眨眼，"我加了一个黑客小程序。"

李福问："可要是搜了半天也没中呢？"

"我认为耳机大概率是在会所里被调包的。如果搜不到，那么有两种可能。"邵麟说道，"一是凶手今天没上班，那么，用今晚的轮值表与康成、冷向荣那两天晚上的轮值表进行比对，便可以知道谁没有来，缩小嫌疑人范围。第二种，是凶手有两部手机。这个就只能进一步询问工作人员了。"

"先搜了再说，咱们分配一下地图任务。"夏熠扫了一眼，"谁去吧台？我这身衣服……"

最后，他的目光落在邵麟身上。

那是一件再普通不过的白衬衫，袖口随意地卷到手肘，胸口开着两颗扣，可偏偏就是这么普通的一件衣服，落在邵麟身上，就染了半身清冷的优雅。包房里的冷光灯打得他轮廓格外深，越发显得肩背挺拔，脖颈修长，锁骨线条若隐若现。

夏某人安排着："要……要不……邵老师去吧台？福子摸西边走廊，晶晶摸东边，我和他们熟，我去小厨房和休息室转转。"

"好。"

四人各自拿了一个探测仪放进裤兜。

临走前，阎晶晶悄悄把剩下的爆米花全部塞进嘴里，整张脸鼓成了偷吃玉米的小松鼠："呜嗯啊噗呜呜！"

吧台可以单独点酒，也可以免费续茶水、瓜子等小零食……大约会所以包房为主，吧台竟然十分安静。如果仔细数，服务生的数量可能比客人还多。舒缓的音乐淌过，玻璃杯在吧台上倒扣成一排，在灯光的照射下流光溢彩。

邵麟装模作样地看着吧台菜单，心想，自己已经在吧台绕两圈了，探测仪似乎毫无动静，是不是应该点个酒？已经有服务生在偷偷打量他了。

另外三个人那里，也没有传来消息。难不成，人真的不在？还是说，换了一部手机？

就在这个时候，他的余光里，门口一个身影一闪而过。

邵麟一时半会儿想不起来那人是谁，只是觉得他的身影看着眼熟。可由不得邵麟多想，因为他裤兜终于振动了起来。邵麟低头一看，是阎晶晶那边探测到了目标。他收回探测仪，大步往那边走去。

与此同时，夏熠也收到了消息。

可他在小厨房里被经理缠住了。

夏熠急了："真不聊了啊，张经理，我先走了，得回去看看那几个小毛孩子，回聊啊！"

正当他一脚踏出小厨房，毫无征兆地，会所的火警铃响了，"呜呜呜"刺耳得要命，其中还夹杂着一个悦耳的女声："请各位会员不要慌张，按照指示灯方向有秩序地离场——"

夏熠被经理尖叫着一把拉住："您走反啦，这边！"

"兄弟你别拉着我。"

谁知那经理又尖叫着扑了上来，把夏熠往反方向拽去："不行不行，外面危险，夏小公子您不能在我们这里出事儿啊——"

夏熠："……"

同时，每个包房里的人都来到了走廊上，匆匆往安全出口跑去，挡住了邵麟与李福的去路。

唯独阎晶晶离目标最近，她逆着人群，跑得飞快："这个火警铃很有可能是假的，我完全没有闻到烟味！抓住他！别让他跑了——"

可是，人群惊恐四散，阎晶晶被人重重撞到，探测仪脱手而出，两人之间的距离一下子被拉开了。

眼看着那个服务生消失在拐角，邵麟从另一个方向冲了出来。他都不需要看定位，就在人群中一眼认准了那个神色慌张的男人。

邵麟上前二话不说就飞起一脚，把男人踹倒在地上。

他一套擒拿的动作非常熟练，反剪双手，把人制伏在地上。可就在那一瞬间，天花板上的自动灭火器被激活，高浓度的干粉喷雾"唰"的一下喷了邵麟一身。他下意识地抬手，一手捂住双眼，一手捂住口鼻，咳了半天。

对方挣扎了两下，起身又跑。

邵麟眼睛里进了干粉，哗啦啦地流眼泪，什么也看不清。

那服务生熟门熟路地找到了一扇窗户，直接跳了出去。

消防车到得很快，场面一度非常混乱，竟然让那个服务生逃了。不幸中的万幸，就是凶手在被邵麟踹倒的时候，手机从屁股口袋里掉了出去，他在匆忙间没有发觉，让警方掌握了他的手机。

09

当晚，西区分局，讯问室。

夏熠黑着一张脸。

"人名是假的，身份证也是盗用的。张经理，你们这会所好厉害啊！"他恼火地把一份假档案呼在了会所经理脸上，"你们好大的牌面，VIP客户进去得费多大劲，这服务生阿猫阿狗倒是能随便进，嗯？"

那会所经理哆哆嗦嗦的："夏小公子，这事儿我们是有责任，但是——"

"谁是夏小公子？我是你夏警官！"

"夏警官，夏警官。"张经理小鸡啄米似的点头，"夏警官你看，这人其实也不是我们的正式员工嘛，所有实习服务生要半年才能转正，转正的审查是很严格的。但我们实习的门槛确实低，但凡长得好看点的都能过，大多是老乡带老乡……说出去就是转正率很低，显得咱们会所高端。这哪能想到……"

与此同时，阎晶晶与网侦已经破解了凶手的手机。

根据手机里绑定的银行卡，凶手名叫秦亮。从银行流水上看，他在化名去雅轩会所打工之前，也没什么固定的工作，就在网上给人写写程序，东一单西一单的，算是一个自由职业程序员。

"这人装了好多自己写的 App 呢，"阎晶晶瞪圆了一双眼睛，"我服了，他还黑进了会所的火警系统，就是为了在逃命前一键触发，太绝了……"

她随便滑着屏幕："不过，还有好多 App 我不知道是干吗的……"出于好奇，阎晶晶点开一个在她看来很可爱的 App 图标：黑色背景，上面画着一颗明黄色的、肉嘟嘟的、3D 卡通星星。

随即，阎晶晶爆发出几声尖叫："啊啊啊！怎么就格式化了！停下，停下，停下——"

她疯狂地按关机按钮，试图中断进程，然而，手机不再受任何控制，一路高唱 "Twinkle, twinkle, little star"（一闪一闪亮晶晶），屏幕上一堆明黄色的小星星扭动着从天而降，落到屏幕底端叠了起来。

掉下来的星星身上还显示格式化百分比……

当星星 100% 覆盖屏幕的时候，它们像消消乐一样"嘭"地炸开，随后手机自动重启，直接恢复了出厂模式。展屏语上写了一句英文，翻译过来就是"用户 Twinkling 向您问好"，不难猜测，这位 Twinkling 就是发明这个自动格式化 App 的黑客。

阎晶晶气得忍不住跺脚。

还好，在破手机的时候，阎晶晶习惯性做了文件镜像，所以，存在手机里的文件还在，只是 App 缓存与前端丢失。

在凶手的文档里，阎晶晶发现了一个 100 多兆的音频。刚点开文件，她的心就跳空一拍，连忙喊来组里的人。

音频里，最开始说话的是个男人，他口音标准，邵麟听着不觉耳熟："当然，我是很希望二位入伙的，但这件事儿，说实话吧，不知根知底的人我是真不敢用。本来就不是什么能敞开聊的事儿，不可能签合约啊什么的，到时候你们带着资金一跑路，我上哪儿找人哭去？"

随后，录音里就传来了康成签名式的笑声："哈哈哈，向荣总，瞧您这话说得！这熟悉不熟悉的，都不是问题。老规矩啊，咱们仨，每人摊个老底，大家手里抓着筹码，彼此都有点顾忌。有钱一起赚嘛！"

庄正谊似乎是有所顾虑："不会有人在听吧？"

"哈哈哈哈，老庄，这在太平洋上呢，哪儿来的耳朵？"冷向荣笑道，"我就看中海上游轮这点好，旅客都不认识你，就算被听到了几个字，也没人知道你是谁!"

"行,我先来!"康成很爽快地说道,"我坦白,我是同性恋,我只喜欢男人,我老婆还不知道。"

"你这不算吧,"庄正谊的语气似乎颇为嫌弃,"我早怀疑你是了,你老婆迟早知道,这料爆得没有半点力度。"

康成又哈哈笑了起来:"我觉得这个爆料很有力度啊,SweetHeart 可是我立身之本啊,一爆出来品牌就彻底砸啦!这样,我加点筹码,我再给你们发点小视频,但凡我半路抽资跑路,你们就把这个发网上。这诚意足吧?"

冷向荣哈哈大笑,而庄正谊啐了一口,说:"谁要看你的'运动'小视频。"

"行吧行吧,轮到我了。"庄正谊叹了口气,"很多人说,为什么我转行去做投资了,可惜。其实,我压根就没那设计的水平。那个无线耳机的芯片,最早就不是我的想法。我是为了完成毕业论文,找枪手做了一个设计,自己又随便加了些改动。原本只是想糊弄一下吧,谁知道就被大公司看上了,还这么成功!"

"什么枪手,这么牛?"

"嘁,就是个没钱吃饭的穷学生呗。"

"哈哈哈,那他岂不是要后悔死了!"

"那当然了。不过,本来就是我付钱买的署名权,他后悔也没用,后来确实找我闹过,被我压下去了。但这能怪谁呢?这设计给他,他也没有这个人脉资源给卖出去,是吧?"

"是啊是啊,风投圈说到底,不还是要靠包装?向荣总,咱俩老底都和你摊牌摊干净了,说说,你这个怎么赚钱?"

"既然二位都这么坦诚了,那我也不瞒大家。"冷向荣低声笑了两声,"我呢,手底下有些关系,现在的营利模式是这样的——先找一些分析师啊,悄悄地把消息放出去,炒炒概念,分析分析什么股票要涨,做一些预测什么的;过一段时间,咱们资金大量涌入,那些'韭菜'见股票真涨了,就会跟着一起冲进来,然后咱们抛售割一拨。当然,不能太明显啊,太明显了要被证监会请去'喝茶'。这套流程,目前已经很熟练了。"

"你们自己投基金理财啊,收益最多 6 到 10 个点吧,说实话,不亏就不错了,但跟着我一块儿做这个,不是我吹牛,我能给你们 20 到 30 的打底。"

"紧跟向荣总大口吃肉啊!来,别的什么都不说,我先敬您一杯!"

"有钱一起赚！哈哈哈！"

录音结束于玻璃杯清脆的碰撞声。

警方听得目瞪口呆，面面相觑："所以说，这是一个人渣找另外两个人渣入伙经济犯罪，入伙前互摊老底的故事？"

"绝了，人渣是喜欢和人渣交朋友吗？"

"人渣都死了，别揪着人渣不放了。听这内容，是在那破船上录的啊？这段录音到底是从谁那里流出来的？他们谁还偷偷录音了？"

"不知道，"阎晶晶皱眉，"我只能追踪到'秘密星球'，季彤那个录音也来自'秘密星球'……我要找技侦来分析一下这个背景音……"

"如果我没猜错的话，这个秦亮很有可能……就是当年给庄正谊写毕业论文的枪手。"邵麟眉头微蹙，眼底流露出了一缕担忧，"凶手下一个目标，果然是庄正谊。"

"可是秦亮已经暴露了，现在全城通缉，估计很快就能落网。"夏熠想了想，"而且，我们已经提醒了庄正谊耳机的事儿，凶手还想重复之前的行为，估计是不大可能了。"

"不……如果秦亮真的是那个枪手，那恐怕庄正谊才是他真正的目标。"邵麟轻声说道，"我好像明白了。"

"你明白啥了？"

"秦亮在练习。冷向荣只是他在小试牛刀。到康成那会儿，秦亮的手法就有了明显的升级——

"当时颜方玉已经坠楼死了。假设秦亮要康成死，他完全可以采用与杀死冷向荣类似的方法——但他没有。他选择了更复杂、更精密的设计。他偷走了颜方玉的 SIM 卡，在一个雷雨天吸引康成出门，造成了康成被雷电劈死的假象。费这么大功夫，为什么？

"他不单单是在杀人，他还在追求一种仪式感。康成为什么会被雷劈死？因为他出轨，所以在去见妻子的路上被天打雷劈。凶手开始在死亡这件事儿上加入他自己的布置——他需要观众和戏剧化的惩罚，来匹配他的审判。

"他的练习，就是要为杀死庄正谊做准备！"

这个时候，李福递过一张行程单："组长，庄正谊联系上了，他秘书发来了这两周的安排。这人好像挺忙，不太愿意接受警方的保护。他说耳机的事儿他知道了，他会注意的……"

邵麟低头扫了一眼日历。

"如果没有被发现，秦亮或许还会耐心蛰伏。但现在他剩下的时间不多了，他一定会让庄正谊快点死。"邵麟伸手一指周四的行程，"后天下午——燕安大学——庄正谊有一个关于他创业转风投的分享大会。我认为凶手会选择在那天动手。"

而此刻，离庄正谊在燕安大学的演讲，差不多还有 36 小时。

秦亮涉及近期两条人命，受到局里上下高度重视。周支队长认为夏熠在会所的追捕行动准备不足，甚至没有向上面进行报备，劈头盖脸把人一顿臭骂。

夏某人丧着一张脸，说队里以前从来都没有进行过基于蓝牙地址的追捕行动，这前前后后的那么多猜想，哪能想到真叫他撞上了！

周支队长拍桌下了死命令："全市悬赏通缉，不惜任何代价，把这个危险分子找出来！"

姜沫手下的人回来报告："秦亮的住址搜过了，人不在，电脑被远程清空了，咱们留了一组人在外围盯梢，但他有点反侦察的能力，估计一时半会儿不会回来。"

阎晶晶与网侦团队对秦亮的电子足迹进行了跟踪："秦亮在黑客圈里的 ID 叫'G-Host'，查了查，在圈里还小有名气。他平时会接一些病毒定制、信息盗取类的私活，在暗网非常活跃，有 100 多个用户给他打了五星好评——既然是暗网的活跃用户，我们合理怀疑，他手上还有一批别人的身份证和预付费银行卡。"

"他在市里一定还有其他黑客朋友，但他的聊天记录基本都是阅后即焚。"

秦亮这人，就好像人间蒸发了一样，没给警方留下一丝关键线索。

时值 6 月中旬，毕业季缓缓拉开帷幕，燕大校园里一下子多了许多毕业生家属，以及张罗着给学生拍毕业照的摄影团队。燕大保安虽说对车辆管控非常严格，但对步行进出的人睁一只眼闭一只眼。

市局一级一级通知下来，当燕大保安终于开始挨个儿检查身份证时，已经到了庄正谊演讲当天。

今年燕大毕业生创投分享大会设在了伊丽莎白大礼堂——一座灰色的、从外形上看类似欧式教堂的建筑。这是燕大与英国姐妹学校合资建的，除了平时集会，还用于校园内宗教服务，以及戏剧表演系的同学演练。

校方认为，当前没有任何实质性证据证明秦亮会在这一天动手，所以不必在学生中引起恐慌，以至于一切安保工作都只能悄悄进行。警方打扮成保安或便衣，穿插于人群之中。

在邵麟的强烈坚持下，会场要求学生不准录像，不准直播，日后官方录像会在校网上发布。同时，邵麟要求阎晶晶全程监控礼堂 Wi-Fi 出去的流量。无论是录音还是录像，实时直播是非常有特点的：流量输出持续且内容较大，非常容易被发现。

邵麟解释：“倘若秦亮想远程操控，那必须倚仗现场直播，除非他人就在这儿。说了不准直播，还要忙着给人直播的，肯定有问题。”

“可是，你认为他会来吗？”夏熠的目光扫过礼堂里五六百个学生，以及外校来的人，“全城通缉，那阵仗，啧！很少有犯罪个人能有这个待遇。你看，现在我们一队 12 个人都在现场，姜副带着另外 12 个人守校门，这样他还敢来吗？”

其实，局里的主流意见是，秦亮不会来。由于计划暴露，他已经不知道躲到什么旮旯里避风头去了。

“不知道。”邵麟摇摇头，“但我认为他会来。”

“今天不来，秦亮就很难有下手的机会了。”邵麟轻声分析，“他抓机会快、准、狠，不是那种犹犹豫豫、畏畏缩缩的人。颜方玉意外坠楼后的那么几分钟，都被他抓住利用……要我是那样的人，我绝不会放过这个机会。而且，在他心里，你们警察就是废物一样的存在，人多有什么用？他才不怕呢。”

夏熠：“……”心想给点面子啊哥！

下午 3 点，大部分观众已落座，活动正式拉开帷幕。

便衣警察们悄无声息地开始了排查工作，看到拿出手机录像的，都会提醒他们关掉。

夏熠耳机里“刺啦刺啦”的：“报告组长，一小队主席台前五排观众身份核查完毕，均是正常学生，没有发现目标。”

“二小队后台控制室、道具室、更衣室核查完毕，没有发现可疑身份。”

“收到。”夏熠蹙眉看向邵麟，“目前似乎能确定，秦亮不在离庄正谊 18 米的范围之内。”

邵麟压低声音："他不在，未必没有同伙。"

分享会按照流程有序地进行着，庄正谊是排在第三位上台的演讲者。舞台上，女司仪做完介绍："现在，让我们掌声有请燕安大学05级校友——科威天使投资人——庄正谊先生！"

临行前，助理小姑娘轻轻弹了弹手上的挂耳麦克风，却发现音响里没有传来任何声音。她试了两次，才发现这麦克风似乎坏了。小姑娘的心跳空一拍，连忙捡起一旁的备用耳麦，递给即将上台的庄正谊。

西装笔挺的男人微笑着，在一片震天的掌声中走到了舞台的投射灯下。

夏熠盯着他的背影，浑身肌肉都绷紧了。

庄正谊试了试麦克风，笑着说回想多少年前，自己也和诸位一样，坐在伊丽莎白大礼堂里听前辈讲创业……

男人介绍了一下自己的背景、当前的投资工作，又分享了一下投资人的一天是什么样子的。一切如常进行，似乎没什么问题。

夏熠的肩膀跟着放松了下来。

可正当庄正谊介绍完了他的本科设计，他的麦克风哑了火。庄正谊还在讲话，可音响已经没了声音。一直在监控现场电子设备的阎晶晶猛然抬头："组长，耳麦的连接中断了！"

就在那一瞬间，夏熠都没有思考，整个人宛如一簇利箭，从后台飞身而出。他抢走了庄正谊的耳麦，电光石火间，将它狠狠地摔在了地上。

时间，似乎在那一刹那停滞了。庄正谊扭头，诧异地看着夏熠。

等大家反应过来，舞台底下一片低呼，交头接耳，有好奇的同学已经在后排站了起来，探头探脑，试图看得更清楚一点。

后台的工作人员也是一片哗然："这是怎么了？"

"出什么事儿了？"

阎晶晶将仪器接上无线耳麦，驾轻就熟地破解了黑客的蓝牙地址。她大声喊道："我找到了，耳麦在与音响断连之后，连上了这个地址——22:22:f4:17:ae:03，应该就在18米范围内，这个蓝牙是谁的？"

警员们第一时间拿起蓝牙探测仪，在四周搜索了起来。

与此同时，邵麟大步走了出去，在舞台上大大方方地拿起麦克风："各位同学，非常抱歉，后台出现了一些小问题，请保持原地就座，不要惊慌。"

他语速平缓，字与字之间仿佛带着温柔笑意："现在，让我们来玩一个互动小游戏。同学们，看一下自己身边，寻找一位之前不认识的同学，告诉他你叫什么名字，来自哪个学院，以及现在最想吃的东西，好不好？"

这似乎是一个很奇怪的小游戏。不少同学面面相觑，目光扫过身边的陌生人，又不好意思地转去了别处。

"快要毕业了，是不是才发现，校园里还有许多不认识的同学？"邵麟轻笑道。他嗓音本就很好听，再加上麦克风混响，像极了午夜电台的主持人。

有些同学按照他说的话做了起来，礼堂里稀稀拉拉一片低语。

邵麟注意到，第三排最左边坐着一个体形庞大的女孩子，整个人像一只土豆似的，几乎挤不进单人座位。她前前后后的同学们看到她，就自动把她给忽略了，三三两两地结了对子，留下她一个人非常尴尬。

"有些同学可能比较内向，如果你身边有同学还没有找到小伙伴，你可以主动邀请，将两人小组，扩成三人小组。"邵麟微笑着又补了一句，"我叫邵麟，是燕安大学心理系的客座讲师，现在我最想吃的，是学校门口的咖啡甜甜圈。"

也不知是哪个女孩子在后排尖叫着喊了一句："邵老师，我愿意给你买一车甜甜圈！"

随后哄笑声一片。

邵麟微笑着说了一声"谢谢"。

被她这么一搅和，整个礼堂的气氛顿时热烈了起来，不少同学就着话题聊了开来。

这个破冰互动给警方争取了时间。

此刻，伊丽莎白大礼堂的所有出口都已被警方控制。同时，拿着蓝牙探测仪的警员们成功锁定第二排中间的一个男生，把他单独给揪了出来。

小伙子戴着黑框眼镜，高得跟瘦竹竿似的，有点驼背，却长着一张娃娃脸，学生气特别浓。

阎晶晶冷冷地看了他一眼："手机解锁，交出来。"

男生老实上交手机，却一脸茫然："我的手机怎么了？"

阎晶晶飞快地扫了扫他手机里安装的 App，都是大学生常用的那些，没有任何可疑的应用，而且，最近几小时内，也没有任何来电。

但是，根据蓝牙地址，刚才话筒被"黑"，确确实实连了这个设备。阎晶晶忍不住皱起眉头："就在刚才，庄老师话筒没声音的时候，你手机有没有出现一些比较奇怪的现象？或者，你最近有没有下载什么程序？"

"奇怪的现象？没有啊！"男生依然不明所以，非常无辜地眨眨眼，"App倒是下载过，我下载了那个。"

说着他伸手指向礼堂两侧贴着的水蓝色广告，标语写着"相约6月，毕业瞬间"，下面男男女女围着一个二维码。"照相亭"是燕大官方合作的摄影公司，下载App后可以查看各种毕业活动的照片，以及预约自己的单人毕业照、闺密照等。比如今天的活动，按原定行程，结束的时候还有与演讲者合影的环节，下面一直有照相亭的工作人员。

男生结结巴巴地补充："进……进门的地方也有。"

何止进门的地方，毕业季活动刚开始，燕安大学里到处都贴着类似的传单，各公司为了推广App，规定只有从App内订购毕业套餐才能参加满减优惠。

邵麟上前伸手一摸，却感受到广告纸上有一层薄薄的凸起——他用指甲轻轻一抠，原来的二维码上，竟然被覆盖了一层新的二维码！通过新二维码扫码下载的App，与照相亭App的图标一模一样，点进去也是照相亭首页的界面，可这根本就是一个披着外壳的病毒软件！

阎晶晶用自己的手机试着扫了一下，发现下载后第一件事儿，就是让你选择是否开启手机的"相册"权限，然而，这是一个授权陷阱，但凡点了确认，这个病毒软件就完全控制了手机……

邵麟轻轻一声叹息，说有这能耐，做什么不好。

那个意外被"黑"的男生听了目瞪口呆："难怪我注册成功之后，一直没办法领取那个套餐满减券，还以为是骗人的呢！"

阎晶晶顿时扶额，心想：弟弟，你手机都被"黑"了，怎么还关心着那几张满减券呢！

警方四处寻找了一圈，发现伊丽莎白大礼堂附近的照相亭广告，二维码全部被调了包，但根据还在门卫处巡逻的同事们说，校门那边宣传栏上，照相亭App的二维码没有被调包。

也就是说，凶手很早就来过学校，且非常有针对性地选择了伊丽莎白大礼堂。

甚至，他很有可能还在这里。

夏熠联系了二组，并把命令吩咐了下去："守死礼堂出口，身份摸不明白一律不准放行，没带学生证或者人名对不上的，统统先扣下。李福，你去清点后台人员，一个都不准少。"

可就在这个时候，女司仪匆匆跑过舞台。

突然，她脚下传来"咔嗒"一声。女司仪停下脚步，发现自己踩中的正方形活动板竟然往下陷了5厘米。

这个礼堂不仅仅用于集会，平时还是戏剧表演系排练的舞台。为了制造一些戏剧效果，舞台本身设置了一些可以升降的机关。女司仪现在所站的那块活动板，恰好是一个升降机关的所在。

与此同时，女司仪身后的大屏幕也变了，变成一段由黑色马赛克拼出的文字：你现在有30分钟的时间，站在原地讲述你的罪行，如果你离开一步，脚下就会爆炸。

文字下方，跳出一个倒计时，已经变成了29：59。

邵麟很快就明白过来——且先不论爆炸一事真假，但这个陷阱，原本是给庄正谊设计的。在庄正谊上台前，女司仪一直在那个地方走来走去，活动板根本就没有问题。在庄正谊上台后，这个陷阱才被激活，却莫名其妙地捕捉到了错误目标。

所以，庄正谊演讲的时候，凶手一定还在现场。

可是，现在大礼堂里一片混乱。

"罪行？什么罪行？女司仪脚下有炸弹？"

"可别是恶搞吧！拿这种事情开玩笑也太过分了啊！"

"屏幕上有倒计时啊，不会时间到了真爆炸了吧？宁可信其有，莫要信其无啊，还是先出去吧，我的天哪！"

"是啊是啊，还是先出去吧。"

而女司仪的一声尖叫，引爆了现场的恐慌情绪。也不知是谁带了头，学生们三五成群地开始往出口处跑。可是这么多人同时拥向出口，难免会发生摔倒踩踏，你撞我，我撞你，乱得像一锅沸腾的饺子汤。

夏熠当机立断，对着天花板打了两颗子弹，学生们瞬间被枪声震慑，愣在原地。夏熠趁机抄起喇叭大喊："这里是燕安市公安局西区分局，请大家不要奔跑，按照座位顺序依次离场！请大家准备好自己的学生证，一、二两排的同学，从前方A1出口离场！倒数一、二两排的同学，从后方A2出口离场！剩下的同学，请继续坐在自己的位置上，不信谣，不传谣，静待离场！"

"那我呢？我怎么办啊？"舞台上传来女司仪凄厉的哭喊，她手足无措，声音颤抖，"这……这下面有……有炸弹？"

夏熠把疏散现场的任务交给了其他同事，扭头飞奔而去，厉声喊道："你别动！如果离开一步，就会爆炸！那是松发式炸弹！"他跑到舞台前，重复了一遍："我先去检查一下是不是真的有炸弹，你别怕，你再站一会儿！"

豆大的泪珠断了线似的往下流，女司仪很努力地在试图控制自己的情绪。她点点头，可整个人就是不受控制地颤抖，抖得她都无法确定，自己的脚是否还能一直压在那块板上。

可就在这个时候，她被人从身后扶住了。

"别怕。"邵麟的嗓音似乎天然带着安抚人心的力量。女司仪颤抖着缓过一口气。

而邵麟一手揽过她的肩膀，把自己的脚虚踩了上去。他盯着正方形板块凹下去的深度，说道："你慢慢撤力，我踩着。别怕，只要不让这块板上升，就不会有事儿。"

直到这个时候，夏熠才发现，这舞台下面竟然是空心的。在没人使用升降机关的时候，这个空间作为储藏室，存放了大量折叠椅、乐器和道具。

可现在，夏熠刚推开储藏室的门，就看到秦亮跷着二郎腿，坐在一个巨大的乐器盒上，身边亮着一台笔记本。他一直躲在巨型储藏箱里，只要箱子一关，黑乎乎的舞台下面，他压根就不会被人怀疑！

而现在，秦亮咧开一个嘲讽的笑容："别查了，警官，是真炸弹，而且有两个。加起来倒是威力不大，最多也就炸掉两层楼吧。第一个炸弹，是松压弹簧引信，只要上面的人不动，它就不会爆炸。第二个炸弹呢，也就是紧贴着松发的这个，是电子控制。如果你们不放我走，30分钟后它就会爆炸。

"不过，校门外停着一辆车，只要你们让我好好回到车上，这里的电子端就不会被激活。与其说它是个炸弹，不如说它是我离开的保险。

"怎么样，做个交易？"

夏熠眼底闪过一抹锋利的寒光，难得废话都没说上半句，直接利索地把人按倒在地，铐上双手。

他的目光扫过落满灰尘的储藏室，这里有很多乐器盒，以及巨型储藏箱。

一个提琴盒上，连着不少电子设备，而另外一个储藏箱里，放了不少饼干、水、甚至还有洗漱用品。不难猜测——秦亮早就盯上了庄正谊今天的演讲。在雅轩会所暴露后，他于第二天一早就混进燕大校园，躲在这个舞台底下。

"哎哎——警官，不必这么粗暴吧？"秦亮咧嘴笑了，"我刚说的，没有半句谎话。只有我的六位数密码，才可以破解第二个炸弹的定时器。要不然，二十几分钟后，'嘭'，这里全部得爆炸。"

夏熠一把拽着他的衣领，把人从地上提了起来，冷冷地盯着他。而秦亮脸上没有半点怯色："警官，如果这里真的爆炸，那每一条人命，都会算在你的头上。因为你愚蠢的决定——"

夏熠直接飞去一拳，秦亮瞬间口鼻见血。"我不和犯罪分子谈条件。"

说着，夏熠把绑好的凶手丢给同事，第一时间去检查舞台下的炸弹布置。

只见头顶那块正方形活动板下，是一个大半米长的木质长方体，长方体下接着一套由交叉铁架组成的伸缩装置，再到最底下，是控制铁架伸缩的电子基座。现在这个电子基座已经被彻底破坏，伸缩架呈下压折叠状，但它已经无法再往下走，因为其底部缝隙里卡了一枚松发雷。

松发雷的引信是一根弹簧，当它受力下压时，无事发生；可当压力消失，弹簧再次回到正常长度，则会引爆地雷。

除了这枚松发雷，伸缩装置的另外一侧，还密密麻麻地捆绑着一个自制炸弹，虽说手工粗糙，却五脏俱全。十一二根雷管，由无数根电线缠在一起，电线接入一部非智能翻盖手机，黑白显示屏上显示着爆炸倒计时，下面还有六条线，下面的键盘可以输入数字。

——六位数密码。

看来，秦亮还真没说谎。

夏熠简单地分析了一下，一边上报局里，一边快步离开："是真炸弹，一个松发式，一个电子式，卡一块儿了。对，无论哪个被引爆，两个都会炸开。我们尽快疏散学生与工作人员。就是不知道那个女司仪还能坚持多久——"

夏熠刚走上舞台，就愣住了。之前女司仪的位置，已经变成了邵麟。两人目光在空中短暂交错，却又十分默契，谁也没有说话。

夏熠的电话的另一端，姜沫跑得气喘吁吁："我们马上就到。市局已经联系上了，但专业的排爆组最快也需要18分钟才能赶到，还有可能会堵在路上。"

夏熠瞥了一眼倒计时，只剩下 25 分 54 秒了："等不了。让他们来拆第二个，我先开始了。"

警察一般都学过炸弹的辨识与拆弹原理，但放普通警队里，大部分人都是纸上谈兵，实战经验少之又少。而现在队里，真正接受过拆弹专业训练的，只有武警部队出身的夏熠。

"邵老师，我和你简单讲一下。目前的情况是，下面两个炸弹，你脚下这个是松发式，意思就是说——"

"我知道松发。"邵麟打断他，"讲重点。"

夏熠沉默地看了他几秒，随后深吸一口气："因为人手不够，我们暂时不能先排你脚下的雷。松发雷的波及范围相对有限，而另外一个炸弹上的雷管杀伤力极大，在倒计时结束之前，我们得先拆了那个，再来解决你脚下的问题。所以，我们可能需要一点时间。"

"按你们计划来。"邵麟没半句废话，"别着急。"

夏熠盯着他，喉结上下一动，最终什么都没说，点了点头。

活动摄影组的工作人员急匆匆地拿着一个工具盒跑了过来："警官，这是我们修仪器的工具箱，有铁钳、剪刀、扳手、螺丝刀……您看这个大小合适不合适啊？"

邵麟低头，看向自己脚下的活动板——下面竟然真的有炸弹。在邵麟前半生的工作经历里，这绝非最危险的一次，但或许是平静的日子过了太久，这种感觉竟然恍如隔世，在心头产生了一丝不真实感。

五感、心跳、呼吸，好像都变得非常遥远而失真……他站在这里，但他似乎又飘在很远的地方，无知无觉。

10

远处，撤离的学生化作一片"嗡嗡"的海洋，有警察拿着喇叭在大声喊话，维持秩序。后台出入口，两个警察左右架着秦亮，男人一见到庄正谊，就情绪激动地手舞足蹈，破口大骂。离他更近一点的地方，女司仪被她的同事搂着，直接坐在地板上掩面哭泣……脚步声来来去去，好多人都在打电话，语速飞快，情绪崩溃。

这里怎么这么吵啊……

那边夏熠交代完事宜，接过工具箱。

"邵老师。"他在转身离开之际，向邵麟抬起手，亮出掌心。

邵麟与他轻轻一击掌。

夏熠突然五指发力，狠狠抓住了邵麟的手，劲大得使他瞬间吃痛。他迎上夏熠的目光，那目光坚定而滚烫。

邵麟只觉得耳畔"轰"的一声，鲜活的热血像是冲破了某种桎梏，把他的意识拽回到沸腾喧嚣的现实之中。他看着身前的男人，意外地，心头一片平静。

夏熠很快就松了手，一来一去间，不过两三秒的工夫。邵麟目送他转身下楼，更远处，传来了阎晶晶的声音："组长，市局的炸弹专家连线上了，会视频指导我们拆除！"

舞台下，秦亮还在那边愤怒地狂吼："你是拆不掉的！我设定了闭环回路，无论你剪断哪条天线，只要闭环回路消失，它就会爆炸！如果输入错误密码，它也会爆炸！你们拆不掉的！现在放我走还来得及！"

邵麟突然扭头，指了指舞台边上："不好意思，你们能先把他铐这里吗？"

两个警员面面相觑："组……组长说把他关车里，别让他影响现场工作。"

邵麟温和地说道："把他铐在这里，万一——会儿要爆炸了，他又改主意了呢？"

"我呸！"秦亮破口大骂，"行啊，谁怕谁啊？老子到时候进了局子，横竖也是一个死。你想陪我一起死，我开心还来不及！"

邵麟不理他，自顾自戴上无线耳机，接上了拆弹组的多人会议："把大屏幕的显示器关掉。"

"唰"的一下，倒计时随着舞台上大屏幕的关闭消失了。

邵麟瞥了秦亮一眼，说："你什么时候改主意了，就什么时候和我说。"如果倒计时还在，那秦亮完全可以拖到最后一秒。可现在，秦亮失去了时间概念，或许他会开始恐慌。

秦亮却像一个穷途末路的暴徒，继续破口大骂："你们这些人可真是废物！看看你们在这里干什么！你们事事都帮着庄正谊这个吸血鬼、大骗子——你们擦亮眼睛，看看你们在帮什么人！"

邵麟仿佛没听到，看都没看他一眼。

"当年庄正谊拿着我的创意去骗投资，拿到了钱却半毛钱都不肯分给我！就是因为我威胁他要曝光这件事儿，这个人就害得我处处找不到工作！我从四五线穷乡僻壤考到燕安，我自学了所有编程技术，我容易吗我？明明有进大公司的本事，手里拿着 offer（录用信）却被辞退，哪家大公司我都进不去！我做错了什么？这世界还有天理吗？那个人偷走了我的人生，却依然过得风生水起。警官，你也别恨我！我只恨现在踩在这上面的人不是庄正谊那个狗东西！"

半晌，邵麟才扭头看他，平静地说道："他们确实做错了，也确实应该得到惩罚。只是不应该由你去惩罚。你没有资格以性命为筹码去审判任何人。"

"哈哈哈哈哈——"秦亮仰头放肆大笑，"听听，听听是谁在和我说这样的话。警官，你现在命都未必在你自己手里，还和我聊什么资格不资格？我有能力设计审判，那我就是有资格！"

"你不懂。"秦亮眯起眼睛，死死盯着邵麟，声音放得很轻，像一条吐着芯子的蛇，"因为你从来都不曾有掌控别人性命的能力。"

"是吗？"邵麟垂眸，似乎不想继续这个讨论，一转话题，"康成、冷向荣与庄正谊的录音，是谁发给你的？"

秦亮一声冷笑："是谁你不必知道。是和我一样为自己寻求正义的人。"

邵麟微微皱起眉头，突然又改了主意。

这人得留着，用来挖一挖那份录音背后的线索。邵麟挥挥手，示意警察带秦亮走。

时间已经过去了一半，礼堂疏散得差不多了。邵麟听见耳机里，专家会议正讨论得热火朝天。

自制炸弹的结构其实非常简单：一个电子控制的点火器、连线，以及爆炸物。夏熠基本上已经将整个炸弹的结构摸了个清楚，制作者甚至都没有添加用于迷惑对手的火线。点火器的结构也非常清晰，如果只谈拆解，那都不是事儿。

唯一的问题——正如秦亮所说，这是一个闭环结构。每隔 10 秒钟，完整的结构会发送电流信号给那部非智能手机。无论是剪断电线，还是进入点火器的盒子试图拆除点火器，闭环信号都会中断，直接触发爆炸。

只有那个六位数密码可以解锁。

从设计上来讲，这确实是一个无法被拆除的炸弹。

幸运的是，过时的非智能机非常简单，警方通过秦亮留下的数据连接线，很快就破解进入了这个程序内部。阎晶晶在专家的指导下，成功调出了闭环的控制程序。

每隔10秒，源代码里就会跑出一长串的"1"。"1"代表线路完好，"0"则代表闭环受损。这个程序很简单，但凡出现一个"0"，就直接引爆。

眼看着倒计时的分钟进入个位数区间，专业的排爆组还堵在路上，估计是赶不上拆第一枚炸弹了。不过，局里的专家提出了一个大胆的想法："我们可以植入一个类似的文件，替换这个闭环程序。但是，在我们的替换文件里，无论发生什么，它都只能是'1'。只要这个程序认为，一切都是'1'，那么它就不会引爆。在文件替换成功后，直接破坏外盒，拆除点火器。"

修改这个程序片段并不难，很快，专家就发来了文件。

阎晶晶皱眉："可是这个程序一直在跑，如果文件遭到替换，会不会也触发报警？"

"10秒钟的空隙。你有10秒钟做这件事儿。在这10秒钟的间隙内，闭环出现破坏，是不会启动引爆的。不管你是在第1秒的时候破坏程序，还是在第9秒的时候破坏程序，点火器都会在第10秒的时候统一清算。只要我们在第10秒前，换上新的程序，就不会触发点火。"

离既定的引爆时间，只剩下4分钟了。

"我知道了。就是在上一次清算结束的时候，替换这个文件夹，然后直接剪线，是吗？"

"没错。"专家那边再次确定，"这个文件我们已经在所里的机器上模拟过了，应该没有问题。"

夏熠点点头："好的，我明白了，挺简单的，就替换个文件呗！晶晶，你出去吧，万一有个啥，现场人越少越好。"

阎晶晶一听到"万一有个啥"，眼眶顿时红了，拽着夏熠的胳膊想说话，却半天没有憋出一个字。

"你干啥啊你？时间宝贵知道不知道？有话快说有屁快放，哭哭啼啼的话就别跟我说了！"夏熠连推带赶的，"没事儿的话，求你快点滚！哎哎哎，你别哭啊，别担心别担心，不会有事儿的。我放佛经了啊，谁也不能在我的 BGM（背景音乐）里炸死我！"

夏熠说着一按手机，喇叭里飘出有节奏的木鱼声："南——无——阿——弥——多——婆——夜——"

"不行！"阎晶晶哭着抢过手机，"你这放的啥啊，你这放的是《往生咒》！组长咱们能不能吉利点！"

小姑娘使出自己参加黑客马拉松的手速，噼里啪啦地瞬间把歌切成了《好运来》。顿时，高亢的女高音响起："好运来，祝你好运来！"阎晶晶脚底抹油，直接开溜。

邵麟："……"

阎晶晶很快退到了安全线外："组长，我到了。"

夏熠起身，一个立正，对视频里的专家组行了一个标准的军礼。而摄像头前，年长的拆弹专家看着他年轻的脸，缓缓回了一个军礼，一时心头百感交集："夏熠同志，我们祝你圆满完成任务。"

显示器上的倒计时，只剩下 2 分 21 秒。

夏熠深吸一口气，轻轻弹了弹耳麦。现在，整个礼堂里只剩下他与邵麟两个人了。一个站在舞台上，一个蹲在舞台下，虽说看不到彼此，但两条命拴在了同一条线上。

夏熠也不知道为什么，在换置文件之前，他就是想再和邵麟说句话。他喊了一声"邵麟"，却又突然卡了壳，不知道接下来应该说些什么。

很快，耳麦里传来了对方的声音。大约是麦克风混响的缘故，夏熠从来都没有听过邵麟这么温柔的嗓音。那几乎像是枕边人夜半的低语，很轻，带着几分笑意，满是信任与期待。

他说："夏熠，我相信你。"

夏熠卡着时间点替换了黑客程序，10 秒钟后，无事发生。他拿起工具，直接卸下了点火器。

点火器顺利脱出，10 秒钟过去，无事发生。

又是 10 秒钟过去了，夏熠原地一坐，这才后知后觉地发现，后背早已被汗水打湿。耳麦里传来一阵欢呼，专业排爆组入场，第一时间转移了那些雷管。

但是，问题还没有彻底解决，进度条只走了一半。

邵麟脚下还有一枚松发雷——别看这种松发雷结构简单、成本奇低，却是雷里最难拆的一种，专业人员一般会采取排爆，而非拆弹。

排爆组对松发雷做了全面评估："现在我们有两种思路。第一种，是找重物代替舞台上的压踩，不过人可以随时控制力道，但重物不可。我们很难计算当前活动板的负重，万一有个上下移动，触发引信，爆炸物附近的作业人员都可能会受伤。

"第二种方式，稳固舞台下的伸缩架，在空隙里再卡一个东西，比如毯子、垫子。等人撤离后，机器人引爆。二位，你们怎么看？"

其实，第二种方式也存在类似的风险，毕竟用东西卡住升降机关，无法保障弹簧没有小幅度的上下移动，从而意外引爆。

"风险是必然存在的。以防万一，这位同志必须披上防爆毯。"排爆组工作人员对邵麟点点头，"哪怕爆炸不幸触发，也最起码会有5秒的延迟。这个雷的杀伤力不强，估计只能在舞台正中炸一个洞。而5秒的时间差，足够他离开舞台，再加上身上有防爆毯缓冲，应该问题不大。"

"不行。"夏熠一口回绝，"有没有更安全的方案？"

"有是有的。"排爆组工作人员互相看了一眼，说道，"我们可以用机器人在下面精准锁定升降机关。但目前，我们手上只有排弹机器人，现在向局里调用可以拉住升降机关的机械臂，要再等半小时。二位，怎么说？"

夏熠直接做了决定："选择最安全的。"

"好。"

虽说半小时不算长，但邵麟得始终控制着腿上力度，每一块肌肉都绷得紧紧的，时间一久，终究耗神费力，这会儿额角已经沁出了一层薄汗，面色显得格外苍白。

夏熠掏出一张纸巾，轻轻地擦了擦对方脸上的汗："你还能坚持吗？要不要换我？"

"没事儿，我现在挺平衡的，等机器人吧。"

"好。我陪你等。"

夏熠觉得这是自己第一次那么认真地盯着邵麟，能看清邵麟睫毛的缝隙，甚至脸上细小的绒毛……毫无来由地，他脑子里闪过一个念头——邵麟还是不戴眼镜、完全没有伪装时英俊。

不是帅，而是一种清冷的、线条感极强的英俊。

"来聊天啊，邵老师。聊聊天时间很快就过去了，真的。小夏专业陪聊，半小时只需要五毛钱。"

邵麟扭过头："别和我说话，分神。"

夏熠连忙在自己嘴唇前比了一个"拉上拉链"的动作。

邵麟突然指了指身前："过来，蹲这里。"

"嗯？"夏熠不解，但还是乖乖照做了。他蹲在地板上，眼巴巴地仰起头。邵麟伸手撸了撸他的刺头，顿时觉得非常放松。

手感真不错。

邵麟忍不住在心底感慨，撸狗解压，贺老师诚不欺我。

安静的时间没过多久，夏熠就有点耐不住了。很快，他口袋里又飘出了高亢的女声："好运来，祝你好运来……"

不得不说，科技的进步，大大减少了排爆人员的伤亡。调派过来的机器人有三只机械臂，稳稳当当地控制住了舞台下的伸缩装置。在专业小组发出确认信号之后，邵麟终于度过了漫长的一个多小时，和夏熠一起走出礼堂。

身后"轰"的一声，专业小组在外操控机器人，引爆了那枚松发雷，舞台上的木板瞬间冲上屋顶，又落下碎成木屑雨……

人群再次爆发出一阵欢呼声，无数人将邵麟与夏熠团团围住，其中不乏一些媒体，快门声不停地"咔咔咔"。也不知是不是人群过于热情，夏熠注意到，邵麟的脸色似乎比在礼堂里更白了。

他伸手挡住自己的脸，夏熠立马帮他赶走了媒体。

可是，之前被换下的女司仪又跑了过来，拼命缠着邵麟要他的联系方式。

"保护人民安全是每一位警察的职责所在，"邵麟温和地看着她，带着职业性的微笑，"换成在场的任何一个人，都会帮你压住那块活动板。所以，不必谢我。"

阎晶晶听了，一双大眼睛滴溜溜一转，提前钻进 GL8。

姜沫打电话来说，秦亮已经被铐回局里了，她特批参与排爆的小组先回去休整。夏熠给自己系上安全带："阎晶晶啊，组里那几个专家厉害得很，回去好好请人吃顿饭，以后多多交流学习。"

后排小姑娘窝在座位里，快快地"嗯"了一声，似乎情绪不高。

"你又怎么了？"夏熠奇怪地扭过头，"秦亮抓到了，俩炸弹都安全拆除了，你上哪儿去找这么圆满的案子？怎么还这副表情？"

阎晶晶一嘟嘴，说"是都挺好的"，言语间，她偷偷瞥了邵麟一眼，又飞速地别开了目光。

小姑娘平时是局里最亲邵麟的，平时没事儿就围着人上下蹦跶，一口一个"邵老师"。这回，人好不容易从礼堂里走出来，阎晶晶却开始目光躲躲闪闪，夏熠就觉得很不对劲。

他从前面探出脑袋，一顿逼问，阎晶晶这才支支吾吾地把心里话倒了出来。

原来，当时阎晶晶看到女司仪站在舞台上抖得像筛子似的，她心底就萌生了一个想法——她觉得自己应该上去替女司仪固定一下活动板。毕竟，她当时是离女司仪最近的警察。可是，阎晶晶一想到活动板下面可能真的埋着一枚炸弹，顿时又害怕了。一害怕，她就开始"忙活"，开始疏散学生，以"自己处理电子设备用处更大"为借口，来逃避刚才的想法。

然后，她就看邵麟从远处跑了过来，把人给替上了。

阎晶晶越坦白，越觉得内疚，觉得自己辜负了人民，辜负了党，辜负了这一身警服对她的期待。小姑娘越想越难过，就"哇"的一声哭了："组……组长，我是不是特别不适合做这份工作……呜呜呜……"

邵麟从工具箱里递过几张卫生纸："没有的事儿。如果没有你，谁来破解第一枚炸弹的代码呢？"

阎晶晶用力擤了一下鼻涕："那我是不是应该去网侦……呜，我是不是不应该做一线外勤……我真的害怕……呜……"

"你是不是傻？"夏熠一掌心盖到她脑袋上，语重心长，"害怕是正常的。这脚下踩着炸弹，不害怕那才叫不正常呢。而且，咱们出任务，什么时候轮到过新人出头？天塌下来，也轮不到你一个才实习一年的上去顶着。上回枪没带够，唯一的那把，姜副还不是丢给福子防身了？可是福子那枪法能打中谁呢，你说是不？"

阎晶晶一时间哭笑不得。

"你知道，警队为什么一直保留着这个传统吗？"夏熠突然正色，缓缓说道，"那是因为，等有朝一日你经验丰富了，能挑大梁了，你也会像前辈护着你那样，去护着未来的新人。"

夏熠顿了顿，压低了声音："我们每一个人的勇气，都来自传承。"

阎晶晶瞪大了一双兔子眼睛，水汪汪地看着夏熠："组……组长……"

"哭哭哭，还哭！再哭我把你赶下去了！"夏熠突然翻脸，骂骂咧咧，"你邵老师都没哭呢，就你哭，丢人不丢人，啊?!"

阎晶晶猛然止住泪水，心想组长是在暗示她，自己要与邵老师单独相处，安慰邵老师吗？毕竟，大家一起经历了这么刺激的事儿，肯定是需要一点独处时间的！

那她还在车里干啥！

"我明白了！谢谢组长！组长再见！"阎晶晶立马头也不回地推门出去。

"嘭"的一声，车门关上，阎晶晶冲向另外一辆警车。

夏熠一头雾水："我又说错话了？"

邵麟轻轻地笑了一声。

夏熠看向车窗外，阎晶晶似乎又活蹦乱跳了起来。他摇摇头，说："回头小姑娘该把你当英雄了。"

邵麟垂眸，眉目间没什么情绪，既没有惊心动魄后的疲惫，也没有劫后余生的雀跃。半晌，他才淡淡开口："夏熠，你别把我想得太好。"

夏熠不解："什么？"

"我没你想象中那么好。"邵麟重复了一次，低声解释，"我替那个司仪，不是出于什么崇高的责任感……"他犹豫片刻，还是低声吐出一句话，"不过是为了我自己罢了。"

夏熠沉默地看着他。

邵麟不再开口。他想，夏熠说得没错：害怕是正常的，不害怕才不正常。可是方才，在他冲上去替那女司仪的瞬间，他根本就不觉得害怕。实话实说，他想的才不是什么责任，而是寻求自我安慰。

长久以来，在他的潜意识里，总有一个声音在不停呐喊——你为什么还活着？倘若真的与救生艇同沉，仿佛才是赎了自己所有的罪。

心理学上，这种状态被称为"幸存者内疚"。

去年蓬莱公主号爆炸至今，他是从未从战场回家的战士，灵魂困于怒海，日夜浮沉。

"不管你怎么说，"夏熠捏了捏邵麟还搁在工具箱上的手，"我就是觉得你很好。所以一会儿出了校门，我请你吃咖啡甜甜圈。"

"什么？"邵麟从回忆里回过神来，眉头一皱，"不要。我不爱吃那个。那个味道有点像咖啡糖精消毒液。"

"你又骗人！"夏熠号了一嗓子，"下午在礼堂里你还说你最想吃咖啡甜甜圈！"

邵麟："……"

"行吧，大骗子。你说吧，你想吃什么，我请你。"

"什么也不想吃，我只想回去睡觉。"

"好，那就回去睡觉。"

GL8缓缓启动，燕安市又踩着傍晚的点，下起了阵雨。

邵麟把额角抵在车窗上，听着外头雨滴噼里啪啦地打在玻璃上，却又好像软绵绵地落在他的心上。

"夏熠。"他突然无声地笑了。

雨刷器滑过车窗，驾驶位的人一打方向盘："嗯？"

"我给你一个承诺。"邵麟轻声说道，"从现在开始，你可以相信我和你说的每一句话。"

11

夜晚，雨沙沙地下个不停。

一双纤白的玉足赤脚踩过毛毯。

女人伸出手，从花瓶里捡起一枝白玫瑰。她的指甲上画着一系列哥特风教堂，由黑白双色配着银亮片绘成，小巧而精致。突然，女人"啊"了一声，把玫瑰丢到地上，食指上顿时晕开一点殷红。

她娇嗔一句："怎么刺都没剪掉？"

身后传来男人低沉的烟嗓："拔了刺的玫瑰还有什么意思。"

女人回头，蹭到椅边撒娇："可是它刺疼我了。"

"白玫瑰吧，看着总觉得寡淡。"男人将手中的书合于膝盖上，伸手握住女人的手，缓缓将她指尖的血迹抹到自己嘴唇上。男人舔了舔嘴唇，低声笑道："带点血才好看。"

女人"咯咯"地笑了起来，像只挂宠似的钩住了男人脖子："可你舍得让人家见血吗？听说今天就 G-Host 那事儿，你都跟着着急。"

男人眼皮也不抬一下："他多好。"

"有我好吗？"女人索性整个人都坐到了他的身上，吊带背心下，露出纤细的腰部。那里，也文着一枝哥特风的黑色玫瑰。

第二天一早，邵麟回到局里。

传达室说收到了一大束花，是昨天那个女司仪一家送的，直接送到了局里。

邵麟有些不好意思地接过花束，可谁知，在平凡无奇的花束中，邵麟又找到了一张精致的卡片。这次，上面用红色墨水写着 6 个数字——613825。

邵麟双眼微微眯了一下，问门卫："送花的是什么人？"

"就是个快递骑手吧！戴着头盔，看不清脸，车停马路对面，跑过来放了花就走了！"保安似乎不太明白他为什么问这个，指着花束下另外一张打印的卡片，说道，"这下面不是写着燕安大学那谁谁送你的吗？"

邵麟微微一笑："是，谢谢你。"

不出意外，分局下午又收到了女司仪送的锦旗。那束花不过是打着她的名义送的，她本人并不知情。

与此同时，秦亮对自己的罪行供认不讳。

最近几年，他在暗网上加入了一个自诩正义的黑客社群，平时会为遭到不公待遇的受害者做一些黑网站、非法曝光信息的事儿。

直到去年秋天，他通过"秘密星球"黑客社群拿到了一段海上录音。秦亮曾经屡次对抗庄正谊未果，不仅没有得到自己应有的报酬，还几次丢了饭碗，不过幸而凭着自己的写码能力，在暗网上混得风生水起。然而，这段录音让他长埋心底的旧恨重燃，他借助暗网新平台，筹划起对冷、康、庄三人的制裁。

曾经，他帮一个黑钻俱乐部会员做过一次见不得人的黑客攻击，通过这个关系，他获得了一个新身份，混进了黑钻俱乐部，暗中观察起了目标三人的生活……

最早，他把康成出轨的信息交给了康成的妻子颜方玉。一开始，颜方玉还不相信，直到她在车里装了针眼摄像头才彻底死心，她又花了三四个月的时间，自导自演玩了一出假失踪，逼迫康成向警方承认自己出轨。

秦亮并不喜欢颜方玉的计划，但他尊重颜方玉的选择。

可是，颜方玉等了很久，也没有等来警方逮捕康成或者康成公开道歉的消息。康成竟然还不管不顾地去欧洲玩了，颜方玉这边却快把现金给花完了，陷入了困境，她只能向计划唯一的知情人秦亮求助。那天晚上，秦亮是来骆村给人送钱的，他们说好了把钱放在一楼某个牛奶箱里，并不会见面。

可谁知秦亮刚走到楼下，颜方玉就赶巧出事儿了。

当时他伸手去摸，人就已经没了呼吸。秦亮心知肚明，一旦让警方找到颜方玉的尸体，他的报复计划就很有可能会被打乱。秦亮不能忍受那样的失败。当时，他灵光一闪，就近把人丢进了雨水井里，并拿走了颜方玉的 SIM 卡，独自完成了计划。

24 小时讯问室灯火通明，秦亮把自己抖了个一干二净，但他一张嘴非常严实，从暗网哪里购买的炸弹，"秘密星球"上谁给他的录音，一律不肯说。

姜沫跟着熬了一宿，眼底一片青黑，摔门出来，显得十分憔悴："死活不说。"

邵麟走到讯问室门口："让我试试。"

夏熠连忙跟上："我和你一块儿进去。"

"我一个人去，你们可以在外面看。"邵麟整了整衣领，便推门走了进去。

沉默了很久的秦亮终于抬起眼，显然是认出了来人："你还活着？"

邵麟微笑着："我还活着。"

秦亮忍不住皱起眉头："你们到底是怎么拆弹的？"

邵麟理都不理他："蓬莱公主号上的那段录音，是谁给你的？除了给你录音，他与你还有什么交易？"

"我说了，你们换多少人来，我都不会说的！配合警方调查又怎么样？最多从死刑立即执行变成死缓。"秦亮冷笑，"但我死后，G-Host 永远活在暗网之中，我不可能出卖朋友，自砸招牌。"

"招牌？"邵麟自顾自地笑了起来，"G-Host 有什么招牌？不过一个以写黑客软件为生的小喽啰罢了。现在会写代码的大学生满地都是，关进去三个月后，谁会记得你？"

秦亮顿时脸色铁青："你什么意思？"

"你杀人的手段确实很聪明，钻了目前蓝牙系统的技术安全漏洞，往严重了说，如果利用这个漏洞去做别的坏事儿，甚至都有可能威胁到国家安全。根据《最高人民法院关于适用〈刑事诉讼法〉的解释》第 186 条规定，我们向法院申请，案件不被公开审理。"

"很抱歉，你不会上新闻头条，G-Host 也不会成为暗网传奇。"邵麟冷冷地得出结论，"对普通群众来说，冷向荣是心脏病突发猝死的，康成是倒霉被雷劈死的。庄正谊什么事儿都没有，依然是腾飞耳机的创始人。"

他恰到好处地顿了顿，嘴角勾起一抹轻蔑的微笑："G-Host 是谁？"

秦亮拳头重重地砸在桌上，低吼："你们也帮着庄正谊来打压我?!"

邵麟见到他气急败坏的样子，似乎心情很好。他往后一靠，跷起二郎腿，双手十指交扣搁在腿间："倒也没有，其实，我想和你谈个条件。"

秦亮恶狠狠地盯着他，眼角泛着血丝："你说。"

"给你录音的人，你们怎么联系的，他用的什么用户名，我们怎么联系到这个人，全部说出来。"邵麟食指敲了敲桌面，"交换的条件是，我保证，警方一定会送你在暗网 C 位（最夺人眼球的位置）出道，G-Host。"

秦亮沉默了很久，眼神在房间里乱飘。

而邵麟显得很有耐心。

最终，秦亮还是妥协了："你们联系不了他。'秘密星球'里，一些比较高级的社群，比如黑客社群，所有用户都有等级。按照规定，你只能主动私信自己的平级，或者等级比你低的用户。给我录音的人，等级比我高。你自己就算重新建个号，知道用户 ID，也不可能给他发私信。"

邵麟点头："意思是他等级很高。"

"何止高。"秦亮停顿片刻，"我都不知道他的用户名叫什么，我这里只显示他叫 Admin。"

邵麟沉默地挑起眉毛。

秦亮把单词按字母又拼了一遍："就是管理者的那个 Admin。"

"你知道他是什么人吗？"

"不知道。他就是主动密聊我，说他手上有一些我感兴趣的信息，然后可以给我提供一些资源。电容器我自己有渠道，炸弹什么的，以前还真没接触过，全都是他给我牵的线。虽然我不了解，但我猜，他应该是暗网交易的中间人。"

"我明白了。"

邵麟起身欲走，却又被秦亮喊住："等等！Admin 当时和我说，这个炸弹的设计有闭环，除了那六位密码，无法被人工拆除！你们到底……"

邵麟缓缓走到他面前，恰到好处地挡住了摄像头，只留给夏熠一个背影。他食指一蘸秦亮的茶水，在桌上飞快地写下了 6 个数字——613825。

秦亮一双眼睛猛然睁得滚圆，震惊地看向邵麟。

在那一瞬间，邵麟确定了很多事情。

比如，这 6 位数字就是那枚炸弹的密码。

比如，写这张卡片的人，绝对不是他自己。

他俯下身，在秦亮耳边极轻地说道："Admin 没有骗你，他可能只是舍不得我死。"

邵麟微笑着，转身离开讯问室。

"可以去查一下，这个'秘密星球'的 Admin。"

"可以啊邵老师！"夏熠目瞪口呆，"话说，秦亮这个案子咱们有申请不公开审理的可能吗？不是说，只有涉及国家机密、个人隐私、商业隐私的案子，才可以申请吗？"

邵麟温和地笑了笑："我不知道。我骗他的。"

夏熠："……"

"秦亮一辈子都活在被庄正谊抢走人生的阴影里，所以，你用署名权激他，他一定会特别敏感。"邵麟解释道，"你看，他自己也知道，死刑肯定是逃不掉的，那么一个将死的人，还有什么会在意的东西？也只剩下 G-Host 的成就了。"

他缓缓吐出一口气："……但凡一个人还有他想要的东西，你就能和他谈条件。"

就"秘密星球"一事，郑局单独开了个小会。

在场都是知道邵麟身份的人。

"季彤与秦亮的案子大家都了解，我就不复述了。问题在于——这两个人，在案发几个月甚至大半年前，都从'秘密星球'上下载了一段涉及死者的录音。"

"咱们技侦对两段录音进行了比对。"阎晶晶汇报，"通过分析背景音波形，以及常规电流音，现在可以确定，录音时，两段背景里都有隆隆的发动机声——已知秦亮的这段录音是在蓬莱公主号上录的，我们合理怀疑，季彤的那段录音，也是在船上，用同一种设备录下的。"

"也就是说，这两段录音，很有可能来自同一个人或者同一个组织。"夏熠顿了顿，眼神悄悄地往邵麟身上扫，"很有可能就是这个和秦亮联系的 Admin。可是，他想要什么？教唆犯罪？为什么又都与船有关呢？"

"小邵啊，"郑局目光严肃地看向邵麟，"你对这个 Admin，有什么想法吗？"

邵麟喉结动了动，说他不能确定。

郑局眼神犀利："你可以给我一个更令人满意的答复。"

"既然能拿到船上的录音，那他一定和船有关系，而且很有可能，当时就在船上。名单咱们都有，如果有问题可以一一排查。"邵麟说道，"我只能说，当时船上也还有没有登记的。"

他合上双眼，又缓缓睁开："就我所知，当时船上有四个人——三个本国人、一个东南亚人，也就是劫持船的那个团伙，不在船员名单里。我不知道他们是谁，只知道他们背后是'海上丝路'。"

会议室里一度陷入沉默。

"可是，这些录音，恐怕是无心录的吧？"阎晶晶小声提出，"我的意思是，徐华浩一家与黑钻俱乐部这三个人，真的只是碰巧在一艘船上，不可能说有人在上船之前，就钉着他们录音了。有没有可能，这艘船上本来就装满了窃听器……"

夏熠微微眯起眼睛："那个卧底？不是说，船上有我们警方的卧底吗？那个卧底是谁？最后找出来了吗？"

郑局摇摇头："卧底信息是保密的，事后三五十年才解封呢。我也不知道。当时只是说，他们收到了内线通报，但我不知道是谁。"

所有人的目光再次落在了邵麟身上。

他脸色很不好看。

撇开这个 Admin 到底是谁不谈，秦亮的案子结案还算顺利，西区分局的警员们总算迎来了一个不需要加班的周末。

周六下午，邵麟刚回家，就见夏某人耸着鼻子，像狗一样凑过来闻了闻他的肩峰，紧接着又嗅了嗅他的脖子。

邵麟嫌弃地往后一缩脖子："你干吗呢？"

嗅觉敏锐的小夏警官整张脸皱成一团："怎么又是烧香的味道？"

其实，自从搬来夏熠家，邵麟睡眠莫名好了不少，已经不怎么点安神香了。他低头嗅了嗅，檀香的味道其实已经很淡了。邵麟忍不住笑，说狗鼻子真灵。

上午，他去见了贺连云一趟。大概是之前自己说喜欢那儿老山檀的味道，贺连云每次都会点上一炷，这才沾上了味道。

"你上回说的朋友家？"夏熠眨眨眼，好奇道，"什么朋友啊，平时也不见你提起。"

"呃，也不是什么亲近的朋友，"邵麟坦言，"应该算是我的心理咨询师？最早，郑局找了他们精神内科的大夫，是他给我推荐的。"

"咦，有用吗？"

邵麟看他一脸无忧无虑的样子就觉得羡慕："……就那样吧，好像用处也不大。"

"你看的啥啊，要不和我说说呗？"

邵麟稍微解释了一下，夏熠整个人就来劲了："恐水？这个我行！"

夏某人顿时拍拍胸脯，夸下海口："包在我身上，恐水这种小毛病，我一天就给你治好了！"

邵麟："……"怎么突然有一种不太好的预感。

"我和你讲，以前我们队里有个新来的，其他成绩都不错，就是怕跳伞。"夏熠说起这个就兴奋，一双眼睛亮晶晶的，"那天小组作业，咱们一队人直升机拉上去，那新来的就和咱们中队长掰扯这掰扯那的，理论倒是一套一套，说什么克服跳伞要循序渐进，我直接端丫屁股蛋子，'扑通'一声下去就再也不怕了！人家是怕跳伞，你是怕下水，我看这个原理都是一样的，治病的秘诀就在把他端下去的那激情一脚，你知道吧？"

邵麟："……"

夏熠说到做到，没过几天，和邵麟说自己包场了一个跳水台，水深有 6 米。

邵麟颇为诧异："……包场？"

"就咱俩啊！"夏学渣从临时抱佛脚的一大堆 PTSD 文献中抬起头，表情十分无辜，"我怕你一看到水就吓哭了，被人看到丢人呗！"

邵麟："……"

12

邵麟以为夏熠不过嘴上说说，没想到对方竟然动了真格。

泳池是夏熠一个老朋友开的，走私人定制精品路线，平时组织一些花样跳水、水肺或是自由潜的培训。泳池水质干净，环境清爽，邵麟坐在雪白瓷砖的泳池边缘，两只脚垂在水里，十分不想下水。

夏某人脖子上挂了一只哨子，踩水漂在深水区，对邵麟伸出手："我说，我包了一个 6 米深的水池，不是让你来洗脚的啊！你洗脚需要 6 米深的水吗？要不要我再给你加点玫瑰花瓣和牛奶啊，麟贵妃？"

邵麟忍不住笑了，对着夏熠的脸踢起一片水花。他双手撑着台子，整个人灵巧一滑，"哗啦"一声下水。

"你水下闭气能闭多久？"

邵麟想了想："以前能憋 5 分钟左右，但现在不行了，一碰水就不对劲。"

"那更好了，我就知道你是练过的。"

夏熠变戏法似的从自己泳裤的小袋子里拿出一枚金属钥匙扣，挂坠是一根银色的肉骨头，骨头上用英文拼了几个字母。

"夏教练"发出指令："潜下去，把东西捡起来。"

邵麟顿时拉长一张脸："你逗欢欢呢？"

欢欢是那条主人贩毒进去了，后来被夏熠"招安"去了传达室看门的拉布拉多。邵麟经常看到夏熠下班没事儿的时候，拿一根硅胶骨头，丢得远远的，再让欢欢去捡回来，狗子"呼哧呼哧"玩得可开心了。

"不不不，邵老师，我这个是有科学道理的！我这几天看书，书上说你这种症状，是因为大脑自动把水和以前不好的事情'绑定'了，所以，你一遇到水的环境，大脑自动就开始重复体验之前的创伤。所以，训练要做的，就是把这个'绑定'给打破，换成其他的。"夏熠认真地说道，"怎么样，我没理解错吧？"

邵麟绷着脸，但眼底流露出一丝极浅的笑意。

——这傻子，看得还挺认真啊！

"比方说吧，一开始，欢欢对我们警察是很抵触的，见到就要咬裤腿。毕竟我们把它主人抓走了嘛。所以，它看到我们就生气，就是把'警察'和'丢了主人'绑定了。但后来啊，我们训犬员发现它玩飞盘的时候特别自信，就经常丢玩具让它去捡，它就很开心。慢慢地，它就把'警察'和'丢飞盘'绑定了。"

邵麟心想：虽然如此，但是，为什么总是拿狗做比喻？

"这个也是一样的，你什么都别想。"夏熠拿银骨头逗邵麟，"我要你脑子里只有一件事儿，那就是完成任务——把这个东西捡起来。"

夏熠一松手，钥匙扣就缓缓沉了下去。

邵麟心说，夏熠讲得似乎也有点道理。他做了点心理建设，深吸一口气，尝试着潜了下去。

可当他的面部一触碰到水，大脑就噼里啪啦地死机了。

明明 6 米也不深，他看着水底，却觉得那是一座没有底的深渊。明明刚吸满一口气，十几秒都没过去，他就觉得自己好像已经窒息了。在水底无法挣脱是一回事儿，逼着自己下潜完全是另外一回事儿。

不行。

那天的回忆汹涌而至，身体本能地帮他做了决定。邵麟原路折返，破出水面。他摘下面镜，扑腾着疯狂吸气："我不行。"明明身边都是空气，他的胸腔却好像怎么都吸不够似的一起一伏。

"我潜不下去。"邵麟一甩脸上的水，突然特别后悔自己今天答应了夏熠，"对不起，我……"

夏熠微微皱起眉头："你在害怕什么？"

邵麟："……"

夏熠踩水往前游一点，邵麟就往后退一点，可很快，他的背部就撞上了冰冷的瓷砖。夏熠展开双手，撑住泳池边沿，低声又问了一次："告诉我，你到底在害怕什么？"

邵麟颤抖着张了张口，却没有发出声音。

夏熠贴得很近。这个男人就好像一个天然的小火炉，隔着水都能感受到他身上散发的热气。

邵麟本能地别开脑袋，目光移向了别处。

"不。你根本就不是在害怕。"夏熠垂下眼，低声说道，"你只是在逃避。"

"虽然说，我不知道你在逃避什么，但有些事儿，谁说都没用。心理咨询师说没用，我说没用，哪怕现在你老子站在这里，把你的头按进水里也没用。"说着夏熠伸手一戳他的胸口，"有些坎，就是得你自己跨过去。"

"英雄不在于他取得了多高的成就，而在于他克服了多大的困难。来吧，勇敢一次。"夏熠忽地往后退出一米，半仰着向邵麟伸出手。他的眼神真挚、热情，又充满了力量："我邀请你，勇敢一次。"

邵麟喉结一动。他沉默着伸出手，任凭夏熠拉着，再次回到水池中央。

每次当他焦虑回避的时候，咨询师都会克制而礼貌地停下，而他站在自己创造的安全区里，拒绝与外界交流。只有夏熠，像一只憨头憨脑撞进他世界里的哈士奇，热情而霸道，咬着他的裤腿使劲往外拖。

而邵麟默许了——或许是因为，每当夏熠用这种目光看着他的时候，他就觉得自己会答应夏熠任何事情。

他不舍得让那样一双明亮的眼睛失望。

邵麟一个标准的鸭式下水，再次潜了下去。夏熠把脑袋探进水里。邵麟打腿的动作非常流畅，一双肌肉匀称的腿又直又长，动起来像美人鱼的尾巴。

这次，夏熠看着邵麟潜到水底，一把捞起骨头钥匙扣，就飞速上游。那动作快得就和逃命似的，活像屁股后面追着一群鲨鱼。

夏熠忍不住笑了。他接过钥匙扣，试图拿骨头的一端去戳邵麟鼻尖："你看，这不就成了吗？也不难吧？"

邵麟微微嘟起嘴，有点不好意思地躲掉了。

话说回来，人的心理瞬息万变，邵麟发现，自己一旦专注于"这是任务"，就不太容易被情绪干扰。

"夏教练"对此表示非常满意："再来。"

"怎么还来！"

"你这次速度慢一点。太快了。男人太快不行。"

邵麟:"……"

夏熠又逼着邵麟去捡了三次骨头,决定升级任务:"好了,这次潜下去,无论发生什么,都不准上来。只有我吹哨,你才能上来。"

邵麟前几次都是摸一下底就跑,听了这话就炸了:"可是谁知道你多久才吹哨?!"

夏熠无情地勾起嘴角,冷哼一声:"我想放你上来的时候,自然就会吹了。"

"那要多久?"

"不知道。"

邵麟:"……"

"嘟——"夏熠吹了一声哨子,骂骂咧咧,"好了,邵麟同志,不要和你的教官讨价还价,再让我听到你吧吧一句就上岸做 100 个俯卧撑,水下不行,岸上总行吧?"

邵麟心说这人怎么还嘚瑟上了。

"想当年,我也是以心狠手辣著称的小夏教官!"夏熠一声长叹,"训哭的小伙子没有一千也有八百,唉,现在……"

邵麟冷漠揭穿:"现在管个阎晶晶都费劲。"

夏熠:"……"

"快去!"这回,他特意把钥匙扣丢得远了一点。

"哗啦"一声,邵麟再次入水。

不过,夏熠也没为难他,在心底默数 5 秒就吹哨把人给叫了起来。

奇妙的是,邵麟竟然在这个丢骨头捡骨头的游戏里发现了一定的乐趣。每次捡到骨头,都会有一种"完成任务"的成就感,进而在心理上产生正向回馈,让下一次的状态更好。

夏某人又吹了一声集合哨:"小夏教官今天手下留情,训练先到这里,咱们下周继续。"

其实,主要是包场时间到了。寸土寸金的燕安,包这么大个泳池也不便宜。

邵麟嘴硬:"没有下周了。"

"是吗?那这个钥匙扣送给你,好好留着吧。"

邵麟顺手把玩了两下钥匙扣,拇指握在银骨头上面,轻轻地摩挲了两下其上的字母。

夏熠披上一块浴巾，与他肩并肩走进浴室："其实吧，我觉得你今天的表现很好。"

邵麟一挑眉："……谢谢？"

"所以应该获得奖励！"

邵麟心想：还有奖励吗？

"我看的文献里说，奖励是行为疗法里很重要的一部分。"夏熠解释道，"我就自己想想，这理论确实很有道理，比如养狗，小时候，它在正确的地方拉了屁屁，你就得奖励它吃的，来巩固这种好的行为。"

邵麟心想：您有不用狗的比喻吗？

但他还是耐着性子，假装十分期待的样子："所以我的奖励是什么？"

夏熠咧嘴一笑："等会儿请你去吃麦当劳儿童套餐。"

"吃麦当劳就吃麦当劳，为什么还要去吃儿童套餐？"

"因为送小黄人玩具啊！多一个人多一份力量，我在收集那一整套嘛……"

邵麟无语，并用力甩上了隔间的门："再见。"

"哎，你这人怎么回事儿！"夏熠一个人站在公共浴池里，拧开花洒，顿时觉得自己冲了个寂寞，"你那小破文身我不早看过了吗，还有啥见不得人的，你身上哪块肉我没长啊！真是的！"

"哗啦啦"的水声里，邵麟似乎有点恼羞成怒："要你管！"

小夏教官是个狠人，说到做到。20分钟后，夏某人顶着近一米九的身高，在柜台前买了两个儿童套餐。

两个大男人面对面坐在麦当劳餐厅里，餐桌上摆着两只小黄人玩具。

邵麟啃完一根麦辣鸡翅，舔了舔嘴唇："油炸食品太不健康了。"

"是啊，"夏熠说着吸溜了一口草莓奶昔，"奶昔热量也很高。"

随后，两人的手同时伸向纸盒里最后一块鸡翅，目光在空中接触，仿佛撞出"刺啦"一声火花。

夏熠问："下周还来练吗？"

邵麟从牙缝里挤出一个字："练！"

对桌这才笑眯眯地松开手："那就让给你吃吧。"

当晚，邵麟坐在桌前，手里拿着一沓蓬莱公主号上的人员信息表，在剪照片。他先将徐华浩一家的 ID 照钉在面板上，又在他们上面钉了季彤。三条红线，代表季彤杀了徐家三口。

随后，他又剪了冷向荣、康成与庄正谊三人，上面贴着秦亮。最后，秦亮与季彤两人身上标着蓝线，一起连到一张名为"Admin"的卡片身上。

邵麟今天反复想了许久。或许，夏熠说得没错——他恐惧的并不是水。他不是走不出来，而是自己不想走出来——因为他无法接受救生艇爆炸的结局。就好像，只要他一直欺骗自己这件事儿没有结束，就可能还会有转机……

所以他反复沉浸在过去的情绪里，麻痹自己。

夏熠的话再次在耳畔响起："……哪怕现在你老子站在这里……"

如果爸爸在的话……

邵麟眼尾微微弯起，回忆落去了更远的地方。

"爸爸，爸爸，"小男孩抱着一本卡通书，在男人怀里换了个姿势，奶声奶气地问道，"童话里的恶龙是真的吗？"

男人的嗓音富有磁性却冷漠："假的。"

小男孩瞪大了双眼："那为什么每本书里都有恶龙啊？"

"因为，书本要教阿麟一个道理……"男人双手拥着小孩，给他调整了一个更为舒服的姿势，"所有贪婪的、凶恶的、看似无法战胜的恶龙，都是可以被杀死的。"

短暂的回忆片段之后，邵麟很快又回到了现实之中。

他盯着"Admin"五个字母，只觉得眼角有点发烫。邵麟将那三张与自己字迹类似的卡片叠在一起，用一枚图钉将它们贯穿，狠狠地钉在了"Admin"卡上。

可他又突然觉得，那枚钉子好像钉在了自己心上。

第四案

暗礁

不要与深渊对视。
因为只看一眼，
就再也无法离开。

01

一阵雷雨一阵晴，气温飙升。嘈杂的蝉鸣声中，燕安市正式迎来了热气蒸腾的夏季。

西区分局福利好，每年都给外勤提供免费冰糕与汽水解暑。那些冰糕棍和汽水瓶盖上，基本都有抽奖活动。

阎晶晶在工位上"裱"了五根"再来一根"以彰显自己的"欧皇"（指运气极好的玩家）身份，而夏熠盯着自己手上的无数根"感谢参与"感到一丝疲惫。

邵麟安慰他："没事儿，我也从来没抽到过。"

夏某人可怜巴巴："我好想体验一次去店里免费拿冰糕的感觉……"

阎晶晶母鸡护小鸡似的护住自己的中奖冰糕棍："不给你！"

正在值班的李福匆忙跑来："组长组长，来了个报案的，神神秘秘疯疯癫癫，一口咬定有人要杀他，但具体原因又不肯说，非要直接和领导谈，赶都赶不走。"

"跟他讲办事要讲办事的规矩，事情都不说清楚，怎么帮他立案？还见领导？"夏熠嘴里叼着一根吃完了的冰糕棍，"领导可忙了，没空陪他玩。"

"他死活不肯说。"李福委屈巴巴一瘪嘴，"还威胁我，说如果我不把领导叫来，他就去投诉我。"

阎晶晶充满同情地拍了拍他的肩膀："上来就使撒手锏，这种人最恶心了。"

"什么人啊！"夏熠勾勾手指，从李福那边拿过板夹，里面有一份投案人身份证复印件，以及一张基本空白的接警单。

"向候军——"夏熠盯着男人的照片，大声说道，"咦？这个地址，也不属于咱们辖区吧？福子，身份证号下的医保查过没有，这人没有精神分裂症病史吧？"

前几年就有个精神分裂症患者来局里闹过，说有人要杀她，后来警方浪费了好多时间与资源，发现病人不过是出现了幻听。

李福一拍脑袋："我这就去查！"

"等等，向候军？"邵麟听到名字，坐在椅子上滑过来，看了一眼夏熠手上的身份证，"这名字耳熟。"

"哦？怎么说？是不是精神有问题去你们所里看过病啊？"

"不是。"邵麟微微皱起眉头，再次核对了一下姓名，脸色不太好看，"……蓬莱公主号上也有一个叫这个名字的。"

夏熠一拍桌子："这船阴魂不散，没完没了了是吧？"

楼下询问室。

向候军长得有点滑稽。按夏熠的话说，那就是像猴。男人脸圆且小，一对招风耳，鼻梁塌但鼻头大，笑起来有对小龅牙，再加上他三十出头就发际线倒退，额角两个高挑的弧度显得他脑门格外空旷。

向候军双手十指相扣，摆在胸前，拇指下意识地一搓一搓："警官，我其实是住东边的，但我特意来找西区分局，是因为你们之前处理的那两个案子。"

果不其然，向候军提到了徐华浩一家，以及冷向荣与康成的事儿。

"经手这些案子的警官想必知道，死的那几个人，当年都在那艘蓬莱公主号上。"向候军神秘兮兮地压低了声音，"我在网上看到有人说，那艘船被人诅咒了，当年活下来的，一个个都要死……"

何止诅咒，网上说什么的都有——什么船上饮食不干净啦，人被下蛊啦，船底仓库里放着蓬莱公主的木乃伊啦，船上在玩杀人游戏啦……

夏熠轻轻咳了一声，说："向候军同志，咱们不讲封建迷信！"

"我之前也不信啊，觉得这种事儿，没准就是碰巧。"向候军十指绞得更紧了，"但这段时间吧，我们家小区天水北苑一下子多了好多流浪猫，什么品种都有，有那种土猫，也有一些看着很贵的品种，反正来了好多！"

夏熠挑眉："……然后呢？"

"最近，那些猫就开始一只两只地死掉了！"向候军猴脸皱成一团，显得更滑稽了，"最奇怪的是，有一只橘猫死在了我家院子的水缸里！"

说着他掏出手机，给夏、邵二人看照片："你们看，奇怪不奇怪？这水缸，是我以前用来种荷花的，今年懒得种了，就空着。前几天不是一直下暴雨吗，积了很多水，不知怎么的，今早一看，猫死里头了。"

"咱们小区到处都是喜欢喂猫的人，可我不喂猫啊，你说这猫来我院子干啥呢？这水缸里，也没鱼啊！所以，我觉得这猫是被人杀了以后，故意丢进去的！"

"船上活下来的人一个一个没了……我家小区里的猫一只一只死了……"向候军喃喃，"我总有一种感觉，下一个倒霉的就是我了……"

夏熠茫然地挠了挠头："这个……向先生你是不是想得有点多？说不定，那只猫只是碰巧死水缸里了。"

"警官，您相信我。"向候军用食指点了点自己锃亮的大脑门，"我的第六感特别准，平时买股票啊，抽奖啊什么的，但凡跟着我的直觉走，运气都特别好。警官你们别不信，你看我也没什么正经的工作对不对，但钱没少赚啊，每年中奖的钱就好几万哪！"

夏熠："……"

"现在，我的直觉告诉我，那只猫有问题，就是冲着我来的！"

"向先生，一般人看到院子里死了猫，第一反应不会是有人要杀死自己。"邵麟不紧不慢地开口，"而在你的潜意识里，你怀疑有人想杀你，这一定是有原因的。在你心中，有什么凶手的人选吗？"

向候军想了想，又摇摇头。

"你潜意识里还觉得这件事儿可能与蓬莱公主号有关。去年，在那艘船上，你有做什么……"邵麟硬是把"违法犯罪的事儿"给咽了下去，"可能会得罪人的事儿吗？我们非常愿意协助你，但我们需要更多的信息。"

向候军这才支支吾吾地开口："我……我赌博赢了好多钱，这算吗？"

话音未落，他又语速飞快地做了个补充，求生欲非常强："我知道赌博违法，但当时蓬莱公主号是从椰国开到海上去的，赌博在那个国家是合法的！哈哈哈，懂的都懂，很多人去东南亚玩就图这个嘛。"

"但我赌博手气好怪我吗？刚我也说了，警官，我这人运气就是这么好，特别旺的。不信你去问圈里的人，认识我的都知道。"向候军眉头一皱，"可是，也不至于有人因为这个想杀我吧……"

邵麟与夏熠互相看了一眼，神情一言难尽。

夏熠在表格里填了些内容，又抓了抓脑袋："非常抱歉啊，向先生。目前根据你提供的信息，我们是无法帮你立案的。只能说，请你回去后，对环境保持警惕。如果真觉得自己可能不太安全的话，可以求助安保公司什么的……"

"不行不行，我是真的害怕！说实话，我也没那么多钱请保镖，只能找你们人民警察啦！"向候军再次把一对招风耳摇成拨浪鼓，"你们要是不肯管我，那我自首行不行？求求你们了，调查一下死猫的事儿，调查期间把我关起来吧，我也好安心一点呀！"

大千世界，无奇不有，这位的脑回路实属奇特。

半晌，夏熠才憋出一句："……你自首什么？"

"卖淫！"

夏熠眼神呆滞，再次打量了一眼长得歪瓜裂枣的向候军："……你卖淫？"

"是的！刚说了好几次啦，我这个人特别幸运啊，就有富婆想嫖我嘛，嫖完以后会更幸运，赚更多钱啊！"

夏熠："……"

向候军见那拿着笔的警官半天没反应，顿时又生气了："哎呀，你这个警察怎么回事儿！我都自首到你面前了，你还不处理我。你再这样玩忽职守，我就去举报你了！"

"向先生，请你别着急。"只有邵麟还能保持毫无破绽的微笑，"我们这里是刑侦支队，你说的这个情况，可能还是要去治安支队处理……"

夏熠忍住内心喷血三升的冲动，对着对讲机大吼一声："李福，带人去隔壁自首！"

向候军这才起身，临走前，用力握住邵麟的手，点头哈腰："警察，谢谢你啊！握过我的手，你这几天手气都会变好的！我先下去了，希望拘留所多关我几天。你们记得查死猫的事儿。真的，有人要害我！"

邵麟："……"

向候军交代完卖淫的次数与涉案金额之后，交了点罚款，喜滋滋地被送去了拘留所。

夏熠头顶无数问号："这人是脑子真有点问题，还是说，真和之前几起案子有关？"

"不像是有关。"邵麟眉心微蹙，分析道，"季彤和秦亮都没在杀人前给什么'死亡预警'。小区大规模死猫的话，应该是有人在小区里杀猫。至于向候军为什么会这么疑神疑鬼，一种可能是他天性多疑，另一种可能则是他心知肚明自己得罪了什么人，却又不肯告诉我们。看他宁可被拘留也不敢一个人待外面，我觉得后者的可能性更大。他可能就是找个理由，躲进去避避风头。"

"我觉得还是去看看，反正最近也不忙。"夏熠决定，"哪怕只是有人嫌流浪猫太烦在投毒杀猫，也可能会伤害到无辜的人。万一小孩路上捡了毒猫粮吃呢，或者毒死小区里业主的宠物，还是得提醒一下物业。就这么定了，明天吧。"

傍晚，夏熠与邵麟一人手里拿着一支冰糕，肩并肩走在聒噪的蝉鸣中。

天气太热了，冰糕化得很快。

"吸溜——"邵麟一口下去，冰糕棍就露出了一个脑袋，米白色的木棍上，开头写着一个深褐色的"再"字。他愣住，眼神一亮："我抽到了！我第一次抽到啊！"

夏熠低头看了看自己冰糕棍上已经冒头的"感谢"二字，眉头拧了起来："说好的非酋（指运气极差的玩家）非酋手拉手，谁先抽到谁是狗呢！不会是因为那个奇怪的人握了你的手吧？他真的是一个行走的幸运分享机啊？话说他走的时候为什么没有握我的手啊！"

邵麟忍不住笑了，把自己手里的冰糕递过去："那我和你换一换，幸运分你一半。"

"哇，可以吗？"夏熠与他换了一支冰糕，"啊呜"一大口，嘴里碎冰嘎啦嘎啦的，三两下就露出了"再来一根"的标记。夏某人没忍住，对着那四个字多舔了几下："果然，标着'再来一根'的冰糕就是比没标的甜。改天去换了，再和你一人一半。"

"要不还是留着吧，裱工位上，说不定以后能幸运一点。"

"也是。"

两人一边散着步，一边往家走。

邵麟还是慢悠悠地、一小口一小口地吃着冰糕，心头莫名喜悦——为了生活里那些无声的陪伴，以及不知名的欢喜。

他眼底亮晶晶的，漾起一丝浅浅的、甜甜的笑意。

02

第二天一早，一辆黑色的 GL8 驶进天水北苑。

从建筑上看，这个小区大部分业主的经济状况不错，四层排楼，一楼住户门前都带着院子，有种蔬菜的，有修花园的，也有搭阳伞摆茶几的……

向候军说得没错，这小区里流浪猫确实不少，光是夏熠与邵麟在向候军家附近踩点的工夫，就遇到了三只流浪猫，这里的猫一只只都吃得滚圆，瘫在地上活像毛茸茸的糯米团子。它们也不怕人，当陌生人从身边走过时，眼皮都不抬一下，就懒洋洋地躺在地砖上晒肚皮。

一组人摸清向候军家附近的建筑结构，才去联系物业。

物业小哥见警察来了多少有些紧张，不停地搓手："啊，是的是的，确实有这么一回事儿！昨天向先生打电话投诉了，说是有人故意把猫淹死在了他家院子的水缸里，叫我们处理时记得保留证据……"说着，小哥有点无措地瞥了自己同事一眼。

更为年长的物业员工连忙揽过话头："向先生可能是比较迷信的一个人，觉得猫被淹死在家门口，自己也可能会遇到……生命危险？他认为这是别人故意的，但我们保安检查了出入记录与监控，周二晚上进出的都是业主、业主家人，视频里也没看到什么可疑的人在他家附近晃悠。警官，咱们小区的治安非常好，晚上也有巡逻，都没发现异常。我们认为，可能是向先生他太过敏感了……"

夏熠点点头，面上没什么表情："福子，你跟保安去调监控。那具猫尸呢？"

很快，物业小哥拎着一个黑色塑料袋回来："这猫有什么问题吗？我觉得它就是自己死掉了，碰巧摔进去了……流浪猫的寿命也就两到三年吧，这只去年就在社区里游荡了……"

黑袋子打开的瞬间，两个物业人员自动退离一米远，阎晶晶"噫"了一声，苦着脸捏住鼻子。那是一只"大橘"。夏天炎热，这猫又在水里泡过，不过一天半的工夫，腐坏速度却远超平常。

夏熠凑近扇了扇空气，鼻头一耸，突然皱起眉头："等等，这气味……有点奇怪……"

"有点？"阎晶晶捏着鼻子，以至于尖声尖气的，"何止有点，这简直就是生化武器！不行了，哕——"

"不是不是。"夏熠闭上眼，捏了捏眉心，一时半会儿又说不上来这味道怪在哪里。半晌，他把塑料袋推到邵麟面前："你说呢？你有没有觉得这味道不太对？"

邵麟虽说背部笔挺，但脸色"唰"的一下就白了，整个核心肌肉绷紧，才没有把早饭给吐出来。

夏熠环视一圈："你们没人觉得这个味道……像那个什么来着……我想不起来了，我以前在哪里闻过……"

最后，邵麟虚弱地说道："我对腐烂的气味辨识度很低，但我注意到这猫身上似乎有不少伤口，似乎是在死前还与其他小动物打过架。"

伤口主要集中于两处：身体左侧与头部左耳到左眼的区域。很明显，带伤的地方腐烂程度远高于没有伤口的皮毛。

夏熠戴上手套，用清水对伤口做了简单的清洗，仔细研究片刻："从这个咬痕齿间距和抓痕形状来看，不是狗抓伤的，应该是和猫打架了。这伤还挺重。"

物业闻言，忙不迭地点头："对，没错，我们想的也差不多，就是这猫本来就要死了，碰巧掉缸里的，根本就不是有什么人要害咱们业主！"

这时候，李福那边准备好了录像，招呼大家去看。

向候军的院子对面，是一条石子儿铺就的步行道，两侧种满高矮不一的花果树，在这个季节长得郁郁葱葱，非常遮挡摄像头视角。物业调取了三个摄像头的记录，总之，拍不到向候军家的院子。但退而求其次，摄像头能够覆盖向候军家之外，所有进入院子的道路。也就是说，如果是有人故意杀猫丢尸，那是一定会被拍到的。

查监控很费时间，这种小案子夏熠也只能调动自己组里的人，一上午，大家查完了所有监控，并得出结论：周二那天晚上，没有任何人进出过那条绿化石子儿路。摄像头里，来来去去的猫咪不少，但在模糊的像素和昏暗的灯光下，大都只是猫咪形状的影子，双眼反射着吓人的金光，很难分辨出死去的那只。

夏熠摸了摸下巴："看来，这猫还真是自己走进去的？"

邵麟另起话题："听说，你们这里最近老死猫？"

"呃，死猫是有，但我也不能说频繁吧。流浪猫嘛，本来就没多久好活的呀。"

阎晶晶在物业投诉记录里一搜"猫"相关的信息，发现过去三个月内，物业就收到了七条关于死猫的投诉。可是，在过去的一整年中，也不过九条而已。

向候军说得没错——天水北苑最近确实接二连三地死猫。夏熠把装着猫尸的黑色袋子口一收，当机立断："最好还是让法医去查一查具体死因。福子，先打个报告，不知道他们收不收猫……"

"我说你们物业，可真是心大！一下子多出来这么多死猫，竟然还说没有问题？且不提有的业主对猫毛过敏，猫突然蹿出来，胆小的会被吓到，半夜叫起来更烦人，要是有小孩不懂事儿，被抓伤咬伤什么的就更要命了。"夏熠板着一张脸，"你们就不怕出事儿吗？"

"警官，我们还是做了不少努力的。垃圾分类后，专门建立了定时垃圾投放点，野猫就不能翻垃圾桶了。前前后后，还进行了两次灭鼠，流浪猫一度少了不少。嗐，可谁知道，旧的走了，新的又来。我觉得吧，最近死猫多了，是因为猫的总数也多了。警官你知道吗，很多人真的太不负责任了，半夜偷偷往我们小区丢猫！"

夏熠皱眉："丢猫？"

物业小哥无奈地叹了口气："咱们小区 6 幢 302 住了一个有名的博主，专门是养猫的。她以前经常做好事儿，就是把流浪猫捡来打打针做个绝育，再送给网友领养。可能是她拍的照片或者快递单什么的暴露了地址吧，这附近好多人不想养猫了，就丢来我们小区，因为会被收养。这儿直接成弃猫点了，嗐！"

夏熠："……"

"警官，咱们社区喂猫的人很多，猫咪很亲人，我向你保证，从来没有出现过什么流浪猫伤人事件。"

"等等，"邵麟问，"你们上一次灭鼠是什么时候？"假如猫咪吃了被药死的老鼠，那也很容易跟着被毒死。

物业想了想，说大概是半年前了，在垃圾分类之前。

邵麟摇摇头，在心底删掉了这一可能。频繁死猫现象，是最近三个月才开始发生的，不会是因为大半年前的灭鼠行动。

物业给夏熠画了张图，标明了几个业主喂猫点。

就在此时，夏熠收到了郁敏冷冰冰、毫无人类气息的电话回复："我只剖死人，不剖死猫。"

夏熠："……"

郁敏还纳闷了："姜沫说，你在查一条与蓬莱公主号相关的线索。我就是想确认一下，死猫与这件事儿有关系吗？"

"呃，可能有啊！你不查我怎么知道嘛！现在我们是怀疑，这个小区里有个连环杀手——"

郁敏冷冷打断："在杀猫？"

"对对对，所以我——"

郁敏再次冷冷打断："那就不是连环杀手。"

"我说你这个人！怎么回事儿啊！猫的命就不是命了吗？虽然我更喜欢狗，但猫的命也是命啊！你想，万一小区里有人一直在毒猫，现在咱们不侦破，以后毒到小孩怎么办？毒死了小孩再来找您做尸检吗？这事儿我摊上了，那我绝对要查清楚的——"

"夏熠，你是被刑侦支队赶走去治安支队了吗？"郁敏的声音仿佛自带凉气，顺着电话吹进天水北苑，"如果是，那我提前恭喜你。治安确实很适合你。我们组里的刑事案件都还处理不过来，请不要用不相关的事儿来浪费法鉴中心的资源。"

"我说你这人怎么就这样呢？"夏熠怒了，"查啥啥不行，阴阳怪气第一名，你以为我在和你闹着玩啊——"

还没等夏某人骂完，邵麟就手疾眼快地抢过手机，用他温柔好听的主播音说道："郁主任，非常不好意思打扰您，我是邵麟。这只死猫呢，确实与一位蓬莱公主号的幸存者有关，就是在他家发现的。刚才我们初步看了一下尸体，夏警官发现猫尸的气味有点奇怪，而且，猫的死法也比较异常，我就想，是否能请教一下您这边的专业意见，也不用太花心思，就取管血，跑一下毒理化验。毕竟最近两个月，蓬莱公主号当年的幸存者接连出事儿，如果能逐一排除问题，我也更心安一点。"

夏熠："……"

郁敏沉默了一会儿，问："什么气味？苦杏仁？你们怀疑有人用氰化物投毒？"

"呃……"邵麟顿了顿，只能硬着头皮说，"尸体腐烂了，那个气味吧，我一时半会儿有点难以形容。郁主任，要不就麻烦你们先跑个常见毒物，夏熠他别的不行，鼻子还是挺靠谱的。"

夏某人一听两人在吐槽自己，扑上来想抢手机，却被阎晶晶使劲抓住。

在与夏熠有限的接触中，郁敏认为，夏熠与"靠谱"二字压根就不沾边。最后，郁主任长叹一口气："……有多靠谱？"

邵麟轻笑："如果一定要在他身上找个靠谱的部件，我就选他的狗鼻子。"

郁敏也低声笑了两下："行吧，给你面子。把猫送来法鉴中心吧。"

"谢谢，辛苦了。"

邵麟挂了电话，板着脸递过手机，罕见地眼底冒火。

"你瞪我干吗？"夏熠嘀嘀咕咕的，"这个郁敏，有病，这不行那不行的，不就检查一只猫吗，吃他家大米了？小气！福子，送猫去，熏死那个棺材脸！"

邵麟长叹一口气，语重心长："……明明是你有事儿求人，你这是求人的态度吗？就不能好好把话说清楚吗？"

"工作而已，怎么就还要求着人家了？而且，我说清楚了啊！"夏熠露出一脸委屈巴巴的表情，"还有，什么叫作如果一定要从我身上选一个靠谱的部件，你就选鼻子？这话说得，好像我整个人很不靠谱一样。我从头到脚每一个细胞都很靠谱的，好不好！"

邵麟无奈："我是在夸你。"

"行吧。"夏熠这才开心起来，"那你觉得你身上最靠谱的地方是哪里？"

邵麟扭头就走："拒绝回答，查案呢，别幼稚了。"

夏熠手里攥着物业给的图，一边走，一边又自顾自地说了起来："我好像对我身上哪里都挺满意的，但非要选个最满意的地方——唉，这题太难了——"

邵麟侧过头，就看到这只傻狗嘴里还雀跃地"嗯哼"一声，他板着脸，反手就往夏熠脑壳上抽了一巴掌："有完没完？"

03

邵麟摸排了几家爱喂猫的住户，对小区喂猫现状有了初步了解：天水北苑的猫都吃百家饭，每天晚上整个小区走一遍，谁家门前有剩饭，就偷偷吃一点，但每天傍晚，都会有大量猫咪蹲在 6 幢门口乞食，因为 302 的房主不仅会喂进口猫粮，偶尔还会带来生肉。

广大猫咪爱好者都提到了小区里最近出现的猫咪死亡现象，还有人说常来自家门口的猫咪消失了，没有发现尸体。这么说来，死掉的猫可能比被发现的 7 只还要多。

其中有一户人家说，她一直散养一只狸花猫，可就在上个月，狸花死在了小区里。狸花生前是一只非常健康的猫，毛色油亮，乖巧不爱叫。可就在死前几天，它突然变了性子，时常嚎叫，还与其他猫咪打架，打了一身的伤。

邵麟皱眉："那只狸花的情况，是不是和这只'大橘'有点像？"

夏熠听后的第一反应是狂犬病，但他很快又驳回了这个想法："不对啊，狂犬病应该恐水才是，'大橘'怎么还会接近水缸呢？"

最后，夏熠一行人终于拜访了传说中的 6 幢 302 室。开门的是一个二十出头的女孩子，空气刘海波波头，一身甜美日系打扮，是全职宠物博主。

"狂犬病？"小姑娘摇摇头，回头从屋里拿出一沓化验单，"我朋友就是旁边开宠物医院的，所以咱们小区里来的流浪猫，最开始我都会带去体检一下，如果有没打过疫苗的，我会给它们补个疫苗。你看，都是狂犬病阴性的，这些是疫苗记录。最近来的猫可能还没来得及做，但你们说的狸花和'大橘'，我都是做过的，你看。"

夏熠扫了一眼整整齐齐的猫咪档案，说那确实可以排除狂犬病。

"你大概是整个小区里与猫咪接触最多的人了。猫咪接连死亡这事儿，你怎么看？"

"我最近也在想这件事儿。"小姑娘神情凝重，"其实，我有点怀疑咱们小区负责收垃圾的那个大爷。"

国家规定垃圾分类之后，小区的垃圾就只能定点投放，还有穿着红马甲的大妈大爷站在一旁，监督大家把厨余垃圾单独倒进绿桶。最开始，志愿者热度很高，没过一周，大家发现这个岗位又臭又脏又无聊，很快，志愿者跑光了，只剩下一个回收旧物的老大爷。

他每天都帮小区检查垃圾分类，但作为报酬，小区业主丢出来的快递盒子、塑料瓶、旧电器什么的都归他拿去卖钱。

小女孩解释道："我的猜测是有根据的！我是专职宠物博主，家里也养着 3

只品种猫。我每天都亲自给猫咪做猫饭，内容也比较丰富吧，经常会用一些进口的三文鱼啦，银鱼啦，白虾什么的。那天我家里猫饭做多了，就拿了一点出来喂流浪猫，碰巧被那个回收旧物的看见了，就说我怎么拿这么新鲜的三文鱼肉喂猫，他这辈子都没吃过这种进口海鲜。"

"我当时听了尴尬，也没理他。可谁知，他竟然翻我丢出去的垃圾，把那些海鲜包装盒找出来，到处和人说我拿这么好的东西喂猫，浪费钱什么的。"小姑娘越说越气，"我自己赚的钱，爱怎么花就怎么花，他管得着吗？"

"我觉得他就是打那时起盯上猫的。那天我去倒垃圾，亲耳听到他和一个坐门口乘凉的大妈说，这些猫就是因为在小区里吃得好，一只一只的，越来越多，看得他来气，什么时候全毒死了才耳根清净。

"从那以后，我们小区就开始丢猫、死猫。应该是他，要不然，怎么垃圾分类前，咱们小区从没出过这种事儿呢？"

眼看着夜幕降临，6幢门前的猫咪突然就多了起来，一个个昂着脑袋，"喵喵"声此起彼伏。博主嘴里提到的收旧物的大爷，也踩着时间点来到垃圾回收站。

收旧物的大爷皮肤黝黑，微微驼背，很瘦。他穿着一件并不合身的工人汗衫，屁股上插了一把蒲扇，与博主小姑娘原地对质。

"我呸，我还怀疑是你杀的呢！"大爷眼珠子一凸，嗓门不小，"我要杀，肯定逮着你那些名贵猫杀，干吗要和流浪崽子过不去？死的那些，最后不都是我收走的？别以为我不知道，死的那几只全都是土猫，一只喊得上名的都没有。怎么就不见那些名贵的品种出事儿呢？还不是因为你可以拿去赚钱啊，我呸！

"而且，我要杀猫，那也是杀了吃。吃这么新鲜的鱼肉长大的猫，味道一定很好啊，怎么会下药？

"警官，这小姑娘也不是什么好东西，特别势利眼。我亲眼看到好几次了，她喂给那些个品种猫的东西不一样。品种猫和土猫，是分开来喂的！谁知道她是不是嫌烦，想把那些土猫给毒死！"

"很多品种猫那都是娇气胃，而土猫基本什么都可以吃。偶尔遇到被遗弃的品种猫，我当然得分开来喂！"小姑娘急得跳脚，"你血口喷人！"

"我老家儿子，小时候半年都吃不上一口肉，营养不良送医院了，你呢？你天天喂畜生还要用进口海鲜，我看着能不气吗？啊？但我说了，我害你的猫干什么？杀了吃我还考虑考虑！"

"我自己赚的钱，要你管！"女孩愤然扭头，"警官，你听听，这人还想着吃猫！这和吃人有区别吗？猫猫那么可爱！气死我了！"

眼看着一场询问即将升级成对战，夏熠连忙上前劝架："行了行了——跑题了跑题了！我们只是想询问一下死猫的事儿，大家想到什么相关的，好好说好好说……"

天彻底暗了，三人疲惫地回到车里，对小区里的杀猫凶手毫无头绪。

夏熠问："你怎么看？"

"我认为他俩都不是凶手。"邵麟摇了摇头，"大爷没有说谎。他确实有杀猫动机，但言语间，能感受到他针对的是那些'吃得比人好'的品种猫。可是小区里死的，都是普通土猫。

"那个宠物博主吧，确实优待品种猫，也为越来越多的流浪猫而烦恼，同样有杀猫动机。但是，她完全可以带猫去自己朋友的宠物诊所，让它们直接消失，没必要让猫活生生死在自家社区里，传出去砸了自己爱猫的招牌，对吧？"

"所以，凶手应该另有其人，"邵麟得出结论，"而且不一定是经常喂猫的那些人。如果要认真查，以我们现在的警力肯定不够搜监控，或许从三个月前的流动人员查起，效率会更高一点。"

邵麟顿了顿："但有一点让我特别在意的，是流浪猫的死亡时间。"

说着，他从阎晶晶那边拿过笔记，用食指比画着："除了这两只猫，死亡时间相差不过一天，其他猫的死亡时间都是完美间隔开的。你看，平均两周一次。这个规律让我觉得很奇怪。如果凶手杀猫只是因为厌烦小区里的流浪猫，那么大可以找捕猫公司，或者索性药死一只耗子丢猫堆里，一口气毒死一大片，这样也不犯法——为什么要两周两周地来？"

夏熠眨眨眼："你的意思是，凶手可能是个喜欢虐猫的人？他会控制不住自己的欲望，需要隔段时间就杀只猫爽爽？"

"我考虑过，但后来，我又觉得凶手不符合这种侧写。"邵麟摇头，继续解释道，"首先，这种靠虐杀发泄的人，作案间隔往往会逐步缩短。比如，第一次隔一个月，第二次隔两周，频率越来越高，不会这么规整。除非凶手有强迫症，或者两周这个时间间隔存在着特殊的意义。其次，这类凶手在手法上也会升级。比如，第一次，我毒死它，看它挣扎；第二次，我把它分尸了，录下来放到网上……而且，你说的这类人，一定会'欣赏'自己的作案成果。可是那天晚上，根本就没有人在那个区域观察——除非那个人，就在向候军自家院子里。"

"我反倒觉得更有可能是……"邵麟突然欲言又止，"算了，还是等法医那边出结果吧。有了具体死因，才好缩小范围。我现在也是盲猜的。"

夏熠叹了一口气："是啊，等等棺材脸。"

可是，也不知法鉴中心怎么了，把结果一天天地拖了下去。明明只是跑一管血的毒理化验的事儿，一周都没出结果。夏熠找了姜沫去催郁敏，却只得到了一句："化验还在进行中。"

过了几天，向候军都从拘留所里出来了，毕竟他属于主动投案，认错态度良好，天数不长。

也不知是不是在拘留所里作息规律的缘故，向候军整个精神状态都变好了，脸上透着一股自然的红润，似乎笑得很开心："警官警官，你们这拘留所条件不错啊，这么多保安，看着就安心。哈哈哈哈——"

夏熠冷哼："这么喜欢，以后是不是还想来啊？"

"不来了不来了，我以后要做遵纪守法好公民！"

"行了，安心回去吧，你家门口淹死猫的那天晚上，我们没有在监控里发现外人。除非有人从你家进入院子。那应该就是个意外，不是有人故意要害你。我们认为，这猫与蓬莱公主号其他幸存者的案子没有关联。"

"那就好，那我就放心了。"向候军一个劲地点头哈腰，"谢谢你们啊，为了一只死猫，辛苦了。"

"不辛苦，应该的。以后要是遇到什么问题，记得第一时间联系我们。"

"我这两天在拘留所里，也不知道为什么，还是心慌。"向候军拿食指点了点自己脑门，"可能是我太紧张了，直觉叫我出去旅行一趟，放松放松。刚好，年前抽奖我中了 I 国福岛五天四晚海滨度假套餐，大夏天的，我决定就用掉它吧，刚机票已经订好了，明天就走！"

夏熠听了这话，心底顿时一阵酸溜溜的。别说什么海滨度假了，他就连单位年会的三等奖都没有中过。夏某人忍不住仰天长叹："说走就走，向老板好潇洒！来，这里签个字，你就可以收拾收拾去度假了。"

向候军离开前，夏熠非常热情地主动与人握手。随后，他立马脚底开溜，鬼鬼祟祟地一路小跑，去拘留所外买了一根冰糕。

烈日当空，小卖部门前传来一声惨叫："啊！怎么还是'感谢参与'？"

一周后，法鉴中心终于公布了猫尸的检查结果。

当时夏熠就觉得出事儿了——没有任何报告，上面直接叫整组人去市局开会。一推开门，哟，市里那几个有头有脸的人物都在。

郁敏坐在主持的位置上，脸色比平时更冷。他点开 PPT，声音像往常一样毫无起伏："内容前情大家都清楚，我这里不再赘述。你们所看到的这张图，正是天水北苑 11 幢 101 院子水缸里发现的猫尸。虽说猫的生理结构和人不一样，但都是哺乳动物。通过猫肺部水肿的情况，法医组可以判定猫下水的时候还是活着的。所以，这只猫当时是被淹死的。

"猫尸上总共发现 11 处撕咬伤痕，根据伤口愈合程度，我们可以判定，伤口来自两次打架，一次在死亡前两天，已经部分结痂；而另外一次就发生在死亡前后，伤口非常新鲜。"

"但最重要的是，"郁敏切入正题，"我们在猫尸体内发现了芬太尼、氯胺酮、MDMA（3,4-亚甲基二氧甲基苯丙胺）等多种非法毒品。这里我向西区分局的同志道个歉，为了明确这一结果，跑色谱花了一点时间。"

"这一口气嗑得不少呢！"夏熠呆滞片刻，才反应过来，"我就说，我以前闻过那怪味！"

郁敏继续说道："已知毒品'神仙水'是一些非法娱乐场所常用的助性药物。我们认为，这具猫尸里发现的，可能是一种类似'神仙水'的新型组合毒品。"

邵麟恍然："凶手是在猫身上试毒。"

他向夏熠一勾手指，对方连忙拿出一份天水北苑的报告。邵麟分析道："最近 3 个月内，天水北苑小区里发现了 7 只死猫，而且，死亡间隔相对固定，在两周左右。凶手可能是在尝试新的毒品配方，并且根据猫的反应进行调整。

"除了被发现的这只，其他猫死前也出现了疯狂打架的症状。起初我们还怀疑是狂犬病。现在想来，MDMA 有致幻效果，会使神经高度兴奋，而在芬太尼的作用下，它受了伤也感受不到痛苦……这样一来，所有事儿就都说得通了！"

郑局沉默地点了点头。

夏熠挠了挠头："所以，这个人是把'神仙水'配方里的冰毒换成了芬太尼？我不是特别懂这些东西，这个芬太尼有什么意义吗？"

邵麟盯着屏幕，没有看他："芬太尼是一种强力镇痛药品，药效是海洛因的50倍，会刺激大脑大量分泌多巴胺，产生兴奋的快感。大概就是加强版'神仙水'吧。"

"邵顾问和我想得差不多。"郁敏微微蹙眉，"问题就出在了这个芬太尼上。芬太尼有几十种衍生物，而猫尸里发现的，是比较罕见的一种，不属于国内市面上流行的芬太尼。"

会议桌旁一直沉默的男人突然开口纠正："是当前不流行。"

郁敏嘴巴抿成一条直线，下意识地咽了口唾沫。

插话的人叫伍正东，是市局禁毒大队的大队长，从警三十余年，侦破燕安市重大毒案无数。

伍正东嗓音低沉，缓缓道来："七年前，燕安市吸毒意外死亡人数突然飙升，市局顺藤摸瓜，侦破'9·12'大型贩毒制毒案件，缴获白粉100多公斤，枪毙制毒犯2人，关押20余人，大部分至今尚未放出。当时那个犯罪团伙，就是在海洛因里掺了这种芬太尼。"

伍正东顿了顿："这个犯罪团伙通过在海洛因里掺杂芬太尼，牟取暴利——因为芬太尼容易合成，价格非常便宜。1公斤海洛因可以卖到6万多美元，而1公斤芬太尼只能卖3000多美元。然而，芬太尼的药效、致死性都远超海洛因，以致当年大量吸毒者死于意外服食芬太尼。

"当年犯罪团伙使用的芬太尼，正是这种特别的衍生变体。不过，当年案件侦破得非常彻底，警方成功斩草除根，以至于这7年来，燕安市面上再也没有出现过这种芬太尼。"

夏熠皱眉："那个团伙再次冒头了？"

"不排除这个可能。"伍正东沉声，"也有可能是其他团伙拿到了配方。"

"如果这个药物还在试验阶段，那我们一定要争分夺秒，把它掐死在摇篮里。"郑局食指在桌上敲了敲，"要不然，不知道又有多少人要死于误服芬太尼。"

很快，警方对天水北苑整个小区——从业主到租户，就连每周来一两次的保洁员都没有放过——进行了地毯式调查。

巧的是，警方通过排查，成功锁定一个非常可疑的身份。

7年前，"9·12"一案中大部分涉案人员都被判了20年起步，唯独一个未成年人——当年17岁的小马仔王浩——由于年纪小，涉案不深，只被判了10

年，后来改造良好，今年年初被提前释放了。

出来之后，他好不容易找到了一份水管工的工作，在燕安市几个物业轮班，周末基本都在天水北苑。

从作案时间上来讲，似乎也对得上。

警方第一时间传唤王浩。

7 年的监狱生涯，让曾经活泼聒噪的小伙子变得敏感而沉默。他在否认了杀猫一事后，就一问三不知地陷入了沉默。

因为王浩有前科，所以警方申请延长传唤拘禁，可是，整整 3 天了，他统统一口否定。

正当双方陷入胶着局面，燕安市传来一条骇人听闻的新闻——和平港海关从货运海轮的集装箱里搜出了一具尸体。这艘货轮来自 I 国福岛，运送的是大箱冰冻榴梿。海关警犬在搜寻的时候闻出异常，经 DNA 检测，死者是我国居民，名叫向候军……

向候军本就身材矮小，呈婴儿状蜷起，被塞在巨大的榴梿冷冻柜里。由于冷冻保存，经长达 12 天的海运，尸体保存完好。

奇怪的是，他的 10 根手指都被人割了下来，一根一根塞进了他的肛门里。最后，法医还在肠道深处，发现了一小袋白色粉末。

经化验，这粉末正是从猫尸上发现的那种芬太尼。

与此同时，一架来自 I 国的航班，在明晃晃的阳光里落地燕安国际机场。

一个身高一米八几、戴着墨镜的男子走下头等舱。他一边对空姐露齿一笑，一边接起电话："哦？收到了？……惊吓？难道不应该是惊喜吗？没事儿，打个招呼，见面礼罢了。"

"父亲觉得我很过分？"男人冷笑一声，"那是他年纪大了，人怂了，管得也多了。"

挂了电话，男人走进摆渡车，靠在角落里翻着手机。他的拇指突然顿住了，目光落在一张照片上。照片拍得有点模糊，但可以看清照片上那人侧脸清瘦的线条。

邵麟戴着黑框眼镜，穿着一件浅蓝色的衬衫，嘴里叼着一根盐水冰棍走在人行道上，显得安静又无害。

男人无声地咧开嘴，合上手机，大步走向燕安市的入口。

04

法鉴中心很快出具了向候军的死亡报告。

"由于尸体一直处于零下冰冻状态，腐烂明显延迟，大量证据保存完好。经解剖发现，死者脑组织出现大量积液，内容物冻结，体积膨胀后导致颅骨骨缝裂开。肺实质、甲状腺、肝、脾多处器官充血。胃部没有食物，处于空腹状态，很干净，但胃黏膜与十二指肠出现弥漫性血点，沿血管排列，是冻死的最典型的维什涅夫斯基斑，所以死者被放入榴梿冷冻柜的时候，还是活着的。

"他是被活生生冻死的。死亡时间大约与货轮从 I 国起航时间相符。"

郁敏推了推玫瑰金镜框："死者十指被切断，创面规整，应该是被锐器大力砍下的。其中，创面发现大量纤维蛋白，受伤组织内 5-羟色胺与组胺含量分别为正常组织的 2 倍与 1.5 倍。所以，我们可以明确，断指是生前伤。同时，死者的手腕被尼龙扎带卡死，估计是为了防止切手指时失血过多。我们怀疑死者可能在生前经历了一场刑讯，或者凶手单纯是为了泄愤。"

"总而言之，死者先是被割掉了十指，然后锁入榴梿冷冻柜，活生生冻死的。"郁敏总结道，"这完全就是虐杀，是毫无必要的折磨。可惜的是，我们没能在死者手指缝里提取到任何与凶手相关的 DNA 信息。"

夏熠看着图片里那些从死者肠道里掏出来的东西，忍不住咂舌："这是什么仇什么怨啊……"

邵麟盯着一小包白色粉末问道："郁主任，你能分辨，这袋芬太尼是凶手塞进去的，还是向候军为了逃避搜查，自己偷偷装着的？"

两种情况，意义截然不同。

"我正要说这袋芬太尼。"郁敏点点头，"法医组先发现肛门口有血迹，继而发现肠道异物。一开始没有想到异物如此之多，是一根一根拖出来的，却不小心破坏了原始结构。但是，被发现的时候，袋子与手指在一起，塑料上还沾染了大量血液，所以，我认为是凶手塞进去的，但不能排除这个芬太尼本身来自向候军。

"经色谱法分析，这袋芬太尼的纯度不高，同时存有大量合成前体，但确实与之前猫尸里发现的芬太尼为同一种类。应该是不专业的实验室自己合成的。"

"我这里有一些Ｉ国警方的消息。"会议室另一头，姜沫突然开口，"这个Ｉ国海运航线已经存在好几年了，对方是非常知名的海外水果供应商。根据货船载货时的监控，这个榴梿冷冻柜从货车上卸下来，就没有拆封过，也没有检查，直接上了货船，所以货船方也被蒙在鼓里。至于向候军本人，他最后一次被摄像头拍到，是货轮起航的前一天，在Ｉ国福岛皇家椰树花园———一个海滨度假村。"

"他和我说过！"夏熠抓了抓脑袋，"这趟旅行是他抽奖抽到的海滨度假套餐。我当时还寻思这人运气怎么就这么好。"

"不，根据我们收到的信息，他是临时全款订的酒店。酒店给警方提供了向候军在度假村的预订账单，不便宜，也没看到什么折扣，而且使用的是预支付信用卡，没有留下支付信息，很可能都不是向候军本人付的钱。可根据店员的信息，向候军抵达酒店后，一直把自己关在房间里，没有参加任何旅行休闲活动。第二天一早，他被一辆黑色轿车接走后，就再也没有回来，但因为向候军直接付了15天的全款，酒店也没多心。"

"这么看来，他是早约好了要去见人。"邵麟沉声，"如果他真的如自己所说，害怕有人要杀他，那他不可能千里迢迢去见一个这么危险的人。在天水北苑拿猫试毒的人，竟然还真是向候军。确实是冤枉王浩了。"

姜沫冷笑："玩火不自知，想不到自己会死得这么惨。"

"那他举报自己，还把自己关进拘留所里，演这么一出干什么？有病啊？"夏熠气不打一处来，"话说回来，那辆黑色轿车追踪了吗？酒店门前监控应该能拍到车牌吧？"

姜沫摇了摇头，说东南亚的警方就是不太靠谱，嘴上说得好听，"一定尽最大的努力"，做事儿却毫无效率，背地里还有可能警匪一窝，拿钱办事儿，以至于一些游客在东南亚被害的案子最终沦为悬案，比如那些在试衣间里突然"消失"的女性。

"咱们得做好心理准备，Ｉ国可能无法提供任何重要线索。我现在想不明白的是，为什么凶手还要把尸体给寄回来？"姜沫皱眉，"而且是明明白白地寄来燕安？如果他只是想杀死这个人的话，在Ｉ国就地解决，毁尸灭迹不就行了？"

"凶手知道，这具尸体一定会在过海关时被发现，甚至直接爆上新闻头条。"邵麟盯着投影上的图片，一字一顿地说道，"所以，他在传达消息。"

"向谁传达？警方吗？"夏熠露出一脸类似地铁老人看手机的神情，"凶手这是在隔空喊话'我是变态,快来抓我'吗?"

"不。凶手割掉尸体器官组织的行为,大部分情况下,会暴露一些信息。"邵麟缓缓解释,"举例常见的——当凶手割掉死者生殖器,那作案动机往往与性有关。也有人会割掉死者的眼球或者舌头,暗示死者看到了不应该看的东西,或者说了不该说的话,而死亡是与之相应的惩戒。割手指的也有,但大部分情况,割手指是因为在谋杀的过程中两人发生了身体接触,凶手担心死者指缝里留下了自己的 DNA 信息。

"显然,这位割手指则是另有所指。首先,为什么要割手指?我认为,凶手的意思是,向候军的手碰了他不应该碰的东西,所以被割去手指。如果芬太尼也是凶手放进去的,那么,向候军'不该碰'的东西,便是那芬太尼。同时,把手指塞进死者的……这是一个极具侮辱性的行为。"

"所以,凶手在说——"邵麟嗓音冷冷的,听得夏熠一身冷汗,"这不是你可以碰的东西。"

"把东南亚标成藏毒窝点并不过分。"邵麟眼底一片晦暗不明,"我现在说的,仅仅是一些猜测:杀害向候军的凶手应该是一个毒枭。这种新型毒品的配方,并非来自向候军,而是凶手本人。或许,凶手想在燕安市打开这种新型毒品的市场,却被向候军抢了'蛋糕'。所以,他特意把向候军的尸体寄了回来,意在警告别人,谁敢瓜分这个市场,这就是下场。

"凶手很嚣张,蔑视警方,同时无比自恋,表现欲、占有欲极强,且有施虐倾向。既然他敢这么寄一具尸体进来,他应该是对占据这个市场充满了信心。"

"这——"夏熠直接听傻了,神色复杂地看向邵麟,"看不出来啊,你变态语十级啊,邵老师!"

邵麟好像被噎了一下:"……不一定对,推测而已。"

"见鬼了,我们把向候军家搜了个底朝天,没发现半点异常。"

"可惜手机不在了。"姜沫叹气,"当时自首时,他的那个 iPhone 6 警方查过,一点问题都没有。可是,我看酒店摄像头里,他在 I 国酒店用的是一部安卓手机。向候军有两部手机,有问题的那部被他带去 I 国了,现在也不知道在哪里。"

很快,上面就下达了命令——死守!

一定要把新型毒品掐死在摇篮之中!

新型毒品以致幻、提高性欲、让人感到兴奋为主,所以警方认为,最早的贩卖渠道应该以夜店、KTV、洗浴中心为主。市局东西区分局联动，刑侦支队负责摸排向候军的地下人脉，而治安、缉毒支队最近加大了在娱乐场所突击搜查的力度。

然而，除了一些 LSD（麦角二乙胺）、大麻、"开心水"，警方竟然一无所获。

又过了两周，网络上突然爆出一则名为"燕财出现丧尸病毒"的短视频，在社交媒体上被病毒式转发。视频里，只见某宿舍楼窗户灯火通明，鼓点音乐开得震天响，突然有人从窗户里爬了出来，从三楼径自跳了下去。摄像头推进放大，只见男生在地上抽动片刻，却又晃晃悠悠地站了起来，可由于骨折，他跛着一条腿，晃晃悠悠地往不可能的方向扭去。

男生仿佛不知痛一般，嘴里号叫着，缓缓向前走去，活像一具丧尸。

拍摄视频的人，是燕安郊区大学城某二本大学学生。那学生是个网上小有名气的博主，原本正在自家阳台上拍摄搞笑短视频，却碰巧拍到了这骇人一幕。

由于视频标题涉嫌过度夸大事实，造成不必要的恐慌，警方第一时间压了热搜，并介入调查。

事后，学生打了120，直接把坠楼男生拉走了。幸运的是，人活了下来，但不幸的是，男生盆骨、股骨、胫骨统统骨折，直接打成了石膏怪。他还是个篮球运动员，这职业生涯算是彻底毁了。

警方第一时间控制了派对现场。

在场的男男女女全部一口咬定，男生是自己跳下去的。

"好像嚷嚷着说外面就是泳池，他要去游泳。"

"我们说他喝醉了，要拦他来着，但他力气太大了，就没拦住！"

"对对对，我亲眼看到他往窗户上爬的！"

"刘远平时是很活泼开朗的一个人，绝对没有自杀倾向，应该就是喝醉了！"

普通喝醉酒，坠楼也就算了，怎么可能坠楼后爬起来继续疯？在警方的再三逼问下，才有一个胆小的女生抽抽噎噎地说那个男生在自己饮料里加了点料，有点像一小颗胶囊咖啡，黑色包装，上面画着一个红骷髅。

"就他一个人喝了？"

女生啜泣着点点头，说大家都不知道那是什么东西，来路不明，也不敢喝呀。跳楼男生也没怂恿大家，就自己喝了，说是红牛一类的让人兴奋提神的小玩意儿。

很快，警方从派对当晚的垃圾袋里找到了女生所说的黑色胶囊，竟然有两枚。胶囊里还剩下一点点液体，警方送回实验室化验，发现里面果然含有新型芬太尼！

警方第一时间在医院控制了男生，追问毒品源头，可刘远就只是模模糊糊地说，那是他在外面玩的时候认识的一个朋友，平时聚会喜欢在酒里加点料提高刺激。当时在酒吧里，那个"朋友"给过他一点提神的药，当时他感觉特别好。可谁能想到，这次那人送给他的"尝新货"，后劲竟然这么大……

高悬的达摩克利斯之剑终于落下。

新型加强版"神仙水"已经悄无声息地渗透了燕安市场。

虽说这几天坠楼大学生刘远的手术接连不断，但警方依然见缝插针地守在病房前，询问毒源："给你胶囊的那个人，叫什么名字？你还有联系方式吗？"

"联系方式没有，也不知道他大名叫什么。我们是在城里那家'摩洛歌'酒吧认识的。我只知道他英文名叫Terry。"刘远摇了摇头，"其实，我们总共只见过3次。"

夏熠与东区缉毒的朋友对视一眼，同时摇了摇头。摩洛歌是新开的酒吧，主体消费人群为二三十岁的年轻人，整体装修都是时下流行的风格，在这之前，没听说过有毒品流通。

"Terry是国外回来的，他说自己在CBD那一块上班。"刘远继续说道，"不过，他玩起来真的是一套一套的，东西也比一般人高级。他还有'邮票'。"

刘远说着比画了两下："就这么点大，特别神奇，贴手臂上就行了，然后整个人就特别兴奋。"

夏熠怒道："你知不知道自己在吸毒！"

刘远脖子缩了缩，委屈巴巴："Terry说这个在国外是合法的，外国人常用的，没什么问题……"

"燕安市这才安稳了几年，"缉毒支队的警察摇摇头，"禁毒教育就跟不上了？你说的这个'邮票'，主要成分应该是LSD，是非法的致幻毒品！不排除Terry真的是海归，但我感觉，他更像是一个分销海外新型毒品的毒贩，非常危险。"

刘远愣愣地盯着自己被高高吊起的石膏腿，喃喃道："我现在恨死他了。"

"你和这个Terry有过合影吗？"

"没有，其实也不算是很熟的朋友，就一起瞎玩的那种。而且，酒吧也不让拍照的啊，老规矩。"

"行吧，"夏熠又问，"那这个 Terry 大概什么年龄？具体长什么模样？"

"男生。看上去，就很年轻的那种，感觉和我差不多大？"刘远眯起眼，似乎是在努力回忆，"他打扮挺潮的，很会玩，你非要说他长什么样……头发偏棕吧，有点鬈，很像那种韩国偶像，脸也那样……我说不上来，就……没什么特点，但也不难看的那种路人脸。警官，你知道我在说啥吗？"

夏熠心说不知道。

警方特意请来了局里的素描专家来完成这个 Terry 的面部模拟，但或许是刘远在酒吧里经常嗑药的缘故，记忆有点受损，说来说去也说不出这个 Terry 到底什么样，反正就是两只眼睛一张嘴，反反复复都是那句"有点像韩国偶像，很瘦，皮肤很白"。

结果纠结了好几个小时，也没能画出一张有辨识度的侧写。

没有照片，没有手机号，甚至都没有一个真名——要拘捕 Terry 无异于大海捞针。

邵麟像是突然想到了什么："没有联系方式，你们平时是怎么碰头的？"

"就是在酒吧里碰上了。"刘远点点头，"我感觉，周末晚上遇到他的概率大一点。"

警方问完了问题，陆续离开病房，叮嘱刘远好好休息，以后一定不要再犯傻了。

一米八几的大男孩躺在病床上，突然就哭了，抽抽噎噎地问："……警官，我以后还能打球吗？"

夏熠一句"这次能保住条小命已经是万幸了，你还想要啥"刚涌到唇边，还是使劲咽了下去。他沉默地拍了拍刘远的脑袋，粗声粗气地安慰道："说不定呢，努力康复吧。"

邵麟与夏熠刚下楼，就在医院大厅里偶遇了郁敏，他怀中抱着一个普通的花束。

"哟，郁主任！"

郁敏面无表情，整个人仿佛一尊漂亮的石雕。石雕没开口，只是轻轻一颔首，算是打过招呼。

夏熠是个多嘴的人："好巧啊，郁主任来看谁啊？你家里人病了啊？啊呸呸，我不是咒你啊，嘁，瞧我这张嘴！"

郁敏微微低头，安静地与人擦肩而过，仿佛多和夏熠说一句话，就会传染上什么脑部疾病。郁敏走进电梯，按下了方才邵麟他们下来的层数。

电梯门"叮"的一声又合上了。

"哇——"夏熠故意做了一个"抖掉身上的鸡皮疙瘩"的动作，"这人什么态度嘛！"

邵麟："……"

两人一起走出医院的时候，邵麟突然压低声音："你有没有觉得，自从这次案子开始，郁法医就不太对劲？他好像很焦虑。"

夏熠对此表示无知无觉，甚至还替自己感到了一丝委屈："没有吧？棺材脸啥时候对劲过？"

邵麟眨眨眼："……算了。"

"我倒是觉得自从这案子开始，你就很不对劲。"

"胡说八道。"邵麟板起脸，"我做了什么奇怪的事儿吗？"

"不是说这个。"夏熠摇摇头，在邵麟身边又嗅了嗅，"我就是感觉，你闻起来很紧张。上次踩炸弹上，你都没这么紧张。"

邵麟见鬼了似的闻了闻自己，觉得没有任何奇怪的味道，忍不住骂道："这你都能闻出来?!"

夏熠无辜地点点头："我鼻子很灵的。"

禁毒大队大队长伍正东下了命令，一方面全市加强高校的禁毒科普教育工作，另一方面切忌打草惊蛇。新型毒品刚刚面世，挖掉几个毒萝卜没用，目标是直捣毒源。

根据刘远提供的信息，警方暂时没有直接去摩洛歌询问，而是通过地下线人，开始旁敲侧击地了解情况。

"你待在车上听吧。"夏熠给邵麟递过一只无线耳机，"老齐挺怕警察的，要是我带同事去，怕他放不开。"

"当线人还怕警察？"邵麟轻笑，"那怎么偏偏不怕你？"

"道上混过的，其实都怕当线人。掖着藏着不说吧，没准到时候就一起进去了；要是把人家给卖了呢，搞不好哪天又被打击报复。主要是我当年在毒贩枪下救过老齐一命，多少还有点情分在吧。"夏熠说着推门起身，"走了，去碰碰运气。"

邵麟坐在 GL8 副驾，目送夏熠高大的背影消失在小酒馆门口，给自己戴上了窃听耳机。

上午 11 点，酒馆也是没什么生意，吧台的光线很暗，无数干净的玻璃高脚杯倒扣着。音响里放着舒缓的音乐，一个中年男人穿着围裙，正在埋头擦吧台。他抬头见到夏熠，脸上挤出一个不太情愿的笑容："哟，夏警官，好久不见。"

"好久不见。"夏熠在吧台前找了个位置坐下，开门见山，"老齐，我这次来，是想打听点道上的事儿。"

老齐没急着搭腔，拿了个玻璃杯，给他倒了一杯加冰柠檬苏打水，半晌，才低声笑笑："我猜也是，要不然哪阵风能把您给吹来？"

夏熠四周看了一圈，确定没什么人，才压低声音："我想问问'摩洛歌'的事儿，那是谁家地盘？"

"那地儿新开的，只有年轻人才去。"老齐说着给自己倒了杯冰啤，与夏熠碰了碰杯，"我这种老年人怎么会知道？"

"不肯告诉我是吧？"夏熠不满地叩了叩吧台，"大学城跳楼的那案子，你听说了没有？ 19 岁的男孩子，还是个运动员，现在像木乃伊一样瘫床上了，以后能不能再站起来都是问题。毒品害人啊，老齐你也知道，帮帮我，帮帮那些孩子！"

"啧！"老齐仰头喝了一大口酒，一双混浊的眼睛盯着夏熠，半晌才开口，"你说的那个地方，我没听说过是谁的地儿。夏警官，时代变了，年轻人不像咱们那会儿，把买卖的地域划分得那样泾渭分明。"

"那 Terry 这个名字你耳熟吗？这个人是哪边的？"

"Terry？"老齐眉头竖起一个"川"字，"这个我还真听说过。她以前是个卖'白面'的，上游分销商，直接对接海外背景。但是，这几年'白面'不好卖，我也不怎么爱打听这些事儿了，就没再听说过她什么消息。"

夏熠眼睛一亮，心说这对得上啊，"白面"不好卖了，改卖新型毒品了！

"你见过这个 Terry 吗？"

"远远见过一次，挺漂亮一女的。"

夏熠顿时有点困惑："女的？"

"对，女的。一米七左右，几年前是大波浪，大胸细腰大长腿，人狠话不多。以前的话，常在蓬莱宫那块活动。她的货源一直很纯，所以当年卖得还不错。上次警方把蛇帮彻底打击掉了以后，也就跟着销声匿迹了。"

老齐晃了晃手里的酒杯，突然说道："我觉得你们警方的思路得变。你们不能再用当年抓'白面'的那套思路抓现在的毒贩了。"

"哦？"

"以前吧，这个分销路线一层层下来，一个人负责一片区域，整个贩毒内部结构，是非常规整的树状图，抓到一个就很有可能揪出一串。"老齐顿了顿，"现在科技发达了你知道吧，完全可以绕过那些中间人。燕安这个市场，已经很久没有垄断的人出现了，反而越来越散，越来越多变。我听说，一个叫'秘密星球'的软件挺火的。"

夏熠瞳孔猛缩："他们在'秘密星球'上贩毒？"

"具体怎么操作我不清楚，"老齐摇摇头，"但我听说，那个星球上有一个什么功能，是邀请制的隐藏社群。现在已经不讲究哪里是谁的地儿了。除非你真的接触圈里人，要不然就连入口都找不到。"

"老齐，我这可太谢谢你了。咱们信息不白套。"夏熠一挥手，指了指吧台后面的酒柜，"来，你这儿最贵的什么酒？我买了。"

老齐眼角皱纹显得更深，笑着说："我可不敢骗你，老实和你说吧，我这儿还真没什么值钱的酒，那些个名字，都是用来唬客人的。"

夏熠很爽快地把几张钞票直接拍在桌上："那你推荐什么，给我来一瓶。"

老齐盯着夏熠看了片刻，低声说："夏警官，你最近很忙吧？这黑眼圈浓得。"

夏熠仰天长叹："确实忙啊！那群龟孙子也忒不让人省心了！"

"我这儿进了一批桑葚酒。"老齐弯腰，从地下箱子里拿出一瓶深紫色玻璃瓶包装的，"果味浓，味道很不错，据说还特别养生，抗衰老，抗疲劳，还补血补肾，我看适合你。"

夏熠也没要找零，拿了就走："好好好，就它了。"

回到车里，夏熠忍不住骂骂咧咧："'秘密星球'，又是那个见鬼的'秘密星球'！"

邵麟皱眉："刘远的手机咱们查过，他没装这个软件。"

"老齐说了，这个是邀请制的，大概刘远还不是稳定付费用户，还在'尝鲜'阶段，所以没有被邀请！"夏熠突然激动，"也就是说，他们正在广撒网，然后有针对性地邀请那些忠实用户！"

燕安市东部有海湾，贩毒活动远比西边猖獗，东区缉毒支队的经验也远比西区丰富。当夏熠把问题反馈上去，东区的同志就表示："其实，从年初开始，我们抓到的毒贩就有用'秘密星球'交流的。他们用这个软件，好像主要是为了加密对话。"

普通聊天软件，用的是客户端与平台端之间的加密，可以通过平台端查看。而"秘密星球"用了客户端与客户端之间的加密，不会在平台云上留下任何踪迹。一旦客户端选择了"阅后即焚"，聊天内容则彻彻底底地无迹可寻。

"不仅仅是加密聊天。"邵麟说道，"听线人的意思，他们应该还有一个需要邀请的隐藏星球。就像之前秦亮加入的那个黑客星球一样，是一个隐秘的、自由的社群。"

之前因为季彤与秦亮的事儿，网侦办已经开始研究这个 App 了。阎晶晶在好奇心的驱使下，也偷偷下载了一个。

一来二去，她就把星球结构给摸了个清楚。

"就像上回秦亮所说，他们那个星球是等级制的。也就是说，高等级的人能看到低等级的人发言，并且主动私信。反过来，低等级的人无法看到高等级的人发言，除非高等级设置成所有人可见，而且低等级的人无法主动私信高等级的人。"

"那怎么升级呢？每个星球的规则也不一样。最简单的那种星球，和玩论坛没啥区别，签到发水帖就行了。但拿黑客星球举例吧，发水帖签到只能升到 Lv2（即 Level 2。Level，意为等级），从 Lv3 开始，你就得做任务。"

阎晶晶解释道："任务根据难易程度也分等级——绿、蓝、红三色。一开始的任务都是绿色的，比较简单，大多是帮人修改程序代码，或者是回答一些专业性的问题。完成任务会累计星球值，用于后续升级。"

小姑娘本来就是写码小能手，一路过五关斩六将，很快就升到了 Lv7。可是，从这个等级以后，必须接红色任务才能继续升级了——而红色任务就是帮人写病毒，写黑客程序，而且都是有偿的。

阎晶晶暂时止步于此："反正意思就是，倘若我想加入他们，我也得跟着干坏事儿。"

邵麟脑子转得飞快："假设有那么一个贩毒星球，低等级的是买家，高等级的是卖家，他们便可以形成一个完全自由的市场。买家完成购买的任务，并被评价，降低警方'钓鱼'的可能性。而卖家完成扩散销售的任务，获得升级——这不再是一张规则的网，而是实现了地下交易 B to C（商家对客户）到 C to C（个人对个人）的转型。除非警方能彻查这个星球的成员结构，要不然几乎不可能斩草除根。"

"没错。"阎晶晶想到黑客星球的"贩毒版"便不寒而栗，"可是，我们现在就连邀请码都没有，无法进入这个星球。进入隐藏星球唯一的方式，是输入正确的邀请码。这个邀请码还是有时效的。"

"我认为给刘远'尝鲜'的那个 Terry，就是一个拥有邀请权限的人。抓到 Terry，或者抓到任何一个有权限的星球成员，我们才有可能进入那个星球。"

很快，市局成立了调查"秘密星球"的专案组，各支队的任务被分配了下去。

行动部队内部组会的时候，夏熠一声怪叫："棺材脸？你怎么来了？你你你一个法医不会想参与一线行动吧?!"

"我申请参与。"郁敏双手十指相扣于桌上，淡淡开口，"因为最早的时候，这种新型芬太尼就是我在实验室里发明的。"

05

郁敏一语惊四座。

在场所有人，除了姜沫没什么反应，几乎所有人都面露诧异。

7 年前，郁敏还在燕安大学医学院念书，是临床医学专业 8 年本硕博连读的最后一年。郁敏前 4 年主修化学，自然而然，博士毕业论文与化学在医学中的应用相关。

虽说芬太尼是横行毒品市场的隐形杀手，但它在医学中，是一种比吗啡还有效的止痛药，适用于各种麻醉手术，以及癌症晚期的镇痛。同时，芬太尼又是一种很容易成瘾的药物，使用稍有不慎，患者就容易出现成瘾现象，以至于在西方国家，镇痛药物滥用成了患者后期吸毒的主要原因之一。

所以，郁敏的课题就是：如何通过修改芬太尼哌啶环上相连的基团，在保障药效的同时，让芬太尼成为一种更为安全的镇痛药。当然，郁敏不是科研奇才，也没有做出什么足以改变医疗界的发现。他就像所有普通学生一样，做了一些实验，提纯了一些新型药品，总结了一下实验结果，为了发表论文，在"该结果的衍生意义"上大吹特吹……

万万没想到，那篇有关芬太尼的论文被当时燕安新崛起的贩毒团伙盯上了。

犯罪团伙复制国外的模式，在海洛因里混合芬太尼牟取暴利，可是，他们控制不好芬太尼的用量，源头也没有保障。郁敏在论文里提到，小鼠对新型芬太尼有更强的耐受性，死亡剂量更高，以至于贩毒团伙误以为这是一种更安全的替代品，二话不说就把郁敏给绑了，把他关在地窖里，逼他提炼芬太尼。

那是燕安市毒品市场最猖獗的一年。

也是伍正东带队斩草除根，燕安市"白面"市场彻底衰落的一年。

警方捣毁制毒窝点的时候，走投无路的毒贩把郁敏抵在身前当成人质，扬言但凡警察再往前走一步，他就杀了这个学生。可就在这个时候，他们身后的"女毒贩"动手了，她一手卡住扳机，一手勒住绑匪喉咙，一个漂亮的膝袭，就把人放倒在地。

后来，郁敏才知道，那个冷艳飒爽的女人叫姜沫。她不是毒贩，而是公安局混进去的卧底，还曾是省里的女子散打冠军。那次，姜沫一战成名，在"9·12"重大贩毒案件中立下汗马功劳。

再后来，郁敏放弃了燕安市最好的公立医院的规培，转而通过公务员考试，报考了司法系统下的法医岗位。当时，他的导师们都特别不解。毕竟，光是燕大医学院临床医学博士的学历，就足以为郁敏铺下半生坦途，而法医工作又脏又累钱又少。

郁敏本来就不爱解释，埋头进了法鉴中心。有时候，他自己也说不清，这到底是出于心中对公安的感激，还是为了在工作间隙，偷偷瞥一眼走廊外走过的长发倩影。

当然，这已经是后话了。

"7年了，我以为这一切都已经翻篇了。"酒吧的灯光流转过郁敏身上，他苍白的皮肤几乎闪着冷光。他一手拿着酒杯，靠在吧台上，缓缓道来："可这次，接连几个晚上，我又梦见了那些年因意外服用芬太尼而死的人。在一个很远、很黑的地方，他们好像一直在看着我。后来，我又遇到了刘远，他还那么年轻……"

"哪怕我理智上明白，他们吸毒与我并无关系，可我还是会觉得……"郁敏叹了口气，欲言又止。

"愧疚。"邵麟低声接上。

郁敏沉默地点了点头，抬手呷了口酒。

邵麟心底涌起一种说不上来的同病相怜感，但最后什么都没说。

"其实这些年，我也想通了。"郁敏摇头，轻声说道，"把愧疚当成动力，其实是一件挺消磨的事儿。我现在唯一想做的，就是担起自己能担的责任，保护好那些我想保护的人。"

邵麟垂眸，晃了晃酒杯。他看着浅褐通透的威士忌里，冰块清脆一声响，撞上玻璃杯壁。他眼尾温柔地一弯，淡淡地笑了。

"敬那些想保护的人。"

邵麟抬手与郁敏一碰杯，独自仰头一饮而尽，转头又招呼酒保满上。

郁敏眼神落在邵麟手上，眸底闪过一丝犹豫："你少喝几杯吧？"

话音刚落，无线耳机里就传来了夏熠的嚷嚷："什么什么？邵麟你又点了一杯？你今天晚上都喝几杯啦？你还真以为自己是去夜店玩的啊？有任务有任务！咱们手上还有任务的，你忘记了吗？万一你喝醉了，别人还要照顾你，你给我清醒一点！"

夏熠天生酒精不耐受，酒量据说是"一杯就拉胯"的水平，再加上那个军式寸头、魁梧的身体，按郑局的话说就是"眉目间一股正气，实在是没法搞便衣"。所以，姜沫不准他进酒吧，只是让他拿了一台录像机，对准酒吧门口，在车里蹲点。

刑侦与缉毒口混编了6组，轮班便衣调查包括摩洛歌在内的燕安城最受年轻人欢迎的6家夜店，寻找符合Terry素描侧写的人，以及打探新型迷幻剂的消息。

夏熠因为这个任务安排而感到十分委屈，他表示自己可以去夜店喝柠檬雪碧，却遭到姜副无情驳回。现在，夏某人听着邵麟那端传来的欢声笑语，一个人坐在车里，气成一只小笼包："不准喝了不准喝了，反正就是不准喝了！郁敏，你拦着他点！"

"没事儿，"邵麟抿了一口新满上的威士忌，"我看这酒淡得就和水一样。"

郁敏颇有兴趣地抬眼："你这酒量可以啊！"

邵麟轻笑着摇头，低声说："我还想醉呢。"

"你们俩也够了，真谈心谈上了啊？"夏某人一个人坐在车里干着急，"任务呢？到底有没有符合 Terry 素描的可疑目标？"

"有啊。"邵麟懒洋洋地四处扫了一眼，"我觉得可疑目标满地都是。"

夏熠突然警觉："我……这是已经喝醉了啊！"

邵麟没醉。

只是这酒吧里，到处可见穿着很潮、身高介于一米七到一米八、打扮得很像韩国偶像的年轻男孩。也不知道是不是最近特别流行这样，反正刘远给的信息毫无用处。

警方便衣在各大酒吧里偷偷拍下那些符合 Terry 侧写的男孩，传回任务中心。医院那边还有一位刑警，在刘远的帮助下寻找 Terry。

或许是因为刘远的事儿上了新闻，这个 Terry 闻风而逃，不敢再在娱乐场所露面。接连几天，警方传了 40 多张照片，都被刘远一一否决。

Terry 不在这些人里面。

"夏熠，我真没醉。"

"醉了的人都说自己没醉！没醉你现在给我背诵一下元素周期表?!"

郁敏："……"

邵麟低声骂道："我醉了我才给你背，我现在可清醒了。"

在酒精的作用下，邵麟心情很不错，难得话也多了点。他用只有身边人才能听清的音量说道："你听好了，现在吧台对面坐了一对网上约见的男女，从那个男人说话磕磕绊绊的样子看，今天应该是他们第一次见面，但我感觉他睡不到了，那个女人对他毫无兴趣。我右手边 A11 卡座里坐着一窝还在念大学的 CBD 实习生，第一次尝试像金融白领一样消费，其中坐在最中间的那个男生，大家都很崇拜他。A12 卡座里坐着五个 IT 男，眼镜汗衫人字拖，驼背猥琐斜方肌，没什么好说的，毒贩对他们不会感兴趣。再过去一点，那个在过道里走来走去的女人，可能是从事特殊服务行业的，已经往我这边瞅 3 次了……"

邵麟突然停住。

他的目光落在不远处的男人身上，低声说道："这人不对劲。"

"谁谁谁？谁不对劲？先来一张照片，喂——"

夏熠收到郁敏传来的照片之后，忍不住再次咆哮："邵——麟！你就是喝醉了吧！这人明明是个谢顶的大叔，到底哪里像——"

他话还没说完，邵麟那边却有了行动。

"等等，不是说好了你们就拍照不动手，哪怕确定发现目标，也先不要打草惊蛇，等我到了再行动吗?!"夏熠大惊，连忙推门下车，"你们在哪里？怎么回事儿啊？喂喂喂，说句话啊你们——"

邵麟注意到目标的时候，那个目标正满腹狐疑地盯着自己，就那么一照面的工夫，那人就起身离开了。

郁敏有点不安："邵麟，我们是不是先等——"

而邵麟摇头，径自跟了过去。那个男人没有选择走正门，而是下楼，从地下室酒窖的后门走了。

这个行为，顿时让邵麟觉得他更可疑了。

一出后门，男人就开始狂奔，邵麟也陡然跟着加速。

郁敏跟在后面，给人报点："夏熠，从地下停车场 B1 出口进来！"

夏熠赶来的时候，眼看着邵麟快追上那个正在逃跑的男人，可那人穷途末路，转身对邵麟亮出刀子。夏熠一颗心直接蹦到了嗓子眼，却见邵麟眼睛都没眨一下，直接空手迎刃而上。他左手一把抓住了对方持刀的手腕，往反方向狠狠一扭，顺势往对方打开的怀里一侧身，抬起右手手肘，照着对方下巴狠狠来了一下。

清脆的一声，匕首脱手落地，邵麟第一时间把刀子踢向了远处。同时，他换了个方向扭住手腕，一手按住男人的肩，把人翻过来，膝盖抵着对方膝窝。

不过是夏熠撑着栏杆跳下来那一起一落的工夫，邵麟就已经把人制伏在了地上。

"我什么都没干，你们干什么抓我！"那人号叫着，趴在地上挣扎。

邵麟冷哼："你什么都没干，你慌什么？"

夏熠熟练地搜身，很快就在对方口袋里找出了几张"邮票"，以及两颗"黑色胶囊"，这才把人给铐上。

"邵麟同志，你刚吓死我了！"夏熠绷紧的身体这才一松，"我还以为你真喝醉了，没找到目标乱抓人，那咱们的麻烦可就大了！"

"我刚进酒吧的时候，就注意到他一个人在里头转圈。当时，他就给我一种特别不对劲的感觉。因为这人一身商务白领的打扮，但脖子与手的皮肤又特别黑，还不是那种天然的黑，而是经常从事日晒工作的黑。而且，他的手很粗糙，不像白领，食指中指黑黄，经常抽烟。"邵麟顿了顿，"在白领里混到他这个发量，收入应该不低了。他一身行头没有毛病，唯独那只手表太掉价，对真正的商务白领来说，手表才是最显身价的地方。所以，我可以断定，他是伪装的白领。

"在酒吧里伪装白领有很多可能，最常见的应该是编造身份'钓鱼'。可是，我发现他一个人物色良久，也没和那些单身前来的女士搭讪，这就很奇怪了。当然，他可能是一个非常紧张的骗子新手。然而，那些四处撩骚卖酒的小姐也没有主动找他，甚至看都没多看他一眼——小姐不会放过任何一个新来的客人，这就说明，他可能常来。

"最后让我确定问题的，是他非常警惕地在看我。这人和我一样，极度留心酒吧环境。当时我没多想，就觉得这个人一定有问题。"

"行行行，就算你有一千个理由，"夏熠没好气地瞪了他一眼，"那你也不应该突然改变计划！这个带刀的'战五渣'还好，毒贩带什么的没有？万一人家带枪呢？不准擅自行动就是不准擅自行动，观察便衣能不能有观察便衣的觉悟，不要抢我们一线外勤的工作？下次——"

邵麟竖起一根食指，放在了夏熠唇前，似乎是做了一个"嘘"的动作。

大约是喝了酒，又紧接着做了剧烈运动，邵麟一双眸子里像是碎了水光，微红的眼角上挑。半晌，他唇角微微一勾，轻声说道："夏熠，我不需要你来保护。"

警方接连五天夜店轮岗，意外捕获的男人名叫陈鑫。

这人进了局子，依然油嘴滑舌的，十分不老实。大约陈鑫自己也明白，独自吸毒事小，但贩毒的罪名就大了。他一口咬定口袋里的东西全是给自己吸着玩的，不是卖给别人的。

夏熠一拳砸在桌上："你一个人能吸那么多？"

陈鑫只是"嘿嘿"傻笑。

同时，警方彻查了陈鑫的手机，果然找到了"秘密星球"。与之前落网的吸毒者一样，陈鑫的聊天记录一片空白，警方点开"我加入的星球列表"，里面的内容也非常正常。

"这里这里，"阎晶晶凑过脑袋，伸手一指，"你要点一点这个'眼睛'图标，不然它出不来。现在'眼睛'是闭着的，'眼睛'睁开才代表'显示隐藏星球'。"

缉毒支队的人这才恍然大悟。

App 里的"眼睛"一睁开，列表里突然就多出了一个名叫"S102 多肉养殖交流"的隐藏社群。看那封面和介绍，就是一个多肉盆栽爱好者交流群。

长久以来，警方仅仅把"秘密星球"当成毒贩的加密聊天软件，这是他们第一次进入这个地下社群。

星球里所有 ID 都是匿名的，唯一显示的是用户等级。陈鑫的等级是"铜-3"。任意等级的会员都可以发送信息，当然，等级更高的人可以自定义信息的阅读等级。

"公共聊天"窗口里，当日留言不停地反复滚动，一条条消息触目惊心。

铜-2 匿名："#SC 尝新 #非常幸运成为最早尝新的一批人之一。力道是有点大的，建议酒水稀释，稀释后几乎无副作用，爽到爆炸，非常期待改良后上新！"

铜-1 匿名："求问现在在哪里可以买到 SC 啊？我喊好几天了也没有人回我，这是为什么啊？"

铜-1 匿名："#SC 尝新 #幸运捞到，真的爽到爆炸，好评！就是这个劲是不是有点太大了？期待新版修改配方！"

铜-1 匿名："#SC 包装设计大赛 #这个你们看可不可以？要是中了，有免费胶囊领吗？"

铜-2 匿名："仲夏时光音乐节快到了，什么时候才能上新啊？真着急！"

银-1 匿名："第一批 SC 只能免费现场试货，不支持预订哦！现在警方加大了搜查力度，先躲过这一阵。第二批货下周正式上新，大家记得找 Terry 哟。"

通过内容分析，警方很快就发现，大家嘴里的"SC"是一种新型混合型毒品，是 Shock Capsule（冲击胶囊）的简称。显然，SC 是市场上的高热话题。而且上游暂时限制了 SC 的流通，导致新品一时间供不应求，更是掀起了空前热潮。

起初，陈鑫什么都不肯说，直到警方提出配合调查可以争取减刑机会，陈鑫才犹豫着开了口。

"这个 Terry 到底是谁？你们的上游供应商？"

陈鑫摇头："谁都可以是 Terry。我也是 Terry。"

原来，圈里只要谁手里有货，就会说"你好，我的名字是 Terry"。这句话几乎成了见面交易时的通用暗语。

"这两枚 SC 是谁给你的？"

"'邮票'我买的，SC 是附送的，说是什么拉新人拿回扣。"陈鑫叹气，"但说实话，我原本的圈子里年轻人很少，这破药免费送都送不出去。最近手头太紧，才想去年轻人多的地方碰碰运气。"

夏熠心底了然。显然，SC 吸引的人群呈年轻化。他们警方几次突击老线路未果，应该就是这个原因——年轻人都爱去最新、最潮的夜店，而不是那些谈生意的洗浴中心。

夏熠把手机重重拍在陈鑫面前，提出："你有没有可能把你的上家约出来？和他们说，你的 SC 卖得特别好，需要大量进货，钱都好商量。"

"新药最近断货了，要过段时间才有。而且，咱们不见面交易的。"陈鑫苦笑，"我真不是瞒着你警官，我自己都不知道我上家长啥样。"

放在以前，警方一般是先逮捕下游分销商，控制其人后，让他与上家碰头，再逮捕上家，最后找到区域毒源。好几次大案都是这样侦破的。

然而，互联网的存在，彻底改变了毒贩的分销模式。陈鑫解释，他们现在的供应链由下游分销商 Terry、随机中间人 B，以及供货商 C 组成。其中，中间人 B 对交易的双方是谁、交易的商品是什么一无所知。他的工作就是在一定时间内，将货物从一个地点转移到另外一个地点。至于这个中间人是谁、什么时候有空运货，完全是随机的。

星球会员在申请成为中间人时，会向系统提交自己方便带货的时间和活跃的区域。系统在任务出现时，会有针对性地选择中间人推送任务，任务一旦被接单，则会从列表里消失。

这样，Terry、中间人和供货商三人就能完成完全匿名无接触的货物流通，大大降低了警方抓到一个揪出一串的可能性。

夏熠皱眉："那这个中间人图什么？能有什么好处？"

陈鑫沉默片刻，才耷拉着脑袋说："升级。"

"铜-1 到铜-2，可以按照购买次数升级；但铜-3 再往上，就要去当中间人才能升级了。会员等级越高，星球解锁权限越高，当然，最主要的还是等级越高，大单折扣越好，可以卖给下面的散户赚差价。上头的话，只做大单生意，五位数起步的那种。"

邵麟听完，食指蹭了蹭下唇："原来如此。它借助参与者的 IP 来迷惑警方，就很难追踪到真实 IP 了。'秘密星球'与暗网，真不愧是一家人。"

基于陈鑫给出的信息，专案组临时召开会议。

姜沫越想越头疼："陈鑫这个号才铜-3，放在圈子里，只能算是个小喽啰吧？怎么样才能把上面的约出来见面，又不引人怀疑呢？"

"SC 现在没货，肯定是不行了。"夏熠挠头，"要不去买点'邮票'试试？但这样，恐怕只能抓到中间人，还有可能会打草惊蛇。"

邵麟沉声："不如想想，这个'上层'现在最需要什么。从他们的需求痛点出发，才有可能见面交涉。"

"那目前的痛点，应该是新药？"

"芬太尼？"郁敏突然提出，"我注意到，猫尸、刘远的胶囊、陈鑫的胶囊里，芬太尼与其合成前体的比例每次都有差异，而且，都能发现不同的衍生体杂质。所以，我怀疑，犯罪集团自己的芬太尼实验室至今未能掌握一种比较系统的生产方式。他们的化学家，可能是个靠网络教程的半吊子选手，很不专业。"

邵麟眼珠一转，来了兴趣："和上家说，我们有更安全、更稳定的新药配方。"

"他们会上当吗？"

"星球里很多人都在说，这个药的劲太大了。其实，主要原因是芬太尼有效成分失控。"郁敏点点头，"毒贩自己也应该知道，毕竟其他成分与旧版'神仙水'差不多，问题就出在这个芬太尼上。我认为可以一试。"

陈鑫一听警方的计划，连忙苦着脸，把脑袋甩成了拨浪鼓："不行不行不行。我不能去'钓鱼'。万一他们知道是我泄露了信息，以后进监狱我日子还怎么过啊？"

"这么好的将功抵罪机会，你上哪儿找去？"夏熠粗声粗气地骂道，"你不是还有个小女儿吗，你总不想出来的时候，女儿都把你这个当爹的给忘了吧？"

陈鑫一听到自己的小女儿，又不说话了。

警方用他的手机，在公屏上发了一条："有更安全的 SC 配方，看到私我。"

果不其然，一个等级为"金-1"的匿名用户上了钩。

郁敏与人非常专业地一通掰扯，对方果然来了兴趣。当然，对方也非常谨慎，要求陈鑫用"老方法"，把他这边合成的芬太尼寄一份小样过去。

双方很快就约好了时间、地点——周日，天鸿商厦东区储存柜。陈鑫在警方的监督下，把郁敏在实验室合成的芬太尼放了进去，又给对方发送了储存柜编号与自提密码。

人来人往，警方看着一个身穿橙色风衣，踩着滑板，嘴里吹着泡泡糖的男生，前来取走了小样，又坐公交车离开。为了避免打草惊蛇，警方没有追踪这个显然是"中间人"的男孩。

第二天，对方回复"顺利收到"。又过了几天，金-1 匿名用户再次提出要求——为了确定陈鑫可以重复产出同样的芬太尼，他们在东区的一个仓库给他备了一间实验室，可以提供陈鑫要求的一切原料。但他们希望陈鑫独自前往，完成芬太尼的提纯。事后，会有人去检查结果，如果纯度令人满意，双方后续会有正式的合作。

好在芬太尼的提纯并不算太难，郁敏在实验室里教了陈鑫三天。

一切准备就绪，陈鑫按对方提示抵达了一处偏远的仓库。他在警方便衣的暗中观察下，穿过马路，走向库房。

大中午的，烈日高照，这片工业区行人很少。树叶沙沙微响，盛夏灼热的风游走过大地，毫无征兆地，陈鑫整个人就倒了下去。

恰好，邵麟站在离他最近的地方。最开始，他还猜测陈鑫是不是太紧张了，或者突然供血不足什么的，所以想也没想，拔腿就跑了过去。

可当他看到地上一条血线时，才突然觉得大事不好——

子弹?!

可是，警察早就确定了厂房四周的安全，那么子弹只能来自……

狙击手。

邵麟本能地顺着子弹射入的方向抬起头，看向远处空旷的平地，同时，身后夏熠高喊着飞扑过来："趴下！"

一个红光点，正中邵麟眉心。

06

那一瞬间似乎很漫长，漫长到邵麟几乎还没有反应过来，而夏熠全身肌肉紧绷，整个人像利箭一般弹送出去，心底却拔凉一片——晚了。

他自己就是队里的狙击手，所以他明白，那是绝佳的狙击瞬间。

可是，那红光最终只是闪了闪，就消失了。

或许狙击手的目标仅仅是陈鑫，或许是对方不敢击毙警察，或许是对方犹豫了，最终没有扣下扳机。下一秒，夏熠就将邵麟狠狠扑倒在地，带着人往掩体后滚去，拔出对讲机吼道："线人被击毙，东南方向 600 米到 800 米外高楼有狙击手，重点怀疑安建二期那一块，封锁道路，我们过去可能来不及！"

空气在很长一段时间里几乎凝固。

直到远处拉响警笛，夏熠才缓过一口气来，所有颤抖着的后怕汇聚成劈头盖脸一顿怒骂："你还有没有常识？这种情况怎么能出去？你这不是直接上去送人头吗?!"

邵麟心知夏熠说得一点没错，一时语塞。只是他压根没想过，像燕安这么安全的城市，怎么还会藏着狙击手。夏熠还压在他的胸口，压得太紧了，他几乎喘不过气来。邵麟挣扎着咳嗽了几声，夏熠才松开。

两人也来不及说什么，只是交换了一个有力的拥抱，跳上警车就往高楼方向追去。

一路上，警队对讲机的内部频道几乎爆炸了——

"到底是怎么暴露的？我们万事都已经小心小心再小心了！"

"难道是平时圈里的人发现了异常？可是陈鑫一共也没收到几个电话，我们全程监听提供发言，完全没有问题啊！"

"我是真长眼了，城市狙击手，从警十年都还没见过！"

"惨了，感觉咱们被耍了，现在陈鑫的账号也被管理员移出星球了……"

很快，警方根据子弹射入的方向和角度锁定了狙击手所在的高楼。正是之前夏熠怀疑的安建二期。那是一片基本竣工的商业地产，但似乎是合同出现了什么问题，现在既没有建筑工人，也没有商家入驻，彻底是个监控盲区。

警方到的时候，高楼顶部早已人去楼空，唯独剩下烈日当头，碧空如洗。

狙击点的位置不难找，因为狙击手丝毫没打算隐藏自己的踪迹——一枚金色弹壳被竖在地上，正好朝向仓库的方向，弹壳下压着一包白色粉末。

生怕警察找不到似的。

"哟！"夏熠捡起狙击手留下的东西，看着那枚金色子弹头，"7.62mm×51mm标准 NATO，M118 狙击弹，S 军的。估计是把 M21、M24 或者 M4。"说着他回首眺望，在风中微微眯起眼睛，低声感叹："专业的……"

这枪背后的人绝不简单。

应该有国际犯罪集团渗透了。

邵麟从他手里拿过那袋白色粉末，一眼就认出来，这是之前陈鑫给犯罪分子寄去的芬太尼小样。邵麟食指拇指捻了捻塑料袋，却发现里面还塞了一小块边角不平的字条，上面歪歪扭扭的是陈鑫的字迹："救我。"

邵麟喃喃："这人竟然还是陈鑫自己喊来的。"

他在脑内复盘了一遍，估计陈鑫通风报信的可能性。

这段时间里，陈鑫 24 小时活动受限，一切都在警方的监控下，从未接触过电子设备。然而，陈鑫在手写供述时接触过纸笔，也不知他在何时偷偷写下了"救我"二字。去天鸿商厦东区储存柜寄存芬太尼时，他在双手放进柜里的那一瞬间，把字条偷偷塞进塑料袋里。

后来发生的一切，顺理成章。

只是，不仅仅是警方，恐怕连陈鑫本人都没有想到——对方并不是来救他的。事后，警方彻查了双方约定的厂房仓库，压根就没有什么提炼芬太尼的化学设备。对方想把陈鑫引到这个地方，不过是因为这片区域监控不完善，狙击手视野开阔，方便直接击毙罢了。

邵麟越想越觉得就是这么回事儿："难怪。陈鑫最开始犹犹豫豫的，话里话外都是他不敢出卖同伙，但在对方收到芬太尼样品，提出现场提纯试样后，他又变得十分积极。"

因为，陈鑫误以为对方要来救自己了。

夏熠低声骂了一句："作孽！"

邵麟垂眸，看着楼顶深灰色的地面上，凶手还用施工现场的灰白色粉块，用阿拉伯数字写了一个巨大的"1∶0"。

利用下游分销商钓上游的计划，可以算是彻头彻尾地失败了。

一群人处理好现场，灰头土脸地回到局里，郑局气得差点心脏病发作。这几年，郑建森大部分时间都在办公室，不再参与一线行动，这会儿直接"哗啦"一堆文件摔在了桌上："这么危险的计划，这么潦草地就执行了？你们这计划审核都还没有通过，就直接先斩后奏？这下好了，还死了一个线人，线人的命难道不是命吗，啊？以后什么线人还敢替你们这群废物卖命，啊？"

夏熠一手拿着热茶，一手握着一板硝酸甘油，笑得一脸奉承："那什么，郑局您消消气，毛主席曾经说过这个身体是革命的本钱，您虽然年纪不大，但这个——"

"把你那吧吧的嘴给老子闭上！"郑建森吼着打断，"这死了线人的事儿咱们没完！到底是哪个小兔崽子想出来的计划，给老子站出来！"

邵麟刚想主动认错，却被夏熠偷偷地踩了一脚。他略微诧异地侧过头去，却见夏熠"啪"的一下立正，整个人站得笔直："报告郑局，那个小兔崽子就是我！"

郑建森看着他手里的硝酸甘油片，觉得心口加倍绞痛。

"行动是经过组里讨论一致通过的，"姜沫温声上前打了圆场，"毕竟，这是我们第一次正面接触这个隐秘的地下团伙。我们从未见过如此有规模、有组织的线上贩毒网络，以至于专案组里大家都认为，不能放过这个机会。"

"你——你——"郑建森伸手指着姜沫，一口气差点没喘上来，"你是队里老人了，怎么也跟着他们犯浑！伍正东呢？伍正东也同意了？"

"等到上面审核通过，我们就彻底错失这个机会了。"夏熠解释，"本来就只能抓紧时间，利用这个短暂的窗口钓出大鱼！"

"你还敢狡辩？钓鱼钓鱼，满脑子都想着钓大鱼！看看，你们钓上鱼了吗？把自己都给赔进去了！计划最讲究什么？讲究稳妥！"郑建森怒骂，"如果计划不能保障所有人的生命安全，如果行动的不确定性太大，那就换一个更稳妥的计划！每次获批的追捕行动，是经过多少人分析、敲定，才敢放你们出去抓人的？你知不知道，城市里任何一个追捕计划，但凡需要你们一线拔枪，上面都得写检讨。我们如此谨小慎微，是为了什么？为了你们的安全！但我看你夏警官的胆子倒是大得很！"

郑建森深吸一口气："知道为什么这几年缉毒都开始不用卧底了？因为我们最无法接受的，是生命的代价！是，我们是要破案，我们要解决问题——但我们同时要把不必要的损失降至最低！

"夏熠，这案子如果你最后破不了，就别怪我把这一笔记你头上！"

邵麟刚要开口，却又被夏熠拦下。

夏熠没有二话，只是原地敬了个礼："是！"

出门时，邵麟用肩膀轻轻一撞他："我不需要你替我背黑锅。"

"别急，检讨咱们人人有份。邵老师要是诚心感谢我，就把我的那份也写了吧！"夏某人撇嘴，"哦对了，记得查重要低于30%，不要使用优美的词汇，最好再写几个错别字，要不然郑局一看就说是代写的。"

邵麟："……"

线索暂时中断，又死了个线人，专案组暂时陷入了写报告模式。晚上回家，邵麟再次摆弄起了他的思维地图：向候军的照片在最左边，下面画着一个箭头，指向新药SC。而在那之前，他又用一根线连向了蓬莱公主号。蓬莱公主号又与Admin，以及"秘密星球"相连。"秘密星球"下，贴着一个问号，是目前新型毒品的生产商。再往下走，是Terry，上面贴着陈鑫的照片。

夏熠双手撑在沙发上，看着他摆弄着那些关系线条，突然开口："你有什么话是今天在局里没说的吗？"

邵麟盯着自己做的思维导图，慢悠悠地开口："我有两点想不明白的地方。第一点，是陈鑫的主动求救。他在'秘密星球'里，明明只是一个铜-3等级的供货商，就连银位都不是。这在供货商里，属于最最底层的人。按理说，这种人是不可能正面接触到上游负责人的。他凭什么认为，对方收到消息之后会来救他？"

"所以我就感觉，这个陈鑫的身份不仅仅是他交代的那么简单。从头到尾，这人就不老实。而且，他很有可能深信不疑，自己身上还有什么值得被救的筹码。"

"第二个疑点，是凶手为什么要费这么大功夫杀陈鑫灭口。"邵麟顿了顿，"倘若陈鑫只是一个普通下家，那么，直接把他的账号踢出星球就可以了。然而，他们选择了在警察眼皮子底下杀人。这更加让我怀疑，陈鑫身上确实藏着秘密。对犯罪集团来说，他不值得被救，但也不能活着。为什么？让他永远闭嘴？还是什么别的？我觉得下一步，应该再深挖一下陈鑫的背景。"

夏熠听完，点了点头："还有呢？"

邵麟的手微微僵了一下，面无表情："暂时没有其他分析了。"

"我的意思是，你对地上那个1∶0怎么看？这个计分，很像比赛，你觉得他在比什么？"

邵麟哼了一声："无聊的挑衅罢了。"

"是凶手在挑衅警方吗？"

"是。"

夏熠顿了顿，突然沉声："那你知道，今天那个杀手，完全是可以杀了你的，对吧？"

邵麟平静地看了他一眼，没有搭腔。

其他人都离得太远，不曾经历那一秒的惊心动魄。可夏熠离邵麟不远，而且，他比谁都了解狙击。当时，他沉浸于邵麟没有出事儿的庆幸中，没有发觉。现在事后复盘起来，却越想越奇怪："你觉得，他为什么停手了？"

"如果凶手的目标就是陈鑫，自然没必要再杀人。"邵麟温声答道，"人拿钱干活，加人头可是要额外收费的。"

"可是，如果凶手的目标就是陈鑫，那么一击毙命之后，他应该直接收枪撤离！如果我是凶手，在目标倒下之后，我一分一秒都不会浪费，直接转移阵地！我为什么还要瞄人？"夏熠语速越来越快，"哪怕我不急着撤离，只是想观察一下四周，为什么还要傻乎乎地开那红点？瞄了人又不开枪，非要让所有人知道'我在瞄准这个人'？别人我不知道，但我从一个专业狙击手的角度出发，这个行为实在是太没有必要了。"

除非，他和你有某种联系。

他在展示某种权力威慑。

"所以，邵麟，你觉得这是为什么呢？"

邵麟依然沉默着。

"你不说，也行。"最终，夏熠叹了口气。他起身，从书柜的抽屉里拿出一张一寸照，那是他从邵麟曾经的国际刑警护照页复印件上剪下来的。

"那我就换个问法。我看你整天都在摆弄这些人物关系贴图。"夏熠赤着脚，向邵麟递过那张穿着制服的照片，"你告诉我，这个人，在这幅图里，应该贴在哪个位置？"

邵麟依然是那样平静地看着夏熠。他眼角微微弯了弯，好像是笑了，好像又有些难过。他喉结一动，拳头隐隐握紧了又放松。

邵麟深吸一口气，把那张照片拍到对方胸口，低声说道："你在哪个位置，他就在哪个位置。"

网侦办联系了相关专家，加班加点地试图破解"秘密星球"。最后，阎晶晶在她的黑客星球里找到了一个黑客程序，只需要有匿名星球的隐藏代码，便可以镜像复制星球内部的公屏信息。

当然，这个程序只能阅读匿名星球公屏上的内容，无法与其成员互动，也无法跟踪内部成员与成员之间的聊天。

阎晶晶一脸兴奋："是那个 Twinkling 写的！"

夏熠不解："啥玩意儿？"

"Twinkling！一个超级厉害的黑客！"阎晶晶说起这种东西就来劲，"上回秦亮的手机，我不小心点到了那个自动恢复出厂模式的 App，就满屏都是小星星的那个，也是 Twinkling 的杰作！后来我才知道，他是黑客星球一个很有名的博主，经常开源一些黑客小代码。这个镜像程序，就是我在黑客星球搜到的！"

"虽说陈鑫的账号被移出了星球，但还好之前网侦办记录了匿名星球的源代码……"

夏熠看着电脑里的聊天记录："嘿哟，这破软件总算还有点有用的地方！"

专案组一群人围在电脑前，七嘴八舌议论开了：

"SC 第二代官宣了。他们的改良版要上市了。也是绝了，竟然还在星球粉丝里征集图标！"

"一个颜色的胶囊变成五色胶囊了，这玩彩虹战队呢?！"

"仲夏时光音乐节被提到好多次啊，感觉他们要搞大动作……"

"这个破音乐节，每年都出幺蛾子！真的，每年一到夏天这时候，什么醉酒闹事儿啦，酒驾啦，迷奸啦，吸毒啦，各路妖魔鬼怪都冒出来了！我说，能不能禁了这个破节！"

仲夏时光音乐节是近几年燕安市年轻人中兴起的活动，由城里几家主流音乐吧联合举办——每年 8 月末，他们都会在燕安市中央公园的草地上搭起舞台与主题帐篷，请当红歌手献唱。其中，每一个参与活动的酒吧都会贡献一个节目，来给自己的酒吧做宣传，同时，帐篷里有免费酒水零食、漂亮的兔女郎，以及各种喝酒小游戏。

总而言之，那是一场堕落年轻人的盛宴。音乐节半夜 12 点就结束了，但这只是前半场，不少人还会选择去自己新发现的酒吧继续狂欢。

"看他们讨论的这个阵仗，音乐节上必然是会有新药流通的！"

"这么多人参加的音乐节，你去年去过没有？大概是有免费啤酒吧，那个人山人海……讲道理，你根本不可能一个个搜身的。而且，四处敞开的中央公园，布置期间，随随便便就能混进去。怎么防？根本就没法防！"

"还有四天就音乐节了……"

"抓到一两个卖药的估计没有问题，"夏熠长叹一口气，"就怕芬太尼过量，再出现刘远这种事情啊！"

公安重新修改了音乐节的安保章程，包括毒品搜索犬在内，投入了大量预备警力，但即便如此，仲夏时光音乐节依然像一个定时炸弹，让郑局的头发以肉眼可见的速度又少了一圈。

档案室里，大家连夜过了一遍燕安市近几年的缉毒案，试图寻找一些可借鉴的地方。破晓时，夏熠抱着一份档案，顶着两个青黑的眼圈，神秘兮兮地凑到邵麟身边："我知道音乐节怎么办了！"

对方抬眼："说来听听。"

"是这样的，灵感来自之前的一个案子。很多年前，燕安市有个贩毒的被抓了，叫毛一星。案发时，这人还未成年，算到现在，也和咱们差不多大了。这个毛一星呢，家庭背景不太好，老爹很早就吸毒过量死了，母亲也吸，最后感染艾滋而亡，所以毛一星从小就对毒品深恶痛绝。"

"等等，"邵麟打断，"你不是说这人是个毒贩吗？"

"没错，听我讲完。"夏熠郑重其事地点了点头，"毛一星因为痛恨毒品，就自己想了个法子——他把石灰粉混了糖和味精，拿来当'白面'；用那种小学门口卖的五颜六色的小糖丸当摇头丸。他把东西塞在茶叶包装里，在网上挂上业内行话，卖给偏远地区的买家。每包东西寄出去时，他还附送一张字条：珍惜生命，远离毒品。"

邵麟："……"

夏熠似乎很喜欢这个案子，讲得津津有味："你敢信一直没人揭发他吗？几乎不会有人当着快递小哥的面直接开箱验毒，大多等到自己要吸了才知道被骗，而且，但凡有人去报警，就相当于承认自己吸毒，所以毛一星闷声发了笔横财！"

邵麟："……然后呢？"

"毛一星还是被抓了呗！鉴于他没有真的贩毒，年纪又比较小，出发点还是让人戒毒，并上交了非法所得，于是关起来教育了一段时间就放走了！话说回来，这人还真是个人才，家里都乱成这样了，"夏熠挠挠头，"高考还上了一所双一流大学，结果大一刚结束，毛一星就写了个病毒修改学校成绩库，改自己C语言的考试成绩，后来被发现开除了，辍学至今……"

邵麟揉了揉自己的额角："这件事儿和目前手上这案子，到底有什么关系？"

"咱们现在不是特担心音乐节上新货流通吗？这 SC 长啥样、印啥图片，咱们也知道，这胶囊就自己印个封口，一点都不难做。"夏熠兴奋地搓了搓手，"咱们塞点跳跳糖进去，拿去音乐节浑水摸鱼啊！"

"你疯了？"邵麟压低声音骂道，"假冒毒品也是犯法的！"

"不啊，我假冒啥了我？我卖的可是货真价实的跳跳糖！最多也只能算是剽窃了那个包装吧？以前那些'神仙水'才叫剽窃呢，用香奈儿图标的都有！"

邵麟心想：为什么你理不直气却这么壮？

夏熠兴致勃勃地讲着他的计划："目前，已知对方一定会在音乐节出现，我们先把跳跳糖流通出去，肯定有人吃了会在星球里反映假货。一则会影响当天的正品销量；二则，咱们在他们头上卖假药，他们的上头能放任我们不管？如果他们想管这事儿，不就自己送上门来了吗？干这种事儿的，他们绝对想不到是警察啊！"

邵麟半晌憋出一句："实不相瞒，在下也没有想到。"

夏熠好像天生听不出反讽，闻言一个傻笑，越想越觉得自己天纵奇才，眼底满是得意的光。

他甚至还喊来了组里人，正式聊了聊自己的计划。

"我觉得吧，组长，"阎晶晶干巴巴地说道，"要是让上面知道这种事儿，你可能就得脱衣服回家了。"

"上回陈鑫已经出了意外，要是这新型毒品的案子不能尽快侦破，我看我差不多也得脱衣服回家。"夏熠面色沉痛，"横竖都是死呗！"

"可是，你们有更好的办法吗？这种路边的节日不可能严防死守地安检，总不能说等人像刘远那样出事儿了，再去抓人啊！我们要主动出击！"夏熠恢复了信心满满的样子，"好了，谁陪我去选跳跳糖？"

阎晶晶："组长，网侦那边好像找我有事儿！"

李福："组长，卷宗那边似乎还没整理完！"

郁敏："不好意思，法鉴中心突然来电话了！"

姜沫："小夏，你是不是最近加班太累了，要不还是先回去休息一下吧？"

瞬间，人走得一干二净，就剩下邵麟站在原地，僵硬地开口："我——"

话音未落，他就被夏某人强行抓去了附近的小卖部。夏熠进小店的门都得弯下腰，才不至于磕到头。这么大一个人，在小卖部大爷诧异的神情下，东闻闻，西嗅嗅，搜刮走了店里所有口味的跳跳糖。以至于边上一个小学生握着手里的五毛钱，紧张又委屈地看着他拿走了最后一包草莓味的跳跳糖，不敢说话。邵麟站在门口，全程笑得一脸慈祥，活像一个等孩子的家长。

整个晚上，邵麟就看着万年不进厨房的夏某人，坐在吧台的高脚椅上捣鼓跳跳糖。那神情认真严肃，不知道的还以为他在做什么化学实验。

时间过了好久，只见夏熠小心翼翼地端着一个胶囊壳子，里面是一些透明液体："快，你来尝尝，我新发明的！名字就叫作'宇宙无敌劲爆回旋 360 度爆炸动感神仙水'！"

邵麟瞥了一眼那冒着气泡的无色液体，一时语塞："……"

夏熠见人犹豫，那兴奋劲突然泄了。邵麟"嘁"了一声，仰头把胶囊里的雪碧跳跳糖混合物一饮而尽，说："你是不是也和他们一样，觉得这个计划太扯了？"

"我也不知道。"夏熠迷茫，又有点委屈，"我只是想做些什么。我不想等事情发生了，再去追查原因。因为我们已经知道，有些事情必然是会发生的——只是我也不知道我能做些什么。"

平时，夏熠总是元气满满的，好像有着使不完的劲，像是组里的小太阳。邵麟难得见他沮丧的模样，莫名心疼，甚至还想摸一摸他的脑袋。邵麟喉咙微动："我认真思考了一下这么做的后果。"

夏熠满腹狐疑地看着他："你认真想了？"

"对，我在想这么做的负面后果，是不是我们可以承担或是接受的。"邵麟点点头，"我觉得最糟糕的一种情况，就是无辜的路人当真把这种包装当成跳跳糖，在日后遇到真毒品的时候而无法鉴别。所以，我们不能无脑地投放跳跳糖胶囊，而是有针对性地，把它发给原本就打算购买 SC 的人。"

夏熠愣愣地开口：“那你的意思是……”

“我原本上午就想和你说的，但被你跳跳糖的事儿打岔了。”厨房清冷的灯光下，邵麟双手搭在吧台上，缓缓道来，“我之前不是怀疑，陈鑫这个人身上还有问题？所以，我排查了陈鑫手机里存的号码、微信好友手机号，以及这几年的银行转账记录，这些看上去都是干净的，但我与过去的案件做了对比，发现陈鑫的联系人多多少少都与曾经的蛇帮有关。其中，陈鑫在十几年前破产过一次，资助他的，也是当年蛇帮的一个高层。”

这几年来，燕安市公安局对黑社会团伙重拳出击，当年占据海洛因市场第一的蛇帮明面上不复存在。然而，百足之虫，死而不僵，蛇帮到底留存下了一些隐蔽、零散的网络。他们往往交易额小，客户群谨慎而稳定，靠古老的贩毒方式苟活至今。毕竟，燕安市每年还能抓出上万吸毒者，哪怕蛇帮不复暴利，也不至于饿死。

“蛇帮虽说去了大头，但依然是燕安市地下市场的老大。‘秘密星球’在短期内迅速做大，他们不可能没有耳闻。”邵麟顿了顿，“但是，‘秘密星球’那个群里，以卖致幻药品和冰毒为主，完全没有提及‘白面’。燕安这个市场里，‘白面’是被蛇帮垄断的，没有蛇帮点头，就没有人敢卖‘白面’。也就是说，这个谨小慎微的蛇帮，暂时还没有加入‘秘密星球’这一新兴平台。所以，‘秘密星球’与蛇帮，是两方完全不同的势力。

“陈鑫在‘秘密星球’只是一个铜-3的小小下家，但他在蛇帮的关系可以追溯到十几年前。从上次的追捕中，很明显能看出陈鑫不属于SC这个圈子。但他又自信地认为，自己直接传信给‘秘密星球’上家，对方会出手相助。他矛盾的背景，以及大胆的行为，只能让我想到一个原因——蛇帮不信任‘秘密星球’，而陈鑫是代表蛇帮去‘秘密星球’探路的人。这也是为什么，在讯问的过程中，陈鑫对自己蛇帮的背景一口否决或是避而不谈，却把‘秘密星球’卖了个一干二净。

“这两方势力关系不怎么样。‘秘密星球’或许愿意给蛇帮一个面子，但压根就没把人放在眼里。”

邵麟莞尔：“所以，这次发跳跳糖胶囊搅浑市场的人不能是警方，而是对‘秘密星球’横行霸道深感不满的燕安地头蛇。一会儿好好研究一下参与音乐节的酒吧清单，找一个与蛇帮活动最密切的酒吧。”

"两国交兵，不斩来使。"他眼底闪过一丝锋利的冷光，"既然他们杀了陈鑫，那我们不妨去加一把火，让他们去狗咬狗。"

夏熠心底又蹿起了一丝希望："你竟然真认真想了！我还以为你们都觉得我犯浑，没人搭理我呢。"

邵麟眼尾弯起一缕浅浅的笑意，拿玻璃杯倒了两杯雪碧，将一杯递给夏熠："你说的每一句话，我都认真听了。"

夏熠兴奋地拿起胶囊："你真的不尝尝我的'神仙水'吗？"

"不了。"

两只玻璃杯轻轻触碰，发出一声脆响。

07

眼看着仲夏时光音乐节临近，匿名贩毒星球的公屏上，天天都有人在问新货什么时候发布、如何取货云云。然而，星球高管迟迟没有答复，只有几个等级相对高的银、铜层会员偶尔回复一句"等音乐节"。

邵麟对几家酒吧进行了分析，找出了属于蛇帮的地下活动地盘，而阎晶晶与李福通过仔细排查，彻底确定了陈鑫与蛇帮的地下关系。这会儿陈鑫死了，"秘密星球"与蛇帮的梁子算是结下了，打起来估计只差一把火。

可是计划刚交上去，夏熠就被郑局叫进了办公室。

文档就平放在郑局桌上。

郑局低头抿了一口茶，嗓音喜怒难辨："这个挑拨离间的计划，是你想出来的？"

夏熠一时摸不准郑局的意思，只是觉得办公室里气压似乎有点低，只好说："组里大家一块儿想的。"

"一块儿想的？"郑局冷哼一声，背过手去，"我看是邵麟想的吧！"

办公室里安静了半晌，夏熠才僵硬地憋出一句："一石二鸟，左右都不是什么好东西。"

"是的，你说得没错，确实都不是什么好东西。"郑局突然话锋一转，"但是，他们是怎样的'坏东西'，应该接受什么样的惩罚，是你决定的吗？"

夏熠张了张嘴，又把话给咽了下去。

"你太年轻了，没有见过帮派火拼。"郑局顿了顿，沉声缓缓道来，"在我还像你这么大的时候，燕安市有三股势力，互相抢地儿，隔三岔五地烧杀抢砸，有些区域的居民晚上都不敢出门。

"假设——我们只是假设啊——你们的挑拨离间成功，掀起了两股势力的对立情绪，今天我砸你场子，明天我放一把火烧了你的地盘。根据上回陈鑫的事儿，咱们知道这个犯罪集团手里还有海外军方的武器，那么再出几条人命也是完全有可能的，对不对？他们两边打起来，咱们警察当然是轻松了，鹬蚌相争，渔翁得利。可是，那些在冲突中受伤甚至死去的人呢？那些被砸、被烧、被伤害的店家呢？更多的是，被这种事情惊吓到的燕安市人民群众呢？你考虑过那些人没有？

"当然，你可以说一些人贩毒，卷进这种火拼丢了性命，都是活该。但是，挑起矛盾，让他们'活该'这种事儿，真的是你夏熠可以决定的吗？"

"我……"夏熠咽了一口唾沫，支支吾吾的，还是那句话，"我只是想主动做点事儿。"

"是的，我知道。但夏熠，或许有一天，"郑局来回踱了几步，停在年轻人面前，目光炯炯地看着他，"你手上会握着你现在难以想象的支配力量。你的决断，会让一些人生，会让一些人死。你能拿什么去决断呢？你拿什么去衡量那些无法被衡量的东西？往往那种时候，没有时间让你迷茫。"

郑局说着伸出食指，轻轻一戳夏熠胸口："所以，你这里始终得有一杆秤。你要想明白，你所做的决定，是满足了你自己的某些愿望，还是恪守了你曾经对这身警服的承诺。"

"我这里没有什么'上面的决定'。"郑局把文档递了回去，"你依然拥有这份计划的行使权。你点头，咱们就按计划执行，我绝不拦你。你放弃，那咱们就放弃。唯独一点——夏熠，这件事儿，我需要你自己想明白。"

夏熠下意识地握紧那份计划，纸张都皱了起来。

从郑局的办公室里出来后，夏熠一个人闷了很久。

谁也没想到，就在音乐节到来的前一天晚上，夏熠把组里通宵忙了几天的

"狗咬狗"计划丢进了碎纸机。回家后,他又把那些"精心调配"的雪碧跳跳糖冲进水池,再把包装胶囊收好,统一丢进垃圾桶。

夏某人整个人都有点闷。毕竟,投入了这么大精力的计划说砍就砍,要说心里没有情绪,那也是不可能的。

邵麟看着他,不说话,径自拿了只玻璃杯,打开酒柜。夏熠是从来不喝酒的,里头的酒基本都是邵麟买的。可这回,邵麟的目光落在上回夏熠带回来的桑葚酒上,突然心里一动:"我尝尝你这个。我从来没喝过桑葚酒。"

夏熠盯着邵麟熟练开瓶,难得迸出一句:"我也要。"

邵麟轻笑着瞥了他一眼:"你不是酒精不耐受吗? 这酒好歹也有13度,明天音乐节大任务,要不还是算了吧?"

"就有点失望。"夏熠递过一只空的玻璃高脚杯,"我心里有数,陪你喝点,我喝了就去睡觉。"

邵麟小心翼翼地只给他倒了小半杯。

邵麟靠在吧台上,修长的手指夹着酒杯,轻轻晃着醒酒:"怎么,郑局骂你了?"

"没有,"夏熠闷声道,"他没骂我。放弃计划是我自己决定的。"

邵麟颇为意外地挑起一侧眉:"哦?"

前几天,就在这个吧台上,某人还兴奋地熬夜配制跳跳糖,像是发现了什么新大陆一样。

"为什么?"

夏熠盯着杯中紫红色的液体,反思道:"其实我仔细想了想,我到底为什么要这么做。因为我知道那音乐节上,大概率是要出事儿的,但我又无能为力。我总觉得自己不努力做点什么,就是失职。如果我按这个计划执行,那么无论音乐节上出现什么事故,我都可以安慰自己:我已经这么努力地做了干预,我尽力了。"

"而且,我太想抓住他们了。我想拔除那些毒瘤,想立功,还想搞一点酷炫的操作成为后辈嘴里的传说。"夏熠低声说道,"想让他们提到我的名字,就特别崇拜。

"我心底还有个很危险的误区,邵麟你也有——那就是两方都不是什么好人,所以坏人狗咬狗,哪怕死了也是他们活该。然而,我们没有资格评判。无论那些人是上游制造商、下游分销商，还是什么职业杀手，他们应该被判死刑，还是被判几年，是只有法院才能决断的，不是我们。"

"可我现在在做什么？"夏熠摇头，"我既想避免事后责任，又想立功逞英雄。而且，被这些欲望驱使，我在某种意义上，成了自诩正义的执行者。"

邵麟沉默地看着他，眼神清亮。

"我爸下海以前，也是当兵的。"夏熠嘀咕道，"他从小就教育我，一个人要站得正。他和我说，一个人的'正'，是从脚踝开始的。脚踝歪了，膝盖就歪了；膝盖歪了，骨盆就歪了；骨盆歪了，脊椎还怎么直？而往往，这脚底下才是我最容易忽略的部分。它太低了，太不起眼了，却是一切的根基。"

"咱们手上这件事儿小，要真做了也没什么，很好解释——非常时期的非常手段。"夏熠抬头，认真地看着邵麟，"但也正因为如此，我才更应该警惕。我永远都不应该让我自己的欲望，来主导我可以行使的职权。"

邵麟抬起酒杯，沉默着敬了夏熠一下，心底翻涌着诸多难以言说的情绪。

他诧异于这个男人的坦诚——坦诚地懦弱，坦诚地虚荣，坦诚地犯错误，坦诚得光芒万丈。

那么，你呢？

邵麟忍不住问自己——你敢把自己剖析得干干净净，像这样正视自己吗？你能毫不掩饰地说出自己的欲望，不给自己的行为加上各种修饰吗？是不是当一个人完全坦诚的时候，那些阴影、痛苦与无名的恐惧才会无处匿藏？

转眼间，两人的酒杯都见了底。

"再来点。"夏熠眯起眼，舔了舔嘴唇，食髓知味，"我说这酒味道还真不错啊！酸酸甜甜的，果味好浓。嘿，下回再去老齐那儿买点。"

邵麟看着对方再次递过来的玻璃杯，微微蹙眉："还是算了吧。"

"干什么算了？你看看我，你看我像醉了吗？"

邵麟上下打量了夏熠一眼，见脸颊倒也没红，便又给夏熠倒了小半杯。可谁知，夏某人仰头就"咕咚"一口闷了个干净，还很爽地"哈"了一声，眼睛弯成两枚月牙："这酒真神奇，喝得我都想唱歌了。"

邵麟"哧"的一声笑了。

还说自己没醉呢？

不过，他从来没听过夏熠唱歌，便存心逗人玩，说："那你唱啊！"可就在夏熠放下酒杯的那一瞬间，邵麟的脸黑了。

只听高昂激荡的歌声划破厨房上空："日落！西山！红霞飞！战士！打靶！把营归！"

不是普通人唱歌，而是连队比赛比谁嗓门大的那种吼着唱。

邵麟这还没堵上他嘴，隔壁邻居就怒了，开始"哐哐"敲墙，家里的电视机都在震动："有病啊？大半夜唱歌？小孩子都被吵醒了！还要不要睡觉了啊？！"

"啥？吵醒了？"夏熠眯起眼，又吼了一嗓子，"那我再唱一首！哄人睡觉！两只！老虎！两只！老虎！跑得快！跑得快——"

在那一瞬间，邵麟终于明白了阎晶晶口中"你不懂组长被酒精支配时的恐怖"，甚至产生了揪自己头发的冲动。

然而，夏某人依然唱得非常投入："一只没有尾巴——一只没有眼睛——真奇怪——"

邵麟一手拿起苹果塞住夏熠的嘴，一手从零食柜里掏出一小罐周末亲自烤的巧克力杏仁小曲奇，脚底抹油似的冲了出去。他先把曲奇塞进隔壁业主妈妈手里，再一个劲地鞠躬道歉，说："那傻子喝醉了，回去一定教育批评，实在是给您添麻烦了。"

毕竟，关于晚上的声音问题，邻居已经投诉过很多次了。夏熠出外勤，凌晨两三点回来是常有的事儿，有时候也是累狠了，铁门就"哐"的一声。碰巧邻居家孩子睡眠极浅，被吵醒了要好久才能再入睡。

等邵麟修补完邻里关系，却发现一切的罪魁祸首——某只傻狗——已经趴在沙发上呼呼睡着了。

邵麟蹑手蹑脚地走过沙发，调高了空调导风板，让冷气往天花板上吹，又给夏熠披了层毯子，最后关了大灯。

客厅在刹那陷入昏暗。

邵麟突然在沙发前蹲了下来，出神地盯着夏熠发呆，一双漂亮的眸子在夜色中水亮水亮的。温柔的目光描过夏熠的眉目，又沿着他笔挺的鼻梁，最后落在那宽厚的唇上。

这傻狗长得也不错啊。

可就在这个时候，夏熠突然皱起眉头，在睡梦中耸了耸鼻子，似乎是闻到了什么气味。

邵麟敏锐地往后撤了出去。

就在这个时候，夏熠鼻子顿时又不动了。只见他换了个姿势，迷迷糊糊地又哼唱了一句："真奇怪……"

邵麟无语地撸了一把他的脑袋，起身回了自己卧室。

第二天，仲夏时光音乐节，局里上下严阵以待。

就在正式开幕前 3 小时，一直在监控星球的阎晶晶突然通知所有人："有高层发消息了！"

大家一窝蜂地围了过去，只见这个金–1 高级账号连发三条消息。第一条是"确认！新货已就位！"，第二条则是一张海报，第三条为"懂的都懂"。

不一会儿，大量匿名用户回复了数字"1"或者一个"懂"字，还有的人开始复制发送同一张海报。

"啊？"夏熠盯着屏幕看了片刻，忍不住挠头，"他们这就懂了？这不就是音乐节的海报吗？"

海报背景里，烟花在夜空中炸开变成音乐节的标志，而下面是一顶顶帐篷，攒动的人影与彩灯幻化成流动光带，右边几个艺术大字标明了音乐节的时间、地点、主办单位等信息。

阎晶晶上网搜了搜，在屏幕上调出这几天铺天盖地的仲夏时光音乐节海报，确实，一眼扫过去一模一样。

"等等，"邵麟最先发现区别，伸手一指海报左下角的白色小字，"这里改了两个字！"

正常的海报上，文案是："当鼓点响起，绚丽烟花点燃夜空，你将拥抱荧光之海，从音乐里寻到自由。"而在"秘密星球"的海报里，"音乐"二字被改成了"时光机"。

"从时光机里寻到自由——这个时光机是什么意思？"

邵麟之前看过几遍酒吧列表，当即脱口而出："参与音乐节的酒吧里，有一家名叫'时光胶囊'，是今年新开的。"

"这……"夏熠皱起眉头，再次抓了抓脑袋，"那直接说地点不就得了，干啥还要修改海报啊？"

"当鼓点响起，绚丽烟花点燃夜空。"邵麟再次念了一遍，"这可能是指代时间？根据音乐节的节目表，烟花开始燃放的时间是固定的，在晚上 10 点。不过我感觉，这个消息的解读非常多，应该还有什么隐藏规则我们不知道。"

夏熠数了数，自打新货敲定的消息一出，那公屏上少说也有 20 个"1"，顿时气不打一处来："怎么这么多人！"

当天下午，燕安市中央公园人山人海，有点名气的酒吧都来了，还有大量新开的，就等着搞活动来给自己店面打广告。刑侦、缉毒组便衣就位，而场地外围，红蓝光线闪烁，停着不少警用摩托，穿着明黄色背心的治安支队带着对讲机走来走去。

夏天太阳落得晚，到了 8 点天都还没彻底黑。舞台的音响里鼓点震颤，不同酒吧准备的歌舞节目轮番上场，空气里混着酒水、烧烤和香水的味道，人声嘈杂，偶尔传来几声兴奋的尖叫。

除了酒吧主题帐篷，公园里还有不少小吃摊，摊位与摊位之间，零散地放着几座"迷你 KTV"，就是那种黑色的小房子，可以容纳两个人进去唱歌，隔音效果奇佳，按点歌次数计费。

根据之前在"秘密星球"上发现的海报，警方重点关注了那家名为"时光胶囊"的酒吧摊位，以及像"迷你 KTV"那样可以隐藏货物的角落。便衣频繁巡逻，就连缉毒犬都来来回回嗅了好几次，却全然没有发现异常。

邵麟的耳机里，各组警员交流着，气氛紧张而压抑。

"5 只缉毒犬完全没有反应，现场的干扰气味不算重，并没有在现场发现毒品流通。"

"时光胶囊这里没有任何问题。"

"星球公屏上没有新情况，没有放弃行动的意思，但也没有人提醒要注意警方，一个个的好像都很淡定。"

"难道对方要等到 10 点开始放烟花再行动？"

邵麟思忖着，虽说是新型毒品，但依然含有传统的氯胺酮，以及 MDMA 成分，所以，缉毒犬应该能够熟练辨别。既然它们全部没有反应，更有可能的一种解释，是对方压根就没有打算在音乐节上进行实物交易。那么，他们在"秘密星球"里大肆宣传音乐节又是为了什么？

信息中转站？

邵麟在脑内再次过了一遍"秘密星球"里的提示词："你将拥抱荧光之海，从时光机里寻到自由。"现在天色已经暗了下来，荧光手环开始浮现出五颜六色的冷光。

荧光之海……

他锋利的目光一寸寸扫过现场，最后再次落回主办方的帐篷上。那里可以签到，留言写便笺，以及购买各式各样的荧光棒、荧光头饰等小玩意儿。

邵麟不时就会去看一遍墙上的便笺，再翻一翻那本留言簿，却没有发现任何可疑的内容。

蹲点实在是一件折磨人的事儿。邵麟不愿意放过每一个可能"传递信息"的角落，从每一张便笺，到每一家店铺的宣传卡片，甚至就连工作人员的嘻哈T恤上的印花文字都没有放过。虽说邵麟看东西过目不忘，但接连几小时这么扫下来，只觉得眼睛带着大脑一块儿灼灼生疼。

但是，每一个人都在坚守。

晚上8点半，天色彻底暗了下来，其他摊位热闹依旧，唯独主办方帐篷前游客少了起来。毕竟音乐节已经开始几小时了，想签到的早就都签过了，现在天色也暗，写留言、写便笺还得借着帐篷顶上昏暗的灯光。

邵麟又逛了一圈，再次拿起那本他已经翻过好几次的留言簿。可这次，他的心突然跳空了一拍。

只见米黄色的纸页上，一段狗爬黑字龙飞凤舞："亲爱的Tina：我希望，每年都能和你一起来逛音乐节……"

如果在白天，或者在主办方帐篷的灯光下看，这只是再常见不过的一句表白。可现在，光线暗了，"Tina"的"T"隐隐显现了荧光。这个"T"，被人拿隐形荧光笔描过！

就是那种在灯光下基本只能看到淡淡的"水痕"，但是在黑暗中就能微微发光的涂料！

邵麟抱着留言簿，去了外头光线更暗淡的地方，荧光就格外明显了。整本留言簿里，第一个描荧光的字母是"T"。很快，翻了两页，邵麟又找到了第二个字母，是在一大段手写留言之后，一个男生的签名"Ryan"的"R"上。

大约是圈子的问题，这些泡夜店、爱音乐的年轻人都爱用英文名。

留言簿里，除了大段表白、对音乐节的评价和建议，还有各种"寻找有缘人"的交友信息，比如"开盲盒加 12777684265"这一类的。在各种各样的手机号里，依次被描了荧光的数字是 1、7、1、9。

荧光之海！

邵麟突然兴奋了，这才是"荧光之海"的意思！

在留言簿中间的位置，邵麟又发现了一条比较特别的交友信息"有缘加 V：86Yu21ga"——这一整串微信名都被描了荧光，而且，这也是最后被描的部分。

邵麟第一时间用手机搜索了这个账号，却发现查无此号。他把留言簿又前前后后地翻了一遍，确定被描亮的代码为——

TR1719 - 86Yu21ga

那这串荧光代码，到底该如何解读呢？

1719 这个组合看着似乎有点眼熟……

邵麟闭上眼，今晚所记录过的文字和数字在记忆殿堂里雪花般地落下，最终定格于一块银白色的牌子，上面用黑色抛光材质拼写出"TR1719"——那是一台迷你 KTV 机，编号为 TR1719 的 KTV 机！

邵麟放下留言簿，一路狂奔找到了那台机器。他撩开帘子，大屏幕上光影晃动，显示的是不同点歌套餐的价格。他把 KTV 机上上下下地研究了一遍，也没发现什么字条、暗格，或者可以留下信息的地方。

最后，邵麟还是把注意力集中在了屏幕上。

他先尝试着在键盘上输入那 8 位数密码，却显示"查无此歌"。但很快，邵麟注意到屏幕右下角闪动着一个小广告——"送朋友一个惊喜吧，录一首歌送给他 / 她"，同时，边上还有一个对应按键——"输入序列号，看看朋友送了你一个什么惊喜"。

邵麟点开，发现这个序列号，正是 8 位数的！

他胸口跳动的频率陡然提高，再次输入荧光暗码，机器就被激活了，耳麦里音乐声响起，屏幕上跳出了歌名：《坏小孩》。

邵麟从来没听说过这首歌，但他知道，那也是燕安市一家酒吧的名字！他即刻打开对讲机，语速飞快："发现对方交易地点——坏小孩酒吧，海棠西路169 号！"

0*

园区内的便衣各自有负责督察的区域，不方便直接离岗。东区缉毒支队分派了一支外围待命的队伍，突击海棠西路的坏小孩酒吧，原本只是抱着试试看的态度，谁知这一狙就狙中一票大的。

晚上 10 点，警方现场抓获了十几个聚众嗑药的人。搜查队破门而入时，很多人都还没反应过来，一个个眼神迷离，四肢瘫软，甚至还有直接脱光了衣服的。

3 分钟内，"秘密星球"发出提示——今晚一切交易取消。

酒吧现场拘捕卖淫、吸毒者 17 名，未开封的 SC 与空胶囊壳加起来高达 50 余枚。再加上零零散散的工作人员，一大批人被就近带去了东区分局，红蓝警灯交错，场面一度非常壮观。可以说，这是今年新型毒品出现后，燕安市公安局第一次扬眉吐气。

夏熠被分配到的工作是便衣巡逻，错过这么一出好戏，心里痒痒得难受。

"嘿，说说呗，缉毒口的同志，"夏熠兴奋地搓了搓手，"你们冲进去那会儿，一个个的都是什么姿势啊？你看我一晚上都在音乐节上蹲点，简直蹲了个寂寞，你们要不给我详细地描述描述？"

缉毒支队程平组长对着夏熠后脑勺就呼了一巴掌："我描述你个大头鬼！我说，你们刑侦口的人是不是太闲了？有这工夫，还不如——"

"你怎么能说咱们刑侦口闲呢？"夏熠伸手，一把揽过邵麟肩头，很是嘚瑟，"你看看咱们这位——抓人的风头被你们出尽了，可最早发现交易地点的人是谁啊？"

程平看了邵麟一眼，正色颔首："这次确实多亏了你。我以前去西区，似乎没见过你。你也是刑侦口的？"

邵麟刚要开口，又被夏熠抢了先："程平，我给你介绍一下啊，这位呢，就是咱们西区一枝花，郑局亲自供起来的'小公主'，你看他这细皮嫩肉的手，就知道一定不是咱们——"

邵麟闻言，脸色一黑，抬起他那"细皮嫩肉"的手，对着夏某人的后脑勺也来了一巴掌。

"我是西区分局的特聘顾问。"邵麟冷冷的目光落在夏某人身上，"程警官，其实我和这人不太熟。"

程平非常理解地点了点头。

夏熠一脸委屈，嗷嗷叫了起来："怎么就不熟了！你晚上都和我睡一块儿，你还不太熟?!"

缉毒支队的同志："……"

邵麟脸部僵硬地一抽。

东区分局，连夜灯火通明。

酒吧里几个服务员怕事儿，恨不得把自己撇得干干净净，问什么答什么，随便一审啥都说了——那个带货来的人，是一个身材矮小的男人，马脸，胡子拉碴的，江湖人称"小马"。小马自己就是个瘾君子，把自己吸得瘦骨嶙峋，眼眶都深深凹了下去，全身带着一种病态的苍白。

小马是一个非常关键的犯罪嫌疑人。

他在"秘密星球"的"多肉群"里，等级到了"银-2"，比起陈鑫，已经是相对上游的分销商了。而且，这次 SC 刚刚改良上新，他极有可能是直接从货源那儿提来的货！

桌子上放了一份笔纸，程平冷着一张脸："你的上家是谁？货从哪里来的？咱们坦白从宽，抗拒从严，希望你能配合警方调查。"

可是，小马佝偻着身体，整个人缩在椅子里，耷拉着脑袋，眼皮都不肯抬一下。

"这个盒子之前是满的吗？"程平把之前装胶囊的盒子放在桌上，"除了我们发现的 53 枚，剩下的去了哪里？"

倘若盒子被填满的话，这一批新货大约能有 200 枚。

而小马低头拨着手指，仿佛什么都没听到。

"嘻，我说你啊，图什么呢？好好的一个银-2 管理，都干到这等级了，换成随便哪家大公司你都该财务自由了。"夏熠一手捂住心口，做出一副替人心痛的模样，"可是你看，那群人多没有良心！你这边一出事儿，那边就把你的账号给踢了。你说说，还替这种人隐瞒些个什么呢？要换我，早招了，说不定还能换个减刑呢，对不对？"

可是，负责审讯的警察无论如何问话，声色俱厉也好，单口相声也罢，小马就好像哑巴了一样，什么都不肯说。

"不说？不说就不说！"程平摔门出来，恶声恶气的，"没事儿，不就是熬吗？我看谁熬得过谁！"

起初邵麟没懂程平嘴里的"熬"是什么意思，可到了第二天一早，讯问室里的男人原地抽搐了起来。

他的毒瘾犯了！

小马身上好像突然开启了什么马达，每一寸肌肉都在不受控地颤抖。他双手抱住自己蜷了起来，豆大的汗珠下雨似的从额头上滚落。他喉头滚动着，第一次在讯问室里发出了声音——他重重地喘息着，向警察讨要毒品。

程平见是时候了，再次开审。

纵使如此，小马也只是哀号着，叫骂着，却自始至终都没有回答警方的问题。小马进进出出戒毒所好几回了，始终戒不掉，没一会儿就生理性涕泪纵横，脖颈上青筋立现，干呕连连，但是十几小时米水未进，什么也没吐出来。

邵麟眉心微微皱了起来："真的不会出事儿吗？要不还是给他一点？"

缉毒支队这边早就准备好了帮助缓解戒断症状的药物。这样的人见多了，他们也能拿捏好分寸。缉毒副支队长摇着头，说没事儿，再熬会儿，小马还清醒，过会儿才是突破口。

"这样都不肯说，"邵麟摇摇头，"很难想象毒品分销商会对某个网络组织如此忠诚。他死刑都不怕，难道会怕出卖同伙？或许，在他心底还有什么需要保护的人——可能是他的同伙，也可能是他心中很重要的人。或许他是被威胁了。他在燕安市还有什么家人吗？"

"没。小马爸妈农村的，死得早，他18岁就一个人来燕安市打拼了。"

邵麟听着讯问室里持续传来的粗重喘息声，突然扭过头，推门而出，似乎是不忍心再听。

当天，夏熠带刑侦组搜查了小马在燕安市的居所。

简简单单的40平方米单间被一分为二，里头是张单人床，而外头是一张可以当床的折叠式沙发。生活垃圾鼓鼓囊囊的一筐，已经满了出来，桌子底下零散地摊着几本色情杂志，吃剩了的泡面上漂浮着烟头，气味缓缓地在三伏天的热气里发酵。

是这个城市，最最底层的味道。

"组长，没有发现新型毒品。"李福手里晃着一小袋白色粉末，"但发现了一袋这个，估计是他平时自己吸的。"

夏熠嗅了嗅单人床上的枕头，又回头嗅了嗅沙发上的枕头，用他灵敏的狗鼻子得出结论："里头平时经常睡人，外面偶尔睡人，但外面的那个，应该很久都没回来睡过了。"

"里头睡的应该是小马，但他还有一个室友。"邵麟拉开柜门，从里面扒拉出了几套衣裤与鞋。他眯起眼睛看衣服标签，缓缓说道："身高一米八，腰围85cm，穿44码鞋。这身板，不可能是小马的东西，这个室友是谁？"

警方向附近一打听，一层五六家租户，上下两三层，竟然没人知道小马有室友。隔壁邻居说，男人没见过，女人的话，小马倒是隔三岔五带回来过几个，但估计都是妓女，那破床吱吱呀呀地摇个两小时，就走了。

邵麟扫了一眼小马凌乱无比的单人床，对比屏风后面干干净净的沙发床，以及柜子里叠得整整齐齐的衣服，心里产生了一丝莫名的怪异感。如果说，这个室友已经很久没有回过家了，按小马什么垃圾都堆一团的习惯，怎么会把另一边收拾得这么干净呢？

最后，他的目光落在了沙发床头，那边还放着一只劣质的塑料立体"星星"储蓄罐。星星看上去已经很旧了，五个角的涂漆都褪了色，底部用黑色的笔歪歪扭扭地写着"妞妞"二字。

邵麟拿起储蓄罐在手里掂了掂，发现里头装了不少硬币，竟然还挺沉。

与此同时，手机联系人那边也没有什么线索，小马没有通讯录，所有的号码都是数字。网侦办一排查，发现催网贷还债、银行信用卡、外卖快递、无法回拨的网络号码占据小马通信记录的90%。而且，所有毒品相关的消息应该都在"秘密星球"上，没有留下任何记录。

局里，缉毒组到底害怕人死在讯问室里，按医嘱给了药，却依然没能撬开小马的嘴，就连室友是谁这样的问题，对方都没有给出回答。

可就在一切陷入僵局的时候，网侦办再次传来了一条线索——

大数据彻底改变了现在的刑侦手段。网侦办把小马联系过的号码，放到数据库里一比对，就发现了一个相对频繁的联系人，这人曾经与向候军也频繁联系过！

但这个号码，现在打不通。

很快，警方顺藤摸瓜，发现该手机号码的注册身份证上的名字叫包明新，37岁，男，离异，还是小马的老乡！根据社保缴纳单位，他在燕安市西南郊区的小遥山国家森林公园当林管人。

"我知道了！"阎晶晶突然大喊，"之前分析了小马的手机，里面有自动记录定位的App。小马在音乐节前一天，去过燕安市西南方向三四十公里的地方。我之前还以为，是不是他安装的'秘密星球'会IP跳跃，所以出现一些位移错误，但现在这么一说，他很有可能在音乐节前一天去了小遥山国家森林公园！这很有可能就是毒品的源头！"

邵麟补充："林管人平时吃住都在园区内，所以他应该不会频繁回家，符合小马室友的特征。"

小遥山国家森林公园占地面积足足1.8万亩，有山林、湿地、湖泊等不同地貌，更有数量繁多的野生动物，是燕安市各大中小学夏令营、野外领导力团建或者家庭周末野餐的好去处。

当刑侦组抵达森林公园林管中心的时候，一群穿着绿色工作T恤的叔叔大爷正在乐呵呵地搓麻将。这是一份钱少清闲的工作，很多时候，只需要住在小木屋里，早、中、晚巡逻两圈，看看园区内有无异常，帮生态所记录一下温度、湿度、路上遇到的小动物，其他啥也不用干。

"哦，老包啊！"负责人听警察问起，连忙拿起电话，"没错没错，是咱们这里的员工，这一周都在E7区值班呢！"

可是，一个内线电话拨过去，E7小木屋无人接听。

负责人挠挠脑袋："不好意思啊，咱们这里的人闲散惯了，平时联系不上也是有的……"

在工作人员的带领下，大家开着两辆越野蹦蹦儿一路深入林区。虽说时值盛夏，园区里却很凉快，水汽氤氲，一股湿润的泥土香味。

还没到E7小木屋，负责人就开始"老包老包"地喊，可四周除了叽叽喳喳的鸟鸣，无人回应。

车子停下的时候，E7小木屋门没锁。

负责人说这就奇怪了，林管人要是离开小木屋去巡逻，一般都会关门，因为担心小动物进屋偷东西……

夏熠本能地觉得事情有点不对劲，打了个手势，让大家原地待命，他一个人进去看了看。小木屋里干净整齐，被褥叠得方方正正，完全没有打斗过的痕迹。至于包明新的手机、钥匙、对讲机等物品，却统统不在屋里。

小木屋门外，湿润柔软的泥土上，留下了一对往林子深处去的脚印，还有一串回程，不过，这些显然已经淡了，还有一串更新鲜的——单向通往不远处的湖边。在场没有专业的痕检员，夏熠就拿自己的鞋子比画了一下，说这人脚差不多就44码。

说着，他请负责人脱下脚上的工作靴，蹲着与地上的脚印比对了一下靴子底下特殊的纹路，得出结论："没错，这就是一双44码左右的林区工作靴。"

小木屋四周，除了他们新来的之外，再无其他脚印。

负责人微微皱眉："他一大早往湖边去做什么？"

大家沿着脚印一路追到湖边，却什么都没发现。这片湖不小，在雾气氤氲的早晨一眼都望不到头。

夏熠扭头："你们这里有船吗？"

负责人说船是有，但平时也不会开到这里来，几乎所有船都在游客码头。

可是，包明新的脚印，确确实实就消失在了湖边。

邵麟大脑飞速地转动着，有人开船接走了他？他自己在这里泊船？或者，他现在还在湖上某处？邵麟一边想，一边注意到水面上时不时漾起的波纹。森林公园生态确实不错，这里有好多小鱼。可是，现在又没有人在喂鱼，为什么这么多鱼在往岸边钻？

邵麟微微眯起双眼，在湖边蹲了下去。

暗色的湖面像镜子一样映出了他的脸，等邵麟看穿那层反射，向湖水更深的地方看下去时，却看到了一双眼睛——

那不是邵麟的眼睛，而是两只眼球。

水下没有尸体，眼球也不知道被什么东西固定住了，插在了河岸泥壁上，所以造成了一种"悬空漂浮"之感。

鱼在吃的就是这个。

等邵麟戴上手套，把眼球取上来的时候，才发现固定眼球的是两枚金属鸡尾酒针。

夏熠探出鼻子嗅了嗅，一挑眉："血腥味挺浓，应该不是吓人用的道具，啧！"

负责人是个快60岁的老大爷,哪里见过这种吓人的事情?他刚伸过脖子瞅了一眼,就两腿一软跌坐在地上:"不是道具,那……那还是真的——真的——"老大爷结巴半天,怎么也说不出"眼球"二字。

邵麟倒是脸上没什么情绪,转了转手中的鸡尾酒针:"这眼球看上去还挺新鲜。"

阎晶晶听到这个形容词,忍不住"咝"了一声。

"我的意思是,水里有这么多鱼,但眼球整体的形状还在。我不是法医,说不上来具体时间,但应该没放过夜,就是最近几小时内放下去的。"

也不知道这对眼球的主人是谁,现在身在何处,是生是死。而那个把眼球用鸡尾酒针插在河床上的人,又是为了什么?他是不是在传达什么信息?

"见鬼了,可别告诉我这眼睛是那个姓包的。"夏熠扭头扬声,"你们林管的工作人员,最后一次见到包明新是什么时候?"

林管对讲机频道里问了一圈,最后得出结论:大家最后一次见到包明新,是昨天晚上吃饭的时候。

更糟糕的是,森林公园太大了,只有在游客频繁出入的景点装有监控。包明新所在的E7小木屋,以及附近的水域,是一个游客比较少的鸟类观测点,没装任何摄像头。以至于昨天晚上这里到底发生了什么,像那夜间降临的迷雾,在阳光下消散无踪。

"得,昨天晚上到今天清晨,这个时段,森林公园里完全没人,哪怕闹出动静,四周也没人听得到。"夏熠低低地骂了一声,"不过,小屋里完全没有打斗的痕迹,包明新失踪前也没有留下求救的痕迹,这走向湖边的脚步也不凌乱,他很有可能是自愿去湖边的。"

邵麟用物证袋将两只眼球封存了起来:"还是尽快先让法鉴中心确认这是谁的眼睛。如果是包明新的,那很有可能是他的熟人作案。如果不是包明新的,那包明新很有可能就是加害者了。"

李福第一时间把眼球送了回去。

很快,几辆越野蹦蹦儿穿过森林公园,浩浩荡荡地惊起一片飞鸟。刑侦组一顿夺命连环电话,捕捞队、痕检员、法医组全来了。

做足迹痕检的警察看了十多年脚印,这一眼就看出了问题:"这个包明新是个大胖子吗?"

邵麟回想起小马宿舍里的衣服："应该不是。应该是一名体形正常的一米八男性？"

"对对对，不胖的，"负责人伸手指了指邵麟，"身高的话，差不多和这位警官一样高。"

"那就不对了，"给脚印建模到一半的痕检员起身，神情严肃，"这个脚印太深了，除非昨晚下过雨，这泥土特别软，要不就应该是个一米八的大胖子。否则，脚跟处很难踩出这个深度。"

负责人茫然："昨晚没有下雨，咱们这儿的土一直就是这样，软软的。"

在场所有人同时低头，很快就明白了痕检员在说什么。那对 44 码、符合林管员工作靴鞋印的脚印，压进土里的深度确实较深。只是大家平时不研究脚印，对那 0.5 厘米的深度变化完全不敏感。

"也就是说，他当时是提着大量重物，走到湖边的？"

阎晶晶突然激动了："小马取货那天，来的就是森林公园。如果包明新是货源，那么，制毒工具就很有可能在包明新手里。结果小马出事儿了，他或许很担心，想第一时间销毁道具，所以带着重物走到了湖边？"

夏熠突然觉得这个猜想很有道理："哎，你这个小丫头怎么突然脑子好使了?!"

阎某人抗议："我脑子本来就很好使的，不像某些人！"

邵麟始终锁着眉头，似乎并不满意这个解释。他侧头问痕检员："你能推测出这个'重物'大约有多重吗？"

"能的，但我空口也说不准，还得先对这片土壤做个校正标度。"痕检员对夏熠招了招手，"麻烦你过来一下，站这里。"

夏熠按照要求乖乖站好，神色不解："干吗？"

"夏组长，您这什么吨位啊？"

夏熠身高近一米九，又一身肌肉，自称有 90 公斤。

"行了。"痕检让夏熠原地踩了个脚印，做了个建模，又招呼阎晶晶，"小姑娘，你站过来一下！"

那边正忙着建立标度，邵麟突然走到夏熠面前，一手搭在他肩上："抱我。"

夏熠一时半会儿没有反应过来："啥？"

邵麟重复了一遍："站着，抱我。"

见他半天没有反应，邵麟不满地皱起眉头："你是不是抱不动啊？"

面对这种挑衅，夏某人二话不说，一手穿过邵麟腋下，一手穿过他的膝窝，一把将人横着抱起。他温热的呼吸就喷在邵麟脖子上，咬牙切齿的："谁说抱不动?! 你这么轻的小朋友我能一口气抱俩! 我说，讲道理，你是不是太轻了? 你身上都没肉。"

邵麟一手钩住夏熠脖子，面色不悦："怎么就话这么多呢? 往前走两步。"

夏熠迈开腿，面部一僵，神情突然警觉。

邵麟敏锐地盯了他一眼："怎么?"

夏熠眨眨眼，别过目光，似乎是不敢看怀里人的眼睛，嘴上结结巴巴的："我我我突然想起来! 上回我姐姐结婚，我姐夫就是这么抱她过花门的!"

邵麟："……"

在不远处"盖脚印"的阎晶晶同志，用掌心捂住了双眼。

痕检员以为她累了，笑呵呵地说："这么可爱的小姑娘跑外勤，也怪辛苦的，总是看到这些恶心的东西，要不一会儿去屋里喝点水，休息休息?"

阎晶晶却在心底土拨鼠般尖叫："不是的! 光天化日之下公主抱，简直辣眼睛!"

夏熠往前走了两步，邵麟就矫健地跳了下去："好了。"

他蹲下，对着脚印深度一比画，突然一拍大腿："快看! 这个脚印的深度和昨晚留下的深度差不多!"

"我一米八三，假设我与包明新差不多重，那他提着的'重物'恐怕有夏熠这么重了! 你觉得他有可能提着 85 公斤的'重物'，脚步如此轻松地走到河边吗?"

"你的意思是——"

"一种可能：昨晚，有一个体重跟夏熠差不多的人，抱着昏迷的包明新，走到河边。"

夏熠皱眉："那不对啊，这个体重和我差不多的人又是怎么进去的呢? 地上只有一种脚印——"说着突然顿住了。

他也穿着林管员工作靴!

痕检员在小木屋附近又收集了大量足迹，准备拿回局里分析。

邵麟继续分析道："岸上没有血迹，说明挖眼球的地方，很有可能是在水上。昨晚，这里一定有一艘船。"

"去调水路附近所有的监控！"

可是，这片水域四通八达，还有大量遮挡视野的芦苇荡，一时半会儿很难发现线索。

等到中午的时候，打捞队终于从水里上来了。打捞队队长摇着头："这片水域底下都摸过了，没有发现任何尸体、作案工具或者丢弃的制毒工具。"

虽说这片是活水，但水流非常缓，如果眼球所在的地方是抛尸点，那么尸体一定会在附近，不会被水流冲走。既然水下没发现尸体，那么眼球的主人没有在这里被抛尸。对方带走尸体，似乎意义不大，也就是说，眼球的主人，大概率还活着！

小遥山占地面积大，四十几人的搜救队带着搜救犬展开搜查，寻找包明新的踪迹或制毒工场……

同时，郁敏那边传来了确认消息："DNA 提取出来了。数据库中无匹配，但我们比对了 E7 小木屋床铺上留下的头发，可以确定眼球与头发来自同一个人。然后，我们在燕安总院血液科找到了包明新住院的女儿包靓，确定两人共享 50% 的 DNA。所以，E7 小木屋附近湖里发现的眼球，应该来自包明新。"

然而，搜救队依然一无所获。大家不仅没有发现包明新的尸体，就连与新型毒品相关的线索都没有发现。

当大家一身疲惫地从森林公园回来的时候，小马已经被送去了戒毒所。由于他熬不住戒断反应，缉毒组只好让他一边戒毒，一边继续接受审问。

邵麟拿过那对眼球的物证照："让我试试。"

审讯室里，小马已经换上了戒毒所的 T 恤，冷漠地看着来人，一言不发。

"你的室友，叫包明新，对吗？"

小马眼皮都没抬，一口回绝："不是。"

"哦，这样。"邵麟温和地点了点头，"那么我是来告诉你，包明新出事儿了。"

冷色调的灯光下，邵麟仔细地观察着小马的微表情。虽说这个男人一直在尽力避免目光接触，但邵麟在说完这句话后，还是发现男人的瞳孔微微放大了。

当一个人紧张、害怕或是兴奋的时候，支配瞳孔开大肌的交感神经活跃，导致瞳孔扩大，是很难伪装的。邵麟当即在心底断定：他对这个名字是有反应的。

在那一瞬间，邵麟觉得自己终于找到了这个男人的软肋——他倔强地保护着的同伙，正是包明新，那个基本不回家住，床位、衣物却依然被收拾得干净整齐的室友。

虽然，小马嘴上依然否认："不认识。"

邵麟也不着急，只是把那张眼球的照片放在桌上，推到小马面前："法医已经确认了，这是包明新的眼睛，被人割了下来，丢在了小遥山森林公园里。"

"但我们没有发现尸体，所以包明新可能还活着。"邵麟的嗓音很平静，甚至称得上温柔。他的语气不像是在审问，而是非常平等地与人聊合作："我们需要你的帮助，才有可能找到他。小马，你愿意帮我们吗？"

小马脸上的表情几乎是破绽百出，可他嘴唇哆嗦着，上下打量着邵麟，似乎是在怀疑警方随便拿了一张照片来忽悠自己。

而邵麟的目光坦然而真诚："我们不想包明新出事儿，我想，你也不想他出事儿。"

"对你来说，包明新是你生命里为数不多的、非常重要的人，对吗？"他的嗓音仿佛浸润了温柔，恰到好处地撩拨在人心口，"你这么努力地对抗警方，保持沉默，就是为了保护他，不是吗？现在，我们的目标一致了。我们也想保护他。"

邵麟一语诛心，小马的眼眶瞬间红了。

半晌，他终于颤抖着咽了一口唾沫："老包是好人。"

或许是戒断反应发作时喊哑了嗓子，他的嗓音好像一夜之间漏了风。

"他和我们不一样。他是个好人。"小马重复了一遍，"我这种垃圾死了不要紧。他不能出事儿。"说着他又双眼失焦地看向了别处，喃喃道："他还有个生病的女儿，他不在了，他女儿怎么办……"

邵麟非常真诚地点了点头，并没有提问插话。

小马拼命憋了这些天，心里累得慌，这一开口就忍不住了，絮絮叨叨地讲了他与包明新认识的经过。当年，他独自燕漂打工，因交友不慎，染了毒瘾，让本就拮据的生活雪上加霜。那时候，他因为老乡的关系，认识了包明新。那时候，包明新还没有离婚，还是一所普通初中的化学老师。他见小马一个人无依无靠的，很可怜，给了他一笔钱，让他去强制戒毒了。

一开始，戒毒小有成效，小马对包明新充满感激，这无异于重生再造之恩。

谁知身毒易除，心瘾难戒，小马反反复复三进宫，终于还是沿着那条黑暗的下坡路滚了下去，当然，这已经是后话了。

在此期间，包明新也经历了中年剧变。

虽说包明新工作稳定，但初中老师也就几千块钱一个月，背着房贷、车贷，再加上女儿的出生，日子越发捉襟见肘。他老婆一直骂他没出息，仗着有几分姿色，果断傍上大款，老公、女儿都不要了。从此，包明新就独自拉扯孩子。可谁知祸不单行，孩子这时候又患上了急性白血病，躺在医院里一天天的简直是烧钱。

小马知道包明新有化学背景，恰好那段时间，他的圈子里，有个二道贩子"幸运 A"，也就是向候军，正在重金寻找能合成芬太尼的人。

小马果断帮双方牵了头。

包明新当时实在太缺钱了，一时鬼迷心窍，根据向候军模棱两可的配方，捣鼓起了芬太尼的合成。

邵麟眉心皱了起来："他合成芬太尼的实验室，就在森林公园里？"E7 小木屋附近，似乎并没有发现制毒的地方。

"在森林公园里。地方大，人少，好隐藏。"小马摇摇头，"但是，我只知道在哪里拿货，不知道实验室在哪里。为了避免被发现，我们交接的时候都不碰面。他有时候就把货留在松针叶下面，上面压块石头。"

邵麟问："那你觉得，会有什么人要害包明新呢？我们找的凶手，应该是一个包明新认识且对其不设防的人，那个人还知道你们在森林公园里的秘密。"

"这样的人似乎并不多。"小马想了很久，才缓缓开口，"最近燕安来了个人，是个东南亚毒枭，道上叫'暴君'。这个芬太尼的配方，最早的时候，就是向候军从他那里得到的。我听说这人有点变态，在道上很有名气，压根就没人敢惹他。听说在东南亚，警察、毒贩，他都杀过。"小马说着挠了挠头，"这人吧，可能杀人就看心情。"

邵麟眼底的冷光逐渐凝聚。

向候军被割掉的手指、陈鑫被一狙爆头、包明新被挖掉的眼球、一个体重和夏熠差不多的男人……所有线索逐渐涌向同一个黑影。

"和老包最亲的人是我。除了我，他的秘密只有上层老板知道。但我想不出来，他为什么要杀老包！"小马语气迷茫，"所有会合成的人，在圈里叫作'炼金师'。没有任何老板会害自己的炼金师。毕竟，炼金师在，货就在。把芬太尼调出来也挺不容易的，他杀老包的话，没理由啊！"

邵麟问："这人长什么样？"

"嘻，那我哪知道。我只远远见过，是个男的，挺年轻的，黑头发，人高高大大的，戴着巨大一墨镜，从来不摘，大半张脸都遮去了。"

"不过，我听说他快走了。"小马眨眨眼，"等他疏通好燕安市'白面'的地下网，人就该离开了。毕竟燕安不是他的主场，他全球飞来飞去的，到一个地方，就把一个地方的'秘密星球'做起来。做起来以后，他好像就不管事儿了。"

沉默在讯问室里缓缓蔓延，良久，邵麟才开口："关于这个人，你还知道些什么？"

"咱们星球有个规矩，就是不准去幸运星会所交易。警官，你知道的吧？就是城里那家挺有名的同性恋酒吧。我曾经问过为啥幸运星内不准交易，他们说是因为老板会去那里谈生意，怕被查，所以很干净。"

"暴君？"缉毒支队长伍正东一听，皱起了眉头，"暴君这个名字我是听过的，但他绝对不可能出现在燕安。暴君这个中文名号不出名，但你们搜一搜'海上丝路'的Tyrant。"

16年前，S国C州，国际刑警与我国和S国警方配合，成功追捕到当年横跨太平洋的贩毒路线"海上丝路"的大毒枭——Tyrant。当时落网的，还有十几个同伙。多年后，"海上丝路"重新崛起，而幕后负责人早已易主，变成了如今的Ray。

电脑屏幕上，只见一名中年男性被捕，脸色阴郁。Tyrant当年已经48了，现在还在S国监狱服刑，应该已经60多岁了，不可能是小马口中的"年轻人"。

"伍队的意思，是咱们这个暴君，就是个冒牌货呗？"

"可是道上谁敢冒牌暴君？"

"儿子？徒弟？无脑崇拜者？"

"当年那一伙儿好多人，一下子全被抓了。"

"可能抓不干净啊！你看，这个暴君可有17个情妇，怕不是全世界都有儿子……"

邵麟盯着暴君的照片一言不发，并没有加入大伙儿激烈的讨论。直到夏熠用胳膊肘撞他，问他有什么想法，他才回过神来，缓缓吐出一句："名字倒不是很重要，小马说的幸运星会所可以查一查。"

与此同时，小遥山国家森林公园的事儿有了进展。

48 名消防员，12 个搜救单元，对公园进行了 72 小时的地毯式搜索，最后在 G3 区域发现了可疑的踪迹。与 E7 一样，这是一处人迹罕至的芦苇荡，不属于地图上标注的公共景点，附近都没有园区人行道。然而，搜救小队发现这片芦苇荡有新鲜的压痕，四周甚至还有一些类似血滴的痕迹。

水边的泥地太软了，新浸上来的泥水已经吞没了所有足迹，只能通过被压折的芦苇秆判断——不久前有人从这里上岸。虽说 E7 小木屋旁边的湖与 G3 水域相隔甚远，但园区内水路弯弯绕绕，两处是相通的。

也就是说，如果划一艘小船的话，是可以从 E7 划过来的。

水下搜救队再次下水，并在这片湖底发现了一艘沉船！负责人只看了一眼，就认了出来，说这是公园里的游船。游船正中有个带窗户的"白壳子"，里面能坐四个人打牌，但由于不够透气、视野受限，这批游船早已被淘汰了，换成了宽敞、无遮挡的电动船。这批老船被分配到了不同水域，锚在某处，作为生态气候测量点。

时间久了，不少旧船就这么分散于芦苇荡各处，无人问津。

游船被打捞起来后，大家发现那座"隔间"里，有大量化学设备：各色玻璃瓶、烧杯、量杯、三脚架、橡胶管……还有少量 SC 新型毒品包装。

夏熠一拍大腿，说难怪缉毒犬在陆地上都闻不出问题——敢情这制毒实验室在水上漂着呢！而且，制毒的时候，随便找个晚上，往芦苇荡里一漂，谁能发现?!

不过，水底只发现了沉船，并没有发现包明新或者什么身体组织。森林公园周边城镇暂时也没有无人认领的尸体。既然没有抛尸，那么包明新很有可能还活着，被暴君带走了。或许，就像小马所说的，炼金师在圈子里都有属于自己的特权。

这片芦苇荡，其实属于园区的边缘。踩着芦苇出去，可直接抵达一条横穿森林的柏油公路。很快，警方又在公路附近发现了车轮印。根据车轮运动的方向，应该是有一辆车倒车，从柏油路上，停到了路边一侧。

痕检员们再次忙活了起来，满地都钉着皮尺，"咔嚓"的快门声此起彼伏。

邵麟踩着路沿来回踱步，复盘了一遍前后经过："小马被捕后，包明新这里肯定也紧张了。恰好暴君来访，包明新以为对方是来商量对策的，所以并未设防。但是，暴君直接弄晕了包明新——很有可能是药倒的，抱着他离开小木屋，走到湖边上了制毒船。"

他顿了顿："他在船上挖去了包明新的眼睛，插在河床上，与警方开了一个劣质的玩笑。随后，他趁夜开着船，带着包明新，从 E7 那边一路开到 G3，沉船，销毁实验室。他在这里应该有个接头的人，此人开车带二人离开。"

虽说公园内部完全没有摄像头，但从这条公路开出去，有一条通往燕安的高速。夏熠打开交通局的内部 App，圈出了芦苇荡前后两个方向的交通摄像头所在："福子，咱们去调监控录像，看看昨天晚上 8 点之后到今天日出之前，有多少车经过。然后，咱们按痕检同志发现的线索排除。"

技侦那边很快就给出了专业的评定——前轮胎宽 255mm，后轮胎宽 285mm，运动越野款式胎纹，大中型车，很有可能是一辆 SUV。

虽说是大半夜，但通宵赶路的车还不少，但换成大中型私家车，数量就少了，来去两个方向，总共只有 63 辆。车管所挨个儿排查了这 63 辆车的车牌，发现其中一辆套牌车，在案发当天凌晨 3 点半，离开了森林公园！

一辆黑色的奔驰 GLS63。

它所套车牌的注册车辆并不是奔驰，所以，这个车牌是假的！

这辆 GLS63 一下子成了重点怀疑对象。根据高速入口的扫描，这辆车在 4 点左右进入了燕安市。

可一进燕安城，这辆车就失去了踪迹。这辆车去了哪里？

根据小马提供的线索，警方盯上了幸运星会所。为了避免打草惊蛇，警方也没有贸然行动，而是悄悄掌控了会所附近所有停车场的出入监控。

根据停车场出入口扫描记录，那天晚上 GLS63 挂的车牌，从来没有在会所附近出现过。

"我们得尽快了。就像小马说的，这个暴君打算走了。这次捣毁了森林公园的制毒窝点，暴君很有可能发现燕安是块难啃的骨头。"姜沫在会议上总结，"他一旦离境，我们再抓到他的可能性就小了。"

夏熠有点担心："这么久了，星球里都没消息，他该不会已经夹着尾巴逃走了吧？"

"不会。暴君不是这种性格的人。"邵麟摇头，"无论是向候军、陈鑫，还是包明新，他屡次挑衅、戏弄警方，就是打心底里看不起我们。如果他夹着尾巴走了，那就是承认自己比不过警方。他那自视甚高的犯罪优越感，不会允许。"

又过了两天，市局手下的线人网络传来了消息——蛇帮那边有动静了。线人确定了消息，最近几天，他们内部要会见一位外国来客。

再结合小马的供词，这个外国来客很有可能就是暴君。

接连几天，市局腾出大量警力，在幸运星会所附近展开了蹲点行动。

吧台边，邵麟身前放着一杯薄荷冰蓝，其中，一枚银色的鸡尾酒针正插着一枚橄榄。昏暗的灯光下，邵麟抚摸着那枚银针——正是那天在湖里，暴君用来插眼球的同款。

看来小马没有说谎，邵麟环视四周，暴君确实会来这里。

虽说会所主打同性主题，但并未对性别、性向做任何限制。酒吧装修高档，氛围很好，现场歌手唱着温柔的蓝调，是个喝酒谈心交友的好地方。或许是它高达 899 元人民币的最低消费，直接劝退了许多纯找乐子的年轻人。

他拿起酒杯，在众多暧昧不明的目光下，绕着吧台走了一圈，发现会所除了吧台与 DJ 周围一圈散座，后面还有一排 VIP 包房。

走廊里，一个穿着白色连衣裙、栗色大波浪的女人走了过来。

邵麟端着酒，漫不经心地侧开头，假装对走廊一侧的装饰充满兴趣——幸运星会所与其他酒吧不同的地方还在于随处可见主人的艺术藏品，与其说是一家酒吧，不如说更像是一个私人展览馆。而在 VIP 包房走廊的入口处，灯光打下来，玻璃罩里，放着一顶由刀剑与宝石做成的银色皇冠，有那么几分欧式古今混合的味道。

邵麟假装自己看得出神，可那高跟鞋的声音还是在他身边停了下来。

对方露出一个温和的笑容："我以前见过你吗？"

他一开口，邵麟就能听出来，这"漂亮女人"其实是男的。只怪这年头化妆术出神入化，这假发一戴，浓妆一抹，就像直接开了滤镜，在偏暗的灯光下根本看不出破绽。

邵麟摇了摇头，说自己是第一次来。

"女人"笑得意味深长："一般人不来这儿。持 VIP 卡才能进去。"

邵麟也跟着露出笑容，说自己只是觉得这装饰有趣，忍不住多看了几眼。

"这个吗？"那"女人"伸手一指，轻笑道，"这还有个典故呢。"

邵麟挑眉："哦？"

皇冠下面，还有几个精致的小人，有那么几分像国际象棋的棋子，但也不知道为什么，有几个人像是重复的。

"这小人与皇冠是配套的。"那"女人"缓缓开口，"不知道你有没有听过这个故事。"

邵麟下意识地摇头。

那人笑了笑，说道："在很久很久以前，国王有三个儿子。大儿子好武好斗，征战四方。二儿子是个不管事儿的纨绔子弟，花天酒地，对哥哥唯命是从。数三儿子最聪明，心思缜密，却不幸身欠佳。老国王给三儿子请过无数医生，他们却都说他活不过 25 岁。由于三儿子体弱，老国王给他找了一个骑士陪护。骑士对三儿子忠心耿耿，国王也甚是欢喜，就把自己最漂亮的女儿嫁给了骑士。"

听到这里，邵麟已经有点不耐烦了，心说那些童话故事似乎大同小异，也不知道那个素未谋面的陌生人，为什么要和自己掰扯这些有的没的。

"可谁知这个骑士是一个刺客。"那"女人"话锋一转，"因为国王暴虐无度，民不聊生，骑士与百姓早就恨死他了。他找准时机，在大宴的时候，刺杀国王，毒死了王子们，唯独心软，放过了体弱多病的三儿子。"

这转折倒是让邵麟猝不及防："……然后呢？"

那"女人"侧过头，看向邵麟，眼底笑意更深："然后——"

"女人"看向邵麟身后，突然顿住。

与此同时，一只手搭在了邵麟肩头。

邵麟猛然回头，才发现来人是夏熠。

夏警官这回换了身打扮，一件价格不菲的衬衫显得他身材格外挺拔。难得头上打了发胶，剃了胡须，人模狗样的。他脸上没什么表情，嘴角下沉，刀刻似的五官竟然还染了几分阴郁深沉。

夏熠掌心在邵麟肩头微微一用力，"女人"便知对方有话说，微笑着看向来人："这位是？"

夏熠理都不带理，板着一张脸，直接伸手把邵麟揽进自己怀里，拧着他下巴，逼他看向自己："我准你和别人讲话了吗？"那股霸道的劲横冲直撞的，简直要命。

邵麟心说：等等，之前剧本好像不是这么写的啊，哥！

"女人"一垂眸，对邵麟点点头，便非常识相地走了。

夏熠勾着邵麟肩膀，把人往阴影处带。从背影看，两人似乎亲密无间，却在暗地里较劲。邵麟狠狠一掐夏熠的腰，咬牙切齿地耳语道："不是说你不进来吗？"

夏熠一把将他推到墙壁的光影暗处，半个人压了上去，在他耳边轻声解释："今晚应该有动静。刚外面我看到有人带枪进来了，怕你不安全。"

邵麟的目光越过夏熠肩膀，远远看到方才那个男扮女装的人依然盯着自己。他心中腾起一股莫名的怪异感，拉着夏熠的手就往卫生间方向走。

两人刚走进卫生间，还没说话，就听到门外传来了急促的脚步声。

邵麟无奈，只能拉着夏熠暂时躲进一隔间。

可谁知那个男人一进来，就大声打着电话："老板，你别来了，今天不对劲，我感觉咱们被盯上了！"

瞬间，厕所小隔间里的两人皆是呼吸一滞。

那人边说边走，只听皮鞋敲打在瓷砖上，往他们这边走来："换计划 B 吧，去南宫大酒店。好好好，老板您直接去就成。我知道了。"

可就当他走到两人的隔间之外，声音与脚步同时戛然而止。

在那一刹那，夏熠心想："完了。他看到了。他一定是发现了这个隔间里有两双皮鞋……"

"咔嚓。"

门外有子弹上膛。

可他们两个，谁身上都没有佩枪！

一刹那，邵麟突然转过身，搂住夏熠脖子，将自己半个身子撑了起来，一双长腿灵活地缠在对方腰上。夏熠下意识地伸手，托住他的膝窝。下一秒，只听"哐"的一声，邵麟猛然把自己的背部往隔间门上撞去。

夏熠简直担心那小木门会被一下撞破。

那大概是世界上最诡异的瞬间，他看着邵麟冷静到极致的目光，却听邵麟从牙缝里漏出一丝媚到骨子里的娇喘。

邵麟"嗯啊"叫了几声，顺手够在夏熠脖子后头，对着皮肤就抽上一巴掌。

清脆的一声"啪"，夏熠疼得整张脸都皱了起来，却又不敢吱声，只能委屈巴巴地瞪着邵麟。那掌心霍霍生风，力道还真不小。

邵麟再次拿自己的背撞了一下门，狠狠抽了一下夏熠脖子后面的皮肤，最后又黏黏腻腻地叫了一声，演得颇有那么几分味道。

终于，门外的男人似乎是往门缝里瞅了一眼，就爆了一句粗口，转身走了。

邵麟警惕地竖起耳朵，听着卫生间的门开了又合上，扭头看向夏熠。两人无声地交换了一个眼神，邵麟摇摇头，意思是，出于安全考虑，再演一会儿。不然万一对方杀个回马枪，岂不就暴露了？

于是，宽敞的洗手间里，回荡着诡异的声响。

"嘭！"

"啪！"

实际上，制造噪声的两个人，双双面无表情地埋头用手机打字。

夏熠在行动群里疯狂发送："计划有变！计划有变！警方暴露，目标行动取消，修改碰头地点到南宫大酒店！对方有武器，记得申请武装支援！"

"组长组长！"无线耳机那边传来了阎晶晶激动的声音，"我们发现了一辆黑色的奔驰 GLS63，进入商场地下车库以后，就在刚才，直接掉头走了！它今天又换了一块套牌，但还是 GLS63！"

随后是姜沫的声音："一队跟上，二队绕路南宫门口蹲点，三队原地待命，时刻监控会所！"

09

车辆川流不息，一辆黑色奔驰 GLS63 缓缓地开过一个十字路口。

"报告，发现目标车辆，往海棠西路方向走了。"

"二号车在海棠西路路口待命。"

"二号车发现目标。"

与此同时，幸运星会所。

邵麟确定门外没了动静，这才把自己放下来。卫生间里空调冷气不足，双腿缠人腰上把自己凌空支起这个动作又很费力，不过几分钟工夫，他脖子上已经出了一层细汗。邵麟摸上门把手，用口型示意夏熠："走了。"

夏某人眉头一皱,露出一副"哪里不对"的表情,低声提醒:"才三分钟。"

邵麟一时没反应过来,疑惑地看着他。

这时间还不够久吗?人老板那辆 GLS63 都开走了。

夏熠皱起脸,似乎颇为苦恼:"三分钟就完事儿了,毒贩会不会以为我不行啊?"

邵麟伸手又想呼这傻狗一巴掌,夏熠连忙抓住他的手,一边揉一边开玩笑说:"别打了别打了,我听你嗓子都叫哑了,可别再把掌心给打疼了。"

邵麟:"……"

方才子弹上膛一瞬间,两人肾上腺素飙升,什么都感觉不到,可眼下危机暂时解除,挤在这逼仄的小隔间里四目相对,反倒容易尴尬。

邵麟侧开头,把目光移向了别处,眸底闪过一丝羞赧。

倒是夏熠天生不知尴尬为何物,依然目光灼灼地盯着邵麟。

太近了。

他还从来没有这么近距离地看过邵麟。

破天荒第一次,他发现邵麟的眸色好特别,在灯光下宛若浅褐琉璃,瞳孔四周似乎还有一簇黄绿。眼型也好看,特别是眼尾的弧度,清冷又温柔。

看着看着,夏熠就发现邵麟耳朵尖冒红了。他像是又发现了什么好玩的事情:"咦?刚不还叫得挺奔放吗,咋大姑娘似的又害羞啦?"

邵麟愤然推开门,在水池边掬了捧水,往脸上泼去,然后扒拉开湿漉漉的刘海。

就这样,这对"在厕所偷情结果三分钟就完事儿的小情侣"一路悄悄摸到会所后门,从那里离开,进入地下车库。夏熠拍了拍他的摩托:"走,咱们也去南宫。"

"嘟嘟——"

摩托车一路飞驰,傍晚的热风呼啦啦地吹在邵麟脸上。南宫大酒店是燕安市的老牌酒店,位于老城中心。这片区域开发得早,路窄,建筑还多,邵麟看着前面车辆尾灯亮起了一条长龙,心中突然浮起一丝怪异——不对!

之前在卫生间里,一系列事情发生得太快了,邵麟当时太紧张,压根就没有时间去细想。可现在冷静下来,突然感到一丝不对劲:南宫大酒店在市中心,现在这个晚高峰的点,把接头地点改去那里,万一被警方围,难道不是更难撤离吗？

怀疑的念头一起来，邵麟才觉得处处是破绽。

当时匆匆闯入卫生间的那个男人，原话说的是"换计划 B 吧，去南宫大酒店"。既然他们已经有了暗号"计划 B"，为什么还要说去"南宫大酒店"？听对话内容，这个人能直接联系上"老板"，还有枪，那么他在组织里的地位定然不低。这样的一个人，怎么会犯如此低级的错误，直接暴露接头地点那么重要的事情？

邵麟心想着，他与夏熠前脚走进卫生间，这个人后脚就跟了进来——

有这么巧的事儿吗？

还是说——邵麟的心猛然一沉——只是调虎离山？

原本，警方有三组人围着会所，可现在一队二队已经在去南宫大酒店的路上了，只有三队还在会所附近待命。这样一来，会所附近的警察就少了很多，也会出现更多的监控盲点。

"难撤离"这种事情是相对的。目标难撤离，警方也会难撤离！但凡会所那边需要增援……

正当邵麟这么想着，与他隔了两个街区的地方，蓦地传来轰然的爆炸声。人群尖叫声四起，可是车辆全都堵在路上，进退两难。前方司机大约是见到了火光与浓烟，大多弃车，开始逃跑，后面的司机见前面的都跑了，在不知所以的恐慌下，也开始弃车逃跑，顿时，现场混乱一片。

"一组报告！目标车辆后备厢内发生爆炸！"

"目标车主下车往西南方向逃跑！"

"只有车主吗？"

"我只看到一个人！行人失控，注意踩踏！"

对讲机里一下子炸开了锅，特别是三队还在会所附近待命，一听到爆炸声简直紧张得不得了："怎么了怎么了？什么东西爆炸了？"

"是否需要三队支援？请回复！"

夏熠抄起对讲机，当机立断："三队原地待命，封锁幸运星会所，一个人都不要放走！"

爆炸这边由姜沫控制现场，夏熠带着邵麟又火急火燎地赶回了会所。三队组长汇报："停车场的所有车都拦下了，暂时不让出！要摸包房吗？"

"从一、二队离开到现在，有多少人出去过？"

这个点，夜店的夜生活才刚刚开始，离场的人确实不多。有小警察连忙递来手机："从正门走的就两三个人，都拍下来了，没有可疑的人。"

邵麟扫了一眼，突然起了一身的鸡皮疙瘩。他指着其中一个西装革履的男子，脱口而出："这个人！"

夏熠对他的反应速度感到诧异："你怎么知道？"

邵麟双眼失焦片刻。他微微张嘴，却又什么都说不出口。夏熠一把抓住他的手，才发现邵麟掌心一片冰凉。夏熠用力一捏，厉声低吼："邵麟！"

对方吃痛，这才回过神来，声音几乎是颤抖的："我在蓬莱公主号上见过他。"

邵麟顿了顿，才又补了一句："这人不在游客列表里。"

不在游客列表里，那就是"海上丝路"的人了！

夏熠喉头动了动。他知道，邵麟一定还有许多话没有说，但他已经来不及听解释了，毕竟，抓人才是当务之急。

谁都未曾想到，他们的目标对象竟然没戴墨镜，没有伪装，没走不起眼的后门，甚至没躲在任何车里——就这么坦坦荡荡、大摇大摆地在警察眼皮子底下从会所正门走了出来。

负责看门的小警察听邵麟这么一说，差点没原地哭出来。他说这人甚至还和自己解释了缘由：男人说自己在对面的嘉悦 A 座上班，晚 8 点与国外合伙人有一个视频会议，现在必须回去，耽误不起。他还坦然地给警方看了自己身上所有的身份证件，包括那张能刷开嘉悦大厦门禁的金卡。

小警察哭丧着脸："组长，我真不知道，我看他穿过马路就往嘉悦 A 座走了。我真亲眼看着他走进去的，压根就没有怀疑！"

"什么时候走的？"

"就刚刚！他前脚走，你们后脚就到了！"

夏熠拿起对讲机，吼道："三队全方位封锁，前后 A、B 门，特别是地下车库，一辆车都不准放走，还有三楼通往嘉悦 B 座的透明长廊！"

队员们有序就位。

这个点了，嘉悦大厅里人并不多。A 座左右各有三部商务电梯，左边的只能上到四十层，而右侧的可直达四十一层至七十二层。在消防通道里，还有一部给外卖、搬运公司用的货梯，可以抵达所有楼层。

邵麟与夏熠进了大厅后，一左一右分开，邵麟去了左侧。

他一边狂奔，一边想不明白对方为什么要选择嘉悦大厦。在这种封闭的空间里，被警察抓到是迟早的事儿。虽说在场的警力比之前少了三分之二，但一幢楼就那么几个出口，但凡堵上，他们就很难逃脱……

可就在这时，他的目光掠过大楼的楼层示意图。邵麟突然发现，楼顶有一个大大的"H"。他的心瞬间跳空了一拍。H是直升机"Helicopter"的首字母，也就是说，这楼顶上有直升机的停机坪！

是了。要离开这座拥堵的燕安城，还有什么比直升机更快的途径？这才是对方的计划！

邵麟想都没想，就近冲进安全门内的送货电梯，对着耳麦说道："夏熠，他很有可能去楼顶了，七十二层，那里很有可能有直升机在等。咱们楼顶见。"

"我也发现了。"夏熠盯着A1电梯显示屏上的"52"，那个数字还在不停上涨，"前台！能把A1电梯单独拉闸吗？"他的目光落在电梯门顶部，"是这个地方进去吗？需要钥匙。前台，A1的电梯钥匙……"

"对不起，我我我不会啊！"前台小姑娘早已被警方这个阵仗吓蒙了，只见她手忙脚乱，"这个……这个要联系电梯师傅吧？我不知道啊！8点了，电梯师傅早下班了，啊啊啊！"

就这么几句话的工夫，显示屏上的"52"就变成了"57"。

"我已经在十八层了。"对讲机里传来邵麟的声音，"你快带人来。我或许能帮你拖一会儿。"

夏熠心里"咯噔"一下，连忙向同事借了枪，与另外一位同事分别上了两部电梯："马上来。"

"邵麟，对方应该有武装。你不要冲动，拦不住就放人走，安全第一位。"

耳麦里却传来了"刺啦刺啦"的电流音，大约是因为双方都在电梯里，信号不好，夏熠也不知道邵麟听到了没有。

他抬头，盯着电梯小屏幕里不停上涨的红色数字，在心底恨死了这种什么都没法做、只能等待的焦虑。电梯过四十层的时候，耳膜感受到了气压的变化，他整颗心都揪了起来——邵麟是不是已经到顶楼了呢？

可就在这时，夏熠所在的电梯"叮"的一声停了下来。

也不知道谁在外面按了按钮，却又没人进来。

夏熠愤然一拳砸在了"关门"按钮上。

在抵达七十二层前，夏熠所在的电梯莫名"停"了3次，以至于他冲到天台的时候，就看到炫目的光柱交织成网，整个楼顶亮如白昼。夜风呼啸，在螺旋桨震耳欲聋的"隆隆"声里，直升机已然离开了地面。

夏熠的衣服被劲风吹得死死贴住身体，换个小身板的女孩子恐怕都站不住。他伸手挡了挡光，往前追了几步，四处张望着，大喊："邵麟！"

看清楚的下一秒却让他目眦欲裂——

只见一个身形修长的人影正"挂"在直升机的客舱门下，双腿在空中挣扎着。也正是他的存在，影响到了直升机的平衡，让整个机身摇摇晃晃的，似乎不好起飞。

夏熠远远地大声吼道："邵麟，下来！"

却无人回应。

直升机的光实在是太亮了，在那种刺目的炫白下，夏熠看什么都是黑色剪影——他看着邵麟在空中挣扎，可下一秒，客舱里伸出一只拿枪的手，枪口直直向下，指向邵麟头顶。发动机的声音太响了，所以夏熠听不到那个男人漠然开口："不要以为你在父亲那里有点特权，我就当真不敢杀你。"

"砰——"

夏熠还是开枪了。

35m，目标晃动，视野不清，甚至在子弹飞出去的刹那，夏熠被直升机的大灯照到暴盲。

子弹擦着对方的手飞了出去，那人吃痛，一把格洛克手枪掉到地上。同时，邵麟使出了吃奶的劲，双手撑住客舱舱沿，生生把自己撑了起来。他侧腰猛然用力，双腿横着飞起。他在空中侧着屈起双膝，借着膝盖向前的力量，往客舱里一扑，把对方撞倒在地，伸手就对着那人的脸狠狠来了一拳。

那一起一落来得太快，夏熠压根就没有看清。等他的视觉从过于明亮的探照灯中恢复过来，直升机已然顺利升空。"嘭"的一声，舱门合上，他目送直升机离开嘉悦楼顶，颤颤巍巍地飞向燕安市灯火辉煌的夜色之中。

发动机的声音远去，楼顶狂风咆哮依旧。

夏熠突然觉得有点冷了。一颗心像是直接从七十二层楼上跳了下去，灵魂茫然地自由落体。

直升机离开的地方，躺着一部手机。夏熠认得那个手机壳。大约是邵麟在挣扎时，不小心从口袋里掉出来的。手机摔在地上，屏幕倒没有破。夏熠弯腰捡起手机，熟练地解开密码，才发现邵麟使用的最后一个 App 是备忘录。

里面记录了一段信息："电梯里好像没信号了，我 4G 也发不出去。要是你上楼的时候发现我不见了，不要急，我带着小骨头。"

同样一句话，也出现在了他的微信里，显示发送失败。

夏熠愣住。

之前，他确实有点不放心邵麟。所以，他送给邵麟的那个银色小骨头钥匙扣里，其实藏了一枚军方卫星定位芯片。那芯片是他向老战友讨来的，据说还是当前实验室的最新款，不仅 GPS 精准度高，还防震、防水、耐高温。

当然，夏熠从来没有告诉邵麟这小骨头到底是什么。

没想到，他竟然什么都知道。

夏熠突然觉得心底挺不是滋味。邵麟是那样平和又温柔地接受了他的猜忌。几次潜水练习之后，邵麟似乎就喜欢上了那个小骨头，平时用来挂家门钥匙，从不离身。

他想让自己放心。

夏熠看着那条消息，指尖血液终于开始缓缓回流，像是莫名吃了一颗定心丸。他打开自己的 GPS 卫星定位，很快，全球定位加载结束，地图上一个小红点，正以汽车根本不可能追上的速度，往燕安市东部海边飞去。

10

直升机改装过，客舱里并没有座位。

邵麟飞身进舱的那一瞬间，借着惯性把那人扑倒在地，但很快，那个身材魁梧的男人在力量上占了上风。他卡着邵麟的脖子，将其反压在身下。邵麟闪电般一个肘击，又使得那人手上撤了力。

另外两个打手冲上前，一左一右架住邵麟，大块头原地坐起，大声骂了一句。他抹了一把鼻血，又用嘴咬住之前被夏熠的子弹擦伤的虎口，吮出一口血沫，"呸"的一声吐了出去。男人双眼像狼一样眯起，颇为玩味地打量着邵麟："好凶啊，小东西。"

邵麟被人架着，暂时动弹不得，目光却死死钉在那人身上，从齿缝吐出一句："Tyrant。"

自称"暴君"的男人和颜悦色地与他打了个招呼："别这么看我。当年蓬莱公主号上，怎么着我也算是救了你一条小命。"说着他对自己手下一扬下巴："搜。我看他胆子这么大，身上八成带了条子的定位器。"

一左一右架住邵麟的那两个男人，动作粗暴地上下搜了一遍，从邵麟身上摸出了一对无线耳机、一个小皮夹、一串钥匙，以及一把小刀。

"皮夹。"邵麟漠然开口，"左边第三层卡槽里，有个定位器。"

如他所言，Tyrant果然从皮夹左边第三层卡槽里抠出了一枚芯片。他冷哼着："没想到你乖顺起来，竟然也还挺可爱的。"

男人又翻了翻皮夹，没发现别的东西。大约是为保险起见，他把无线耳机与芯片一块儿丢出了机舱。而邵麟的目光飞速掠过钥匙串上那枚银色的小骨头，面无表情。

除了两个打手，机舱里还坐着一个人，眼周蒙着一圈纱布，嘴里塞着毛巾，双手捆于身后，正是包明新。

这个时候，一个浓妆白裙的人从后舱走来。邵麟一眼就认出，这个男扮女装的人，正是在幸运星会所里拉着他讲故事的那位。难怪，他们任务刚刚开始，Tyrant就知道了警方的渗透！只见那人身姿妖娆地往Tyrant怀里一坐，手里拿着一杯红酒，递到他的唇边。

Tyrant依然看着邵麟："行了，你想要什么？"

"我想要见他。"邵麟自己都没有意识到，一提到那个人，他的尾音几乎都在颤抖。

Tyrant低头抿了一口酒："想回家了？"

对方一提到"家"，邵麟脑海中，几乎立刻出现了夏熠的那间小公寓。乱七八糟叠在一起的衣服，可能在任何地方突然出现的尖叫鸭，没有邵麟在就永远晒不到太阳的仙人掌，以及一排排高档的枪械模型玩具……

是的。他想回家了。

孤身一人在两千米的高空，他好想回家啊！

邵麟微微垂眸："那条船的后续，什么时候才能结束？"

"你说向候军？"Tyrant 冷哼了一声，"那是他罪有应得。"

说着，男人从手机里翻出一段录音，选择了外放。那嘈杂的电流音让邵麟觉得非常耳熟——季彤手机里有，秦亮手机里也有，是蓬莱公主号上的录音。

很快，麦克风里响起一个极有辨识度的声音。邵麟一听，脑海中就浮现出向候军贼眉鼠眼笑着给人作揖的模样。

"老板，是这样的，我前段时间赌钱亏了，欠了人点钱。其实我平时手气都挺好的。嗐，不提了。我这人人脉广，您以后想去燕安落脚，总有用得上我的地方。比如现在吧，我手上就有不少资源，这个能搞化学的人，一定给您找出来。要不您先支我点钱，我一定帮您把这个药搞出来。

"谢谢老板。老板您真是爽快人。以后啊，您就是我亲哥。真的，等这药一弄出来，我一定拿大头孝敬您！"

Tyrant 按了暂停，冷笑一声："你看，当时在船上，这人说得多好听啊，拜天拜地拜菩萨，从我这里求走了芬太尼配方。我那配方吧，也是之前兄弟模糊记的，照葫芦画瓢，也不知道到底对不对，还需要人再打磨打磨。

"可等这孤儿成功合成了芬太尼，孙子一夜之间成爷爷，竟敢拿着药到我面前大谈条件，想垄断整个燕安市场不说，甚至还想用这芬太尼污染我的'白面'生意。

"不过，老向确实不知道我是谁，只是把我当成了一个普通的小毒枭。碰巧那段时间，我给他的联系人被拘留了，他竟然还找了个法子进拘留所找人，问我的联系方式。既然他这么急着找死，我当然得好心送他一程。"

邵麟心说难怪。当时，向候军举报自己进拘留所的行为，简直令人匪夷所思。现在 Tyrant 这么一说，便都有了解释。向候军自己成功摸索出了新型毒品的配方，想找 Tyrant 谈条件，去拘留所里找到联系人问到了对方的最新行踪，出来就直奔 I 国，傻乎乎地直接向暴君叫板。当然，再回来的时候，就变成了一具尸体。

"你看，幸运了一辈子的人，也会有不幸的时候。"谈起那桩血腥而变态的谋杀，Tyrant 毫无心理压力地耸了耸肩，"杀死他的不是我，而是他不该有的贪婪。"

邵麟一时语塞。与这种自我意识高于一切的反社会人格的人讲话，实在是没什么好辩的。他微微蹙眉："船上那些录音，都是你录的？"

"咱们开会的船，"Tyrant 摇头，"全程监听覆盖。"

邵麟在心里琢磨着——这么看起来，暴君似乎不是 Admin。他转头看向包明新："老向贪心，那这位呢？这位总没招惹你吧？"

"这确实是个听话的，"Tyrant 呵呵笑了起来，几近宠溺地摸了摸包明新的脑袋，"所以不还活着吗？你看，我也是个讲道理的人。"

邵麟："……"

"本来，我可以好好带他走，偏偏他看到了自己不该看的东西。可惜了。不过，这人会制芬太尼，虽说眼睛瞎了，但终归有些用处。"

包明新痛苦地"呜呜"了两声，也不知道要说些什么。

"我答应他，会给他女儿一笔看病的钱。这么大一笔钱，够他赚个二三十年，不算亏吧？"说到这里，Tyrant 似乎是想起了什么令他愉悦的事儿，"喜欢我送你的小惊喜吗？"

邵麟不解："什么？"

"那眼球，我给你计了 1 分呢。难道你没看出来吗？"Tyrant 兴奋地解释，"1:1 啊！之前陈鑫那次，是 1:0。音乐节那次，勉强算你扳回 1 分。"

两只眼球，用鸡尾酒针拼成了 1:1。

邵麟感到背后一阵极寒，实在不知道这个"玩笑"有趣在哪里。

"嘻，早知道燕安市这么不赚钱，我就不来了。"Tyrant 仰头喝完了杯子里的红酒，向邵麟坦言，"我只是想探索一下，在这里复制'秘密星球'的贩毒模式。不过我已经放弃了。这里警方盯得实在太紧，不值得。SC 这种东西，谁爱玩谁玩去吧。150 块钱一颗胶囊，我一年卖掉 2000 颗，也才 30 万，真没意思。你这次跟我回'海上丝路'，我带你去开开眼，什么叫赚钱。"

"你被送走的时候，还太小。"Tyrant 掐指算了算年数，"你根本不知道，自己离开了一种什么样的生活。看看你自己，现在活得就像一只看门狗。"

邵麟沉默不语。半晌，他重复了一次："我想见他。"

"行啊！"Tyrant 一拍手，"带你去见老头儿。一会儿我们在船上降落，开去另外一个地方再换直升机。"说着他侧过头，又看向那个男扮女装的人："秀儿，你去联络一下，上船后分头走。"

秀儿！

邵麟猛然睁大双眼——"女人"已经在飞机上卸了妆。Tyrant 不说他还想不起来，这不就是之前在"锦绣"花店里遇到的那个名为"阿秀"的青年?!

就在此时，Tyrant 轻轻敲了敲驾驶员后座。邵麟只觉一阵眩晕，耳膜外压力骤然改变，是直升机在快速下降。"哗啦"一声，Tyrant 用力推开了直升机的舱门，潮湿温热的风卷着大海的咸腥扑面而来。

不知不觉间，他们已经在海上了。

望出去是一片黑暗，唯有很远的地方，零星亮着几盏灯火。

"在那之前，我还是得再考验你一下。"Tyrant 绽开一个热情的笑容，一手揪住了包明新后衣领，把人拖到舱门之前，"你可以和我一起走，我可爱的弟弟，但是，我不像父亲那样盲目。我需要你做一个决定，来证明自己的决心。"

包明新嘴里"呜呜"着挣扎起来。

"等等，"邵麟倏地睁大双眼，"你说他会制药，终归还是有用处的！"

"是，没错。可世界那么大，再找一个会制药的人，终归不是什么难事儿。我更好奇的是，"Tyrant 勾起一抹迷人的笑容，"你，到底有多想见父亲！"

Tyrant 没有丝毫犹豫，直接把包明新推了下去。

没有经过专业训练的人，从 10 米左右的高度直接跳海，很有可能直接被海浪拍晕过去，更何况是双目失明的包明新！倘若邵麟就这样跟着直升机走了，那包明新绝无获救的可能！

面对漆黑的大海，邵麟仿佛瞬间回到了蓬莱公主号爆炸的那个夜晚。

可这次，好像又有什么不一样了。

时间有限，容不得邵麟多做思考，身体早已替他做出了决定。邵麟一把握紧了银色小骨头，像之前无数次脱敏练习那样，整个人在空中画出一道漂亮的直线，一跃而下。

这个季节的海水还带有夏日余温，邵麟入水的那一瞬间，海浪声与螺旋桨声全部消失了。在那样一片黑暗的静谧里，邵麟打开钥匙扣上的迷你手电，屏息往更深的地方游去。

在没有参照物的海水中，一个人很容易失去方向感。

可就在这个时候，邵麟脑海中突然响起尖锐而熟悉的哨声。

夏熠那个傻乎乎的"钥匙扣寻回"游戏……

那个声音却又让他如此笃定——自己可以从深渊中，无数次迷途折返。

11

螺旋桨的轰鸣声里，Tyrant 冷着脸，朝着邵麟消失的方向狠狠啐了一口，说自己差点都要信了。阿秀软软地"唉"了一声，一手搭在 Tyrant 肩上，笑盈盈地说："那真是一个可爱的小骗子。"

Tyrant 猛地合上舱门，说事不过三，不会有第三次机会了。

等邵麟再次从海面冒头的时候，天空中早已没了直升机的影子。今天是个多云夜，无星无月，四周黑得可怕。他拖着彻底陷入昏迷的包明新，挣扎着在海上沉浮，倒灌了好几口水。

幸而夏熠动用了大量警力，从武警直升机到海岸巡警，追着 GPS 一路赶来。邵麟在海面上漂浮了半小时左右，终于看到了远处有探照光束割开黑夜，很快，"隆隆"的发动机声里，一艘快艇破浪而来……

邵麟把包明新先送了上去，等他自己双手抓住扶杆时，几乎全身脱力，滑了好几次都没上去，直到有一个熟悉的声音大喊着他的名字，向他伸出了手。

夏熠的脸在他面前清晰了又模糊，身下的快艇随着海浪上下晃动，似乎有人对他大声吼着什么，但他什么都听不清楚。在意识彻底丧失之前，他倒在了那宽厚有力的臂膀上，嘀咕了一句："我想回家。"

新型毒品的案子从一开始就受到局里的高度重视。邵麟刚醒来，人还躺在病床上，郑局就亲自提人问话了。

"……因为当时我离货运电梯比较近，就直接上去了。我是第一个抵达楼顶的人。"邵麟平静地说道，"我到楼顶的时候，就看到两个人正在登机，一个是 Tyrant，而另一个是穿着白裙子、男扮女装的人。"

"当时，我知道夏警官在上楼的路上，所以就直接出去了，试图拖延时间。"邵麟伸手摸了摸额角的瘀青，叹气，"打了两下子，但他们把我砸晕了，再醒来的时候，就已经被带上了直升机。"

夏熠闻言："……"

邵麟不小心把伤口按疼了，眉头一皱，"嗞"了一声，无辜得像朵小白花。

夏熠："……"

当时在嘉悦A座楼顶，夏熠是最早冲上去的。另外一名同事的电梯被人屡次恶意暂停，等他抵达的时候，邵麟已经上了直升机。所以，只有夏熠知道，当时邵麟是完全有机会跳下来的。

上直升机，是邵麟自己的选择。

郑局眉头拧成了"川"字："把你打晕了？不是说夏熠在楼顶开过枪了？到底是怎么回事儿？"

夏熠答道："我到的时候，他们正在纠缠。我离得太远，只是一枪打中了绑匪手里的枪，但没拦住直升机起飞。"

夏熠没有说谎，但他同样没有指出邵麟说谎了。这样的描述方式，再加上之前邵麟留在备忘录里的信息，很快就让郑局信了邵麟的说辞："然后呢？"

"我醒来的时候，机舱里有驾驶员、两个下手，以及被捆着的包明新。"紧接着，邵麟复述了暴君对案件的坦白——向候军、蓬莱公主号、新型毒品一案的前因后果，以及他们在海上的逃离计划。

郑局再次感到疑惑："这个暴君没有伤害你？"

"他希望我活着回来给警方传话——他说他暂时放弃了燕安市场，但'秘密星球'会在其他城市繁荣生长。"邵麟顿了顿，"当时，应该是快与对方的船只对接了，他打了个电话后，直接把包明新推了下去。"

"我们在幸运星会所门口拍到了暴君，看来他确实不想在燕安继续了。"郑局点了点头，"我们联系了国际刑警，通缉令已经发出去了，现在就等包明新醒来，看看燕安还有什么漏网之鱼。"

局里的人来来去去，反反复复做完笔录，已经到了晚上。

夏熠坐在病床边，眼底情绪晦暗不明。等最后一个人离开了，他才哑着声音问道："为什么撒谎？"

而邵麟眉目含笑，有恃无恐地看着他，反问："为什么替我圆谎？"

夏熠拿起那根银色的小骨头，轻轻一拍邵麟脸颊："因为这个。"

是你交付于我的忠诚。

"包明新呢？"夏熠压低了声音，"随便你与郑局胡诌，可包明新当时也在飞机上，等人醒来，你就不怕他的口供与你的对不上？"

"包明新被注射了大量芬太尼。Tyrant的一个手下，在路上还给他补了一针。"邵麟摇摇头，"等他醒过来，飞机上发生了什么都不会记得。"

夏熠冷笑："那他怎么没给你也来一针？"

邵麟对郑局的那套解释，他半个标点符号都不信。

夏熠刚到楼顶那会儿，暴君都掏出手枪了。在当时那种情况下，倘若对方急着摆脱邵麟离开，解决问题就是一颗子弹的事儿。可是，对方瞄头不开枪，只是威慑，可见 Tyrant 只是希望邵麟下去，而非真的杀了他。如果杀死陈鑫的人也是 Tyrant，那么这是他第二次拿枪指着邵麟却没有开枪了。

对一个草菅人命的毒枭来说，这终归是一件令人难以理解的事儿。

就连夏熠都能盘算明白这其中的逻辑——Tyrant 与邵麟必然还有着一层更深的联系。虽然他不知道那是什么，但这两个人绝非普通警察与毒枭的关系。

夏熠一想到这里，就烦躁地来回踱步，半天组织不好语言。

终于，他还是坐回床头："邵麟，你答应过我的，不会再对我撒谎。现在，我再问你一遍——你主动上那架直升机，到底是为了什么？除了你笔录里交代的，你还和 Tyrant 聊了什么？"

半晌，邵麟垂眸："我只能说，与犯罪无关。"

夏熠一听就炸了："那有什么不能说的？咱俩也算是出生入死好几回了，一起拼过命，一起喝过酒，你到底还有什么好瞒着我的?!"

邵麟张了张嘴，心底好像打翻了五味瓶，但最终还是把话给咽了下去。沉默良久，他伸出一双手，就搁在毯子上，垂着脑袋，神情乖巧："如果有一天，你发现我做过什么违法乱纪的事儿，你就把我铐走呗。"

夏熠一拳打在棉花上，气得牙痒痒。

邵麟在床上侧过身去："我有点累了。"

时间虽然不晚，都没到医院熄灯的点，但邵麟确实累了。半夜从海里被捞上来，昏迷了几小时后醒来，又被市局审了又审，他直到现在还没好好休息过。

夏熠似乎还想说点什么，但终归没有开口。

"行。你先睡。"他主动帮邵麟关了灯，房间里一下子暗了下来。

邵麟合上眼，呼吸逐渐均匀绵长。

夏熠在床边站了一会儿，闭上双眼，脑海里再次出现了那个飞速移动的 GPS 小点。直到现在，他依然心有余悸。特别是当他发现那个小点在海上某处停止运动之后，他的心跳几乎也跟着停止了。

犯罪分子着急逃跑，直升机不可能悬空半天不动。所以，这个小点不动了，很有可能是定位器丢了。会是邵麟主动丢的吗？还是被对方发现了？又或者，对方改了主意，直接下了狠手，那个GPS小点已经成了海底一具尸体？

夏熠回想起当时的心情，心中憋的一股气突然就消了。

不管他藏着什么秘密，人还在就好。

昏暗的病房里，夏熠轻轻撸了一把邵麟的头发。

或许是打了点滴的缘故，邵麟睡得很沉，呼吸均匀，安安静静的，眼皮半点反应都没有。夏熠的目光，从对方深深凹陷的眼眶，沿着鼻梁一路走到下巴清冷的线条，心中突然腾起一股无法解释的、酸胀的焦灼——会不会他一转身，就永远且彻底地失去这个朋友？

那双永远清亮的眸子，藏了多少秘密？那张会笑着骗人的嘴，说了多少谎话？而在这个失而复得又被拒绝坦白的夜晚，这些情绪格外难以自控。就好像，只有在他身上留下印记，才不会让他走丢。

在强烈情绪的驱使下，夏熠伸出手，小心翼翼地摸了摸邵麟的脸。可等他指尖触碰到对方冰凉的皮肤，他又触电般收回手，活像一只干了坏事儿又不想让主人知道的哈士奇，夹着尾巴，蹑手蹑脚地落荒而逃。

房门被轻轻打开，又被轻轻地合上。

黑暗中，一直装睡的邵麟缓缓睁开双眼，眸色雪亮。

离开医院，夏熠再次拨通了老同事的电话："喂，老关！没错，还是上次我让你查的那个人。

"不不不，见鬼，不是相亲骂我的那个！

"对对，那个男的，不是那个女的。我想看早些年的户籍档案、家庭关系什么的，有吗？什么？你和我扯门当户对干什么?!"

夏熠拿到了邵麟父母的资料。

户籍来自盐泉市，一座燕安往南的沿海城市。父亲邵海峰，曾经也是一名警察。母亲张静静，是一名小学老师。看上去似乎是再普通不过的家庭。邵麟小学、初中、高中的记录都在盐泉，确实是盐泉长大的孩子……

可夏熠在公安系统里一搜父母双方的身份证，很快就发现了问题。

只凭那两张照片，他就能看出邵麟绝不是这两个人的孩子。

邵麟的五官太立体，带着一种天然的混血感，而这对父母长相普通、面部扁平，除非邵麟长大后整过容，要不然不可能是这对夫妇亲生的。而且，邵麟跟他说过，自己的母亲是哑巴，而且已经不在了……张静静是普通小学老师，依然健在。

难道说，这份档案，完全是伪造的？

还是说，邵麟是被领养的孩子？如果是领养的，档案里为什么完全没有记录呢？

12

等包明新恢复过来，已经是一周之后的事儿了。他为了争取减刑，非常配合警方，什么都交代了，成功帮警方又揪出了几个新型毒品的分销商。

包明新还说，暴君和他身边的人，平时都戴着墨镜或者口罩。之前自己为了凑女儿包靓的医药费，硬着头皮去找暴君借钱，却无意间看到了他和他身边人的脸。后来小马被抓，暴君担心警方顺藤摸瓜找到他，就把包明新药倒，还挖去了双眼。

双眼被剜去后，他就没了记忆，在芬太尼的作用下，他甚至都不记得自己有多疼。

与此同时，暴君与阿秀被全国通缉。

线人老齐悄悄告诉夏熠，通缉令里那个男扮女装的白衣"女人"，就是他之前说的 Terry。而最早服用新型毒品意外坠楼的刘远，同时指认男性扮相的阿秀为当时在摩洛歌酒吧给他胶囊的男生。当警方追到阿秀曾经工作的"锦绣"花店，才发现阿秀不过是一个临时工，留的身份证、姓名都是假的，早就辞职了。

警方由此推断，以暴君为首的贩毒集团，能追溯到很多年前，并非最新渗透燕安的犯罪团伙。他们只是在尝试一种以"秘密星球"为媒介的新型贩毒模式。这个犯罪团伙很有可能是蛇帮的上家——"海上丝路"的毒品供货商。这也是为什么暴君有渠道获得当年"9·12"重大制毒贩毒案中的芬太尼配方。

很快，网侦报告：暴君关闭了警方跟踪的那个"秘密星球"。谁也无法阻止他带着他的配方与核心成员，在其他地方重建。值得庆幸的是，燕安市内新型毒品 SC 的流通彻底中断。

包明新唯一放心不下的，是他的女儿包靓。

邵麟特意去了一趟燕安总院血液科。

包靓白血病复发，只能再次接受化疗。小姑娘剃了个光头，乖乖地靠在病床上。局里已经联系了社工，早些时候，给孩子做过思想工作。或许是幼年颠沛流离的缘故，包靓远比一般 10 岁孩子来得成熟，没有哭也没有闹，只是平静地看着邵麟，问："我还能再见爸爸吗？"

邵麟点了点头："一定安排。"

在包靓的床头，放着一个金色的星星储蓄罐。邵麟在搜查小马的出租屋时，在包明新床头看到过一个一模一样的。护士说，小姑娘的爸爸离开前，给了她点零钱，让她夏天买冰棍，但小姑娘每次忍不住想吃冰棍，就往罐子里塞一元硬币，因为小姑娘的爸爸说，这是一颗许愿星。当储蓄罐塞满的时候，愿望就会实现——爸爸这次打工回来，她就能凑够医药费了。

现在储蓄罐都快塞满了，爸爸却很久都不会再回来了。

小姑娘仰起头，有点迷茫地看着邵麟："叔叔，我爸爸是好人吗？"

"当然。"邵麟柔声答道，"只是你爸爸犯了一些错误。"

他摸了摸小姑娘的光头："你爸爸很爱你。"

邵麟留下一点零食和水果，来到护士站，递过一张银行卡："包靓的医药费，以后都从这张卡里刷。"

前几天，邵麟从自家邮箱里收到一封信。

信封里放着一张开给包明新的支票，捐赠来源是国际儿童急白患者协会。对方还附送了一张卡片，依然是那熟悉的红色花体字："我为 Tyrant 的行为感到抱歉。不过，你会后悔吗？"

邵麟收好卡片，把支票上交给了市局。

可郑局眼皮都没抬一下，说："国际儿童急白患者协会捐的钱，该上哪儿去上哪儿去，你来问我干什么？有这工夫，不如去好好回忆一下，蓬莱公主号爆炸后，那些你'记不起来'的事儿。"

入秋的风卷来一丝凉意，邵麟走出医院，坐进了 GL8 的副驾驶座。

GL8 开过燕安市灯红酒绿的酒吧街，夏熠心血来潮："包靓的事儿也算解决了，咱们是不是该喝杯酒庆祝一下？那桑葚酒还有吗？"

"不了。"邵麟一听到喝酒，就生无可恋地闭上双眼，"我建议咱们回家喝点'六个核桃'。"

同时，姜沫踩着台阶离开市局。很长一段时间以来，这是她第一次晚上 10 点前下班。

清爽的夜风中，有人站在路灯下等她。郁敏推了推玫瑰金眼镜，喊了一声："沫娘。"

姜沫将一杯温暖的芋泥波波接过来捧在手里，露出一个疲惫却幸福的笑容。

而阎晶晶横着躺在自家床上，一双腿竖着靠在墙上。房间里没有开灯，只有她的手机亮着白光。

她在黑客星球里，给那个分享了如何攻破隐藏星球的黑客"Twinkling"写了一条留言："谢谢楼主，好人一生平安。"

她刚按"发送"，屏幕上就跳出了一只胖胖的小星星，笑眯眯地对她做了一个鞠躬的动作，头上冒出一行字：感谢使用。

平静的日子一直到了 10 月初。

今年中秋，恰好撞上了夏熠母亲沈烨的生日，孝顺儿子调了值班，特意抽出一天来给母亲庆生。沈烨虔诚信佛，每年生日，都要带着家人去燕安周边著名的福临寺礼佛还愿。

夏熠虽说不信佛，但从小跟着母亲，每年都会去烧香拜菩萨。

"你姐姐出差去了，还好有儿子陪我。"沈烨被儿子挽着手，一路缓缓地走到福临寺最高的大殿。夏熠父亲是个沉默寡言的主，但沈烨话很多。

"上回李家那小姑娘和她爸爸说，你人是好的，就是你这个工作呀，平时接触的那些什么血啊，尸体啊，内脏的，啧，她有点吃不消。早和他们说了我儿子是刑警，一个个听了都说警察好呀，多威武帅气，但怎么见了人一个个都跑了呢？我看啊，你要不还是回你爸爸那边整个工作。干刑警啊，确实不太好找对象。"

"妈，和您说多少遍了，"夏熠一被催婚就头大，"为了常回家陪您，我这伍都给退了。我看刑警挺好的，要是接受不了，那就是人不合适，没啥好谈的。"

"现在那些女孩子家长来找我，说实话，我都害怕！"沈烨责备似的看了夏熠一眼，"你工作忙，整天三更半夜不着家。那你说说，让人家好好一个大姑娘嫁过来干啥，守寡吗？再加上你这个工作危险，嫁给你之后，还不是天天提心吊胆地过日子——"

夏熠连忙打断："妈，那咱们就别祸害人家了！先说好啊，我不换工作，这事儿没商量。"

沈烨长叹一口气。

一家人按照敬香的规矩，从寺院最上头的大殿挨个儿往下拜。夏熠本来就是为了陪他妈，佛祖拜得心不在焉，直到沈烨不满地提醒："狗狗啊，你怎么能这么敷衍呢？妈妈很早就和你说过了，要从每年的工资里拿出点钱捐掉的……"

"捐捐捐！"夏熠忙不迭地点头，从口袋里摸出一张20元纸币，胡乱丢进身前的功德箱里。捐完钱，夏熠才想起回头看一眼自己到底拜了个啥。

嚯，送子观音！

那个时候，夏某人怎么能想到，捐了20块钱，观音还真送了他一个便宜"儿子"。

那天晚上，夏熠陪父母吃完饭，回到自己家里。他一推开门，就闻到空气里飘来了一股好闻的肉饼香。他屁颠儿屁颠儿地直奔厨房，见烤箱里亮着灯，突然想起邵麟提过一嘴，中秋要做榨菜鲜肉月饼……

贤惠啊！

夏某人顿时馋出了一嘴哈喇子。

浴室里传来"哗哗"的水声，夏熠打算趁某人洗澡偷吃一口，可在这时，沙发上一个滚桶状运动手提包突然一翻，自个儿摔到地毯上。

夏熠："嗯？"

他一扭头，却发现那个包在地上自个儿滚动起来。

夏熠："嗯？"

那是邵麟平时去健身房背的包，能装不少东西。

夏熠蹲到包边，小心翼翼地拉开一角拉链，瞬间，整个口子就被撑开了，只见一只毛茸茸的小哈士奇探出头，使劲甩了甩脑袋，对着夏熠凶凶地"汪"了一声。

夏某人发出一阵心快融化了的"嗷嗷"声。

邵麟从浴室里出来的时候，夏熠已经和小哈士奇在沙发上玩上了。小狗扑在夏熠肚子上，耀武扬威地用前爪蹬蹬，嘴里还发出类似"嘤呜嘤呜"的声音，尾巴甩成了直升机螺旋桨。

夏熠脑袋仰在沙发上，倒着向后看邵麟："你咋把狗子闷包里啦？这样很危险的！"但很快，他就从邵麟诧异的神情中断定——邵麟也不知道自己包里多了一只奶狗！

夏熠皱起眉头，一把揪住狗子后颈，把小东西提了起来："那你是从哪里来的?!"

邵麟一巴掌捂住了脸。

这事儿要从夏熠的"扫黄"和"打黑"俩干儿子说起。两只狗是寄养在刑警队宿舍小区里的，那边管传达室的大爷上个月月底退休了，打算回农村养老。然而，老大爷的儿女都在大城市工作，回去也是孤单一人，便特别舍不得那两只狗，打算带回去一块儿过田园生活。

夏熠虽说一直是两只狗的"爸爸"，但到底回刑警队宿舍的次数有限，儿子们平时还是由老大爷照顾。所以，他准备了一箩筐好吃好喝好玩的，送走了两只狗。夏熠嘴上啥都没说，但邵麟知道他心里舍不得。今天健身完，邵麟决定顺路去考察一下贺连云教授和自己提过的治疗犬培育中心，方便以后带夏熠去撸狗。

这只小哈士奇，就是培育中心的狗。

临走前，贺连云特意带他去参观了不对外开放的幼崽养护基地。当时，邵麟看小狗可爱，打开包拿出一只尖叫鸭想逗崽崽玩，却忘记拉上拉链。就这样，意外"拐走"了一只小傻子！

夏熠拎着这只小东西，从耳朵一路打量到屁股，再从屁股打量回耳朵，得出结论："这哈士奇，好像不纯……"

小奶狗虽说完全长了一张哈士奇的脸，但耳朵不全立，尖端有一撮会耷拉下来，身上的毛也比一般哈士奇的长点。夏熠皱起眉头，以他对狗丰富的经验断定："这货该不会是和边牧串了吧？"

邵麟张了张嘴，心说这可真是孩子没娘——说来话长。

这是一只很有故事的哈士奇！